# À PROPOS DE L'AUTEUR

Sharon Kendrick a toujours aimé écrire. Enfant déjà, elle faisait rire ses camarades de classe et enrager ses professeurs par les histoires qu'elle rédigeait en secret au dos de ses cahiers d'écolier. Aussi, lorsque plus tard, Harlequin lui a offert la chance de devenir écrivain, elle l'a saisie avec bonheur. Plus de soixante-dix romans plus tard, Sharon considère toujours qu'elle fait le plus beau métier du monde. Et pour cause : c'est en cherchant l'inspiration dans le monde qui l'entoure qu'elle en décèle chaque jour toute la beauté…

La maîtresse du prince

*

Un singulier cadeau

*

Un destin royal

SHARON KENDRICK

# La maîtresse du prince

SAGA
LES HÉRITIERS DE MARDIVINO

*Traduction française de*
CÉLIA VAL

SAGAS

HARLEQUIN

*Collection :* SAGAS

*Titre original :*
THE MEDITERRANEAN PRINCE'S PASSION

*Ce roman a déjà été publié en 2006 et 2011.*



**HARPERCOLLINS FRANCE**
83-85, boulevard Vincent-Auriol, 75646 PARIS CEDEX 13
Service Lectrices — Tél. : 01 45 82 47 47

www.harlequin.fr

ISBN 978-2-2803-7685-3 — ISSN 2426-993X

# 1

C'était juste un éclair blanc sur l'azur du ciel. Ella cilla des yeux mais le soleil l'aveuglait tellement qu'elle n'était pas sûre de bien voir. Très vite, elle dut refermer les paupières : c'était trop douloureux de fixer l'horizon. Peut-être l'image entrevue n'était-elle que le fruit de son imagination. Comme un assoiffé qui croit découvrir une oasis en plein désert, son cerveau avait pu créer cette forme blanche, seul signe de vie sur cette mer sans fin qui l'entourait, en dehors du cri des mouettes planant dans le bleu agressif du ciel. Elles tournoyaient obstinément au-dessus du bateau, lui perçant les tympans.

— Mark…

Le nom peu familier écorcha ses lèvres, des lèvres si parcheminées qu'on aurait pu croire qu'elles n'avaient jamais été hydratées.

— Mark… tu es là ?

Son esprit se brouillait… Ella s'efforça de se concentrer pour retrouver le nom de l'une des femmes.

— Helen ?

Pas de réponse. Mais l'avait-on entendue ? Sûrement pas… Ella entendait toujours le rythme sourd de la musique provenant de la cabine en contrebas. L'écho d'un rire aviné lui parvint. Et son gémissement se perdit dans le clapotis des vagues tapant contre la coque.

Depuis longtemps, trop longtemps, elle n'avait rien bu.

Ella savait qu'il lui fallait de l'eau, et vite, mais ses jambes refusaient de la porter. Elle tenta de chasser une mèche humide qui collait à son visage : en vain. Sa main était de plomb et retomba lourdement à ses côtés.

Elle allait mourir. Elle en était sûre.

Ses forces la quittaient, s'écoulant peu à peu avec chaque goutte de sueur qui s'échappait des pores de sa peau. Le battement de son cœur s'amplifiait pour devenir un obsédant martèlement. Ses oreilles bourdonnaient. Il lui semblait que son corps n'était plus que brûlure.

En contrebas, la cabine devait être fraîche… L'ombre l'en attirait irrésistiblement mais un instinct encore plus fort empêchait Ella de céder à la tentation de ramper vers elle. Car en bas, c'était le chaos et elle n'aurait aucune chance d'en réchapper. Sur le pont, au moins, quelqu'un pourrait l'apercevoir. Par miracle…

Elle avait la tête vide… si vide…

Seigneur, par pitié… Si seulement quelqu'un pouvait la voir…

Nico, les cheveux ébouriffés par la brise, concentra son regard sur le petit point dansant à l'horizon.

Un bateau ? A cet endroit ? Théoriquement, c'était impossible puisqu'on se trouvait en zone protégée. Et personne n'avait demandé l'autorisation d'entrer dans les eaux territoriales de Mardivino. Ses lèvres se contractèrent. Etait-ce un de ces bateaux pirates qu'on trouvait encore en Méditerranée ? Un contrebandier moderne cherchant à s'introduire en fraude dans le paradis fiscal qu'était l'île ? Ou de simples paparazzis, à la recherche d'un cliché scandaleux ? La jet-set se réfugiait volontiers à Mardivino et les paparazzis avaient succédé aux pilleurs d'épaves de jadis, tout aussi insolents et téméraires quand il s'agissait de décrocher leur butin. Son visage s'assombrit. Où était donc la Sécurité maritime quand on avait besoin d'elle ?

Ignorant le danger potentiel, il ressentit la petite décharge d'adrénaline qu'il connaissait bien. C'était son côté téméraire et insouciant… Il poussa le moteur de son jet-ski qui laissa en rugissant une crête bouillonnante d'écume dans son sillage.

Comme il approchait du bateau en infraction, il discerna une silhouette affalée sur le pont. Bondissant de vague en vague, son jet-ski ne fut pas long à accoster le bateau. Il jeta un coup d'œil par-dessus bord. C'était une femme, la peau brunie par le soleil, ses cheveux couleur ambre épars autour d'elle… Jeune. Belle à ce qu'il pouvait en voir. Brièvement, il se demanda si ce n'était pas une mise en scène destinée à le piéger. Ce ne serait pas la première fois qu'on utiliserait cette méthode près de son île…

Mais non, pas cette fois. Cette femme ne jouait pas la comédie. Elle courait un réel danger, il le savait d'instinct. L'immobilité de son corps n'avait rien d'une feinte.

Il stoppa le moteur et, promptement, sauta à bord. Les sens en alerte, il jaugea la situation : une musique dansante sortait de la cabine, incongrue, et le pont semblait désert, à l'exception de la femme allongée à même les planches.

En deux pas, il fut près d'elle. Il se pencha, la retourna. Ses seins se soulevèrent, à peine cachés par le Bikini vert jade qu'elle portait. Nico réprima la réaction instinctive que leur beauté palpitante lui inspira.

Elle allait mal.

Il le voyait à sa respiration ralentie, à ses yeux hermétiquement clos, à l'expression crispée de son visage, à sa peau rougie. D'une main posée sur son front, il vérifia ce qu'il craignait : elle brûlait de fièvre. Un coup de chaleur, sans aucun doute.

Il la secoua par les épaules, pour la faire revenir à elle.

— *Svegli !* ordonna-t-il.

Il n'obtint pas de réponse. Il essaya d'autres langues tout en essayant de la ranimer.

— *Despierte ! Wake up !*

Déchirant le voile du rêve qui l'aspirait vers le néant, Ella perçut l'écho d'une voix impérieuse. Cette volonté la tirait du gouffre noir où elle se laissait glisser, la ramenait à la surface… Vers la lumière… Mais elle ne voulait pas de lumière. C'était trop douloureux. Elle secoua la tête, refusant d'accomplir l'effort nécessaire.

— Ah non ! Ne sombrez pas ! Réveillez-vous, bon sang !

Ella battit des paupières. Elle distingua un visage penché au-dessus d'elle, aux traits réguliers, altiers, tendus par l'anxiété. Un bel ange sombre… Etait-ce un rêve ? Etait-elle déjà morte ?

Il la souleva à demi dans ses bras, soutenant sa tête qui dodelinait.

— Ça suffit ! Reprenez vos esprits ! Je ne vous laisserai pas vous rendormir. Je vous ordonne de rester éveillée !

La voix bien timbrée semblait trop autoritaire pour souffrir un refus mais Ella, très faible, avait dérivé trop loin pour pouvoir lui obéir.

— Partez…, murmura-t-elle. Laissez-moi…

Un frisson de terreur la parcourut lorsque les bras secourables la reposèrent, comme elle l'avait demandé. Elle poussa un gémissement angoissé.

Mais Nico était déjà descendu dans la cabine. La musique se déchaînait, assourdissante, d'une agressivité intolérable. Il resta un moment immobile, contemplant la scène décadente qui s'offrait à lui… Il compta cinq personnes, trois hommes et deux femmes, et pas un d'entre eux n'était sobre. Une femme à moitié nue, vautrée par terre, ronflait bruyamment, et l'autre, totalement ivre, ondulait devant l'un des hommes en un pitoyable simulacre de danse suggestive.

Emergeant des vapeurs de l'alcool, ce dernier remarqua sa présence.

— Hé, lança-t-il d'une voix éraillée. Qui êtes-vous ?

Nico le foudroya du regard.

— Savez-vous que vous êtes dans des eaux interdites ?

— A… attention, mon gars, bredouilla l'homme avec un débit que l'alcool rendait laborieux, avant d'écarter d'une bourrade la caricature de vahiné qui s'obstinait dans sa danse du ventre. C'est v… vous qui êtes en terrain interdit. J'ai p… payé pour ce bateau et la mer est à t…tout le monde !

— Justement non. Vous êtes dans des eaux territoriales, rétorqua sèchement Nico en sortant son portable de sa poche arrière. Dangereuses, qui plus est !

Il remonta lestement sur le pont et composa rapidement un numéro, connu de quelques personnes seulement. Il entra directement en liaison avec le chef de la Sécurité maritime.

— *Pronto ? Nicolo.*

Il s'exprima rapidement, en italien.

— Voulez-vous que nous les mettions aux arrêts, *Principe* ? fit la voix déférente de son correspondant.

Nico eut un sourire rapide.

— *Si.* Et le plus vite possible ! Une nuit derrière les barreaux les aidera à dessoûler. Peut-être comprendront-ils les risques encourus, à se laisser dériver ainsi dans un secteur aussi dangereux.

Il leva les yeux sur la femme qui gisait sur le pont. Celle-ci n'était pas soûle. Et elle avait besoin d'aide, de toute urgence. Il remit son portable en place et revint s'agenouiller près d'elle. Il la secoua de nouveau doucement. Elle ouvrit faiblement les yeux, pour apercevoir de nouveau ce regard étonné, d'un vert profond comme l'océan.

A travers le brouillard fiévreux qui embrumait son esprit, elle perçut la force de l'homme penché sur elle. C'était un roc qui s'offrait, un refuge inespéré, sa seule chance de survie.

— Ne… Ne me laissez pas, implora-t-elle.

Sa voix brisée d'émotion l'atteignit au cœur. Mais il avait bien sûr déjà pris sa décision.

— Je n'en ai pas l'intention, dit-il presque rudement.

Et il la souleva comme une plume dans ses bras.

Les mains d'Ella se nouèrent à son cou et elle se laissa aller contre lui, s'abandonnant comme une poupée de chiffon, dans une attitude inconsciente de complète confiante.

Assurant sa prise d'une poigne ferme, Nico la fit passer par-dessus bord et l'installa sur son jet-ski.

La plupart des gens auraient paniqué dans une situation pareille mais rien n'excitait plus Nico qu'un défi. Comme s'il était né pour les relever tous ! C'était la seule façon de pimenter un peu sa vie… Un léger sourire se fixa sur ses lèvres tandis qu'il mettait le cap sur la terre.

Il avait à peu près tout essayé en matière d'acrobaties, mais c'était la toute première fois qu'il secourait une demoiselle en détresse !

# 2

Ella sentit une fraîcheur bienfaisante sur son front et sur ses joues, et elle laissa échapper un soupir de bonheur.

— Hum… C'est bon…

— Buvez !

Toujours la même voix, insistante. Celle qui avait refusé de l'abandonner. Celle qui avait su percer le brouillard de son évanouissement. Une voix autoritaire, sensuelle, à l'accent étranger. Etonnamment irrésistible.

Sans se faire prier, Ella entrouvrit les lèvres et accueillit le bord de la tasse qu'on lui offrait. Cette fois, elle but plus longuement. Un filet d'eau coula dans sa bouche, et cette sensation lui permit de reprendre davantage encore ses esprits.

— C'est mieux, approuva la voix chaude. Encore une gorgée, et vous allez pouvoir ouvrir les yeux.

L'esprit confus, Ella obéit… Ses yeux s'ouvrirent sur un décor inconnu. Où était-elle ? Elle se sentit plus perdue encore en apercevant un homme debout à côté d'elle… Un homme qu'elle ne connaissait pas.

Ou alors…

Elle cligna les yeux pour avoir une vision plus précise et se sentie envahie par une impression étrange. Comme si son cœur avait décidé de battre la chamade. Et, à la vérité, l'homme qu'elle découvrait avait de quoi affoler les cœurs.

Des traits sculptés avec force donnaient à son visage une

apparence sévère, adoucie par une bouche sensuelle. Une rangée d'épais cils noirs frangeait un regard pénétrant. Sa peau mate était veloutée et comme illuminée par la caresse du soleil. Ses cheveux de jais ondulaient, portés un peu longs sur la nuque. L'homme dégageait une impression de puissance et de force rude, à la fois lointaine et pourtant familière. N'était-ce pas ce regard qui l'avait aidée, soutenue, encouragée lors de son délire fiévreux ? Un ange ombrageux et sévère était penché sur elle, exigeant. Un véritable ange gardien… Il passa la main sur son front, dissipant l'impression d'irréalité.

Elle n'avait donc pas rêvé. Elle n'était pas non plus, apparemment, au royaume des morts…

Profondément déroutée, Ella promena son regard autour d'elle. Elle se trouvait dans une pièce presque spartiate dans sa simplicité : une table et quelques chaises de bois, disposées sur un plancher usagé, blanchi par le sel. Des lambris habillaient les murs. On percevait le clapotis des vagues au-dehors. Il faisait frais, et Ella ressentit une intense impression de calme. En bougeant légèrement, elle s'aperçut qu'elle reposait sur une sorte de lit, tout près du sol. On avait jeté sur elle un tissu rugueux, trop léger pour être une couverture, pas assez lisse pour un drap. Elle glissa sa main sous le tissu et…

Mon Dieu, comment était-ce possible ? Elle ne portait qu'un simple T-shirt ! Un T-shirt qui ne lui appartenait pas… Et un vêtement d'homme, sûrement !

Cette découverte la sortit instantanément de sa léthargie. Une peur panique la saisit. Elle agrippa le couvre-lit, fixa l'homme qui la dominait. Ses yeux avaient une expression attentive mais son visage restait fermé. Qui était-il ? Et que faisait-elle ici ?

— Qu'est-ce qui s'est passé ? Qu'est-ce que je fais là ?

Elle reconnut à peine la voix enrouée qui sortait de sa gorge serrée.

— A mon avis…

L'homme observa une pause. Il regardait Ella très attentivement, comme un chasseur qui a isolé sa proie.

—… ce serait à moi de vous poser la question, acheva-t-il.

Le cœur d'Ella battait à tout rompre. Le timbre de sa voix était bien modulé, avec un léger accent méditerranéen. Inflexible, il semblait l'accuser… L'accuser ? Mais de quoi ? Brusquement, une idée horrible lui traversa l'esprit et elle plaqua convulsivement sa main en haut de ses cuisses.

Nico avait suivi son geste.

— Pas la peine de vous affoler, lança-t-il sèchement. Votre vertu n'a pas souffert. Ou alors, pas avec moi. Vous n'étiez pas seule quand je vous ai trouvée…

Dieu seul savait ce qui avait pu se produire avant qu'il ne monte à bord, songea Nico avec un rictus de dégoût. S'il en jugeait par l'orgie qui se déroulait en cabine…

Dans un sursaut de volonté, Ella tenta de se remémorer les événements récents, mais sans succès. Sa mémoire des faits se résumait à un vide cotonneux… Quelque chose, cependant, lui disait qu'elle devait être reconnaissante à l'homme qui la dévisageait à présent, mais son aspect sombre, intensément viril, l'impressionnait terriblement. Elle se sentit intimidée comme elle ne l'avait jamais été.

— Que… que s'est-il passé ? balbutia-t-elle.

— Vous avez risqué votre vie, jeta-t-il sans que ses yeux perdent leur expression soupçonneuse.

Du regard, elle détailla la pièce, à la recherche d'un indice évoquant ce danger auquel elle venait d'échapper. Il y avait du sable sur le sol et dans un coin gisait une combinaison de plongée, encore luisante d'humidité. Rien de bien menaçant… Alors pourquoi se sentait-elle aussi faible ?

— Allez-vous me dire où je me trouve ? exigea-t-elle, en proie à une soudaine crise de panique.

Une expression contrariée passa sur le visage bronzé de l'homme.

— Ne le savez-vous pas ?

Ses sourcils noirs s'étaient levés, soulignant son incrédulité.

— Si c'était le cas, est-ce que je vous le demanderais ? rétorqua Ella, les idées à présent plus claires.

Le regard de Nico se fit dur. L'usage voulait qu'on réponde à ses questions, pas qu'on les lui renvoie en pleine figure !

D'où sortait donc cette femme ? Nico se détourna pour oublier un instant les courbes de ce corps de rêve à peine dissimulé par le T-shirt qu'il lui avait passé à la hâte après l'avoir débarrassée de son Bikini raidi par le sel. Une telle plastique aurait tenté le plus saint des hommes… ce qu'il n'avait en outre jamais prétendu être !

Pendant des heures elle avait divagué sous ses yeux, agitée de soubresauts fiévreux, en proie au délire. Il avait calmé ses spasmes, épongé son front trempé de sueur, lui avait donné à boire et l'avait veillée jusqu'à l'aube, sans oser la quitter.

C'était une expérience nouvelle pour lui que de s'occuper ainsi de quelqu'un. Elle dépendait de lui et de lui seul, aussi vulnérable qu'un animal blessé, et Nico découvrait en lui un instinct protecteur qu'il ignorait posséder.

Il avait été moins surpris, en revanche, par la réaction toute masculine que la jeune femme avait fait naître en lui lorsque, inconsciente de ses mouvements, en proie au délire, elle s'était presque jetée hors du lit. L'encolure trop large de son T-shirt avait alors laissé voir la pointe rose d'un sein velouté. Nico en était resté fasciné l'espace d'un instant. Quand il avait essayé de la faire s'allonger de nouveau, elle s'était précipitée contre lui, s'accrochant à son cou avec la force de ceux qui se débattent dans les griffes d'un cauchemar. Elle s'était plaquée contre lui, pulpeuse, bien trop proche pour qu'il puisse rester le preux chevalier qu'il s'était promis d'être !

Le corps de Nico avait réagi sans que sa volonté ait pu s'y opposer… Luttant pour se maîtriser tandis qu'elle se pressait contre lui, il avait plongé son regard au fond de ses yeux verts — les plus beaux qu'il ait jamais vus mais voilés par la fièvre. Il n'y avait trouvé qu'une absence totale d'expression. A l'évidence, sa protégée ne savait pas du tout ce qu'elle faisait. Si elle voyait quelqu'un dans son délire, ce n'était certainement pas lui…

— Recouchez-vous ! avait-il ordonné avec sévérité, et elle avait obéi, soumise à cette volonté qui venait relayer la sienne, défaillante.

Certains n'auraient pas hésité à… « cueillir la rose qui s'offre », comme le disent les Italiens. A profiter de ce qui était à prendre si facilement. Mais Nico n'appartenait pas à cette catégorie d'hommes. Certes, les opportunités ne lui manquaient pas pour satisfaire ses appétits, mais même si cela n'avait pas été le cas, il n'aurait pu imaginer de faire l'amour à une femme inconsciente. Quel plaisir pouvait-on en retirer ?

A voir l'impertinente lueur qui brillait dans ses yeux verts, la jeune femme était à présent pleinement consciente de ses faits et gestes. Il ne put s'empêcher d'en ressentir une curieuse satisfaction, une impression de triomphe. Car c'était grâce à lui. Elle avait déliré entre ses bras, il avait pris soin d'elle, et maintenant elle était rétablie.

— Avez-vous faim ? demanda-t-il tout à trac.

La question chassa celles qu'Ella se posait, et fit passer l'incongruité de la situation au second plan… Elle avait l'estomac vide et elle mourait littéralement de faim, au point d'en avoir des vertiges !

— Oui, terriblement…, laissa-t-elle échapper, comme surprise elle-même des exigences de son corps.

— Alors il faut vous nourrir.

Il s'éloigna du lit, comme s'il n'avait attendu que cette occasion pour mettre de la distance entre eux.

— Attendez !

Il se figea puis se retourna pour la dévisager. Son beau visage était marqué par l'étonnement et une certaine hauteur. Qui s'était jamais risqué à lui jeter un ordre aussi impératif ?

— Depuis combien de temps suis-je ici ? interrogea-t-elle d'une voix plus douce.

— Depuis une journée seulement.

Une journée ? Si longtemps ! Elle se concentra pour faire appel à sa mémoire, à la recherche de ce qui avait bien pu se produire pendant tout ce temps… Des bribes de souvenir remontaient… Un bateau… Une excursion en pleine mer avec des déments qui, contrairement à leurs beaux discours, ne savaient rien de la navigation, des règlements maritimes ou de la sécurité… Qui s'étaient soûlés au point d'en perdre tout sens commun. L'un d'eux, l'homme qui l'avait invitée pour le week-end, s'était alors cru autorisé à lui en réclamer le prix… en nature. Les deux autres femmes présentes sur le bateau étaient déjà ivres, et plus qu'à moitié nues… Aucune aide à attendre de leur côté.

Elle répugnait à faire resurgir ces horribles souvenirs. Pourtant il le fallait, si elle voulait comprendre ce qu'elle faisait ici. Car son hôte n'était guère loquace !

Cet homme auquel elle avait échappé de justesse, comment s'appelait-il, déjà ? Ah oui, Mark.

Elle scruta l'ombre fraîche de la pièce.

— Où est Mark ? Que lui est-il arrivé ?

La bouche de Nico prit un pli dur. Etait-ce à ce Mark qu'elle pensait en se frottant impudiquement à lui ? Où était-elle le genre de femme à offrir son corps en toute circonstance ?

Il jeta un coup d'œil sardonique à sa montre.

— A l'heure actuelle, il doit tout juste sortir de prison…

— De prison ! s'exclama-t-elle. Mais comment est-ce possible ?

— C'est ce qui arrive quand on enfreint les lois de mon pays, l'informa sèchement Nico.

— Vous l'avez fait… emprisonner ?

— Lui et sa répugnante petite bande d'amis, rectifia son interlocuteur.

Ella sentit sa gorge se serrer. Quels pouvoirs avait donc cet homme ? Et pourquoi l'avait-il isolée des autres ?

— N'est-ce pas… un peu exagéré ? suggéra-t-elle.

— Vous croyez cela ?

Sa voix était pleine de mépris.

— Sans même parler de leur infraction dans des eaux territoriales, vous jugez acceptable de s'enivrer ainsi alors qu'on est responsable d'un bateau en pleine mer ? Ils ont mis leur vie en danger, sans parler de celles des autres ! Vous étiez la première menacée ! Imaginez-vous ce qui serait advenu si je n'étais pas arrivé à temps ?

Soudain, Ella se sentit affreusement vulnérable.

— Je... je vous suis très reconnaissante pour tout, dit-elle d'une voix basse et tremblante. Mais... pourriez-vous m'expliquer en détail ce qui s'est passé ? Je... Je ne...

Il lui imposa le silence d'un geste autoritaire de la main.

— Ce n'est pas l'heure des questions. Plus tard, vous me poserez toutes les questions que vous voudrez et j'y répondrai. Mais pas maintenant. Vous avez été malade et vous êtes à deux doigts de défaillir de faim. Vous devez manger. Les questions passent après.

Ella ouvrit la bouche pour protester mais la vigueur de ses propos l'arrêta. Elle n'était pas en position de s'opposer à ce qu'il demandait et, d'ailleurs, elle n'en aurait pas eu la force. Elle se sentait si faible... Il avait raison d'insister pour qu'elle se nourrisse.

De toute façon, qu'aurait-elle pu faire d'autre ? Traverser la pièce sur des jambes qui ne la portaient plus ? Sous le regard imposant de ce bel étranger ? Et vêtue d'un simple T-shirt dans lequel elle se sentait encore plus exposée que si elle avait été nue...

Nico capta son regard et comprit qu'elle abandonnait la partie. Elle acceptait de s'en remettre à lui... et au simple bon sens. Mais cette escarmouche ne lui avait pas été agréable. Tant qu'elle délirait, il avait trouvé facile de s'occuper d'elle et avec une douceur qui lui était venue naturellement, comme s'il avait pris soin d'une enfant. A présent qu'elle était consciente, il en allait tout autrement. C'était beaucoup moins facile... Car ce n'était pas une enfant qu'il avait en face de lui mais une femme très belle et très décidée.

Instinctivement, Nico dressa les barrières mentales qu'il mettait toujours entre lui et les autres. Des garde-fous bien commodes pour lutter contre les émotions…

Ella sentit la tension nouvelle dans sa voix.

— Vous souhaitez peut-être vous laver avant de manger ?

— Si c'est possible…

Nico désigna un rideau, au fond de la pièce.

— Vous trouverez ce qu'il faut derrière. L'équipement est simple mais suffisant.

Il sortit un T-shirt propre d'un tiroir et le jeta sur le lit.

— Vous en aurez peut-être besoin puisque vos affaires semblent être restées sur le bateau. A propos, votre Bikini sèche dehors. Je l'ai lavé, ajouta-t-il, intérieurement amusé par le regard paniqué que la jeune femme n'avait pu dissimuler.

Eh bien, quelle mine ferait-elle s'il lui parlait des tours que son T-shirt lui avait joués pendant qu'elle délirait ! Et s'il lui confiait combien il avait dû se maîtriser pour se conduire en parfait gentleman ?

— Ne vous inquiétez pas, je sors pour vous laisser vous préparer, conclut-il.

*Ne vous inquiétez pas ?* Pour cela, il aurait d'abord fallu qu'elle sache où elle était…

Elle aperçut une bande de bleu lumineux, une portion de mer ou de ciel, pendant qu'il ouvrait la porte pour se glisser à l'extérieur. L'espace d'un instant, le bruit des vagues s'était fait plus présent. Dans une sorte de cabane de plage, manifestement. Mais où exactement ?

Elle eut brièvement l'envie de lui courir après et d'exiger des explications. Mais dans cette tenue ? Faible comme elle l'était ? Sa raison lui commandait de se laver et de reprendre des forces ensuite.

Jamais elle n'avait eu autant envie de prendre une douche !

Le petit réduit qui servait de salle de bains n'avait pourtant rien de confortable. Un vieil évier en zinc tenait lieu de lavabo et un simple pommeau fixé au mur servait de douche. Un filet intermittent sortit en crachotant quand elle tourna le robinet. Au moins, l'eau n'était pas trop froide, constata-t-elle en s'aventurant sous le ruisselet. Curieusement, le gel douche et le shampooing étaient des produits de très grand luxe.

En dépit du confort primaire, Ella se surprit à apprécier ce moment plus qu'aucun de ceux passés dans sa propre salle de bains parfaitement équipée ! Elle ôta le sable pris dans ses cheveux, rinça le sel sur sa peau et se sécha rapidement à l'aide d'une des serviettes en toile rugueuse. Elle enfila ensuite le T-shirt propre qui, grâce à la grande taille de son propriétaire, lui arrivait à peu près à mi-cuisses. Ce n'était pas exactement ce qu'elle aurait appelé une tenue décente, mais c'était mieux que rien…

Quand elle souleva le rideau, l'homme était de nouveau à l'intérieur. Il posa sur une petite table de bois un plat dont elle ne reconnut pas l'odeur mais qui la fit saliver. Cette fois, la porte était restée ouverte et Ella découvrit la plus belle vue qu'il lui ait jamais été donné d'admirer.

Une plage d'un blond presque blanc, étoilée de coquillages, descendait vers une mer turquoise aux vagues sans écume. Sous les rayons du soleil, l'eau miroitait de mille feux qui se réverbéraient sur les murs de la cabane, dansant en figures dorées comme un kaléidoscope géant.

Dans l'encadrement de la porte, elle regarda l'homme qui se détachait à contre-jour sur la lumière éblouissante. Et soudain, elle ne vit plus que lui… Il dominait littéralement la pièce de sa haute taille. L'impression de force qui émanait de lui était telle que, derrière lui, le décor magnifique s'évanouissait. Ella remarqua les boucles brunes qui ondulaient sur sa nuque et elle ressentit un curieux pincement au cœur. Brusquement, il leva le visage vers elle et elle baissa les yeux, laissant l'homme la détailler à loisir.

— Mon T-shirt vous va bien, dit-il à mi-voix, comme s'il se parlait à lui-même.

La remarque était assez innocente mais quelque chose dans sa voix légèrement rauque ou dans le coup d'œil appréciateur qui l'accompagnait fit qu'Ella se sentit soudain intensément femme, jusqu'au bout des seins. La flamme du désir s'alluma au plus profond d'elle-même, impossible à étouffer. Son corps émettait un signal d'une clarté toute primitive, signal qu'il n'avait jamais émis si vite ou si fort auparavant.

Mal à l'aise, ne sachant trop comment faire face à une situation aussi inédite, Ella se sentit subitement à l'étroit dans la petite pièce. Elle sortit dans la lumière. L'odeur piquante de la mer lui parut revigorante et elle inspira profondément.

— C'est beau, n'est-ce pas ? articula la voix grave derrière elle.

Espérant exprimer la plus grande innocence possible, Ella pivota pour lui faire face.

— Merveilleux.

Et c'était vrai. Cet homme était en tout point merveilleux…

— Ça… ça sent bon, dit-elle avec effort, essayant de secouer la langueur sensuelle qui s'emparait d'elle.

Nico avait perçu le rétrécissement de ses pupilles, et il voyait ses seins pointer sous le tissu. Sa propre réaction ne se fit pas attendre…

— Mangeons, déclara-t-il d'un ton parfaitement neutre. J'aurais volontiers mis la table dehors mais il est plus sage de manger à l'ombre, dans votre état. Nous pourrons admirer la vue de l'intérieur.

Mais Ella n'osait faire un geste.

— Vous m'aviez promis des réponses, parvint-elle à articuler. J'en ai besoin. Maintenant.

Un sourire s'épanouit lentement sur ses lèvres pleines. Qu'on lui adresse ainsi la parole, sans le respect qu'on lui témoignait continuellement, était une nouveauté qui lui fouettait le sang.

— J'ai déjà répondu à cela, *cara*. Les questions peuvent attendre, pas votre estomac.

Il avait parlé d'une voix douce mais inflexible. Comme si donner des ordres lui était habituel. Comme s'il ne tolérait jamais la moindre contradiction. Confrontée à cette volonté de fer, Ella sentit la méfiance poindre en elle. Mais un fumet délicieux parvint à ses narines et, de nouveau, elle sentit la faim la tenailler. Après tout, son hôte avait raison : il fallait qu'elle mange.

Elle retourna à l'intérieur et prit docilement place à table.

Il poussa l'assiette vers elle.

— Mangez.

Cette fois, l'ordre était superflu… Elle avait déjà commencé à manger avec l'avidité d'une véritable affamée.

Nico la regardait dévorer la nourriture, fasciné. Cela aussi était nouveau pour lui. En sa présence, d'ordinaire, les gens picoraient, comme si les mets servis ne les intéressaient guère. Il y avait tout un cérémonial à observer : ne pas commencer à manger avant lui, cesser de manger dès que lui avait terminé. Pour être implicite, la règle n'en était pas moins respectée. Très loin de tout cela, Ella s'était jetée sur son assiette et ne semblait même plus percevoir sa présence.

Quand elle reposa enfin sa fourchette, Ella eut l'impression d'avoir fait le meilleur repas de sa vie.

— C'était bon ? demanda l'homme, qui la regardait toujours fixement.

— Délicieux.

— C'est votre appétit qui a donné une bonne partie de son goût au plat. La faim décuple toujours le plaisir !

Rassasiée, Ella s'adossa à sa chaise et le dévisagea avec l'assurance nouvelle que lui procurait un estomac plein.

— Je vous ai obéi, déclara-t-elle, j'ai mangé. Allez-vous enfin vous expliquer ?

Il fixa longuement sur elle ses yeux d'ébène. Elle l'amusait, et ce d'autant plus qu'il la sentait troublée. Et s'amuser était une chose précieuse pour lui, une chose qui ne lui était pas arrivée depuis très longtemps. Après tout, n'était-ce pas une juste récompense pour avoir joué au preux chevalier !

— Dites-moi ce que vous voulez savoir…

— Eh bien, pour commencer, qui êtes-vous ?

Nico marqua une pause, évaluant la sincérité de sa question. Elle semblait sincère mais elle pouvait très bien jouer la comédie avec habileté.

— Nico, tout simplement, répondit-il pour la tester.

Il semblait scruter sa réaction.

— Et vous ? reprit-il.

— Ella. Ella Scott.

— C'est un joli prénom.

— En fait, mon prénom exact est Gabriella. On abrège en Ella.

— Gabriella… C'est angélique, songea-t-il tout haut, laissant son regard caresser l'or fauve de ses cheveux.

Elle frémit. C'était la deuxième fois que cela lui arrivait, cette façon de se sentir si femme devant lui… Sa voix chaude avait provoqué cette sensation troublante. Elle percevait l'intense virilité qui émanait de lui.

— Où sommes-nous ? demanda-t-elle d'une voix inconsciemment langoureuse.

— Vous ne le savez pas ?

Elle soupira, presque agacée.

— Vous me renvoyez toujours mes questions ! Bien sûr que non, je ne le sais pas. Je me souviens d'avoir été sur un bateau… Et je me réveille ici, dans cette cabane de plage, mise en demeure de manger sous le regard d'un parfait inconnu !

Qu'avait-elle mangé, d'ailleurs ? Elle n'en savait rien. Même la nourriture semblait étrange ici, tout comme cet homme avec son léger accent chantant et son allure de prince exotique.

— Au fait, que m'avez-vous servi ?

— Ragoût de crustacés, une spécialité locale. Vous ne connaissiez pas ?

— Non.

— Nous avons des dizaines de recettes différentes pour les crustacés. Ils abondent sur les côtes de Mardivino, précisa-t-il, semblant guetter ses réactions.

— Mardivino ? C'est donc là que nous sommes ?

Le nom ne lui était pas inconnu. Mardivino… Une île superbe, baignée de soleil, un de ces luxueux refuges encore préservés, où les milliardaires abritaient une part de leurs revenus.

— Exactement. Le nom vous dit quelque chose ?

— Je ne suis pas complètement ignare en géographie, figurez-vous.

L'audace de sa réplique irrita Nico.

— Dans ce cas, vous devriez savoir ce que sont des eaux territoriales qui vous sont interdites ! Vous n'auriez jamais dû vous aventurer ici.

Ses paroles lui remirent à la mémoire le sombre épisode de son excursion maritime… Mark et ses amis, incapables de garder le cap, vidant bouteille sur bouteille. En un éclair elle revécut ce moment de panique quand elle avait compris ce qui l'attendait si elle restait à leur portée… et les heures passées sur le pont, livrée à l'impitoyable soleil qui lui mordait la peau… Mais elle aurait tout enduré plutôt que retourner en cabine… Un frisson la parcourut.

— Nous avions perdu le cap, murmura-t-elle. On ne savait même pas où on était.

Il la crut sur parole. Au large de Mardivino se trouvaient des récifs à fleur d'eau, si dangereux que nul ne s'y hasardait sans une bonne expérience de la mer. Non, personne ne se serait consciemment exposé à ce péril.

— Ceux qui vous accompagnaient…, commença-t-il en la fixant droit dans les yeux.

— Eh bien ?

Il y eut un silence, puis Nico reprit :

— L'un d'entre eux est journaliste, peut-être ?

La question avait été posée presque négligemment, comme si elle n'avait pas d'importance réelle.

Ella fronça les sourcils d'un air interrogateur.

— Journaliste ? Non, je ne crois pas. Si c'était le cas, personne ne m'en a rien dit. Pourquoi ?

Cherchant son regard, Ella s'étonna de le trouver si dur. D'un geste évasif, il balaya sa question.

— Pour rien, juste pour savoir.

Elle perçut sa réticence. Mon Dieu, rien ne semblait coller dans l'étrange puzzle qu'elle essayait de reconstituer... Depuis qu'elle avait repris conscience, elle observait attentivement son hôte mais il lui semblait soudain le voir sous un jour entièrement nouveau : si ses vêtements étaient d'une grande simplicité, il avait le maintien d'un aristocrate. Et il y avait en lui quelque chose d'impalpable qu'elle n'arrivait pas à définir, et qu'elle n'avait jamais rencontré chez personne. Etait-ce son allure, ou cette assurance innée, presque arrogante, dont il faisait preuve à tout moment ? Il habitait une vétuste cabane de plage où la douche se résumait à un mince filet d'eau... mais ses produits de bain venaient de chez les parfumeurs italiens les plus réputés... D'ailleurs, ne l'avait-il pas appelée *cara* ?

— Vous êtes italien ?

Il secoua la tête en signe de dénégation.

— Espagnol ?

— Non.

— Français ?

Cette fois, il eut un sourire amusé.

— Pas davantage.

— Et pourtant, vous m'avez parlé dans de nombreuses langues, se remémora-t-elle, assaillie par ce souvenir précis. Oui, quand j'étais sur le bateau...

— C'est vrai. Je cherchais celle que vous comprendriez.

Que dire à cette jolie sirène ? Que lui cacher ? Pouvait-il jouer encore longtemps le jeu délicieux de l'anonymat ?

— Votre anglais est impeccable.

— Je sais, reconnut-il avec une certaine ironie. Néanmoins je vous remercie du compliment… Voulez-vous un verre de vin à présent que votre faim est satisfaite ? Il provient des vignes environnantes.

Il avait déjà la main sur la carafe mais Ella l'arrêta d'un geste. Elle se pencha vers lui d'un air décidé et le fixa droit dans les yeux. Cette fois, elle ne se laisserait pas distraire par sa voix de velours.

— Merci, mais non. Je préfère de loin une réponse honnête à ma question. Qui êtes-vous exactement, Nico ?

# 3

Nico se délectait de la situation. Il en était le premier surpris mais c'était comme un jeu ou plutôt comme un de ces contes dans lesquels le prince se déguise en mendiant pour passer inaperçu.

Pour lui qui était un prince bien réel, qui connaissait les côtés sombres et les aspects lumineux du conte de fées, cet incident avait tout le charme de la nouveauté. C'était une situation délicieuse… Ella n'avait aucune idée de son identité ! S'il révélait maintenant qui il était, rien ne serait plus jamais pareil. Elle n'oserait plus lui parler comme à un homme ordinaire. Tout serait irrémédiablement gâché.

Quand il n'était encore qu'un petit garçon, ne souhaitait-il pas, d'un coup de baguette magique, se retrouver dans la peau d'une personne « normale », au moins pour un jour ? Plus tard, lorsqu'il avait fréquenté les universités américaines, il avait fait de son mieux pour se fondre dans la foule des étudiants. Mais son état civil si singulier finissait toujours pas être rapidement découvert… Comment garder l'anonymat quand la Sécurité vous précédait en tout lieu pour s'assurer que l'endroit était suffisamment sûr ?

Nico réprima un sourire. Avait-il jamais été sommé par quiconque de s'expliquer sur quoi que ce soit, comme son « invitée » venait de l'exiger de lui ?

Non, bien sûr. C'était une première !

Il se cala dans sa chaise.

— Un homme peut-il se définir en quelques mots ?

La question s'adressait autant à elle qu'à lui-même.

— Et qu'est-ce qui peut le définir au mieux ? Ce qu'il possède, ou ce qu'il a réalisé ? reprit-il d'un air pensif.

Ella lui jeta un regard surpris.

— Etes-vous incapable de répondre à une question autrement que par une autre question ?

Incapable ? Sûrement. Dans son monde, personne ne lui posait de questions directes. C'était à lui de diriger les conversations… si l'envie lui prenait de converser. D'anciens décrets interdisaient même qu'on lui adressât la parole sans autorisation. Et s'il parlait, on l'écoutait avec déférence. C'était la règle, la coutume. Mais soudain, face à cette jeune femme, Nico prenait conscience des barrières que ce respect dressait tout autour de lui. La conversation qu'il avait avec Ella était si rafraîchissante !

— Vous connaissez déjà mon prénom. J'ai vingt-huit ans et je suis né ici, à Mardivino. Un authentique fils du royaume, ajouta-t-il avec une étincelle malicieuse dans les yeux. Voilà, à présent, vous savez tout.

— Votre « tout » n'est pas grand-chose, rétorqua Ella. Je ne sais pas ce que vous faites, par exemple.

— Ce que je fais ?

Nico fronça les sourcils. Comment avait-il pu oublier que les gens normaux se définissent par leur profession ?

— Oui, ce que vous faites dans la vie, reprit-elle avec un brin d'impatience face à son hésitation.

— Oh, je m'occupe…, répondit-t-il évasivement. Je travaille pour le compte d'un riche propriétaire.

— Et ceci est votre maison ? demanda Ella en désignant la cabane.

— Non… Pas exactement. Ce lieu appartient à… mon employeur.

— Comme le jet-ski ?

— Je vois que les souvenirs vous reviennent…

Grâce aux bienfaits du bon repas et de la douche, Ella commençait à se rappeler ce qui s'était passé sur le pont. Elle se souvenait du contact d'un torse musclé, rassurant, de la tiédeur qui l'avait enveloppée, du sentiment qu'elle avait eu alors d'être sauvée. Elle se souvenait aussi de l'écume jaillissante, aspergeant sa peau, et des vagues sur lesquelles elle semblait rebondir, portée de crête en crête.

— Par intermittence. Le jet-ski vous appartient ? insista-t-elle.

Elle vit son visage s'assombrir.

La question d'Ella lui procurait une déception inattendue. Cela faisait-il une différence, pour elle, que le luxueux engin soit à lui ou pas ? Oui, bien sûr… Qu'avait-il imaginé ? Son cynisme habituel reprit le contrôle de ses pensées : un jouet coûteux comme celui-là était l'apanage des riches. On n'était jamais considéré pour ce qu'on était mais pour ce qu'on était capable d'acheter… Une fois dépouillé des signes extérieurs de richesse, que restait-il d'un homme ?

— Non, répondit Nico d'une voix égale, il ne m'appartient pas. Je peux l'utiliser quand je veux, c'est tout.

— J'espère que mon aventure ne vous créera pas d'ennuis avec le propriétaire, hasarda timidement Ella.

Son regard était si doux qu'il sentit fléchir son cynisme. Existait-il vraiment une telle innocence ? Il avait sans doute eu tort de la juger trop vite. A peine avait-elle repris des forces qu'Ella se souciait de lui ! Il n'était pas habitué à tant de sollicitude… D'ailleurs, qui se comportait avec un tel naturel en sa compagnie ?

Ella avait baissé la tête. Maintenant qu'ils étaient secs, ses cheveux d'ambre se répandaient abondamment sur ses épaules, mais sans cacher la rondeur de ses seins pointant sous le T-shirt. Un désir aigu s'empara de Nico tandis qu'il s'imaginait dessiner leur courbe, du bout des doigts.

— Non, le propriétaire ne m'en voudra pas, répondit-il

doucement. Je pense qu'il n'aurait pas hésité à vous secourir lui-même. Une demoiselle en détresse, quoi de plus tentant ?

Les paroles de Nico avaient pris une tonalité séductrice et l'atmosphère en fut imperceptiblement changée. Une tension électrique circula entre eux, intensifiant la conscience qu'ils avaient l'un de l'autre. La sensualité qui couvait entre eux devint presque palpable. Ella sentit le feu du désir courir dans ses veines. Sa réaction était si intense qu'elle n'osait plus lever les yeux sur lui.

— Je devrais songer à rentrer, dit-elle d'une voix sourde.

Nico avait perçu la tension de son corps, et le trouble de son regard. Il s'imposa de réfréner ses pulsions, conscient du risque qu'il y avait à la perdre en l'effrayant par une demande trop claire. Et il ne voulait pas la voir fuir. Cette rencontre était une aubaine. Comment retrouver pareille occasion de découvrir ce qu'était l'amour avec une femme *qui ne savait pas* ? Le sexe attendrait. Après tout, il n'en était pas privé !

Nico se versa un verre de vin, épais et capiteux, y trempa les lèvres, les yeux toujours braqués sur elle.

— Bien sûr. Mais pas avant de m'avoir dit qui vous êtes, maintenant que vous savez tout de moi…

— J'ai vingt-six ans et je viens du Somerset. Voilà, vous aussi vous savez tout, dit-elle avec un petit sourire moqueur.

— Dites-m'en un peu plus, rétorqua Nico. Ces hommes à bord… L'un d'eux est-il votre amant ?

Les joues d'Ella s'empourprèrent.

— Vous ne pouvez pas poser ce genre de questions !

— Ah bon ? Et qu'est-ce qui m'en empêche ?

— La courtoisie ! Nous conversions sans arrière-pensée et voilà que… Pareille question enfreint toutes les lois de la politesse !

— Sans arrière-pensée ? murmura-t-il. Ce n'est pas ce que j'aurais dit, *cara mia*… Quand un homme et une femme bavardent ainsi, il y a toujours un non-dit, tout aussi important que les paroles échangées… qui servent parfois à dissimuler ce à quoi l'on pense vraiment.

« Si ce n'était pas le cas, poursuivit-il mentalement, je te dirais que j'ai envie de ton corps nu contre le mien, du goût de ta langue sur mes lèvres, envie de t'entendre crier de plaisir quand j'entrerai en toi pour la toute première fois… »

Sa voix caressa la peau d'Ella. Elle sentit de nouveau monter en elle un désir puissant, mêlé à un terrible sentiment de vulnérabilité. Pourquoi ne partait-elle pas ? Elle savait qu'elle aurait dû mettre fin à cette conversation au lieu de demeurer ainsi sur sa chaise, fascinée par les lèvres pleines de son hôte. Oui, tourner les talons au plus vite au lieu d'imaginer la splendeur de son corps nu !

— Alors, reprit-il d'un ton coupant, chassant le rêve sensuel où elle dérivait, qu'en est-il de ces hommes ? Voulez-vous vous rendre à la prison pour accueillir l'un d'eux à sa sortie ?

— Certainement pas ! s'exclama-t-elle en frissonnant d'horreur. Aucun d'entre eux n'est mon amant et n'a aucune chance de le devenir ! Mark est une simple relation de travail…

Elle se mordit la lèvre, honteuse au souvenir de sa naïveté.

— Il m'avait invitée à me joindre à son groupe d'amis pour un week-end en mer. Pour lui, cela ne signifiait apparemment pas la même chose que pour moi mais je l'ai compris trop tard… La situation a complètement dégénéré lorsqu'ils se sont mis à boire. Je me suis soudain retrouvée en plein cauchemar. Dès que j'ai pu, j'ai profité de leur état d'ébriété pour me réfugier sur le pont. Je ne savais plus de quoi j'avais le plus peur, de leurs ignobles avances ou de leur incapacité à garder le contrôle du bateau… Quoi qu'il en soit, j'étais trop terrifiée pour redescendre dans la cabine…

— Ils vous ont… molestée ? demanda-t-il sèchement.

Ella secoua la tête, surprise par la dureté de sa voix.

— Non, ils étaient déjà trop soûls pour cela.

Il se rappela la façon désespérée avec laquelle elle s'était agrippée à lui, comme si sa vie ne tenait qu'à un fil, et son gémissement déchirant quand il l'avait laissée quelques instants pour faire un rapide tour des lieux. Il réalisait que jouer les sauveteurs pouvait éveiller un puissant instinct de protection, un sens aigu des responsabilités. Quelque chose de plus trouble aussi, de plus primitif, auquel il n'était pas habitué et qu'il identifiait mal. Ce qu'il savait en revanche, c'est que le fait que sa protégée ignore son identité renforçait son plaisir… C'était une sensation rare pour lui et il avait la ferme intention d'en jouir pleinement.

Inévitablement, elle finirait dans ses bras. Mais pas ici, pas maintenant. En général, il évitait de séduire les femmes sur l'île, car c'était toujours une source potentielle d'ennuis. Par ailleurs, il n'avait aucune envie d'ébranler la confiance de cette jolie sirène en la brusquant, ni l'intention d'abuser de sa détresse. Quand il lui ferait l'amour, il voulait que ce soit d'égal à égale. Il fallait donc d'abord la ramener chez elle, en Angleterre, pour qu'elle se sente mieux, et être assez adroit pour qu'elle ne découvre pas son secret…

— Voulez-vous rentrer chez vous, à présent ?

La question prit Ella au dépourvu. Mais qu'espérait-elle ? Rester à tout jamais au paradis, en compagnie du bel étranger qui lui avait sauvé la vie ? Seuls au monde… et forcément amenés un jour ou l'autre à se découvrir intimement… Elle se mordit la lèvre et s'efforça de transformer sa petite grimace de déception en sourire. Pourvu que son visage ne l'ait pas trahie !

— Eh bien… Oui, je présume qu'il le faudrait.

Il sentit son hésitation et son envie d'elle en fut renforcée. Mais comme il l'avait remarqué plus tôt, la faim décuplait le plaisir… tous les plaisirs.

Il sortit un portable dernier cri de la poche arrière de son jean.

— Je vais arranger cela.

Elle l'entendit parler à voix basse en italien, rapidement. Il raccrocha en déclarant :

— Nous nous envolons dans une heure.

— Comment cela ? s'étonna-t-elle. Mon billet est au départ de Nice ! C'est à des kilomètres d'ici !

— Ne vous souciez de rien, nous voyagerons en jet privé.

— Un jet privé ? Je ne comprends pas…

Il réfléchit rapidement. Vraiment, il appréciait trop la situation pour renoncer à son anonymat. Sans mentir pour autant, il lui suffirait de travestir légèrement la vérité !

— Mon… employeur se montre d'une grande générosité. Et j'ai ma licence de pilote. Je peux donc vous ramener. Sauf si vous ne me faites pas confiance, *cara*…

Il l'avait sauvée d'une mort certaine, soignée alors qu'elle délirait sous l'emprise de la fièvre, nourrie et abreuvée… Pourquoi diable n'aurait-elle pas eu confiance en lui ?

Et puis, quand il l'appelait ainsi *cara*, Ella se sentait fondre.

— Mais vous… Pouvez-vous partir sans prévenir ? Votre employeur n'en prendra pas ombrage ?

— Pas le moins du monde. Je vais même profiter de cette occasion pour traiter quelques affaires en Angleterre.

Elle vit une étincelle dans les beaux yeux sombres, le lent sourire qui s'épanouissait sur ses lèvres, comme s'il savourait par avance la prolongation de leur tête-à-tête dans l'avion.

— Eh bien, c'est vraiment… gentil de votre part.

— Gentil ?

Personne ne l'avait jamais trouvé gentil !

— Ne vous méprenez pas, *cara*, cela n'a rien à voir avec de la gentillesse. Disons que je suis aussi sensible qu'un autre à des yeux émeraude et à des lèvres douces comme des pétales de rose.

Ella sentit la chaleur envahir ses joues. Etait-ce une déclaration ? Et que devait-elle répondre à cet homme qui habitait à des milliers de kilomètres de chez elle ? Souhaitait-il la revoir ?

L'ombre d'un sourire passa sur le visage de Nico.

— Accepteriez-vous de dîner avec moi lorsque nous serons en Angleterre ?

Bien sûr, il aurait de loin préféré prendre le petit déjeuner en sa compagnie, mais cela viendrait à son heure…

Elle retint un tressaillement. A la façon dont elle sentait son cœur s'affoler dans sa poitrine, on aurait pu croire que c'était la première fois qu'un homme l'invitait à dîner ! Mais peut-être que ce qu'elle avait vécu auparavant n'était qu'une répétition… en vue de ce jour…

Elle s'entendit répondre :

— Pourquoi pas ? J'en serais ravie.

# 4

Surtout ne pas s'emballer. Ce n'était qu'une simple invitation à dîner ! se répéta Ella un peu plus tard. Peut-être. Mais alors, pourquoi se sentait-elle sur des charbons ardents ? Pourquoi ses mains tremblaient-elles en lissant les plis de sa jupe ? A quoi était due la pâleur de ses lèvres ?

Ella s'empressa d'y appliquer une couche de gloss et, d'un œil critique, évalua son image dans le miroir.

La soie noire de sa robe moulait les courbes de son corps, offrant un provocant contraste avec la sage rangée de petits boutons qui couraient le long du corsage et qui se prolongeait sur la jupe. Les talons vertigineux de ses escarpins mettaient le galbe de ses jambes en valeur et, pour tout ornement, elle avait choisi des boucles d'oreilles d'un noir de jais, sombre et brillant comme les yeux de Nico.

Pour la millième fois, elle regarda l'horloge, tirant nerveusement sur sa robe. Allait-il venir ou avait-elle rêvé ce qui lui arrivait ? Son esprit ne cessait de dérouler le film des événements qui avaient débouché sur cet extraordinaire voyage de retour…

Nico l'avait raccompagnée en jet. Dieu que son employeur devait être riche pour s'offrir pareil luxe ! Nico manœuvrait l'appareil d'une main sûre, maniant le levier du bout des doigts comme s'il caressait un corps de femme. Il y avait quelque chose de réellement érotique dans la façon à la fois ferme et assurée qu'il avait de piloter. Elle sourit en pensant que c'était la première fois qu'elle rencontrait un homme capable de l'emporter ainsi dans les airs…

— Voilà, vous êtes chez vous, avait tranquillement annoncé Nico, après un atterrissage tout en douceur.

Quand il pilotait, il ressentait toujours une sorte d'exaltation, comme lorsqu'il naviguait ou explorait les magnifiques récifs coralliens au large de Mardivino. Certains appelaient cela vivre dangereusement. Lui pensait que c'était vivre, tout simplement.

— Merci, avait répondu Ella, priant intérieurement qu'il n'ait pas oublié leur dîner. Vous pilotez merveilleusement.

— Pour vous servir… Nous nous voyons ce soir, j'espère ?

Accepter était tout ce qu'Ella avait envie de faire mais elle savait qu'une femme ne devait pas se montrer trop empressée dans ce genre de situation…

— Pas ce soir, non. Je suis navrée, mais j'ai des tonnes de travail à rattraper…

Un regard fier avait accueilli sa piètre dérobade.

— Vous le ferez plus tard.

Ils s'étaient affrontés du regard. C'était donc à cela qu'il était habitué, avait pensé Ella, à ce que tout plie devant lui ? Eh bien, s'il n'était pas prêt à patienter au moins une journée, il se passerait d'elle !

— Désolée, c'est impossible. Je dois vraiment travailler ce soir.

Cette fois, Nico s'était contenté d'un léger haussement d'épaules.

— Bien… Demain soir, alors ? Ou serez-vous de nouveau occupée ?

Son ton sarcastique l'avait décidée à ne pas le provoquer davantage. Elle avait trop à y perdre… Cette constatation l'avait déstabilisée, quand sa modeste victoire aurait dû la réconforter. Mais Nico lui semblait appartenir à une catégorie différente de celle des autres hommes — il sauvait des femmes en détresse, pilotait des avions ! Sans parler de son physique exceptionnel… Il était vraiment l'archétype du mâle, dans tous les sens du terme, y compris sexuel, et elle ne savait pas trop comment se comporter face à un homme aussi viril.

— Demain soir, c'est parfait, avait-elle répondu du ton le plus serein possible.

— Donnez-moi votre adresse, je passerai vous prendre à 8 heures, avait proposé Nico. Nous trouverons un petit restaurant près de chez vous, à moins que vous ne préfériez Londres et les lumières de la ville ?

Londres ? Cela signifiait un retour tardif, peut-être l'offre de passer la nuit à l'hôtel… Elle n'était pas femme à céder dès le premier soir : mieux valait éviter la capitale… Presque affolée par le tour gênant qu'avaient pris ses pensées, elle s'était empressée de répondre :

— Oh, nous resterons sur place, cela m'ira très bien ! Je connais un charmant petit restaurant, je vous le ferai découvrir.

Le cottage se détachait sur un jardin où fleurissaient une profusion de roses, dont Nico sentit le parfum capiteux, flottant dans l'air, lorsqu'il arriva devant chez Ella. Il appuya sur la sonnette. Quel endroit adorable, se dit-il en regardant le jardin bien tenu et la maison typique, aux fenêtres en demi-lune. Si différent de ce qu'il connaissait ! C'était si dépaysant, si nouveau pour lui d'éprouver cette sensation d'aborder un autre monde ! Lui qui se sentait partout chez lui quand il voyageait !

Ella ouvrit la porte, et la vision qu'elle lui offrit le ramena immédiatement à la réalité : elle était somptueuse dans ce fourreau noir qui épousait ses courbes comme une seconde peau ! On aurait dit qu'elle s'était enduit le corps de réglisse et n'attendait que lui pour la déguster…

A cette idée follement audacieuse, un sourire félin s'épanouit sur son visage.

— *Ciao*, Ella, dit-il doucement.

Elle se tenait devant lui, et les mots refusaient de sortir de sa gorge. Il était… trop beau pour être vrai !

Sur Mardivino, elle l'avait certes trouvé fascinant, mais ici, en Angleterre, ses qualités physiques ressortaient davantage encore. Peut-être parce qu'il était plongé dans un milieu différent et que sa beauté exotique éclatait plus vivement.

Sa haute taille faisait paraître minuscule le porche couvert de rosiers grimpants. En comparaison, le cottage prenait des allures de maison de poupées ! Son complet de lin clair mettait en valeur sa peau mate et habillait élégamment son corps musclé. Ses yeux sombres brillaient d'un éclat qui n'avait aucun mal à éclipser le soleil déclinant ! Tout en lui vibrait d'énergie. Nico était insolemment vivant, et tout homme à ses côtés aurait semblé fade.

Le cœur d'Ella eut du mal à reprendre son rythme normal et, la bouche sèche, elle le salua d'un simple :

— Bonsoir, Nico…

Il la sentit troublée. Cette gêne signifiait peut-être qu'elle s'était renseignée sur lui… Il la sonda du regard. Mais non. Le plaisir sans partage qu'il lisait dans ses yeux le rassura : pour elle, il était toujours « Nico », et rien de plus. Il sourit.

— Vous êtes parfaitement remise de vos émotions, à ce que je vois… Mais j'espère que vous avez aussi faim que lors de notre rencontre sur l'île !

Faim ? Elle n'aurait pas pu avaler une bouchée, tant sa gorge était serrée !

— Oui, oui, bien sûr, s'entendit-elle répondre faiblement, beaucoup trop sensible à la chaleur qui émanait de lui et courait sur sa peau comme une caresse. J'espère que vous aimerez notre petit restaurant local…

— J'aime essayer ce qui est nouveau, dit-il d'une voix chaude et enjôleuse. Vous êtes très belle, ajouta-t-il.

Curieusement, son compliment projeta Ella hors du songe dans lequel elle se complaisait en le contemplant, et lui remit les pieds sur terre. Belle ? Il voulait la flatter… Elle ne se trouvait que raisonnablement jolie, et encore, les jours où elle était en forme !

— Les Méditerranéens ont le compliment facile, rétorqua-t-elle assez fraîchement, plus que les Anglais, à ce que je vois.

— Ce qui explique sans doute pourquoi les Méditerranéennes acceptent plus gracieusement les compliments que les Anglaises, répliqua Nico.

Ella se mordit la lèvre et lui adressa un petit sourire d'excuse. Elle n'allait tout de même pas gâcher la soirée avant qu'elle ne commence ! Pourquoi avait-elle pris la mouche aussi vite ?

— Essayons de nouveau, voulez-vous ? proposa Nico avec un sourire empreint de gaieté. Je recommence. Vous êtes très belle…

— Merci…

— Vous voyez, c'est bien mieux ainsi !

Le cœur d'Ella se mit à battre plus vite. Quand il la regardait comme ça, elle aurait voulu… qu'il l'attire dans ses bras et qu'il l'embrasse. Si seulement elle avait pu caresser sa joue, au moins pour s'assurer qu'il était bien là, en chair et en os, et pas le fruit de son imagination ! Mais elle se retint.

— Allons-y, voulez-vous ? dit-elle très vite. J'ai réservé…

Nico ressentit un petit pincement de déception. Il espérait qu'elle allait le convier à entrer, qu'elle lui offrirait un verre. Apparemment, il n'en était rien. Que de réticences ! C'était donc à cela qu'étaient confrontés les autres hommes quand ils faisaient leur cour ? Il réalisa que cela n'allait pas être si facile pour lui d'être traité en « monsieur tout-le-monde »… alors qu'il bénéficiait d'ordinaire de tous les traitements de faveur possibles et imaginables ! En attendant, mieux valait faire contre mauvaise fortune bon cœur.

— Très bien. Montrez-moi le chemin.

Côte à côte, ils descendirent la rue principale du village, baignée par la lumière dorée du soleil couchant. Un voisin dans son jardin les salua au passage, interrompant les soins qu'il prodiguait à ses roses.

— Belle soirée, n'est-ce pas ?

— Merveilleuse, répondit Ella sans pouvoir retenir un regard vers le profil sombre et altier de Nico.

— Profitons-en ! ajouta-t-elle à son intention.

Le restaurant se trouvait au bout du village, à l'ombre d'une chapelle. Sa carte de saison, tout comme la fraîcheur de ses produits, lui avaient rapidement valu une excellente réputation et il était parfois difficile d'obtenir une table. En été, on pouvait dîner en terrasse, sous les tilleuls, et Ella avait choisi cette solution, plus romantique. Alors qu'ils gagnaient leur table, elle remarqua le regard appuyé que deux femmes lançaient à Nico.

Y avait-il de quoi s'étonner ? Avec son physique latin et son allure exceptionnelle, il tranchait sur le commun des mortels. On ne croisait pas tous les jours un homme aussi viril dans les rues de Greenhampton !

— Commandez pour moi, *cara*, dit-il lorsqu'ils se furent assis sous la frondaison des tilleuls. Je vous fais confiance…

— Qu'aimez-vous ? demanda Ella en se saisissant du menu que leur tendait la serveuse.

— Tout. J'ai des goûts très… éclectiques, répondit Nico en fixant tranquillement son regard sur elle.

Oh, Seigneur… Le ton chaud de sa voix démentait l'innocence de ses paroles et Ella, prise au piège du feu sombre de ses yeux, se sentit irrésistiblement portée vers lui. Avait-elle jamais croisé le regard d'un homme tel que lui auparavant ? En tout cas, c'était sûrement la première fois qu'on la dévisageait avec une telle sensualité et, curieusement, le calme qu'il affichait, contrastant avec le message muet qu'elle lisait dans ses yeux, rendait celui-ci plus érotique encore.

Elle se hâta de commander — asperges en sauce mousseline, crevettes au gingembre et une bouteille de montrachet — pour dissiper son trouble mais aussi pour éloigner la serveuse qui, après leur avoir tendu les menus, se trémoussait près de leur table en dévorant Nico du regard. Faisait-il toujours cet effet-là aux femmes ? Ella prit cependant note en sa faveur qu'il ne lui avait pas accordé un regard.

Le ciel était d'un bleu pâle et tendre. Tournant le dos aux autres tables, Nico contemplait la silhouette d'Ella qui se détachait sur les lueurs dorées du couchant. Le restaurateur déboucha la bouteille et leur souhaita un bon dîner. Nico prit une longue gorgée de vin et poussa un soupir de contentement. La sérénité du lieu agissait sur lui. Il s'était rarement senti aussi détendu.

— Ce blanc est excellent, murmura-t-il.

— Je sais. C'est pour cela que je l'ai commandé…

Nico se mit à rire.

— Vous vous y connaissez donc en vin ?

— Suffisamment, dit-elle avec un petit sourire. Vous n'imaginiez pas cela de la part d'une femme ?

— Si, pourquoi pas ? Cela m'a simplement fait réaliser que je sais très peu de choses vous concernant.

Son doigt courait rêveusement sur le bord de son verre. Il avait des mains longues et fines, vigoureuses pourtant. Ella se souvint de leur poigne quand il l'avait soulevée pour la hisser sur le jet-ski, et elle masqua un frisson derrière son rire.

— Cela vient sans doute du côté quelque peu précipité de notre rencontre !

Il la sentit troublée et, une fois encore, s'étonna de la désirer si intensément. Qu'avait-elle de plus que les autres, que toutes celles qu'il pouvait avoir en claquant des doigts ?

— Consentez-vous à m'en révéler un peu plus sur vous ? demanda-t-il avec un sourire charmeur.

— Oh, il n'y a pas grand-chose à dire. J'ai étudié l'histoire à l'université et, depuis trois ans, je me suis fixée ici, après avoir choisi de travailler dans le tourisme. J'ai eu divers petits boulots dans des agences de voyages mais les missions qu'on m'offrait ne me séduisaient pas. Mes études d'histoire m'ayant fait découvrir les richesses de notre région, je me suis rendu compte que beaucoup de lieux restaient ignorés ou méconnus des étrangers. Et puis de nombreux touristes veulent aujourd'hui une expérience authentique quand ils voyagent. Ils en ont assez de se retrouver par centaines à photographier les mêmes châteaux !

— Et donc vous avez entrevu une opportunité pour un nouveau marché…

— Exactement. J'ai dressé une liste des petits châteaux situés en dehors des grands circuits touristiques, j'ai répertorié les maisons de maître entourées de parcs, j'ai déniché des hôtels calmes loin des sentiers battus et, après avoir obtenu un prêt bancaire, j'ai fondé ma propre agence : Les voyages de l'Angleterre authentique. Avec une bonne publicité sur Internet, les affaires n'ont pas tardé à démarrer. J'ai même pu engager quelqu'un pour m'aider.

Nico émit un petit sifflement admiratif.

— Vous m'impressionnez.

— Il n'y a pas de quoi ! A vous à présent…

L'hôtesse revenait avec les assiettes et, d'un accord tacite, ils se turent jusqu'à ce qu'elle se fût retirée. Nico prit quelques asperges, plus par convention que par réel appétit.

— Je travaille aussi dans le tourisme, à ma façon.

— Vraiment ? Expliquez-moi cela.

— Oh, c'est un peu compliqué. Cela prendrait la nuit pour tout vous expliquer. Et j'ai autre chose à vous dire.

Cette nuit, il comptait bien la passer autrement qu'à bavarder… Il se pencha vers Ella et un parfum de lilas flotta jusqu'à lui.

Elle se laissa aspirer par son regard, palpitante d'attente. Ce qui allait arriver, elle l'espérait et le redoutait tout à la fois…

— Que vouliez-vous me dire ?

— Par exemple, que j'ai repoussé aussi longtemps qu'il m'était possible le moment de vous embrasser et que j'en ai maintenant tellement envie qu'il n'est plus question d'attendre. Que commander un dessert serait du gaspillage car j'espère bien quitter ce restaurant au plus vite et vous retrouver dans un endroit intime où je pourrai vous embrasser tout à loisir.

Ses yeux de jais s'attardèrent sur les lèvres d'Ella, sans laisser transparaître aucune gêne.

— Je vous choque ? reprit-il.

— Non, choquer n'est pas le mot, dit-elle d'une voix frissonnante.

L'audace de Nico avait encore un peu plus avivé son désir. Elle avait pu désirer d'autres hommes avant lui, bien sûr, mais jamais avec une telle intensité. C'était si puissant qu'elle parvenait à peine à respirer. Son cœur battait à tout rompre.

— Dans ce cas, quel est le mot exact ? murmura Nico de sa voix grave.

— Vous me rendez… impatiente, avoua-t-elle en un souffle un peu rauque.

Le regard de Nico se fit plus aigu. Sa réponse le surprenait. Mais l'inattendu était un puissant aphrodisiaque.

Il sortit son portefeuille, retira rapidement une liasse de billets qu'il déposa sur la table.

— Je voulais vous inviter pour vous remercier, protesta Ella.

— Taisez-vous, *cara*.

— Vous laissez beaucoup trop…, murmura-t-elle en se levant.

— Ainsi, la serveuse n'aura pas perdu sa soirée, dit-il ironiquement.

Dès qu'ils furent debout, il enlaça ses épaules, et quand elle sentit la caresse de sa main contre son bras nu, elle oublia tout le reste.

Ils descendirent rapidement la rue et, dès qu'ils furent hors de la vue des clients du restaurant, Nico l'attira et la plaqua contre lui, précipitamment, comme un collégien qui n'en peut plus d'attendre.

Elle était enfin dans ses bras ! Le chemin lui avait semblé interminable avant d'en arriver là, mais à présent il l'embrassait, elle l'embrassait en retour et le monde chavirait autour d'eux.

# 5

Ses lèvres étaient sur sa bouche, cajoleuses, insistantes… Comment résister ?

— Nico !

— *Si ! Que cosa* ? murmura-t-il impatiemment, la plaquant contre ses hanches et savourant le triomphe de l'entendre gémir devant l'évidence de son désir.

— On ne peut pas continuer ! protesta Ella, fermant les yeux pour mieux contrôler ses sensations envoûtantes. Pas ici !

Nico se figea. Que croyait-elle ? Qu'il allait la prendre comme un sauvage, contre ce mur ? Cette idée l'enflamma au point qu'il dut faire un effort pour se détacher d'elle.

— Allons chez vous, dit-il en haletant. Vite !

Quand elle voulut ouvrir la porte de sa maison, elle tremblait tellement que Nico dut lui prendre la clé des mains et ouvrir lui-même. Une fois à l'intérieur, il souleva Ella dans ses bras. Elle l'enlaça d'un geste presque machinal mais Nico put lire le trouble dans son regard un peu perdu.

— Que vous arrive-t-il ?

— Je… Je me demande ce que vous allez penser de moi, souffla-t-elle.

Il retint un sourire. Il connaissait bien ce petit jeu. Les femmes aimaient le sexe autant que les hommes mais — était-ce un trait de leur nature ? — il fallait toujours qu'elles dissimulent leur désir derrière une respectabilité affectée.

— Ce que je vais penser de vous ? Simplement que vous êtes belle et terriblement tentante, la rassura-t-il d'une voix suave.

La douceur de sa voix l'ensorcela un instant. Puis la sensation de malaise reprit le dessus : comment oublier des années d'éducation en quelques heures ? Pourtant, elle ressentait la même envie que lui... Mais tout arrivait si vite !

— Vous... vous voulez peut-être du café ?

Du café ? L'incrédulité paralysa Nico. Elle était sur le point de se rendre, et voilà qu'elle reculait ! Aucune femme ne lui avait joué un tour pareil... Il ressentit un élancement de désir presque douloureux. Pourrait-elle se dérober comme cela s'il la touchait comme il l'avait fait dans la rue ? Sans doute pas... Un baiser suffirait à balayer ses scrupules ! En dépit de cette certitude, Nico reposa Ella à terre. Ce qui l'arrêtait n'était pas la crainte d'un échec mais un sentiment plus complexe, la perspective séduisante de connaître une situation entièrement nouvelle pour lui : il allait connaître les difficultés auxquelles se heurtaient les autres hommes... Il lui faudrait vaincre de véritables obstacles et non balayer de fausses pudeurs destinées à aiguillonner son désir.

Etre traité comme un homme normal... N'avait-il pas souhaité à maintes reprises faire de cette utopie une réalité ? Quand il se lançait à la conquête d'une femme, la cause était toujours gagnée d'avance. Oui, mais pas aujourd'hui.

C'était le moment ou jamais de découvrir si ses simples qualités humaines, physiques et intellectuelles, étaient des atouts suffisants pour obtenir ce qu'il désirait si ardemment.

— Du café... Pourquoi pas ? répondit-il en refoulant sa frustration et en la suivant dans la cuisine.

Ella se sentit presque dépitée. N'avait-elle pas espéré, sans se l'avouer, qu'il passerait outre ses scrupules et chasserait ses doutes d'un baiser ? Mais elle ne pouvait lui reprocher sa patience.

— Vous l'aimez corsé ? lui demanda-t-elle en préparant les tasses.

Horrifiée, elle se rendit compte que ses mains tremblaient. Nico s'en aperçut et posa un doigt léger sur ses lèvres.

— Ecoutez-moi. Vous n'avez pas plus envie de faire ce café que moi de le boire. L'honneur est sauf, puisque vous n'avez pas cédé au premier assaut. Mais à présent, ce que vous voulez vraiment, c'est que je vous embrasse.

Il s'était rapproché et ses yeux évoquaient ceux d'une panthère guettant voluptueusement sa proie.

— N'ai-je pas raison, *cara mia* ? reprit-il doucement.

Bien sûr, il avait raison. Qu'attendait-il pour l'embrasser ? Maintenant.

Il sut déchiffrer sa demande silencieuse et sa bouche vint à la rencontre de la sienne, si légèrement que tout d'abord elle la sentit à peine. Ce simple contact fit battre son cœur à une allure folle. Il se mit ensuite à effleurer ses lèvres, si doucement qu'elle crut mourir tant l'attente était cruelle. Enfin, le bout de sa langue dessina le contour de sa bouche… et se retira. C'était si bon ! Mais pourquoi s'arrêtait-il ? Frustrée, elle lécha l'endroit où sa langue s'était posée, impatiente d'en connaître le goût.

Il avait relevé la tête. Son regard adoucissait la tension que le désir imprimait à ses traits.

— Encore ?

Ella hocha la tête.

— Demande-le-moi…

— Oui, gémit-elle contre sa bouche. Encore !

Il reprit ses lèvres avec passion.

Cette fois, son baiser fut exigeant, et si intense qu'Ella crut défaillir. Ses genoux se dérobaient. Nico la sentit fléchir et il la prit dans ses bras pour la porter dans le salon. Il se laissa choir sur le sofa et l'installa à califourchon sur ses hanches.

Ella ferma les yeux, portée par la vertigineuse sensation de sentir le corps de Nico vibrer sous elle.

— Est-ce que tu me sens ?

— Oui…Oui…, gémit-elle dans un souffle.

Il la fit bouger sur lui pour accentuer la sensation.

— Et maintenant ?

Oh, Seigneur… La façon qu'il avait de lui montrer son désir frisait l'indécence, et ses vêtements ne pouvaient rien masquer du tout ! Elle hocha fébrilement la tête, et gémit en sentant les doigts de Nico glisser toujours plus bas sur son ventre. Comment pouvait-elle le laisser faire ? Un geste aussi intime… L'avait-il envoûtée ? C'était mal, elle devait réagir… Mais elle ne le voulait pas. Elle ne le *pouvait* pas !

— Nico…

Ses mains esquissèrent un geste de dénégation, elle agrippa ses épaules musclées et, instantanément, sa tentative de résistance se transforma en caresse. Sous le lin frais de sa chemise, Ella avait senti sa peau brûlante…

— Nico !

Son appel était impérieux cette fois et Nico interrompit son audacieuse exploration.

— Que veux-tu, *cara* ?

Sa voix l'enveloppait de douceur, comme la plus irrésistible des caresses. Elle ne put que balbutier :

— Embrasse-moi… encore…

Nico s'exécuta, prolongeant le baiser jusqu'à emporter ses derniers doutes. Quand il la sentit prête, il quitta sa bouche et, un à un, détacha les boutons de sa robe. Ella s'aperçut qu'il avait fait glisser son corsage lorsqu'elle sentit la caresse de l'air sur sa peau nue.

Le regard de Nico se dilata en découvrant la rondeur crémeuse qui débordait du soutien-gorge de dentelle noire.

— Je veux les voir, exigea-t-il, possessif, en caressant l'aréole d'un sein qui pointait sous les entrelacs. Je peux ?

Le ton de sa requête déclencha en elle une onde de plaisir presque douloureuse.

— Oui, acquiesça-t-elle en un souffle.

Avec une aisance insolente, il défit d'une main l'attache de son soutien-gorge, et ses seins se libérèrent, pâles et superbes avec leur pointe rose. Nico sentit son désir décupler.

— Ta culotte ? demanda-t-il, pressant. En dentelle noire aussi ?

— Oui…

N'avait-elle pas choisi cet ensemble tout exprès ? Le plus sexy de sa garde-robe… A croire qu'elle espérait ce qui arrivait à présent !

— Montre-moi.

Elle savait ce qu'il voulait d'elle… et elle était incapable de le lui refuser. Elle se dégagea le temps de faire glisser sa robe et se dressa devant lui. Le souffle de Nico s'était fait plus court et il la fixa d'un regard qui la fit rougir. Il la dévorait du regard, là, à demi nue, seulement parée d'un triangle de dentelle noire… Et soudain, à le voir ainsi fasciné, la timidité d'Ella se mua en fierté. C'était sa féminité qui suscitait cette soif de possession chez Nico…

Il se recula un peu sur le sofa, afin de mieux la contempler. Elle était vraiment magnifique avec ses cheveux relevés dégageant une nuque longue et souple, et sa peau crémeuse que la morsure du soleil dorait encore. Le noir de la dentelle semblait vibrer par contraste, et il eut soudain envie tout à la fois de la lui arracher et de lui faire l'amour alors qu'elle la portait encore. Après tout, pourquoi choisir ?

Nico tendit la main vers elle et la glissa entre ses jambes, touchant, à travers le léger écran de dentelle, l'endroit le plus secret de son corps. La sentant tiède et moite, il leva les yeux vers son visage et vit ses prunelles se dilater de plaisir. Instinctivement, elle ondulait sous la pression de ses doigts.

Il adora sa réaction. Comme il aurait voulu qu'elle le déshabille à son tour ! Un homme ordinaire l'aurait sans doute demandé à sa partenaire. Mais pourquoi fantasmer sur ce qu'il ne pouvait avoir ? Sa naissance ne le destinait pas aux mêmes plaisirs que les autres… C'était ainsi. A lui d'agir. N'était-ce pas ce qu'on attendait toujours de lui ?

Il se redressa légèrement sur les coussins, pour faire glisser son pantalon et ôter ses chaussures. Puis il revint à Ella et, d'un geste bref, délibéré, déchira la culotte de dentelle pour reprendre sa caresse, plus intimement encore. Elle se laissait faire, les yeux clos, captive des sensations délicieuses qu'il lui procurait. Lorsqu'il voulut la faire asseoir de nouveau sur lui, cependant, elle eut un sursaut de pudeur.

Tout s'était déroulé si vite ! songea Ella en un éclair de panique. Fallait-il qu'il en soit ainsi ? Allaient-ils faire l'amour sur le canapé, à moitié déshabillés ? Le sang se mit à battre contre ses tempes alors qu'il l'attirait au plus près.

— Nico… Non… Ne vaudrait-il pas mieux… aller dans ma chambre ?

La surprise le fit revenir sur terre. La question était si inattendue pour lui, si… innocente ! Avait-il enfreint une loi fondamentale qu'il ne connaissait pas ?

Mais voilà qu'il se conduisait en pillard, prenant ce qu'il estimait être son dû… sans la protéger. Etouffant un gémissement de frustration, il s'obligea à contenir son désir, le temps d'atteindre son pantalon, d'en retirer le nécessaire…

Elle le vit faire et comprit que, sans sa présence d'esprit, elle aurait oublié l'indispensable. Un sentiment de gratitude l'envahit, d'intime sécurité, et Ella s'aperçut qu'elle désirait cet homme encore davantage. Qu'importait le lieu, ici ou ailleurs, elle le voulait de toute son âme !

— Maintenant, dit-elle en un souffle, le chevauchant de nouveau.

— Gabriella… Montre-moi le chemin de ta chambre…

Un sentiment délicieux s'empara d'elle à l'entendre ainsi utiliser son prénom.

— Plus tard… viens…, chuchota-t-elle d'une voix fiévreuse, comme si plus rien n'existait que leur désir.

Nico perdit toute faculté de réflexion. Ella se cambrait d'impatience et lui ne pouvait détacher les yeux de ses seins offerts. Il entra en elle, étouffant le grondement sourd qui montait de sa poitrine, puis il la dirigea, les deux mains plaquées sur ses hanches, pour la pénétrer plus profondément. Son geste lui arracha un cri de plaisir.

— Nico !

Seigneur, qu'elle était belle… Devenue tigresse, elle tirait sur les pans de sa chemise, la déchirant presque, gémissant interminablement son nom alors qu'il bougeait en elle. Il tenta de l'apaiser d'un long baiser mais le seul effet qu'il obtint fut de décupler sa propre fièvre. Lui aussi perdait tout contrôle à présent… Mais pourquoi le conserverait-il ? N'était-il pas libre de s'abandonner ? Libre… Comme jamais il ne l'avait été. Pour Ella, il n'était qu'un homme quelconque. Simplement Nico…

Il prit ses seins au creux de ses mains, sentit saillir leur pointe, et le plaisir qu'il en éprouva faillit l'emporter.

— Gabriella…

Il avait prononcé son nom comme une supplique, dans un frisson d'émerveillement… Ella ouvrit les yeux pour chercher son regard, pour lire dans son âme ce qui faisait de lui un homme si différent. Ce fut alors que le plaisir la saisit, s'emparant d'elle comme une tornade et la projetant loin, très loin.

Elle cria son abandon et, alors seulement, il consentit à se laisser aller, à la suivre, à se noyer dans les vagues successives de la plus merveilleuse sensation qu'il eût jamais ressentie. Il serra Ella contre lui et leurs jouissances se fondirent. Longtemps, il la garda sur son cœur, bien après que la tempête se fut apaisée.

Ils s'allongèrent côte à côte sur les coussins et Ella posa de nouveau la tête sur sa poitrine, le cœur battant au même rythme sourd que le sien. Ce qu'elle venait de vivre entre ses bras la comblait plus qu'elle ne l'avait jamais été et elle fut presque heureuse de sentir Nico s'assoupir : cela lui offrait un moment de répit, une pause pour se retrouver et tenter de comprendre ce qui lui arrivait. La fièvre de leurs transports était si nouvelle pour elle ! Presque choquée, elle se rendait compte qu'elle n'avait jamais répondu aussi librement aux caresses d'un homme. Elle avait renoncé à toute inhibition pour le suivre…

Il s'étira avec un murmure de contentement. Ella posa un baiser distrait sur son épaule. Les dernières lueurs du couchant, entrant par la baie vitrée, poudraient d'or sa peau mate. Son regard se tourna vers la source de lumière et elle tressaillit : pas un instant elle n'avait songé à tirer les rideaux ! N'importe qui avait pu les voir en passant le long du jardin ! La honte empourpra ses joues et elle secoua doucement Nico. Sa peau avait la douceur de la soie… Pourtant, il fallait qu'elle le réveille !

— Nico ! murmura-t-elle d'un ton pressant. S'il te plaît !

Nico poussa un soupir. Il était délicieusement bien, doucement réchauffé par la lumière du soleil couchant. Jamais il n'avait ressenti une telle impression de paix. C'était si rare pour lui, cet état de relaxation complète, qu'il voulait s'y abandonner…

— Nico, non ! Réveille-toi !

Il répondit par un grognement indistinct. Quelle était cette voix qui zébrait sa torpeur, l'obligeait à reprendre pied dans la réalité, qui lui ordonnait… Il sursauta, soudain éveillé. Qui donc osait lui donner des *ordres* ?

Il vit un visage tout près du sien, des cheveux d'ambre emmêlés qui cascadaient sur des seins nus, une bouche encore rougie par ses baisers… En une seconde, il remit en place les pièces du puzzle.

Sa rescapée ! Sa demoiselle en détresse… Il l'avait invitée à dîner, raccompagnée, lui avait fait l'amour — il jeta un rapide coup d'œil à sa montre —, et tout cela en très peu de temps, à ce qu'il semblait.

Son regard revint à elle.

— *Ciao, bella*, dit-il gentiment.

Malgré sa douceur, Ella sentit le changement dans sa voix : ce n'était plus l'homme qui avait prononcé son nom d'une voix brisée, au sommet de la passion. Soudain, Nico lui semblait hors d'atteinte, terriblement lointain. Pire encore : étranger.

Un inconnu sensuel et viril auquel elle venait de faire l'amour avec une totale impudeur.

— Nous ne pouvons pas rester ici, dit-elle maladroitement, presque intimidée.

— Pourquoi pas ?

— Il faut monter dans la chambre. Quelqu'un pourrait nous voir…

Nico se figea. Bien sûr. Et certains étaient prêts à payer très cher pour une histoire aussi croustillante, photos à l'appui. Dans quel monde avait-il cru s'évader ? A quoi pensait-il ? Il se dégagea des bras d'Ella et se leva, furieux de sa propre inconséquence. Ils étaient à moitié nus, à quelques pas de la fenêtre et d'un objectif indiscret ! Rapide, il rassembla ses vêtements.

— Où est la salle de bains ?

Il avait parlé froidement, comme détaché, cherchant à obtenir au plus vite l'information qui l'intéressait sans se préoccuper du reste. Ella sentit son malaise s'accroître. Comment osait-il s'adresser à elle sur ce ton après ce qu'ils venaient de partager ?

Elle se leva d'un bond.

— Devant vous. Et la porte de sortie derrière vous, quand vous en aurez terminé !

Il vit la colère enflammer son visage et eut envie de l'embrasser. Elle n'avait pas cherché à dissimuler sa fureur sous un sourire de convenance. Mais pourquoi aurait-elle fait preuve d'hypocrisie avec lui ? Elle ne savait pas qui il était…

Elle se tenait toute droite, les seins fièrement dressés, et il trouva cela très érotique, peut-être plus encore parce qu'elle s'adressait à lui sur ce ton péremptoire.

Il la prit par la taille et plongea le visage dans son cou, lui relevant les cheveux, frottant son menton légèrement râpeux contre la peau tendre de sa nuque.

— Ne sois pas furieuse contre moi, *Gabrielle mia*…

— Alors ne me mets pas en colère.

Il leva les yeux vers elle, la scrutant d'un air amusé avant de reprendre sa caresse.

— Ce que je te fais là te met en colère ?

— Non, cela m'écorche la peau…

Elle demeurait rigide et crispée, mais pourtant sa voix s'amollissait déjà.

— Mais tu aimes cela, n'est-ce pas ?

Oui, elle aimait ça. Tout comme elle aimait sa voix soyeuse, et tout ce qu'ils avaient fait ensemble depuis qu'ils avaient franchi la porte… Ils s'étaient aimés avec une telle liberté…

Reprenant ses esprits, elle s'arracha à son étreinte.

— Est-ce que tu te comportes toujours ainsi ?

— Et toi ? riposta immédiatement Nico.

— Bien sûr que non !

— Dommage, tu devrais, murmura-t-il, songeur. Tu fais preuve d'un talent exceptionnel pour tirer le meilleur d'un homme…

La main d'Ella vola dans les airs pour le gifler mais, plus rapide, il la saisit au poignet.

— Tu oserais me frapper ?

Elle réalisa ce qu'elle avait failli faire et toute son assurance s'évanouit d'un coup.

— Oh, Nico… Je suis désolée… C'est la première fois que j'essaie de gifler un homme, je t'assure !

Il la dévisagea presque durement.

— Et tu essaies avec moi ! Qu'ai-je donc de si différent des autres ?

Elle secoua la tête, désemparée.

— Ce n'est pas toi… Je crois que je m'en veux de m'être comportée si librement, de t'avoir laissé faire, de… t'avoir désiré aussi fort, avoua-t-elle enfin d'une voix frissonnante.

— De m'avoir désiré ? Tu es merveilleuse, *cara*…

Il la serra de nouveau contre lui, cachant derrière un baiser le sourire de pur plaisir qui lui montait aux lèvres. Cet aveu lui disait tout ce qu'il voulait savoir. Elle avait aimé cela autant que lui. Leurs deux corps s'étaient rencontrés avec un égal enthousiasme et l'envie d'Ella avait été aussi forte que la sienne. Cela s'était merveilleusement bien passé entre eux, leur entente était explosive et… il n'y avait aucune raison pour que cela s'arrête. Si la distance entre Mardivino et l'Angleterre d'Ella était la garantie que l'ennui ne s'installerait pas, elle aiguiserait au contraire leur faim mutuelle. Oui, Ella serait vraiment la maîtresse idéale.

Certes, un jour ou l'autre, il faudrait bien qu'il lui révèle… Mais pas tout de suite. De toute façon, son nom seul suffisait à faire fantasmer les femmes, alors pourquoi s'inquiéter par avance de sa réaction ? En attendant, il chérirait la précieuse liberté que lui offrait l'anonymat.

Il ramassa la robe froissée d'Ella et la lui tendit, caressant au passage la toison bouclée entre ses cuisses. Il vit la jeune femme retenir son souffle et il ressentit un sentiment profond de triomphe.

— Ne devais-tu pas me montrer ta chambre ?

# 6

Le téléphone se mit à sonner et Ella sursauta.

Qu'il sonne, se dit-elle. Et si c'était Nico ? Eh bien, justement, rien n'était plus désolant que de donner l'impression d'attendre à côté du téléphone.

— Je t'appellerai, *cara mia*, avait-il promis en partant.

— De Mardivino ?

— Non, de Londres. J'ai un rendez-vous d'affaires dans la matinée. Heureusement, avait-il ajouté en jetant un coup d'œil malicieux à sa chemise aux boutons déchirés, j'ai un peu d'avance pour me changer ! Quelle tigresse ! Mais je vais très vite revenir te dompter…

Joignant le geste à la parole, il avait pris ses lèvres d'un baiser possessif, comme pour marquer son territoire.

— *Ciao, bella !* lui avait-il chuchoté à l'oreille.

Son rendez-vous avait dû s'éterniser, il tardait à appeler. A moins qu'il ne lui ait menti dans le but de s'épargner une scène… Elle lui avait cédé avec une telle facilité qu'elle en avait honte. Bien des hommes préféraient tourner la page quand ils avaient obtenu ce qu'ils voulaient… Non, cette hypothèse était trop déprimante pour être envisagée. Elle l'avait cru quand il lui avait murmuré entre deux baisers qu'elle était merveilleuse. Elle voulait croire en lui, car cela justifiait à ses propres yeux le fait de s'être ainsi abandonnée… Et sa promesse d'appeler, pour elle si précieuse, la consolait de son départ précipité et de la désinvolture de son adieu. L'écho de son *Ciao, bella* résonnait encore à ses oreilles.

N'y tenant plus, elle décrocha.

— Ella ?

Elle faillit reposer le combiné. La voix n'avait vraiment rien de sensuel, aucun accent étranger n'en rehaussait la banalité.

— C'est moi, dit-elle d'une voix réservée, feignant d'ignorer qui était son correspondant.

— Mark à l'appareil.

Elle qui espérait ne plus jamais entendre parler de lui ! Adoptant un ton glacial, elle le salua à contrecœur.

— Bonjour. Que puis-je pour toi ?

— Oh, rien, je viens aux nouvelles… Tu sembles aller bien… Tu ne t'es pas demandé, par hasard, pourquoi tu n'avais pas échoué en prison comme nous tous, l'autre jour ?

— J'étais malade, répondit-elle, le cœur au bord des lèvres au souvenir de leur désastreuse aventure.

— Nous étions tous dans un sale état… Mais pour toi, ça s'est plutôt bien terminé, non ? Tu t'es trouvé un sauveur, celui-là même qui a appelé la police…

Ella percevait une note d'excitation dans la voix de Mark. Elle s'en alarma et, avec impatience, essaya de couper court à la conversation :

— Mark, où veux-tu en venir ?

— Eh bien, raconte-moi quel effet ça fait ?

Ella eut un vertige. Quel effet ? Pouvait-il savoir ? Non, c'était impossible. Avec effort, elle recouvra son sang-froid, conjurant les souvenirs passionnés que sa question avait évoqués.

— Je ne comprends pas de quoi tu parles, Mark.

Il y eut un rire moqueur à l'autre bout du fil.

— Ne me dis pas que tu ne l'as pas reconnu… Tu ne lis jamais les magazines ? Tu ne sais pas son nom ?

— Si, bien sûr, il s'appelle Nico…

— Nicolo, veux-tu dire, rectifia-t-il.

— Et après ?

— Après c'est le plus croustillant. Ecoute un peu la version intégrale de son nom : Nicolo de Mardivino.

— Eh bien oui, c'est l'île qu'il habite…

— Et qui lui donne son patronyme. *Prince* de Mardivino, insista Mark avec emphase. Benjamin des trois princes, un vrai casse-cou à ce qu'on dit ! Et play-boy avec ça ! Jamais en retard d'une aventure…

— Mark, tu as encore bu ? demanda Ella avec colère, refusant inconsciemment de comprendre ce qu'il disait.

— Très peu, dit-il en riant. Juste assez pour te demander ce qui s'est passé pendant qu'on croupissait en cellule. Raconte un peu… Est-ce qu'il a eu plus de chance que moi ?

Ella raccrocha d'une main furieuse mais elle s'aperçut qu'elle tremblait. Mark n'était qu'un ivrogne ! De toutes ses forces, elle voulait résister au poison du doute qui s'insinuait en elle, et qui lui chuchotait que, sobre ou pas, Mark avait raison.

Bien sûr que non ! Nico ne pouvait être un prince ! Les princes ne vous sauvaient pas en pleine mer, ne vous soignaient pas quand vous étiez malade, ne se présentaient pas à votre porte pour vous emmener dîner. Et pour vous faire l'amour… La tête lui tourna.

A peine consciente de ce qu'elle faisait, Ella se précipita sur son ordinateur et tapa les mots « Mardivino » et « prince Nicolo » sur son moteur de recherche. Les lèvres contractées, elle découvrit avec consternation le nombre d'entrées… Trente-six mille sept cents ! Sans réfléchir, elle cliqua sur la première, attendit ce qui lui parut être une éternité pour voir s'afficher… le portrait de Nico ! Loin de se contenter d'être un homme ordinaire au service d'un richissime homme d'affaires, il remplissait aussi la fonction d'Altesse Sérénissime : Nicolo Louis Fantone Cacciatore, prince de Mardivino… Suivait une multitude d'informations sur lui et sa famille… Une famille comme les autres, si ce n'était la couronne incrustée de joyaux qui leur appartenait, de génération en génération…

Ella crut qu'elle allait vomir.

*
* *

Avec assurance, Nico appuya sur l'accélérateur. Un coup d'œil dans le rétroviseur lui confirma que lui et son bolide argenté étaient seuls sur la route.

Aurait-il dû appeler ?

Non, c'était mieux ainsi. Rien ne valait le contact direct.

Après tout, il savait s'y prendre avec les femmes, et les beaux discours qu'il fallait leur tenir n'avaient pas de secret pour lui. Il saurait lui faire comprendre la raison de son silence. D'un baiser, il scellerait leur complicité retrouvée. Une fois dans ses bras, elle ne pourrait que lui pardonner.

Il sentit monter le désir dans ses reins, tout en ressentant une certaine confusion. Leur relation était…

Quoi ? Qu'avait donc de spécial leur relation ? Légèrement soucieux, il fronça les sourcils. Ils avaient fait l'amour d'une façon si intime… Justement, cette intimité pouvait déboucher sur des incompréhensions. Trop de proximité affaiblissait les hommes, et donnait aux femmes de dangereuses illusions. Des illusions à cent lieues de la réalité.

Pourtant, Ella était tout ce qu'un homme pouvait rêver. Passionnée, provocante. Tendre. Cette tendresse était peut-être son sortilège le plus puissant, car Nico n'y était pas habitué. Il ne laissait jamais personne approcher suffisamment de lui pour cela et, cette fois, sa vigilance avait été prise en défaut. La tendresse était venue à lui sans qu'il s'en aperçoive, sans qu'il l'ait prévu. Comme sous l'effet grisant d'un vin délicieux, il avait baissé sa garde.

Pour la première fois, il ne s'était pas senti obligé de se protéger derrière ses barrières habituelles. Avec Ella, il avait pu agir naturellement, et la passion avec laquelle elle lui avait répondu l'avait surpris. Transporté. Il mourait d'envie d'y goûter de nouveau.

Il gara sa voiture devant le cottage d'Ella, rangea machinalement ses clés dans sa poche, et respira à pleins poumons, surpris par le plaisir qu'il éprouvait à retrouver le parfum des roses, le vert tendre de la pelouse, le chant des oiseaux. Etait-ce un rêve ? Son corps lui semblait renaître.

C'était… comme une douce euphorie. Due à l'anticipation du plaisir sexuel, se raisonna Nico. Ella offrait la fraîcheur d'une expérience nouvelle à ses sens blasés. Il humecta ses lèvres. Elle avait vraiment un goût différent. Il brûlait de le retrouver sur sa langue.

Il sonna.

De la fenêtre de sa cuisine, Ella l'avait vu arriver. Son cœur battait à tout rompre. Elle aurait voulu le laisser attendre sur le perron, indéfiniment. Il finirait sûrement par s'en aller ! Les princes n'aimaient pas patienter derrière des portes closes !

Mais si elle agissait ainsi, elle ne pourrait jamais mettre un point final à leur histoire. A l'avenir, leurs chemins étaient peu susceptibles de se croiser une nouvelle fois, et, dans ce cas, comment lui dirait-elle ce qu'il avait besoin d'entendre, au moins une fois dans sa vie ?

Avait-il seulement songé à ce qu'elle allait ressentir lorsqu'elle apprendrait qui il était vraiment ?

Elle ouvrit la porte… pour réaliser que le sourire qu'elle pensait devoir feindre lui venait naturellement aux lèvres en le voyant en face d'elle. Qu'il lui ait menti ou pas, elle réagissait toujours aussi vivement à sa présence…

Il était superbe, simplement vêtu d'un jean et d'un T-shirt noirs qui mettaient en valeur sa peau mate, ses cheveux de jais un peu ébouriffés. Ses yeux sombres brillaient comme des joyaux.

Des joyaux ? C'était le cas de le dire ! Saisie de nouveau par la colère, Ella faillit lui claquer la porte au nez, mais elle se retint *in extremis*.

— Nico… Je ne t'attendais pas ! s'exclama-t-elle en jouant la surprise.

— J'aurais dû appeler.

— Ce n'est rien…

Elle s'efforçait de se montrer aussi douce que la veille et Nico lui sourit, soulagé de voir que rien n'avait changé. Elle ne savait toujours pas… Bien sûr, cela le mettait au pied du mur. Il faudrait bien qu'il lui avoue la vérité…

Mais pas tout de suite.

Il s'autorisait encore une nuit d'amour entre ses bras, quelques heures de délices que rien ne viendrait gâcher.

— Puis-je entrer ?

Un instant, Ella eut peur de se trahir. Tiendrait-elle le rôle qu'elle s'était fixé si elle se retrouvait assise avec lui sur le canapé, à l'endroit même où… ? Oui. Il le fallait. Etait-elle si faible qu'elle ne puisse se contrôler quelques minutes près de lui ? Avait-il déjà tant de pouvoir sur elle ? Elle plaqua un sourire de composition sur son visage, s'étonnant elle-même de si bien jouer la comédie. Nico serait puni par là où il avait péché. Car c'était bien lui le prince… de la dissimulation !

— Bien sûr, répondit-elle d'un ton léger, le précédant vers la cuisine. Entre donc…

Nico fronça les sourcils en lui emboîtant le pas. D'où venait cette désinvolture ? N'aurait-elle pas dû se jeter dans ses bras ? Soit elle regrettait ce qui s'était passé, soit… Soit elle avait décidé de le faire attendre un peu, cette fois. Tout se méritait en ce bas monde, reconnut-il en souriant. Pour lui, c'était une première, mais l'attente pouvait aussi avoir son charme… Apporter un piment supplémentaire.

Elle se tenait près du réfrigérateur, tournée vers lui avec un sourire légèrement crispé.

— Que puis-je t'offrir, Nico ? Du champagne ?

Nico l'étudia, mal à l'aise. Certes, ils avaient fait l'amour divinement, mais de là à sabler le champagne… Rapidement, il repassa dans sa mémoire les heures passées en compagnie d'Ella, à la recherche d'un faux pas, d'un mot malheureux qui aurait pu la convaincre que leur relation prenait un tour sérieux.

— Tu as envie de champagne à cette heure-ci ? s'étonna-t-il.

Ella jubilait. Visiblement, elle le déconcertait. Eh bien, il n'était pas au bout de ses surprises. En proie à une rage froide, elle jeta délibérément le masque.

— En fait, non. Je crois que je m'étranglerais sur la première gorgée. Sans doute parce que je ne peux servir qu'un champagne très ordinaire…

Le regard perçant de Nico se fit perplexe.

Elle s'amusa presque de la surprise qui se peignait sur ses traits. On ne devait pas souvent lui tenir la dragée haute, au Palais !

—… alors que dans ton monde, reprit-elle, on ne boit que le meilleur, n'est-ce pas… Nicolo ?

Son cœur frappa un grand coup dans sa poitrine. Etait-ce du désappointement ? C'était un sentiment qu'il avait rarement l'occasion d'éprouver. Ce qui l'assaillait sans ambiguïté, en revanche, c'était la gêne. Il se sentait désemparé.

— Donc, tu sais…

— A ton avis ?

Il se raidit. Bien sûr qu'elle savait. Et cela changeait déjà tout… Quand avait-elle appris la vérité ? Avant ou après qu'ils aient fait l'amour ? Nico rageait intérieurement. Ses pensées s'emballaient, tournoyant dans son esprit à la vitesse de la lumière. Faisait-elle partie de ces lecteurs avides qui se délectaient de la lecture des magazines à scandale ? Peut-être s'était-il aveuglé à son sujet ? Peut-être le manipulait-elle depuis le début ? Il aurait dû suivre son premier mouvement, cet instinct qui lui disait de se méfier de tout le monde, sans exception. Et la situation était peut-être pire qu'il ne pensait : elle avait très bien pu jouer le rôle d'un bel appât destiné à le piéger…

— Depuis quand sais-tu ?

La froide accusation qu'elle devina dans ses paroles atteignit Ella en plein cœur.

— Mais que crois-tu ? répliqua-t-elle avec colère.

Justement… Plus il y réfléchissait, plus il se demandait si son abandon enflammé de la veille était aussi innocent qu'il l'avait cru. Elle s'était rendue si vite, se prêtant de façon si convaincante à ses caresses… Trop convaincante ? Et si tout cela n'était qu'une habile mise en scène, guettée par des photographes peu scrupuleux ? Leurs ébats n'étaient-ils pas déjà sur un de ces sites Internet où se donnaient rendez-vous malades et voyeurs ? L'imprudence dont il avait fait preuve le glaça.

— Je ne sais pas, jeta-t-il d'un ton coupant. C'est pour cela que je pose la question.

L'indignation submergea Ella. Comment *osait-il* l'acculer ainsi ? C'était elle qui avait des reproches à lui faire, pas le contraire !

— Tu penses que je suis une dissimulatrice ?

Nico masqua son désarroi par l'expression habituelle de froideur qu'il adoptait pour tenir le monde à distance.

— C'est le cas ?

Ella écarquilla les yeux, horrifiée.

— Si c'était le cas, cela voudrait dire que j'ai couché avec toi en jouant la comédie !

— Pourquoi pas ?

Avait-elle jamais ressenti pareille impression de vide ? La nausée la saisit. Comment pouvait-il la soupçonner d'une telle horreur ?

La réponse s'imposait, hélas… Ne s'était-elle pas comportée comme une traînée ?

— Parce que ce n'est pas mon genre, si tu veux tout savoir ! cria Ella. Je n'avais aucune idée de ton identité, je ne savais de toi que ce que tu m'en avais dit… Des mensonges ! Mais quelle raison aurais-je eue de douter ? Les princes ne courent pas les rues, de nos jours !

Ses yeux d'émeraude lançaient des éclairs. Nico comprit qu'il l'avait blessée avec sa fierté arrogante. Il s'était laissé emporter. Si seulement il pouvait reprendre ses paroles… Il s'avança vers elle, les mains tendues pour lui proposer la paix.

— Gabriella…

— Mon nom est Ella, tout comme le tien est Nicolo ! Voilà

la réalité. « Nico » et « Gabriella » n'existent pas, ce sont juste deux masques avec lesquels nous avons commis l'erreur de vivre un fantasme ensemble, sans rien avoir d'autre en commun. Tu t'es bien amusé en gardant l'incognito, alors restons-en là !

Sa perspicacité ébranla Nico. Pour la première fois, il se trouvait dans une situation dont ni son charme ni son entêtement ne suffiraient à le sortir.

— Et si je te disais que je ne veux pas en rester là ? murmura-t-il doucement.

Sa réponse lui valut un regard de mépris.

— Je présume que tu as l'habitude de toujours obtenir ce que tu désires…

Il ne pouvait pas le nier. Elle avait raison.

— Eh bien cette fois, reprit Ella, ce sera différent ! Pars et ne reviens plus. Je ne veux plus te voir !

Elle inspira hâtivement, craignant de craquer devant lui. Que se passerait-il si elle éclatait en sanglots ? Cela ne ferait qu'ajouter à la brûlante humiliation qu'elle ressentait. Elle réalisait qu'il s'était non seulement joué d'elle, mais qu'il lui avait volé bien plus que quelques heures de passion… Sa déception était immense. Bien plus qu'elle ne l'aurait supposé.

— J'ai horreur que l'on se moque de moi, Nico ! Fiche le camp d'ici !

Quel langage ! Nico tressaillit imperceptiblement sous l'affront. Personne, jamais, ne lui avait parlé sur ce ton. Il aurait dû tourner les talons et la planter là !

— C'est bien ce que tu veux ? s'enquit-il d'une voix contenue.

— Préfères-tu que je te le dise en espagnol ? rétorqua-t-elle, à bout d'argument, au bord du désespoir. Ou en italien, pour m'assurer que tu comprennes ?

Il s'aperçut qu'elle tremblait et ne put retenir sa main, qui vint caresser le délicat contour de sa joue. Ella leva vers lui des yeux pleins de trouble et un désir de victoire monta en lui. C'était chez lui une seconde nature que de triompher des obstacles. Vaincre, à force de volonté… Il avait toujours voulu se prouver qu'il était capable de décrocher la lune, non pas du fait de sa naissance mais de ses propres mérites.

— *Muy bien*, murmura-t-il, passant instinctivement au langage de ses ancêtres, ces conquistadors qui se sont battus si rudement pour gagner Mardivino. Je te laisse, Gabriella. Cela te donnera l'occasion de réfléchir à ta folie. Car c'en est une que de lutter contre soi-même.

Ses yeux lançaient des éclairs.

— Tu me désires toujours, autant que je te désire..., reprit-il.

— Et toi tu prends tes désirs pour des réalités ! lança Ella, cinglante.

Il s'empara de sa main, l'écrasa sur ses lèvres.

— Tu seras mienne encore, je le sais, promit-il d'une voix grave et douce, avant de claquer la porte.

# 7

Ella regarda la lettre avec suspicion.

— Tu ne sembles pas ravie, constata Rachel dont les yeux brillaient de plaisir. La plupart des gens sauteraient de joie en recevant un carton estampillé de ce sceau royal ! L'office du tourisme de Mardivino nous demande conseil… A nous !

Ella soupira, et décocha un faible sourire à sa jeune assistante. L'enthousiasme de Rachel était l'une des qualités qui avaient décidé Ella à l'embaucher, et celle-là même qui l'empêcherait de comprendre pourquoi l'agence allait refuser cette mission… D'ailleurs, qui aurait pu comprendre ? Comment Ella aurait-elle pu s'expliquer ?

Elle imaginait déjà la conversation :

— *C'est une ruse, Rachel, pour m'obliger à retourner là-bas, à Mardivino. Le prince veut me revoir, tu comprends…*

— *Mais, Ella, qu'est-ce que tu racontes ?*

— *Il m'a sauvé la vie, il a couché avec moi sans me dire qui il était. Depuis que j'ai appris la vérité, je ne veux plus entendre parler de lui.*

Qui croirait une fable aussi invraisemblable ? Non, mieux valait utiliser des arguments professionnels pour convaincre Rachel.

— A dire vrai, Rachel, je ne suis pas très sûre d'avoir le temps de mener à bien une mission aussi complexe…

Sa jeune assistante la regarda comme si elle était subitement frappée de folie.

— Je peux gérer l'agence en ton absence. Cela m'est déjà arrivé, tu sais que j'en suis capable !

— Bien entendu, acquiesça Ella, attentive à ne pas se montrer blessante. Mais le projet risque de dépasser nos capacités logistiques. Voilà pourquoi je vais refuser.

Rachel écarquilla les yeux.

— C'est insensé. Si nous manquons de personnel, alors il faut en engager !

— Je vais y réfléchir, accepta prudemment Ella. En attendant, voudrais-tu aller nous chercher quelques sandwichs pour le déjeuner ?

Une fois Rachel partie, Ella décrocha le téléphone. Son cœur battait la chamade. Elle venait d'avoir une idée qui lui sauverait la mise et comblerait Rachel. Son Altesse Nicolo Cacciatore pourrait difficilement s'y opposer…

Elle composa rapidement le numéro imprimé sur la carte, croyant obtenir une secrétaire. Le combiné faillit lui tomber des mains quand elle entendit la voix charmeuse à l'autre bout du fil.

— *Si ? Nicolo…*

Quel nom devait-elle lui donner, à présent ? Nico, Nicolo, Prince… ou Roi des Menteurs ?

— Nico ? répondit-elle d'un ton aussi détaché qu'elle le put.

Au cœur du palais, dans la splendeur ouatée de son bureau, Nico sentit son pouls s'accélérer. Ella… Sa ruse fonctionnait exactement comme prévu.

— *Ciao*, Gabriella, dit-il en adoucissant encore le timbre de sa voix. Tu as reçu ma lettre ?

— Sans cela, je n'aurais pu me procurer ce numéro, rétorqua froidement l'intéressée.

Nico eut un petit frisson de plaisir. Elle était toujours aussi rétive… Tant mieux. La victoire n'en serait que plus délectable.

Comment n'avait-il pas compris plus tôt le potentiel érotique de l'insolence ?

— Et quand arrives-tu ? demanda-t-il aimablement.

Ella marqua une pause, le temps de savourer sa revanche. Oh, ce n'était pas grand-chose mais cela apprendrait à Nico qu'il ne pouvait pas la manipuler à son gré.

— Ce n'est pas moi qui viendrai. J'envoie mon assistante…

Il y eut un blanc.

— Certainement pas.

La voix veloutée de Nico s'était teintée d'une légère menace, qu'Ella choisit délibérément d'ignorer.

— Elle est très capable. Tout autant que moi.

— Il ne saurait en être ainsi, *cara*. Ce n'est pas ton assistante que je veux, c'est toi.

Quel despote ! se dit-elle. S'il croyait pouvoir plier le monde entier à ses volontés, il se trompait !

— Laissez-moi vous éclairer sur un point, *prince Nicolo*, railla-t-elle en insistant sur le titre. Il est pathétique de recourir à un tel stratagème pour me faire accourir. Si le tourisme de l'île ne peut se passer des services de mon agence, vous devrez vous débrouiller avec mon assistante. Si vous n'êtes pas d'accord sur le choix de la personne, vous pouvez toujours vous adresser ailleurs. Moi, je tire ma révérence…

Nico sourit. Quelle repartie ! Il était évident qu'elle mourait d'envie de venir, et pourtant elle ne se laisserait pas conquérir facilement. Parfait. Il avait toujours trouvé la difficulté stimulante…

— A mon tour de t'éclairer, Gabriella, même si ton ego doit un peu en souffrir. La mission que je propose à ton agence correspond à un véritable besoin, je ne l'ai pas inventée pour t'attirer ici.

— Un besoin ?

— Mais oui.

Pensivement, il laissa errer son regard sur les flots turquoise qui s'offraient à sa vue, scintillant sous le soleil.

— Mardivino est une île aussi belle que petite. Elle commence à intéresser beaucoup de monde et nous savons les dégâts qu'un pareil engouement a pu causer ailleurs. Je voudrais développer l'industrie du tourisme sur l'île, mais de façon sélective, sans détruire le charme initial des lieux.

— Ce n'est pas exactement ce dont je m'occupe habituellement…

— Tu devrais. J'ai fait faire mon enquête sur les activités de ton agence et j'aime beaucoup la façon dont tu travailles.

— Tu peux garder tes compliments, Nico.

Elle aurait pu s'épargner cette réflexion car il poursuivit comme si de rien n'était.

— Parfois, un œil neuf s'avère plus efficace que ceux des soi-disant experts. Tu as l'œil, Gabriella, et tu ne manques pas d'imagination. C'est la combinaison que je recherche.

— Suis-je censée me pâmer de bonheur ? Je n'ai jamais quémandé l'approbation de quiconque et encore moins la tienne ! Les flatteries ne me…

— Pour ta gouverne, coupa-t-il d'une voix tranchante, sache que je n'ai jamais recours à la flatterie. Je pense ce que je dis et c'est pour cela que lorsque je te demande de venir, c'est toi que je veux, pas n'importe quelle assistante.

— C'est trop fort ! J'ai déjà dit que je ne viendrais pas !

— Bien sûr que si, tu viendras, dit-il d'une voix soigneusement contenue. En tout cas, je te le conseille… Je n'ai pas l'habitude d'essuyer des refus, et si tu t'entêtais, tes affaires pourraient bien… comment formuler cela ?… disons se trouver ralenties. Dommage, non, pour une entreprise en plein essor ?

Nuire à son agence, c'était là sa menace ? Comment s'y prendrait-il ? Ella n'en savait rien, mais elle comprit tout de suite qu'il avait de puissants moyens d'action.

— C'est du chantage ? s'enquit-elle d'une voix glaciale.

— Pas de grands mots… Disons que je t'offre une extraordinaire opportunité que, pour le bien de ton agence, il serait judicieux d'accepter.

Tremblante de rage, Ella comprit qu'elle allait être obligée de céder. Ce serait folie que de compromettre l'avenir de l'agence.

— Admettons que je vienne, avança-t-elle en se maîtrisant pour ravaler sa fureur, et que j'accomplisse ma mission, peux-tu me garantir que je ne te verrai pas ?

— Comment pourrais-je tenir pareille promesse, *cara* ? s'étonna innocemment Nico. Je te rappelle que c'est moi qui dirige l'office du tourisme sur cette île. Au contraire, il nous faudra être, toi et moi, en constante… liaison.

Comment osait-il se permettre de tels sous-entendus ? Dans sa bouche, le mot « liaison » prenait une connotation ouvertement sexuelle, ce qui était sans doute son intention… Ella frissonna. Le souvenir de ses caresses s'imposait à elle avec une ensorcelante précision.

— Très bien. Moi, je peux te promettre une chose, Nico, c'est que tu n'obtiendras pas ce que tu cherches.

— Nous verrons… Du moment que tu sais ce que j'attends de toi, dit-il avec ironie, jouant sur les mots.

Bien sûr qu'elle le savait ! Elle n'avait rien d'une oie blanche ! Pourtant, l'amour qu'elle avait connu avant lui l'avait laissée indifférente, en comparaison de ce qu'elle avait ressenti dans ses bras. Avec Nico, l'expérience avait atteint une dimension magique qu'elle ne s'expliquait pas.

Sous ses doigts, son corps était devenu aérien, comme en apesanteur, flottant dans un espace différent, et lorsqu'il avait touché terre de nouveau, ç'avait été pour s'emboîter parfaitement au sien. Il lui avait semblé n'être née que pour cet homme, sans autre volonté que celle qu'il lui insufflait… et en même temps exerçant sur lui un pouvoir inédit : celui de donner à son visage cette pure expression de plaisir. Ce plaisir fou qu'ils avaient goûté ensemble, une seule nuit, était exceptionnel, elle le savait. Pourquoi n'aurait-il pas souhaité qu'il se renouvelle ? Rien que d'y penser, Ella en avait la gorge sèche et le corps frissonnant.

Oui, mais la donne avait changé… L'authenticité de leur

relation était irrémédiablement perdue. Pour elle, Nico ne serait plus jamais « Nico ».

Ne comprenait-il pas qu'il était trop tard ? Qu'il ne pouvait y avoir de retour en arrière ? Son insistance à la faire revenir à Mardivino n'était qu'un réflexe d'orgueil : avant elle, personne n'avait dû lui signifier son congé ! Il voulait avoir le dernier mot…

Eh bien, il apprendrait à ses dépens que ce n'était pas toujours possible… Les proches d'Ella la qualifiaient souvent d'entêtée. C'était sans doute un défaut dans beaucoup de cas, mais pas dans celui-ci. Et elle savait que la détermination ne lui ferait pas défaut.

Il la voulait sur son île, il l'aurait. Mais aux conditions qu'elle aurait décidées.

— Parfait. J'accepte.

— Tu m'en vois ravi.

La note triomphale de sa voix lui fit serrer les poings. Oh, pourquoi n'avait-elle pas réussi à le gifler quand elle en avait eu l'occasion ?

— J'aurai besoin de renseignements précis sur ma mission, poursuivit-elle d'un ton froidement professionnel.

— Ce sera bien plus simple quand je t'aurai sous la main, *cara*… Dès ton arrivée, je me mettrai à ton entière disposition.

Ella lutta contre les images sensuelles qui lui venaient à l'esprit.

— C'est très aimable à toi, mais je crains que ce ne soit insuffisant. J'ai besoin de chiffres et de statistiques : nombre actuel de touristes, nombre de logements, marché potentiel… Peux-tu me faxer tout cela rapidement ?

Nico eut un petit rire silencieux. Même ses précepteurs les plus sévères ne lui avaient jamais parlé comme cela quand il était enfant ! Comme ce serait bon de mater cette nature rebelle d'un baiser, un de ceux auxquels il savait qu'elle ne résisterait pas… En attendant, s'il lui fallait des statistiques pour la persuader de prendre l'avion, il allait lui en fournir assez pour saturer son fax !

Un sourire de satisfaction s'épanouit lentement sur ses lèvres.

— A tes ordres…

— Je prendrai l'avion en début de semaine prochaine.

— Précise-moi le jour, je viendrai te chercher, proposa-t-il, se délectant déjà de l'avoir tout près de lui pendant le trajet.

Ce fut à elle de triompher, cette fois.

— Certainement pas, Nico. Je prends les lignes régulières.

— Aurais-tu eu peur lors de notre premier voyage ? s'enquit-il d'une voix mi-moqueuse, mi-agacée.

— Tes compétences ne sont pas en cause. J'essaie simplement de résister à tes manœuvres. Tu fais appel à mon expérience professionnelle et je t'en ferai bénéficier. Mais tu seras traité comme n'importe quel client. Le vol pour Mardivino sera porté sur ma note de frais.

Un instant, son audace le laissa sans voix. Elle refusait la proposition d'un prince de sang !

— Ah, un dernier détail, Nico…

Avait-elle *encore* une requête à formuler ? Il n'en revenait pas. Une pointe d'admiration se mêla à la contrariété qu'il éprouvait, faite d'incrédulité et de désir frustré. Ella avait un sacré cran pour lui tenir tête ainsi. Jusqu'alors, il n'avait rencontré chez personne une telle ténacité.

— Je t'écoute.

— Il me faudra une chambre personnelle où je puisse travailler. Aucun compromis n'est possible sur ce point.

Il ne songeait pas à lui en proposer.

— Bien. Prends mon numéro de portable.

— Vas-y…

Réalisait-elle l'honneur qu'il lui faisait en lui donnant accès à son portable privé ? Un instant, il faillit lui demander de ne pas en abuser mais il se ravisa : visiblement, elle ne considérait nullement cela comme un privilège !

— A bientôt, *querida*, murmura-t-il quand elle eut noté le numéro.

— « *Querida* » *?* Je croyais que tu utilisais plus volontiers l'italien, releva-t-elle d'une voix moqueuse.

— L'italien est le langage de l'amour, l'espagnol celui de la conquête, rétorqua Nico. Il faut croire que je me sens plus conquérant qu'amoureux, aujourd'hui, Gabriella…

Croyait-il s'en tirer par cette pirouette ? Elle n'allait pas passer l'occasion de marquer un point.

— Amoureux ? Quand l'as-tu jamais été, Nico ? Ne confondrais-tu pas le sexe avec l'amour ?

Puis, tranquillement, elle reposa le combiné.

# 8

— Et où proposes-tu de la loger, Nicolo ?

— Au palais, bien sûr.

— Il n'en est pas question.

Le ton de Gianferro était sans réplique.

— Je n'admettrai pas que tu installes tes maîtresses au palais.

Nico connaissait assez son aîné pour savoir qu'une confrontation ne le mènerait à rien. Mieux valait se montrer diplomate et ne pas heurter de front le prince héritier… Gianferro était destiné à monter sur le trône, et tous savaient que ce moment approchait, la santé du roi, leur père, déclinant rapidement. On disait souvent que, des trois frères, il avait la meilleure part… Sans doute. Mais c'était aussi la pire : la haute main sur le royaume se doublait de responsabilités écrasantes. Prendre place sur le trône était considéré comme un immense privilège, mais Nico savait, quant à lui, que cela pouvait être aussi un poids accablant.

Guido, le cadet, avait voulu échapper à toute pression en partant vivre à l'étranger. Cette position dans la fratrie s'avère toujours difficile, même au sein d'une famille ordinaire. Dans la leur, cette place médiane était encore plus délicate à occuper. Quel rôle jouer ? Guido avait trouvé sa propre réponse : il était parti le plus vite possible de Mardivino et vivait l'existence dorée d'un play-boy international.

Nico, le benjamin, aurait dû être l'enfant gâté de la famille.

Mais le destin en avait décidé autrement, en lui prenant sa mère. Elle ne s'était jamais remise de cette troisième grossesse… La fierté que son père éprouvait à l'égard de son plus jeune fils s'était toujours teintée de tristesse, et ce sentiment avait mis de la distance entre eux.

Gianferro avait instinctivement perçu cet éloignement, et, bien que de sept ans seulement son aîné, il avait très vite assumé un rôle paternel auprès du jeune Nicolo. Le guidant, l'épaulant, il avait farouchement protégé son frère de toute vicissitude… et ne l'avait pas vu grandir. Face à un tel mentor, Nicolo avait dû gagner de haute lutte chaque portion de son indépendance.

— Gabriella n'est pas ma maîtresse, répondit-il calmement.

Gianferro haussa un sourcil incrédule, vaguement amusé.

— Vraiment ? N'est-elle pas cette sirène rescapée que tu as hébergée sur la plage ? Celle du bateau hors la loi ?

Nicolo ouvrit un œil rond.

— Tu es au courant ?

— A quoi servirait le chef de la police s'il ne me tenait pas au courant de ce qui se passe sur l'île ?

— Ton chef de la police est aussi bavard qu'une vieille commère, commenta Nico avec mauvaise humeur. Il ferait bien d'apprendre à se taire.

Gianferro laissa échapper un rire bref.

— Pour perdre son poste ? Son devoir est de m'informer, comme le mien est de veiller au bien-être de mes sujets, surtout quand il s'agit de mon frère ! Installer une de tes maîtresses au palais ruinerait ta réputation aussi sûrement qu'un jour les sports périlleux que tu pratiques ruineront tes chances de vivre vieux…

Nico étouffa un soupir. Discuter de ce sujet avec son frère ne servirait à rien. Il avait essayé. Gianferro persistait à ne pas comprendre pourquoi Nico flirtait en permanence avec le danger.

— C'est une interdiction, Gianferro ? demanda Nico avec une douceur feinte.

— Non…

Gianferro esquissa un sourire qui adoucit un instant les lignes sévères de son visage.

— Je me contente de faire appel à ton sens des convenances.

— Tu sais sûrement que je la fais venir pour une mission bien précise ? précisa Nico d'un ton dégagé. Elle va travailler au développement touristique de notre île.

— Très pratique, remarqua ironiquement son frère. Pour vous deux… Et que se propose-t-elle d'accomplir ici, à part ce qui relève de l'évidence ?

Il y eut une pause, et Nico capta la rapide lueur de défi dans le regard de son aîné. Patience. L'affrontement ne servait à rien.

— Je te tiendrai au courant, dit-il avec désinvolture, mais tu peux toujours obtenir des précisions auprès du chef de ta police…

Gianferro réprima un sourire. Décidément, son frère supportait mal de devoir obéir !

— J'espère ne pas en avoir besoin ! répliqua-t-il sur une note plus légère. Trouvons un accord, veux-tu ? J'accepte qu'elle ait un bureau au palais mais loge-la à l'Etoile. L'hôtel est suffisamment luxueux pour l'impressionner.

— Tu penses que c'est là mon but ? L'impressionner ?

Encore une fois, leurs regards s'affrontèrent.

— Je ne sais pas exactement quel est ton but, répondit doucement Gianferro. Je ne te demande aucune explication : il me suffit de savoir que cette jeune femme est très attirante. Cependant, je te connais suffisamment pour te donner un conseil. N'oublie jamais que, pour un homme dans ta position, elle ne peut être autre chose qu'un divertissement…

Les lèvres de Nico esquissèrent un sourire cynique.

— Ce genre d'avertissement est superflu, Gianferro. Crois-tu que j'imaginais autre chose ?

*
* *

Ella avait tenu à voyager sur les lignes régulières mais elle s'aperçut que lorsqu'on était attendu au palais de Mardivino, le service offert à bord était… royal ! Dès le moment où elle avait posé le pied à l'aéroport, elle avait été prise en charge avec un luxe d'égards auquel même les passagers de première classe n'avaient pas droit. Les ordres venaient-ils de Nico ? Ou plutôt, de Son Altesse le Prince Nicolo ?

Soudain, elle réalisa ce qu'impliquait un statut aussi privilégié que celui de prince. Tout le monde était à votre service pour satisfaire votre moindre désir. Nico ne connaissait que les sourires et les courbettes. Comment aurait-il pu avoir des relations authentiques avec les autres ? Tout était faussé d'avance ! Ses désirs étaient des ordres…

Ella pinça les lèvres. Elle comprenait mieux l'obstination de Nico à la faire céder. Tout devait céder devant lui.

Elle souffrait toujours de son mensonge, mais sa souffrance avait une cause plus profonde : avec Nico, elle avait fait l'amour de manière inattendue, explosive, et, surtout, en se sentant infiniment proche de lui. C'était tout cela qu'il avait piétiné avec sa duplicité. Les sentiments étaient quantité négligeable pour un homme comme Nico. Pourquoi s'en serait-il soucié ? N'y avait-il pas foule au pied de son lit ? Elles devaient toutes s'y presser pour pouvoir y entrer ! Non, Nico n'imaginait pas qu'il puisse exister quelque chose de plus que la simple satisfaction sexuelle.

En conséquence, elle devait garder la tête froide. Maîtriser ses émotions, placer les événements en perspective. Voilà la stratégie qui serait la sienne. Sous aucun prétexte elle ne devait s'attacher à lui car rien, absolument rien de bon pour elle, ne pourrait en sortir.

Eh bien, soit. Elle relèverait ce défi. Elle saurait donc résister.

L'arrivée à l'aéroport de Solajoya se déroula comme dans un rêve : pas de files interminables, pas d'attente à la douane…

On la fit sortir la première et, dès qu'elle fut dehors, elle vit Nico qui l'attendait sur le tarmac. En dépit de toutes ses résolutions, son cœur se mit à battre plus vite quand elle le vit marcher vers elle.

— Bonjour, Gabriella…

— Je… Je ne pensais pas que tu viendrais en personne, balbutia-t-elle, désemparée.

Où était donc passée sa détermination ? Au premier regard, il l'avait pulvérisée…

L'ombre d'un sourire passa sur le visage de Nico.

— Croyais-tu que j'allais envoyer… mon assistant ?

Piquée par l'allusion, elle rétorqua :

— Pourquoi pas ? Je ne suis pas habituée aux égards princiers.

Et à aucun égard particulier de sa part, songea Ella avec amertume.

— Le prince se fait ton serviteur, lui répondit Nico de sa voix la plus douce. Mais n'oublie pas une chose : si on veut être respecté d'eux, il faut traiter les serviteurs avec considération…

Nico prit son bagage qu'il jeta dans le coffre d'une limousine noire. Ella le regardait faire, s'autorisant le luxe de l'observer pendant qu'il n'y prêtait pas attention. Elle l'avait vu en tenue décontractée sur la plage, en élégant costume de ville en Angleterre, mais aujourd'hui, c'était indéniablement le prince qui était venu l'accueillir. Même un œil aussi peu entraîné que le sien pouvait aisément reconnaître la sophistication la plus coûteuse dans ses vêtements. Son costume, coupé à la perfection dans un léger tissu d'alpaga, était porté sur une chemise bleu pâle de la soie la plus fine, ouverte au col. Une toison noire et bouclée frisait à l'encolure.

*C'est cet homme que j'ai tenu dans mes bras*, se remémora Ella avec une bouffée de fierté. *C'est lui que j'ai serré contre mon cœur pendant qu'il me faisait si merveilleusement l'amour…* Comme à des centaines d'autres, lui rappela la voix cynique de la raison. Hélas, la raison n'allégeait pas le chagrin, pas plus qu'elle n'empêchait le désir…

Nico allait lui ouvrir la portière mais il s'interrompit en la regardant.

— Pourquoi rougis-tu, *cara* ? Je te sens troublée…

Ella enterra ses regrets au plus profond d'elle-même et releva fièrement la tête.

— Je te rappelle que je suis ici contre ma volonté, Nico. Croyais-tu que j'allais accepter tes ordres de gaieté de cœur ?

Non, il n'était pas assez stupide pour cela, songea-t-il amèrement. Mais n'espérait-il pas, dans le secret de son cœur, qu'elle serait flattée de son obstination ? Que ses protestations étaient de pure forme ? Il avait connu tant de femmes qui savaient si bien refuser au premier abord ce qu'elles désiraient le plus… A voir la réaction d'Ella, il n'était plus si sûr de sa stratégie. Et l'incertitude n'était pas pour lui un sentiment confortable.

— Allons-y, dit-il sèchement en lui ouvrant la portière.

Il se mit au volant et ils quittèrent le petit aéroport, salué au passage par une rangée de gardes. Un groupe de touristes à la sortie remarqua leur véhicule. Il y eut des cris, des saluts, et quelques flashes crépitèrent.

Ella avait du mal à en croire ses yeux.

— C'est toujours ainsi ?

— Non, la plupart du temps, c'est pire, rétorqua Nico avec un sourire sans joie.

Comme elle savait peu de choses sur lui, sur la vie qu'il menait vraiment ! pensa Ella. L'homme était un être complexe et le beau prince ombrageux assis près d'elle l'était peut-être plus que tout autre.

Il y avait au moins un aspect de lui qu'elle pouvait se permettre de connaître mieux, c'était celui qui concernait sa mission.

— Alors, tu diriges l'office du tourisme ?

— Tu ne croyais quand même pas que je me tournais les pouces toute la journée, attendant que l'on me serve des rafraîchissements ?

Ella haussa les épaules, gênée par le cynisme de sa réplique.

Mais il ne se trompait pas de beaucoup… Elle l'avait cru oisif, ou, pour le moins, dilettante.

— Parle-moi de ce que tu y fais.

Il était difficile de résister à cet intérêt sincère, se dit Nico. Et puis, ne voulait-il pas également se racheter aux yeux d'Ella, lui prouver qu'il savait s'engager, poursuivre un but utile ?

— Mon idée est de régénérer Mardivino en l'ouvrant sur l'avenir, commença-t-il. Mais sans abîmer son passé. La taille de l'île, sa situation géographique, sont parfaitement adaptées aux industries du tourisme.

— Donc, tu voudrais que l'île ait d'autres revenus que ceux d'un paradis fiscal ?

— Je vois que tu as préparé ton dossier, remarqua-t-il.

— Evite le paternalisme, Nico, s'il te plaît.

— Ça n'en était pas, dit-il doucement. J'admire ton éthique professionnelle et je t'en fais compliment.

Elle ne voulait pas de ses compliments ! A la moindre opportunité, il allait se frayer un chemin jusqu'à son cœur. Comment se garder de lui s'il se mettait à l'admirer ?

Elle détourna les yeux pour étudier la vue. La mer était d'un bleu turquoise. Noyée de soleil, la route défilait entre deux rangées d'arbres de Judée, à l'enchanteresse floraison mauve. Ella ressentit une soudaine bouffée d'enthousiasme. Ce bonheur, elle l'éprouvait toujours en visitant un lieu nouveau et préservé. Sa joie dura le temps de se rappeler pourquoi elle se trouvait ici… Elle devait mettre de côté son enthousiasme. Il était mauvais conseiller.

— Quelle est la langue officielle de Mardivino ? demanda-t-elle pour rester sur le terrain professionnel.

— Il y en a quatre, expliqua Nico en accélérant, alors qu'ils longeaient la mer. L'italien, l'espagnol, le français et l'anglais sont interchangeables.

— N'est-ce pas un peu perturbant ?

— Pas du tout, affirma-t-il en riant. Cela fait de nous un

peuple de linguistes ! Et c'est très pratique pour les touristes. D'où qu'ils viennent, ils peuvent être compris…

— C'est curieux… Je n'ai pourtant pas eu l'impression de me faire si bien comprendre quand je t'ai expliqué que je ne voulais pas venir ici, persifla Ella.

Nico rit de bon cœur. L'insubordination était une vraie habitude chez elle !

— Ah, Gabriella… Ne sais-tu pas à quel point ce genre d'escarmouche excite un homme ? C'est un délice de croiser le fer avec une jolie femme…

— Surtout quand l'homme en question n'est pas habitué à ce qu'on lui résiste, précisa Ella avec à-propos.

— C'est vrai, admit Nico. Cette nouveauté est pour moi un piment supplémentaire.

— Crois-moi, ce n'est pas pour pimenter ta vie que je m'oppose à toi !

— Je le sais… Et je ne voudrais pas que cela t'empêche de profiter de ton séjour. Déclarons une trêve, veux-tu, puisque tu es là et que je t'offre les beautés de mon île. Ne te plaît-elle pas ?

— Si, beaucoup… Mais où me conduis-tu ? demanda-t-elle, soudain ramenée à la réalité.

— A l'Hôtel de l'Etoile. Tu y logeras pour la durée de ta mission. Tu as entendu parler de cet hôtel, je présume ?

— Je te rappelle que j'ai passé ces derniers jours à accumuler des informations sur le royaume…

Comment aurait-elle pu ignorer l'Hôtel de l'Etoile ? L'établissement rivalisait avec les plus grands en matière de raffinement et d'élégance. Ses prix étaient hors de portée d'une bourse ordinaire et Ella considéra la simplicité de sa robe avec consternation. Nul doute qu'elle allait trancher sur le luxe ambiant !

— En revanche, tu travailleras au palais, reprit Nico. Je t'y ai fait préparer un bureau.

La gorge d'Ella se serra. Si sa tenue était inadaptée à un grand hôtel, que serait-ce au palais ?

— Nous arrivons à Solajoya, fit remarquer Nico alors que des bâtiments d'une blancheur éclatante commençaient à apparaître.

— Peux-tu me faire visiter la ville avant de me déposer à l'hôtel ? J'aimerais me préparer à ma tâche.

Et ainsi l'achever dans les meilleurs délais, poursuivit-elle intérieurement, et repartir très vite…

— Très bien. Je suis à tes ordres, dit-il ironiquement, avec un petit coup d'œil en coin. Passons par l'arrière de la ville.

Il s'engagea dans un dédale de rues pentues, flanquées de hautes maisons. Les volets tirés, les balcons fleuris et les murs blanchis à la chaux, typiques de la Méditerranée, firent sentir à Ella combien elle était loin de chez elle. Et ce dépaysement l'enchanta. Aucun touriste ne venait sans doute jamais dans ces quartiers…

Nico négocia quelques virages assez raides qui débouchaient sur des ruelles tortueuses et soudain, ils se trouvèrent dans le centre-ville. Les artères, plus larges, étaient noires de monde. De nombreux touristes, revenant de la plage, s'étaient massés aux terrasses des cafés. Ils parvinrent ensuite à une jolie place ombragée de palmiers. Un bâtiment imposant, au bel escalier de pierre, y drainait une foule considérable. La file d'attente se déroulait jusque dans les rues adjacentes, gênant la circulation et créant un véritable embouteillage. Il y avait là beaucoup de jeunes gens, sans doute des étudiants, assis à même les marches, et des groupes de personnes plus âgées, plongées dans la lecture de leurs guides. Ella se pencha pour mieux voir.

— Qu'y a-t-il de si intéressant ? s'enquit-elle

— Le musée Juan-Lopez, expliqua Nico. Tu le connais ?

— C'est un artiste, je crois.

— Etait. Il est mort il y a trente ans. Il laisse une œuvre considérable.

— Parle-moi de lui…

— Ancien élève de Picasso, il a eu la chance d'être reconnu par ses pairs de son vivant. La plupart de ses contemporains l'adoraient. On vient de l'autre bout du monde pour voir son œuvre ! Lopez a vécu ici et légué tous ses tableaux à Mardivino, à condition qu'ils ne quittent pas notre île. Il aimait beaucoup cet endroit…

En parcourant la ville, Ella pouvait comprendre pourquoi. La ville formait un ensemble adorable, baigné de soleil. Au loin, on distinguait le port et ses activités de pêche. Nico le longea pour se rendre à l'Etoile. L'hôtel, somptueux, était situé au bout de la jetée et donnait sur la mer. Ses murs à colonnades d'un blanc immaculé renvoyaient la lumière, d'où son nom.

Nico se tourna vers Ella pour voir sa réaction. Dès qu'elle sentit son regard sur elle, elle se sentit faiblir. C'était bien beau de s'être juré de résister quoi qu'il arrive au charme de cet homme… Mais maintenant, assise tout près de lui et sous le feu de ses yeux de jais, elle comprit que cela serait beaucoup plus difficile qu'elle ne l'avait imaginé.

— Nous voilà arrivés, *cara*. Si tu veux que je t'accompagne à l'intérieur, prépare-toi à ce que notre entrée fasse sensation…

— C'est pour échapper au sensationnel que tu te réfugies dans la cabane sur la plage ? ne put s'empêcher de demander Ella, oubliant que son séjour était censé garder un tour professionnel.

— Bien sûr. C'est isolé et protégé de tout, là-bas…

Un lent sourire se peignit sur ses lèvres.

— Sauf quand une sirène vient s'y échouer.

L'allusion était claire et Ella perçut de nouveau tous les dangers de son sourire séduisant.

— En effet, ce n'est pas la peine de m'accompagner, s'empressa-t-elle de répondre.

— Très bien. Dans ce cas, je te laisse défaire tes valises.

— Oh, je n'ai pas apporté grand-chose. Je ne compte pas rester plus d'une semaine, Nico.

Une ombre menaçante passa dans les yeux noirs. Ella resterait aussi longtemps qu'il l'estimerait nécessaire ! disait son regard. Ni plus, ni moins…

— Je te retrouve dans une heure, alors. Je te montrerai ton bureau au palais.

— Deux heures, rétorqua Ella, agacée. J'ai besoin de temps pour visiter les alentours. Rien de tel qu'une promenade à pied pour sentir la palpitation d'une ville…

— Laisse-moi te fournir un guide, si tu ne veux pas de mes services…

— Certainement pas ! Je veux être libre de découvrir la ville à ma guise !

*Libre*, songea-t-il avec une soudaine pulsion de désir. Elle l'était plus que quiconque, surtout quand elle faisait l'amour, libre et sauvage comme une tigresse…

— Sais-tu que tu es têtue, *bella* ? dit-il doucement.

— Je n'ai jamais prétendu le contraire.

Il aurait bien fermé d'un baiser cette bouche impertinente qui voulait toujours avoir le dernier mot. Mais il n'était pas temps encore. Mi-furieux, mi-amusé, Nico dut reconnaître qu'elle marquait un point : il ne pouvait pas lui imposer un garde du corps contre sa volonté !

De bonne grâce, il s'inclina et sortit le bagage d'Ella. Elle n'avait pas menti : jamais il n'avait vu une femme voyager avec un sac aussi léger ! Elle ne devait avoir que deux ou trois tenues de rechange, en dehors de l'adorable petite robe qu'elle portait. Il laissa son regard courir sur elle, et découvrit les délicates sandales à talons aiguilles qu'elle avait chaussées, et qui soulignaient la finesse de ses chevilles.

— Si tu veux vraiment explorer la ville, *cara*, je te suggère d'adopter des chaussures plates. Moins sexy, peut-être, mais plus raisonnables, dit-il d'un ton moqueur. A moins que tu ne comptes faire tourner les têtes… A tout à l'heure !

# 9

Ella pivota sur elle-même, partagée entre l'incrédulité et l'excitation. C'était donc sa chambre ! En réalité, une suite aussi vaste que son cottage !

L'immense baie vitrée, qui remplaçait tout un pan de mur, donnait sur le bleu étincelant de la mer. Ella laissa son regard se perdre à l'horizon. La vue était sublime. De petits nuages jouaient sur la toile du ciel, telles des boules de coton bousculées par la brise. Au fond de la baie, on apercevait des collines émeraude parsemées de villas blanches, pareilles à des petits diamants sur un tissu précieux. Des yachts rejoignaient ou quittaient le port, laissant traîner paresseusement derrière eux un sillage d'écume. C'était un paysage de rêve… Une parfaite combinaison de nature et de luxe, accessible seulement à une poignée d'heureux mortels.

En n'importe quelle autre circonstance, Ella se serait pincée pour croire à sa chance.

Pensivement, elle effleura les pétales tachetés d'une orchidée. Allait-elle se laisser démoraliser au point de se fermer à toute cette beauté ? Elle serait folle de ne pas goûter aux délices de l'île.

Résolue à profiter du lieu autant que cela lui serait possible, elle chaussa des sandales plates et noua ses cheveux d'un ruban bleu, en harmonie avec sa robe azur. Coiffant ensuite un chapeau de paille, elle se regarda dans le miroir, assez satisfaite de l'image qu'il lui renvoyait : celle d'une femme sûre d'elle-même, en pleine possession de ses moyens. Du moins pour l'instant…

Dehors, le soleil embrasait la ville mais une brise marine rendait la chaleur supportable. Nico avait eu raison de lui conseiller d'abandonner ses talons car les rues en pente étaient pavées de galets ronds… C'était très pittoresque, mais éprouvant ! Les boutiques de vêtements de luxe alternaient avec les traditionnels magasins de pêche, créant un ensemble agréable et plaisant.

Elle décida de retourner sur la place du musée Juan-Lopez et s'installa à une terrasse de café qui donnait sur le bâtiment blanc. Le musée focalisait l'intérêt des touristes, dont le nombre créait des encombrements permanents. Sirotant une limonade, elle vit deux autobus déverser un flot de touristes. On se serait cru à la sortie d'un match de football…

Ella prit quelques notes sur le carnet qui l'accompagnait dans toutes ses pérégrinations puis elle continua sa visite. A quelques rues de là, une librairie offrait une retraite ombragée à l'abri du soleil. Son atmosphère délicieusement fraîche tenta Ella, qui se mit à déambuler parmi les rayons. Toute une section était consacrée à Juan Lopez mais elle fut irrésistiblement attirée par les publications qui concernaient la famille régnante. Elles comportaient d'innombrables biographies, albums de photos et portraits. Un des livres, intitulé *Tout comme nous*, montrait Nico en petit garçon, dans les bras de sa nourrice. Beaucoup d'enfants de famille royale ou princière étaient confiés très tôt aux soins de domestiques, mais, dans le cas de Nico, la vérité était encore plus triste. Ella savait, grâce aux renseignements qu'elle avait glanés sur le royaume, qu'il avait perdu sa mère très jeune.

Tout un chapitre relatait la mort de la jeune reine, en termes solennels et attristés. On voyait la photo poignante des trois jeunes princes au passage du cercueil couvert de fleurs : les deux aînés, le visage sombre, habillés de gris, et le petit Nico en pleurs dans les bras de sa nourrice.

Cette photo en noir et blanc rendait l'événement curieusement proche et Ella se sentit soudain solidaire de Nico d'une façon nouvelle. Le voir confronté au malheur si jeune lui donnait une dimension profondément humaine, que son apparence actuelle ne laissait pas toujours soupçonner. Sur cette photo, il semblait perdu, en demande d'amour… Mais bien des choses avaient dû changer depuis cette époque.

Ella feuilleta fébrilement l'album, jusqu'à trouver un chapitre entièrement consacré à Nico : « Une tête brûlée chez les princes ». On le voyait, souriant et bronzé, pratiquer les sports les plus extrêmes, sur mer comme sur terre, toujours victorieux.

Fascinée, Ella se laissa emporter par sa lecture, en oubliant presque l'heure. Quand elle consulta sa montre, elle avait déjà dix minutes de retard. Il lui fallait retourner au plus vite à l'Etoile ! Tout en se hâtant, elle revoyait l'image du bébé aux joues rondes, déjà orphelin… Son amour du danger venait-il de là, de cette enfance privée de caresses maternelles ?

Nico l'attendait en bas de l'hôtel, appuyé à la portière de sa voiture. Il semblait détendu, mais ses yeux brillaient d'irritation. Le tendre intérêt qui avait animé Ella à la vue des photos la quitta dès qu'elle se trouva confrontée à son regard de réprobation.

— Désolée du retard, murmura-t-elle.

— Ce n'est pas très professionnel, rétorqua-t-il sans aménité, peut-être parce qu'il avait trouvé désagréable d'attendre ainsi comme un simple chauffeur. Etait-ce délibéré, pour tester ma patience ?

— Oh, je t'en prie, soupira Ella. J'ai juste oublié l'heure…

Et elle ne s'excusait même pas ! Nico la dévisagea : joues rosies par la course, lèvres entrouvertes pour reprendre son souffle, elle était délicieuse… et insupportable tout à la fois. De nouveau, il eut envie de plaquer un baiser sur cette bouche frémissante, pour la punir de l'avoir fait attendre.

La punir ? Il étouffa un sourire de commisération. Espérait-il s'abuser lui-même avec des prétextes aussi transparents ?

Il lui ouvrit la portière de la voiture et, lorsqu'elle passa près de lui, Ella frôla son bras. Le contact ne dura qu'une seconde, et pourtant, ce fut comme une décharge électrique. Il la vit tressaillir.

— Ne fais pas cela, murmura-t-elle.

Leurs yeux se rencontrèrent.

— Pas quoi ?

Nico avait senti sa peau se hérisser au contact de la sienne et la force de sa propre réaction le déstabilisait. Un attouchement aussi innocent le laissait ordinairement de marbre.

— Ne me reproche pas ce qui vient de toi, ironisa-t-il. Tu as envie de moi, *cara*. Tu es simplement trop furieuse pour te l'avouer…

Il contourna la voiture pour prendre la place du chauffeur, laissant Ella s'installer. Elle tremblait.

Oublie, se dit-elle farouchement. Oublie ce qu'il vient de dire avant d'être obligée d'admettre qu'il a raison…

La voiture démarra en crissant sur l'asphalte et Ella, à la dérobée, considéra le profil de Nico. Il serrait les dents. Allait-il faire la tête jusqu'au palais ? Ç'aurait plutôt été à elle de bouder… Mais elle avait décidé de se montrer positive et chercha à le dérider.

— Parle-moi de ton île, veux-tu ? Il y a tant de choses que j'ignore encore à son sujet…

Il consentit à sourire. Ella était vraiment fine mouche... Lui parler de Mardivino était la seule façon de mettre en sommeil le désir brûlant qu'il avait d'elle et de chasser l'idée — proprement insoutenable — qu'elle pourrait bien refuser de partager son lit. Les approches qu'il avait tentées depuis son arrivée se heurtaient à l'entêtement d'Ella, qui avait le don de le mettre en rage.

— Mardivino a une longue histoire... Elle a été très convoitée au fil du temps.

Nico se lança dans le récit des hauts faits accomplis par ses ancêtres conquérants : les sièges et les batailles menés tour à tour par les conquistadors espagnols, les nobles français, les aristocrates italiens, avant qu'ils ne s'entendent sur le partage de ce joyau de la Méditerranée. La voix de Nico se faisait tantôt rêveuse, lorsqu'il décrivait les beautés de son île, tantôt belliqueuse lorsqu'il faisait le récit des batailles. Ella, fascinée, se laissait envoûter.

Elle l'observait pendant qu'il parlait et des images l'assaillaient qu'elle aurait préféré chasser. La passion qu'il mettait à évoquer l'histoire de son île lui rappelait celle avec laquelle... Des souvenirs trop précis surgissaient dans sa mémoire : cette langue dont Nico humectait ses lèvres, elle la sentait sur elle, sur ses seins, au creux de ses cuisses...

Heureusement, ils furent bientôt arrivés, et la vue qui s'offrit à Ella apaisa le tourbillon de ses pensées. Deux soldats maintenaient ouverts les deux battants d'une haute grille dorée. Devant eux se dressait le palais.

Il brillait de tous ses feux. Son image vacillait dans la chaleur ardente de l'après-midi et il semblait irréel, tout droit sorti d'un conte. Ella retint son souffle devant tant de beauté et de majesté. La vision allait-elle disparaître à leur approche ? Y avait-il quelque chose de tangible dans ce monde d'illusions où vivait Nico ?

Les jardins entourant le palais étaient un ravissement :

des buis parfaitement taillés encadraient des buissons de roses au rouge velouté.

— J'ai du mal à y croire, murmura-t-elle alors que Nico l'invitait à sortir. C'est… impressionnant.

Les traits sombres de Nico s'adoucirent une seconde.

— Détends-toi. C'est simplement l'endroit où je vis.

Combien de gens auraient pu en dire autant ? Pour Nico, l'extraordinaire se conjuguait au quotidien. Ella en prit bonne note : elle avait intérêt à ne pas oublier ce détail…

Des portes sculptées s'ouvrirent sur des halls interminables, aux murs chargés de portraits, au mobilier splendide, que Nico traversait comme s'il s'agissait de simples couloirs. Ella se retrouva enfin dans une pièce de vastes proportions, aux meubles et aux draperies XVIIe siècle, qu'il lui présenta comme étant son futur « bureau ». Elle n'en avait jamais vu d'aussi somptueux !

— Te voilà chez toi. Tu pourras y travailler à ton aise.

*A son aise* ? Lui l'était, indéniablement. Mais n'était-ce pas normal, puisqu'il était chez lui ?

— C'est parfait, dit-elle en trouvant le courage de sourire. Il me faudra une carte de l'île…

— Bien sûr. C'est prévu.

Il ouvrit un tiroir, passant devant Ella pour sortir la carte et elle capta au passage des effluves de citron et de musc… Elle ferma brièvement les yeux. Les parfums étaient si évocateurs ! Un instant, elle avait retrouvé le Nico de la plage, celui dans les bras duquel elle s'était blottie…

— Est-ce que cela convient ? demanda-t-il en étalant une grande carte sur le bureau.

Elle se pencha pour regarder par-dessus l'épaule de Nico, il leva la tête et leurs yeux se rencontrèrent.

— Gabriella, murmura-t-il doucement, retenant son regard par la chaleur du sien.

Elle secoua désespérément la tête, sentant qu'elle perdait pied, et, pourtant, refusant de s'abandonner.

— Non…

— Tes lèvres me disent le contraire de ce que je lis dans tes yeux, murmura-t-il.

Il lui prit la main et la porta à sa bouche. Ce simple contact suffit à faire frémir Ella. Alors il accentua la pression et vit ses paupières battre, comme les ailes d'un oiseau captif.

— Nico…

Elle rouvrit les yeux, deux émeraudes frangées de cils noirs. Un grondement monta de la poitrine de Nico. Le sombre éclat de la conquête s'était allumé dans son regard quand il mit la main dans la chevelure ambrée d'Ella pour l'attirer à lui.

— Qu'y a-t-il, *cara* ?

— Il ne faut pas…, souffla-t-elle.

Mais elle ne faisait pas mine de se dégager ni de le repousser, hypnotisée qu'elle était par ce visage qui avait hanté ses rêves depuis leur merveilleuse rencontre. Il lui était impossible de réfléchir tant elle se sentait perdue, consumée par l'envie de retrouver ses lèvres. Leurs souffles se mêlèrent et les mains d'Ella vinrent comme d'elles-mêmes enserrer les épaules de Nico. Sa bouche était déjà sur la sienne et elle soupira son nom.

— Oh… Nico…

Il l'embrassa passionnément, la plaqua contre lui pour lui faire connaître l'intensité de son désir. Ella frissonna et il crut exploser. Il aurait voulu lui arracher cette petite robe, la prendre là, sur le bureau… Déjà, il la sentait entrouvrir les jambes en une muette invitation. Sa main remonta le long de sa cuisse, se glissa au cœur de son intimité. Elle l'accueillit avec un gémissement de plaisir.

— J'ai tellement envie de toi, Gabriella…, gronda-t-il.

Elle aussi le voulait. Si fort ! Audacieuse à son tour, elle le toucha et sentit son désir décupler.

— Viens dans mes appartements, intima-t-il d'une voix

enfiévrée. Laisse-moi te faire l'amour tout le jour, toute la nuit, jusqu'à ce que je t'aie donné toute ma sève.

L'érotisme inattendu de sa déclaration la fit trembler, au moins autant que la caresse experte de ses doigts. Emportée par une vague brûlante, elle se sentait capituler… Pouvait-elle résister à son emprise ? L'aurait-elle voulu ? Mais des coups autoritaires retentirent soudain à la porte. Nico se figea.

— On frappe, murmura Ella, horrifiée.

En une seconde il avait rétabli la situation, tirant sur la robe d'Ella, s'écartant d'elle. D'une main fébrile, il remit de l'ordre dans ses cheveux et prit une brève inspiration.

— Oui ?

La porte s'ouvrit sur un homme qu'Ella aurait immédiatement identifié même si elle n'avait pas vu plusieurs portraits de lui. Gianferro, le frère aîné de Nico…

Elle tenta de se représenter la scène que cet homme découvrait en entrant : bien sûr, ils étaient tous deux habillés et décents. Pas de désordre dans leur mise ni dans leur coiffure. Mais ce qui venait de se passer n'en était pas moins évident. Leurs yeux dilatés, la coloration de leurs visages, la tension sexuelle qui imprégnait l'air, les trahissaient mieux que des mots. Ella aurait voulu disparaître sous terre.

Le regard sombre et impénétrable du prince héritier se posa sur elle, puis sur Nico.

— Pardonnez-moi. J'ai mal choisi mon moment, dit-il d'un ton glacial.

Nico garda la tête haute en dépit de la muette condamnation qui se lisait sur le visage de son frère. Si Gianferro n'aimait pas ce qu'il découvrait, il n'avait qu'à se faire annoncer ! Lui, Nico, était en âge d'agir comme bon lui semblait !

— Gianferro, j'aimerais te présenter Ella Scott, qui va mettre ses compétences au service de notre île. Ella, voici mon frère, le prince héritier.

Gianferro inclina brièvement la tête et Ella adressa à Nico

un appel à l'aide silencieux. Fallait-il faire la révérence ? D'un signe imperceptible, Nico confirma.

— Et dans quel domaine s'exercent vos compétences, mademoiselle Scott ? s'enquit Gianferro avec une ironie marquée.

Ella ne pouvait ignorer l'allusion. Ne possédant aucune baguette magique qui lui aurait permis de disparaître, il lui fallait affronter la situation, si embarrassante fût-elle. Après tout, ils n'avaient commis aucun crime et elle n'allait pas se sentir honteuse devant lui !

— Votre Altesse, je me spécialise dans la mise en valeur des patrimoines délaissés par le tourisme de masse. C'est le cas de bien des endroits sur votre île…

Nico lui décocha un regard admiratif. Il s'apprêtait à voler à son secours et elle se révélait parfaitement capable de s'en sortir toute seule… La plupart des femmes, dans la même situation, auraient rougi et bredouillé, submergées de honte devant le futur souverain. Mais Ella se contentait de répondre tranquillement à la question posée !

— Nico ne m'a pas dit combien de temps vous comptiez rester, reprit Gianferro.

— Je n'ai pas encore évalué le temps qu'il me faudra pour remplir cette mission. Aucun contrat n'est signé, voyez-vous. Mais soyez certain que j'emploierai tous mes efforts pour conclure au plus vite.

Ella regarda tour à tour les deux frères : la même surprise se peignait sur leurs traits. Le manque d'habitude, sans doute… Il était rare qu'on leur impose une décision ! Le regard de Nico se fit plus acéré. Ella vit du déplaisir dans le sombre éclat de ses yeux. Mais elle avait les cartes en main et elle ne les lui rendrait pas, cette fois.

— Parfait, mademoiselle Scott. Je vois que nous nous comprenons. Nico, puis-je te dire un mot en particulier ? s'enquit Gianferro, accompagnant sa demande d'un regard aussi appuyé qu'indéchiffrable.

Nico fronça les sourcils.

— Comme tu l'as constaté en entrant, je suis… occupé.

Ella sentit ses joues s'enflammer. Si Gianferro voulait prévenir son frère contre les risques de faire l'amour au palais, il pouvait économiser sa salive ! Elle ne lui laisserait certainement pas ce plaisir.

— J'allais partir, intervint-elle. J'étais simplement venue prendre contact et, dorénavant, je travaillerai seule. Je ne prendrai plus le très précieux temps de Nico.

Celui-ci serra les dents. Elle jouait de la situation avec habileté, sachant qu'il ne pouvait répliquer en présence de son frère. Comment osait-elle le manipuler de la sorte ?

— Très bien, répondit Gianferro. Nico, je te verrai au dîner.

— Je ne crois pas.

Il y eut une pause, pendant laquelle les deux frères s'affrontèrent silencieusement du regard.

— Peut-être pourras-tu dégager un moment de ton *très précieux* temps avant l'année prochaine ? rétorqua Gianferro.

Sur ces mots, saluant brièvement, il quitta la pièce.

Furieuse, Ella affronta le regard de Nico, chargé d'éclairs.

— Comment oses-tu m'exposer à une telle humiliation ? s'exclama-t-elle.

— Je ne l'avais pas prévu, figure-toi. Comment pouvais-je savoir que mon frère arriverait ? Mais en parlant d'humiliation, tu n'es pas en reste, *cara*. Tu as parfaitement retourné la situation à ton avantage. J'aurais dû fermer cette porte à clé. Nous n'aurions pas été dérangés…

Ella aurait voulu hurler. Nico ne montrait pas la moindre trace de repentir. Non, tout ce qui importait pour lui, c'était que son jeu sensuel ait été interrompu, qu'elle l'ait vexé en déclarant vouloir partir au plus vite ! Rien de plus !

— Cela contrarie tes habitudes, sans doute ! Tu pensais exercer tranquillement ton droit de cuissage ?

— A vrai dire, fit Nico d'un ton étrangement rêveur, je

ne pensais pas à grand-chose. Il m'est parfois difficile de réfléchir en ta présence, Gabriella.

N'arrêtait-il pas un seul instant le jeu de la séduction ? Ella répliqua avec une fureur contenue :

— Et l'image que nous avons donnée de nous à ton frère, t'en soucies-tu ?

— Mon frère n'est pas un enfant, Ella. Il n'a pas à juger deux adultes consentants qui, après tout, ne faisaient rien que de très naturel…

— Oh, qu'il me juge ou pas, quelle importance ! protesta Ella, se contredisant elle-même, tant elle était désemparée de l'entendre rappeler à quel point elle était consentante… J'ai honte de moi, si tu veux tout savoir ! Je me suis conduite comme… comme une traînée !

Nico leva les sourcils avec étonnement.

— Une traînée ? Tu es bien sévère envers toi-même. Les choses me paraissent bien plus simples que cela, *cara*…

Soupçonnait-elle seulement à quel point elle était belle, les yeux étincelants, les joues enflammées par la colère qui l'animait ?

— Tu me désires, reprit-il calmement. Il n'y a rien de mal à cela. Admets-le une fois pour toutes et tu cesseras de te tourmenter.

Il suffisait qu'elle regarde sa bouche sensuelle ou qu'elle croise son regard brûlant pour que son cœur s'emballe. A quoi bon le nier ?

— Tu as raison, reconnut-elle honnêtement. Physiquement, j'ai du mal à te résister. Mais cela ne suffit pas, Nico. Les femmes ne fonctionnent pas sur ce seul critère.

— La restriction n'a pas eu l'air de te gêner la dernière fois, dit-il remarquer avec une ironie presque insultante.

Elle se mordit la lèvre, terrifiée à l'idée de se trahir. Pour rien au monde elle ne voulait qu'il soupçonne les rêves qu'elle avait commencé à bâtir avant qu'elle n'apprenne la vérité. Elle avait pensé avoir trouvé en lui un homme chevaleresque, intelligent… et amoureux. Mais la découverte de sa véritable identité avait dissipé ses illusions.

— Je me suis laissé emporter, admit-elle. Mais c'est parce que je croyais…

Elle s'éclaircit la gorge.

— Je n'avais pas compris que tu…

— Que j'étais prince, compléta sèchement Nico. Eh bien, à présent, tu es au courant. Je dois dire que c'est la première fois que mon titre me dessert !

— Ce n'est pas seulement une histoire de titre ! lança-t-elle. Tu m'as caché la vérité et je ne supporte pas la malhonnêteté chez un homme !

— Les amants d'un soir font rarement preuve d'une totale confiance l'un envers l'autre, répliqua amèrement Nico.

Il avait sans doute raison. Mais son amertume cachait autre chose, analysa Ella en un éclair de lucidité. C'était la première fois qu'il échouait, qu'il n'arrivait pas à ses fins… avec une femme en tout cas. L'espace d'une seconde, elle éprouva un enivrant sentiment de triomphe, vite remplacé par une constatation plus satisfaisante encore : en dépit du fossé qui les séparait, elle se sentait son égale.

Un sourire triste apparut sur son visage.

— Je vais rentrer à l'hôtel à présent. J'ai besoin de travailler tranquillement.

Nico comprit qu'il ne pourrait plus rien obtenir d'elle. Elle était trop bouleversée… et lui aussi.

— Bien. Dînons ensemble, alors.

— Non, Nico.

Non. Elle ne pouvait pas accepter, en dépit de l'envie qu'elle en avait. Comment pourrait-elle se protéger s'ils passaient la soirée en tête à tête ? Son pouvoir était tellement puissant sur elle ! Elle devait mettre un peu de distance entre eux.

— Il vaut mieux que je dîne dans ma chambre, conclut-elle d'une voix qu'elle affermissait de son mieux.

Sa détermination arracha à Nico un rire contraint.

— J'ai du mal à te comprendre, *cara*. Tu ne cesses de te rebeller contre l'évidence. J'imagine que ton abandon n'en sera que plus doux…

Il semblait croire en ce qu'il disait. Tout comme elle aurait voulu croire en ce qu'elle répondit :

— Tu te leurres, Nico. Cela n'arrivera pas.

# 10

Elle s'était longuement baignée puis avait dîné dans un décor de rêve, sur la terrasse face à la mer. Avaient suivi de longues heures de travail, à l'aide des notes qu'elle avait prises, et de la carte fournie par Nico. Quand elle gagna son lit, elle était épuisée.

Elle pensait s'endormir dès les paupières fermées… mais elle se trompait : le sommeil la fuyait et la fatigue ne faisait que diminuer sa résistance aux images qu'elle repoussait quand elle était éveillée. Des yeux noirs moqueurs, le contour sensuel d'une bouche…

Lorsqu'elle céda enfin au sommeil, ce fut pour rêver de Nico.

Une limousine vint la prendre le lendemain pour la conduire au palais. Un domestique l'introduisit dans le bureau que lui avait attribué Nico et elle y découvrit un vase où s'épanouissait un bouquet rond de roses blanches merveilleusement parfumées. Il y avait une enveloppe.

Elle contenait une note de Nico. C'était la première fois qu'Ella voyait son écriture : elle ressemblait à l'homme, audacieuse et sans compromis.

« Je fais de la plongée toute la journée. Veux-tu dîner avec moi ce soir ? » Il avait simplement signé « Nico ».

Elle s'assit à son bureau et réfléchit. Allait-elle accepter ? Que pouvait-elle faire d'autre, à part décider de passer toutes ses soirées seule dans sa chambre ? En soupirant, elle se mit au travail.

Un bureau, si somptueux fût-il, n'en restait pas moins un lieu de travail, ne tarda pas à constater Ella, plongée dans ses statistiques sur les perspectives de développement touristique de l'île. La seule vraie différence, c'était l'incroyable tranquillité dans laquelle elle baignait. Contrairement aux autres bureaux où elle avait pu travailler, elle n'était dérangée par rien : ni téléphone, ni fax, ni machine à café… On n'entendait pas le moindre bruit. Non qu'elle regrettât l'agitation, mais cette absence presque irréelle de bruit lui laissait entrevoir la solitude de la royauté.

Elle abattit un travail considérable durant la matinée, et, au moment où elle songeait à s'interrompre pour déjeuner — mais où ? Il n'y avait sans doute aucun distributeur de sandwichs dans les couloirs ! —, elle entendit frapper.

— Entrez…

La porte s'ouvrit sur l'imposante stature du prince Gianferro.

Elle se leva, à peine surprise : elle s'était préparée à une telle visite.

— Je ne sais pas ce que l'étiquette prévoit, déclara-t-elle honnêtement. Suis-je censée vous saluer d'une révérence ?

Le prince l'en dispensa sans chaleur excessive.

— En la circonstance, oublions les formalités. C'est après tout une rencontre impromptue. Je me demandais si, pour évacuer la fatigue de votre matinée studieuse, vous accepteriez une promenade dans les jardins… Je pourrais ensuite vous faire monter de quoi déjeuner.

— J'en serais ravie, répondit-elle en souriant, amusée de constater avec quelle diplomatie il évitait la gêne d'un tête-à-tête autour d'une table.

— Suivez-moi, dans ce cas.

La voix de Gianferro était douce mais l'ordre n'en était pas moins perceptible. Depuis sa plus tendre enfance, il était habitué à commander. Jouir de cette autorité indiscutée affectait-il un caractère d'homme ? Celui de Nico en avait-il été transformé ?

La chaude lumière du soleil contrastait avec les frais corridors de marbre. La luminosité parut soudain agressive à Ella. Elle regretta l'absence de Nico. Il l'aurait protégée des questions inquisitrices de son frère. Mais ce dernier allait-il l'interroger directement ? Il voulait peut-être se forger une opinion de façon plus subtile…

Ils se promenèrent un moment sans rien dire puis Gianferro s'arrêta près de parterres de roses aux couleurs divines : les pétales allaient du crème à l'abricot, se resserrant en coupe autour du cœur de la fleur. Chacune dégageait un délicieux parfum de pêche. Ella se pencha pour mieux le respirer.

— Le travail avance à votre convenance ? interrogea le prince.

— Oui… J'entrevois les grandes lignes du projet. Il y a beaucoup à faire.

— Vraiment ? souligna-t-il, comme pour l'inviter à poursuivre. Mais c'était Nico qui gérait le tourisme sur l'île, et c'était à lui qu'elle rendrait compte de son travail.

— Vraiment, se contenta-t-elle de répondre sans autre précision.

Elle prit note du bref déplaisir qui assombrit le regard de Gianferro, si semblable en cet instant à celui de son frère. Pour ne pas se montrer désagréable, elle reprit :

— Ces roses sont les plus exquises que j'aie jamais vues… Et le dessin des plantations est si particulier !

Le visage de Gianferro avait déjà retrouvé sa gravité habituelle.

— Ces roses sont un hommage à ma mère. Mon père les a fait planter après sa mort et les buissons forment les initiales de son nom.

— Je suis navrée, s'excusa précipitamment Ella, peinée d'avoir ravivé de tels souvenirs.

— Ne le soyez pas. Votre remarque était naturelle. Peu de gens, à vrai dire, sont assez observateurs pour remarquer l'inhabituelle disposition de cette roseraie. Vous me semblez une femme intelligente, mademoiselle Scott, poursuivit Gianferro alors qu'Ella rougissait. Et je crois que vous avez une certaine influence sur mon frère. Pourriez-vous le persuader de se calmer un peu ? Il met sa vie en jeu avec une désinvolture qui me désole. Aujourd'hui encore, il est parti plonger seul, enfreignant toutes les consignes de sécurité…

Ella dévisagea le prince, interloquée. L'héritier de la couronne lui demandait un service ? Au sujet de Nico ?

— Vous faites erreur quant à mon influence sur votre frère.

— C'est la première fois qu'il fait venir une femme au palais, rétorqua-t-il.

— Pourquoi ne tentez-vous pas vous-même de l'en dissuader ?

Il eut un sourire las.

— Ne croyez-vous pas que j'ai essayé ? Mais un frère n'est pas toujours le mieux placé pour se faire entendre, et à cela, la royauté ne change rien ! Un homme qui courtise le danger ne peut être heureux. Il s'habituera aux périls comme à une drogue et il lui faudra en repousser toujours plus loin les limites. Jusqu'au jour où… Nico n'a pas le droit de jouer avec sa vie. Il ne s'appartient pas. Son destin est tout tracé.

Cela ne sonnait-il pas également comme un avertissement ? Gianferro lui intimait l'ordre de rester à sa place ! Voilà qui lui donnait soudainement envie de ruer dans les brancards ! Pas étonnant que Nico aimât narguer le destin si sa vie était ainsi tracée et encadrée !

Elle leva sur Gianferro un regard clair.

—Vous voudrez bien m'excuser mais mon travail m'attend. J'ai beaucoup à faire avant que Nico ne vienne me chercher pour dîner.

Elle retourna à son bureau, et un léger sourire se joua sur ses lèvres. Dîner avec Nico lui faisait maintenant très plaisir.

Il allait l'appeler lorsque son portable vibra. Il ne put retenir un sourire en voyant le numéro qui s'affichait.

— Gabriella, murmura-t-il. J'ai du mal à croire que ce soit toi qui appelles… As-tu passé une bonne journée ?

— Productive, en tout cas. Et intéressante. Es-tu toujours libre ce soir ?

Il sentit son pouls s'emballer.

— Pour quoi faire ?

— Dîner, bien sûr ! rétorqua Ella, un peu choquée. Qu'imaginais-tu ?

— Mais la même chose que toi, *cara*…

Son sourire s'agrandit. Il aimait la prendre à son propre jeu.

— A quelle heure veux-tu que je passe ? reprit-il.

— Vers 8 heures. Oh, au fait, Nico… Etais-tu seul aujourd'hui ?

— Serait-ce de la jalousie ? ironisa-t-il. Rassure-toi, je ne m'encombre de personne quand je plonge.

Ce qui ne la rassurait pas du tout. Elle raccrocha pensivement. L'inquiétude de Gianferro n'était peut-être pas injustifiée…

Elle étudia sa maigre garde-robe pour choisir sa tenue. C'était bien joli de n'avoir emmené que quelques robes pour bien signifier à Nico qu'elle ne comptait pas s'éterniser sur l'île, mais le choix de ses tenues de soirée se trouvait par conséquent assez limité… Celà étant, elle n'avait pas accepté ce dîner pour le séduire, se raisonna-t-elle en se rendant dans la salle de bains. Son objectif était simplement d'exposer ses idées à Nico. En effet, un projet très simple mais vraisemblablement productif lui était venu à l'esprit et elle voulait lui en parler. Une fois qu'elle lui aurait remis son travail, elle pourrait partir. Avant de commettre un acte stupide, comme celui de s'attacher à lui…

*Mais n'était-il pas déjà trop tard ?* lui souffla une petite voix intérieure.

Pour se punir d'une telle pensée, elle fit couler un long jet glacé avant de quitter la douche et de s'envelopper dans un épais peignoir. Non, elle n'était pas attachée à Nico. Elle était attirée par lui, sur le plan sexuel. Rien d'autre.

Pourtant, au fond d'elle-même, elle savait bien qu'elle

n'avait pas l'habitude de dissocier l'amour physique et l'amour tout court. Et quand avait-elle fait l'amour si passionnément, auparavant ?

Pour faire taire ses doutes, Ella choisit une robe toute simple en broderie anglaise, rien de sexy ou de provocant, largement ceinturée à la taille dans le style new-look des années cinquante. C'était élégant, féminin et discret. Parfait pour un dîner de travail.

Avec seulement dix minutes de retard, elle rejoignit Nico dans le hall, confortablement installé dans un sofa de cuir. Non loin de là, un colosse dont le veston laissait deviner qu'il portait une arme tentait de se fondre dans le décor.

Peine perdue. Les gens n'avaient d'yeux que pour Nico, et son garde du corps signalait sa présence à tous ceux qui l'auraient manqué… Ella appréhenda la situation en un coup d'œil, vit les femmes vérifier leur coiffure et pointer les seins en avant dans l'espoir d'attirer l'attention du prince. Mais c'était elle seule qu'il regardait, alors qu'elle s'avançait.

Elle le vit prévenir son garde du corps d'un infime signe de tête et sentit que tous les regards se tournaient à présent dans *sa* direction.

La suite se déroula comme dans un rêve, selon une procédure qui semblait minutieusement réglée. On leur ménagea un passage au milieu des clients et, une fois dehors, ils montèrent dans une luxueuse limousine dont le chauffeur tenait la porte ouverte.

C'était donc ce qu'on appelait les mesures de sécurité ! songea Ella, réalisant qu'elle n'avait jamais rencontré Nico dans un endroit aussi public — ce qui expliquait la présence du garde du corps. Elle se glissa dans la limousine et Nico la suivit.

— C'est toujours comme ça ?

Il la contempla d'un œil ravi : elle était charmante dans cette fraîche robe de dentelle, radieuse de simplicité.

— Comme quoi ?

— Eh bien, tout semble être chorégraphié à la perfection. Comment parviens-tu à supporter tout cela ?

Il haussa les épaules.

— Question d'habitude… Ce qu'on ne peut changer, il faut apprendre à le tolérer. Sinon, la vie deviendrait un enfer. Je m'en échappe dès que possible.

— Dans les profondeurs de la mer ?

— Oui, ou à sa surface… En fait, partout où je peux être seul. En jet-ski, en moto, en avion… Mais assez de questions, Ella. A moi d'en poser : ton travail a avancé ?

— Oui, je crois, dit-elle avec un courageux petit sourire. J'ai quelques idées.

— Lesquelles ?

— Sois un peu patient. J'ai besoin de travailler encore pour affiner mon analyse. J'ai commencé par dresser la liste des lieux qu'il me faudrait visiter.

— A ton aise, répondit Nico, un peu surpris de sa réserve. Nous arrivons.

Le restaurant avait visiblement été choisi pour son emplacement discret et la vue merveilleuse qu'il offrait sur la mer. Mais l'ambiance y était irréelle, se dit Ella en découvrant la clientèle triée sur le volet. Des femmes couvertes de diamants, des vedettes de cinéma, des habitués de la jet-set. Pourtant, ce furent vers eux que se tournèrent tous les regards tandis que le maître d'hôtel les pilotait diligemment vers une alcôve éclairée de chandelles.

Nico commanda et, très vite, deux verres d'un vin couleur rubis furent disposés devant eux. Puis on posa sur la table un plat fumant, en terre vernissée, orné de motifs bleu.

— C'est une pièce magnifique, observa Ella.

— Elle te plaît ? On n'en produit qu'à Islaroca, sur la côte nord de l'île.

— Je n'avais jamais rien vu de tel auparavant.

— Cela devrait changer. Je suis en train d'en développer la production.

C'était une des facettes du plan de Nico et il le lui expliqua : il comptait changer la réputation de l'île en prouvant qu'elle pouvait être autre chose qu'un paradis fiscal ou un refuge pour milliardaires. Les ressources naturelles de l'île permettaient de développer la poterie, dont la pratique avait été perfectionnée au fil des siècles, mais toujours sur une petite échelle. Pourquoi ne pas modifier l'échelle en maintenant la qualité ?

Lorsque le maître d'hôtel souleva le couvercle de la terrine, une alléchante odeur s'en échappa. Surprise, Ella leva les yeux vers Nico.

— Je reconnais ce fumet !

— Parce que c'est le plat que je t'avais cuisiné sur la plage. Notre spécialité… Ici, il risque d'être plus sophistiqué que le mien, mais je parie que tu le trouveras moins goûteux ! acheva-t-il avec un sourire complice.

Ella se mit à rire. Il avait raison… peut-être parce qu'elle n'avait pas aussi faim que sur la plage !

Le goût des crustacés éveilla mille souvenirs, ainsi que la nostalgie du moment où elle s'en était délectée pour la première fois. Moment d'innocence : elle ne savait alors rien de Nico, ne connaissait rien d'autre que son attention et sa douceur. Les premières étincelles de son regard, elle les avait aussi perçues pendant ces instants privilégiés, loin du monde et de ses contraintes.

Elle regarda l'homme assis face à elle, et le désir vint la relancer, comme une impitoyable langue de feu.

Nico vit ses yeux se troubler, le bout de sa langue humecter ses lèvres. Impérieux, le désir qu'il avait d'elle s'imposa à lui.

— Gabriella…, chuchota-t-il.

Il n'eut pas le temps d'en dire plus. Un bruissement de voix l'interrompit. Des têtes se dressaient, tournées dans la même direction. Un homme à la chevelure léonine et aux gestes amples se dirigeait vers eux. Nico étouffa un soupir agacé, que surprit Ella.

— Qui est-ce ?

— Le propriétaire. Il est devenu une sorte de célébrité sur l'île, comme beaucoup de chefs de nos jours, expliqua Nico avec un sourire cynique. Il vient glaner quelques compliments… A vrai dire, je le croyais à Paris !

— Et tu crois qu'il a…

Ella écarquillait les yeux.

—… pris l'avion en catastrophe pour venir me saluer ? Oui, je le crains…

Nico ne semblait pas enchanté, loin de là, de cette marque de grande considération. Quant à Ella, elle parvenait à peine à y croire. Tous ces kilomètres parcourus pour courtiser le prince, cela lui paraissait pure folie !

L'homme s'approcha et salua Nico avec une expression retenue qui cadrait mal avec son allure flamboyante. Il n'accorda pas un regard à Ella. Qui était-elle aux yeux de ce prince d'opérette ? Une nouvelle et passagère conquête, sans doute. Nico seul eut droit à l'attention du curieux personnage. Nul doute que s'il lui avait demandé de décrocher la lune, il s'en serait personnellement occupé ! Et sur-le-champ !

Quand il se fut enfin retiré, Nico interrogea Ella :

— Est-ce que tu comprends mieux, à présent, pourquoi je ne t'ai pas dit tout de suite qui j'étais ? Cela déclenche chez tant de gens ce genre de comportements outranciers…

Ella hocha la tête, sensible à l'argument de Nico. A la lumière de ce qui venait de se passer, elle avait le sentiment de s'être montrée dure envers lui. Aurait-elle réagi égoïstement, considérant les choses de son seul point de vue ?

— Tu as dû apprécier l'anonymat… là-bas, sur la plage, reconnut-elle à voix basse.

Nico eut un sourire triste.

— Cela m'a donné une impression de liberté enivrante, avoua-t-il. Délicieuse au point de me faire oublier que te dissimuler une partie de moi n'était pas honnête.

C'était sans doute la même sensation de liberté qu'il éprouvait au cœur du danger, comprit Ella, celle qui le poussait à risquer sa vie… Les morceaux du puzzle commençaient à s'assembler.

— Je n'aurais pas réagi avec autant de colère si j'avais su cela, regretta-t-elle.

— Ne te reproche rien. C'était bon, pour une fois, d'avoir affaire à quelqu'un qui ne se confondait pas en excuses et en courbettes. Et même si j'en fais les frais aujourd'hui, cela m'a plu que tu te comportes normalement. Enfin, ajouta-t-il avec un petit haussement d'épaules, pour autant que je puisse savoir ce qu'est la normalité…

Mais plus merveilleux encore, se dit Nico, elle continuait à se conduire naturellement en sa présence… En tout cas, il ne s'était jamais livré avec autant de sincérité. Comme si quelque chose en Ella le poussait aux confidences…

Le cœur d'Ella battait la chamade. La gorge sèche, elle devait s'avouer son émoi. Nico avait encore réussi… Ce n'était sans doute pas délibéré de sa part, mais il éveillait chez elle une intense tendresse… Il la touchait au plus profond de son âme. Il lui fallait lutter contre ces sentiments, s'en protéger ! Car cela ne ferait que compliquer les choses.

Somme toute, le fond du problème restait inchangé. Bien sûr, la scène dont Ella venait d'être témoin jetait une lumière nouvelle sur le mensonge de Nico, le rendant compréhensible et même excusable. Mais ses motivations restaient les mêmes. Il avait eu envie de faire l'amour avec elle, et il y était parvenu. Ce n'était ni la première fois ni la dernière pour un homme comme lui. Même si, pour elle, cette expérience unique s'avérait la plus essentielle et la plus merveilleuse de toute sa vie, elle ne pouvait en espérer autant de son côté.

Quant à l'élément majeur de l'équation, il ne pouvait être modifié : il était prince d'une île de la Méditerranée et elle était une anonyme demoiselle du fin fond de la campagne anglaise. Si elle perdait cette donnée de vue, elle serait broyée. Voulait-elle vraiment avoir le cœur brisé ?

Le regard de Nico courait sur elle, avide de déchiffrer les

émotions qui animaient son visage. Il avait remarqué qu'Ella avait très peu bu — elle avait à peine touché à son verre —, sans doute pour ne pas perdre le contrôle de la situation, mais elle semblait plus détendue, moins sur la défensive qu'à leur arrivée.

Néanmoins, il savait qu'il devait avancer en douceur. Ella lui semblait prête à rendre les armes, mais un faux pas risquait de l'effaroucher.

Pour préserver le délicat équilibre qui s'était établi entre eux, Nico orienta la conversation vers des sujets plus anodins mais agréables, comme les beautés sous-marines de l'île et les récifs de coraux qu'il aimait tant explorer. A l'image de son île, ils étaient riches de potentiel, mais menacés. Partout sur la planète, le corail régressait, recelant pourtant d'incroyables ressources animales et végétales. Des ressources que la biologie commençait à peine à exploiter… Sur le sujet, Nico pouvait se montrer intarissable et Ella, subjuguée, regardait son beau visage s'animer à la lumière dansante des bougies. Quelle passion il déployait pour ce qu'il aimait… A l'écouter, elle en oubliait presque de déguster les douceurs exotiques qu'elle avait choisies sur l'impressionnante carte des desserts.

Lorsqu'ils eurent terminé de dîner et qu'ils furent installés dans l'intimité luxueuse de la limousine, Nico donna l'ordre au chauffeur de se rendre à l'Hôtel de l'Etoile et Ella ne put réfréner le désappointement qui lui pinça le cœur. Qu'espérait-elle ? Une balade au clair de lune ? Avait-elle déjà oublié toutes ses belles résolutions ?

Nico l'avait attirée contre lui et enlaçait ses épaules, mais il ne fit rien pour aller plus loin. Ella se mordait silencieusement les lèvres, le cœur serré par une insupportable attente.

*Arrête*, se morigéna-t-elle. *Arrête de souhaiter un plaisir éphémère !* Pour merveilleux qu'il ne saurait manquer d'être, il se transformerait inéluctablement en un amer chagrin.

La voiture s'arrêta devant de l'hôtel et Nico tourna vers elle un regard brillant.

— Veux-tu que nous commencions à visiter demain les lieux cochés sur ta liste ? lui proposa-t-il.

Ella acquiesça, en proie à une émotion intense.

— Demain ? Volontiers…

— Eh bien, dit-il d'un ton dégagé, partons pour la journée ! Nous pourrons pique-niquer.

# 11

— Tu sais que Gianferro est venu me voir hier ?

— Vraiment ?

Nico n'avait pas lâché la route des yeux mais Ella avait perçu la surprise dans sa voix. Ils étaient partis visiter un des villages qu'elle avait relevés sur la carte, mais, quand Nico avait insisté pour connaître la raison de son choix, elle avait persisté à ne rien dire avant d'avoir poussé plus loin son étude. Cet entêtement ravissait Nico autant qu'il l'intriguait. C'était une expérience étrangement érotique que de se heurter à un refus chez une femme.

— Et de quoi avez-vous parlé ? reprit-il.

Il négocia un virage en épingle sur le chemin caillouteux qui montait au village. Heureusement, les quatre roues motrices de son véhicule tout-terrain avaient été testées dans des circonstances bien plus difficiles encore.

— Nous avons parlé de toi, avoua Ella. Gianferro s'inquiète à ton sujet.

Nico eut un rire bref.

— Ne me raconte pas qu'il t'a sorti son laïus sur les dangers du sport ?

— Comment as-tu deviné ?

— C'est l'un de ses discours favoris.

Il rétrograda pour s'adapter à la pente et poursuivit :

— Il tenterait de me dissuader de faire de simples promenades sur la plage de Solajoya, s'il y trouvait à redire ! Chez lui, ce n'est pas tant la crainte du danger que celle de ne pas pouvoir tout contrôler. Il a cette obsession dans le sang : s'assurer de tout… Je pense qu'il prend trop à cœur son rôle d'héritier. Il se crée lui-même des responsabilités supplémentaires… C'est pour cela que Guido s'est exilé. Dès qu'il l'a pu, il a quitté le nid !

— Et toi, tu n'as jamais eu envie de partir ?

— Je parviens à m'évader sur place. Et j'ai appris à faire la sourde oreille quand mon frère me donne son avis, répondit-il doucement.

— N'y aurait-il pas un problème de communication dans votre famille ?

— Epargne-moi la psychologie de bazar, Gabriella. Quand j'aurai besoin d'une opinion éclairée sur les relations que j'entretiens avec mon frère, je te ferai signe.

Un silence s'ensuivit, si lourd et oppressant qu'Ella se sentit soudain confinée entre les parois de la voiture, ressentant une impression de claustrophobie.

Il desserra enfin les dents.

— Je n'aurais pas dû dire cela. C'était inutilement dur envers toi.

Ella haussa les épaules, feignant l'indifférence.

— Tu as eu raison. Je n'ai pas à me mêler de tes histoires de famille.

Ce n'était pas ce qu'il lui avait demandé, en effet. Ne l'avait-il pas fait venir pour avoir son opinion *professionnelle* ? Mais s'il voulait être honnête envers lui-même, il devait admettre que cette mission n'était qu'un prétexte. Au fond, ce qu'il voulait, c'était la séduire de nouveau. Ella semblait avoir embrassé le projet avec enthousiasme, y consacrant son temps et son énergie, mais pour le reste… elle n'avait toujours pas retrouvé le chemin de son lit…

Une ride soucieuse se creusa sur le front de Nico. Rien ne tournait comme il l'avait prévu. Pourquoi maintenait-elle cette distance entre eux, alors qu'il savait parfaitement qu'elle le désirait ?

— Nous y sommes, annonça-t-il en évitant les nids-de-poule qui marquaient l'entrée du village.

C'était un lieu perdu en haut des collines, écrasé de soleil, à la végétation rare. La mer était si lointaine qu'elle n'apparaissait que comme un mince filet bleu à l'horizon. Nico n'était pas venu là depuis des années.

La population produisait une huile d'olive locale d'excellente qualité mais qui souffrait de la concurrence de pays tels que la Grèce, où la récolte était mécanisée : la baisse des revenus qui en découlait était conséquente. Ella et Nico déambulèrent dans les rues étroites, frappés par le silence ambiant. L'unique petit restaurant paraissait vétuste, et le village dans son ensemble donnait une impression d'abandon. Des enfants jouaient sur le perron de leur maison, traçant des marelles dans la poussière. Ils levèrent les yeux à leur passage, mais aucun ne reconnut Nico. Une ville fantôme, songea ce dernier.

Il secoua la tête, comme un homme s'éveillant d'un long rêve. Il avait beau la parcourir en tous sens sur sa moto ou en 4x4, il ne connaissait pas son île sous ce jour.

— Personne ne vient jamais ici, murmura-t-il alors qu'ils regagnaient le véhicule après une visite détaillée.

Que pouvait-il faire pour aider ces villageois ? Comment avait-il pu être aveugle aux problèmes qu'ils rencontraient, et pourquoi fallait-il que ce fût une étrangère qui lui ouvrît les yeux ? Une Anglaise… Oui, mais qui d'autre qu'Ella aurait osé pointer du doigt la réalité et lui dire les choses en face comme elle le faisait ?

— J'ai négligé une bonne partie de mon île, reconnut Nico avec sincérité.

Cette honnêteté, il ne pouvait se la permettre qu'avec elle. Ella entendit la note de culpabilité dans sa voix.

— On ne peut pas être partout, Nico, dit-elle avec douceur.

— J'aimerais faire plus.

— Sans doute. Mais j'ai peut-être quelques idées pour aider ces villages isolés.

Nico lui jeta un regard interrogateur. Il avait eu raison de penser qu'un œil neuf pourrait faire surgir de nouvelles perspectives. Manifestement, Ella était compétente… Et il était dangereux, pour elle comme pour lui, de s'aventurer hors du champ professionnel…

Tout à coup, il ressentait une curieuse sensation de bien-être, peut-être due à l'espoir qu'Ella venait de susciter, ou peut-être au soleil sur sa peau. Une douce torpeur l'envahissait. Ella avait eu raison de mettre ce chapeau de paille pour protéger ses yeux de l'impitoyable luminosité. Cela donnait à son visage un air de fraîcheur innocente…

Innocente ?

En un éclair d'une douloureuse précision, il se rappela ses talents dans un autre domaine, et le désir qu'il avait essayé d'enfouir au fond de lui surgit de nouveau…

— Veux-tu que je te dise…, commença Ella, le souffle un peu court parce qu'il la fixait d'une façon qui l'empêchait de se concentrer.

— Oui, que veux-tu me dire ?

Elle avala difficilement sa salive, sentant sur elle le feu de son regard.

Ce qu'elle aurait voulu lui crier, c'était d'arrêter de la dévisager ainsi ! Oui, mais c'était en même temps un pur délice…

— Eh bien, je voulais te parler des idées que j'ai eues, parvint-elle à articuler.

— Pourquoi pas en déjeunant ? proposa-t-il tandis qu'un sourire sensuel s'épanouissait sur ses lèvres.

Le cœur d'Ella s'affola dans sa poitrine. Elle se sentait incapable de le raisonner.

— N'est-il pas… un peu tôt pour déjeuner ? objecta-t-elle.

— En guise d'apéritif, nous contemplerons le paysage. Je connais un endroit d'où la vue est magnifique.

Elle haussa les épaules. Comme si tout cela n'avait aucune importance, comme si elle s'en moquait.

— Si tu veux.

Où donc était passée la femme d'affaires stricte et professionnelle qu'elle voulait être ? Sans doute s'était-elle perdue dans les prunelles sombres de Nico, qui semblaient lui promettre tant de délices…

Il la conduisit sur une hauteur d'où l'on découvrait la mer, à l'ombre d'arbres odorants. On se serait cru coupé du monde, songea Ella, dans un monde clos et protégé. Les feuillages formaient une treille complice, abritant le chant divin des oiseaux… C'était un endroit enchanteur. Elle sentit son pouls s'accélérer.

— Veux-tu disposer le plaid ? demanda Nico d'un ton détaché. Je vais chercher le pique-nique.

Chassant sa nervosité, elle déplia le doux cachemire qu'il lui tendait et l'étala sur l'herbe d'une main qui tremblait un peu. Quand il posa le panier et s'installa près d'elle, elle sut comme une évidence ce qui allait arriver. Elle ne se demandait même plus si elle était capable de lui résister…

Nico s'allongea sur un coude, et étudia le profil d'Ella. Les rayons du soleil filtraient à travers le feuillage, et leurs reflets faisaient miroiter sa peau… Il la devinait tendue, comme à l'affût. En attente.

— Pourquoi n'enlèves-tu pas ton chapeau ? suggéra-t-il. Nous sommes à l'ombre, et j'aimerais voir tes yeux.

Etait-ce sage de lui laisser voir son regard ? N'allait-il pas y lire ses doutes, ses craintes et, surtout, le désir qui la consumait ? Ils étaient ici pour travailler… Hélas, toute idée de travail avait déserté son esprit. Ella s'exécuta, aussi timide que s'il lui avait demandé de but en blanc de se déshabiller. Ses cheveux retombèrent sur ses épaules comme un épais rideau de soie.

— Tes magnifiques yeux verts… C'est un crime de les cacher.

Sa voix avait baissé d'un ton, elle se faisait douce, mais

son regard était étincelant, presque dur. Ella sentit sa bouche devenir sèche et elle humecta ses lèvres du bout de la langue.

— Tu as soif, *cara mia* ? demanda-t-il d'une voix légèrement voilée.

L'italien, disait-il, était le langage de l'amour. Mais il ne s'agissait pas d'amour ici, seulement de plaisir. Le sexe était une chose si simple pour lui…

— Arrête, murmura-t-elle.

Avait-elle vraiment prononcé ces mots ? Ou ignorait-il délibérément sa requête ? Il s'était tourné vers le panier et en sortit une bouteille fraîche.

Nico avait d'abord pensé à du champagne mais, à la réflexion, l'idée lui avait paru commune. Et le champagne aurait pu lui rappeler de mauvais souvenirs ! C'était ce qu'elle lui avait offert de boire, pour se moquer de lui, après avoir découvert sa réelle identité. Comme elle était en colère, ce jour-là ! A présent, elle avait plutôt l'air craintive, vulnérable. Une biche sur le qui-vive. Il prit deux gobelets en argent dans le panier, en emplit un de citronnade, et le lui tendit.

Elle le prit mais sa main tremblait tellement qu'elle ne put en boire que la moitié. Le reste s'était répandu sur le plaid…

D'un geste précis et rapide, Nico lui prit le gobelet des mains et le reposa. L'instant d'après, son visage était face au sien.

Le regard d'Ella se brouilla. L'éclat noir des pupilles de Nico dansait devant ses yeux. Il avait des lèvres tellement sensuelles… Elle inspira avec avidité le parfum de sa peau. Les chants d'oiseaux s'étaient-ils tus ? Elle ne parvenait à entendre que le sourd battement de son cœur.

Nico semblait si maître de lui ! Alors qu'elle se sentait si désemparée… C'était une erreur ! Pourtant, n'était-ce pas ce qu'elle avait toujours voulu ?

— Gabriella… Tu m'as soumis à une longue attente. Je n'en peux plus.

Son honnêteté la bouleversa. Ou bien était-ce son souffle sur sa joue ? Elle avait tellement réprimé son désir et celui-ci était si fort qu'il s'engouffra dans cette minuscule brêche, près de la submerger…

— Tu ne devrais pas…, murmura-t-elle d'une voix frémissante alors qu'il caressait doucement ses cheveux.

— Au contraire… Nous aurions dû faire cela bien plus tôt.

— Nico…

Il la fit taire d'un baiser à peine esquissé. Lorsqu'il la sentit trembler, il appuya un peu plus fortement ses lèvres sur les siennes. Pour voir sa réaction, il fit mine de se retirer : elle émit un petit gémissement de protestation. Retenant un sourire de triomphe, il l'embrassa à pleine bouche, la plaquant fiévreusement contre lui.

Il prolongea son baiser, jusqu'à ce qu'elle n'en puisse plus de désir. Elle se consumait dans l'irradiante chaleur de son étreinte, perdant la tête, oubliant tout, le mensonge, leurs différences, tout ce qui les séparait… pour ne plus voir que lui, s'imprégner fébrilement de son corps.

Nico crut qu'il allait se laisser engloutir dans la tornade de désir qu'elle provoquait en lui. Il l'allongea sur le plaid, dévoré par le besoin de la prendre. Tout de suite.

— Nico !

Elle avait crié alors que sa main remontait le long de sa jupe, laissant un sillon de feu sur sa peau.

— Touche-moi, exigea-t-il d'une voix urgente, en faisant glisser son jean. Touche-moi !

La respiration d'Ella s'accéléra.

Sa main entoura la virilité dressée de Nico, et elle gémit doucement à son contact, le visage perdu dans son cou. Un enivrant sentiment de puissance s'empara d'elle, en découvrant qu'il était autant à sa merci qu'elle était à la sienne.

— Près de toi, je ne contrôle plus rien, chuchota-t-elle à son oreille.

— Alors n'essaie pas. Contente-toi d'en profiter… *Por Dios*, oui !

Le plaisir lui avait arraché les mots de la gorge. Lui non plus ne contrôlait rien, toutes les barrières étaient abolies, toutes les contraintes balayées, et un tel abandon l'enivrait. Le terrifiait aussi. C'était comme se trouver au bord d'un gouffre… et savoir qu'on allait sauter, même si c'était une vraie folie.

Pourtant, il ne fallait pas sauter tout de suite. Conscient du risque que lui faisait courir sa brûlante étreinte, il détacha doucement la main d'Ella et la porta à ses lèvres.

— *Lentamente, cara*… Pas trop vite…

Mais il ne suivait pas lui-même son propre conseil, constata Ella alors qu'il la renversait sur le plaid pour faire glisser sa culotte. Elle sentit le vent sur sa peau, et sans pouvoir résister elle desserra les cuisses. Les lèvres de Nico reprirent les siennes, et ses doigts, plongés au creux de sa féminité, la soumirent au rythme de sa caresse, un rythme vieux comme le monde et qui faisait fi de tout, de la raison, du pouvoir, de la naissance… Il n'y avait plus ni prince ni bergère, seulement un homme et une femme, une femme qui criait son plaisir… Il n'y avait plus que Nico, qui avait hanté ses rêves depuis qu'elle avait posé les yeux sur lui, et qui détenait la clé de son extase au bout de ses doigts…

De la bouche, elle effleura le menton viril qu'assombrissait une ombre de barbe, et alla chercher la peau soyeuse, sous la chemise. De ses mains impatientes, elle voulut dénouer sa ceinture, provoquant chez Nico un rire rauque et ravi.

— Attends… Laisse-moi faire.

Sans la quitter du regard une seconde, il se débarrassa de son jean, prenant au passage de quoi se protéger, et revint à Ella pour lui enlever sa robe. La vue de sa poitrine nue redoubla son excitation. Elle n'avait pas mis de soutien-gorge pour passer la journée avec lui… Il happa le téton dressé d'un sein, et les petits gémissements qu'elle laissa échapper l'enivrèrent, décuplant son désir. Comme un collégien malhabile, il tremblait presque en enfilant sa protection, avant de venir en elle, pleinement, victorieusement.

— Nico !

La sensation était encore plus incroyable que la fois précédente, plus juste, plus vraie… Saisissant Nico par les cheveux, Ella colla sa bouche contre la sienne, comme si elle voulait se noyer en lui.

Et Nico perdait pied lui aussi. C'était pour lui une expérience entièrement nouvelle. Il gardait d'habitude une parfaite maîtrise de lui-même en faisant l'amour, capable d'évaluer le degré exact du plaisir de sa compagne et, comme un chef d'orchestre, de la diriger au rythme qu'il souhaitait.

Cette fois, c'était très différent. Etait-ce parce que Ella l'avait maintenu si longtemps sur des charbons ardents ? Parce qu'il n'avait jamais été vraiment sûr de parvenir à ses fins ? A présent, la victoire avait une douceur indicible qui surpassait ses fantasmes les plus fous.

Il dérivait dans les régions mystérieuses et profondes du plaisir, ou plus rien d'autre n'existait. Son corps ne lui appartenait plus, il se fondait en Ella. Ses mains la caressaient sans relâche et il aurait voulu la pénétrer infiniment, encore et encore. Il allait mourir s'il ne touchait pas bientôt au but, et pourtant il aurait voulu que cela dure toujours.

Le cri d'Ella déchira l'air et elle frémit longuement de plaisir avant de s'apaiser, le nom de Nico sur les lèvres comme une prière. Nico la suivit, en un spasme à la fois si violent et si doux qu'il crut se dissoudre en elle…

Puis il recouvra ses esprits, et la sourde jubilation qu'il ressentit lui rappela ce qu'il éprouvait quand il avait lutté contre le vent en pleine mer, et qu'il avait surmonté un obstacle périlleux. Cela ne dura qu'un instant, suivi d'une sensation familière d'anéantissement.

Il avait dû dormir… Lorsqu'il reprit conscience, Ella était blottie dans ses bras. Elle leva vers lui des yeux encore embués de plaisir.

— Oh, Nico…, soupira-t-elle avec volupté.

Il suivit d'un doigt léger le contour de sa bouche, et fut

surpris par la violence du désir qui l'assaillit de nouveau. Sa bouche se durcit. Il lui fallait garder la tête froide.

Il s'écarta d'elle. Mettre une distance entre eux lui permettrait d'y voir plus clair, de replacer les choses en perspective, ce dont il avait terriblement besoin en ce moment. Ella le regardait sans comprendre. Il se détourna, passa une main fébrile dans ses cheveux. Oui, c'était bien ça : dans ses bras, il succombait à l'extraordinaire magie avec laquelle elle savait l'envoûter, mais, avec un peu de recul, il se sentait de nouveau lui-même. Assez sûr de lui pour afficher un de ces sourires ironiques dont il avait le secret.

— Et si nous parlions maintenant de tes fameuses idées…

— Pardon ?

Elle écarquillait les yeux, perdue, et il s'en voulut un instant de sa brusquerie. Mais n'était-ce pas ce qu'il avait voulu, se sentir aux commandes, en pleine possession de ses moyens, alors qu'elle semblait désarmée ?

— Nous sommes venus ici pour cela, étudier tes idées, non ? Si tu les as déjà oubliées au bout d'une heure, je crains qu'elles ne vaillent pas grand-chose, poursuivit-il d'un ton amusé.

Ses mots prononcés d'un ton railleur la ramenèrent brutalement à la réalité. Elle s'était bercée d'illusions… Elle ne représentait rien pour Nico, elle ne devait pas l'oublier. Au moins son ironie avait-elle le mérite de la remettre à sa place. Elle aurait été ridicule de s'attendrir après l'amour, alors que lui voulait uniquement parler de travail !

Seigneur… Elle tenta de se composer un visage serein. Elle voulait au moins essayer de garder sa dignité !

Chassant vivement toute expression rêveuse de son regard, elle se redressa et prit une profonde inspiration.

— Bien entendu, je rédigerai l'ensemble de mes recommandations par écrit, mais a priori, certaines choses me semblent faciles à améliorer ou à mettre en place, qui permettraient de donner à Mardivino une impulsion nouvelle.

Le regard de Nico s'assombrit. A quoi s'attendait-il ? Elle

l'avait pris à son propre piège, avec une habileté telle que c'était lui, à présent, qui peinait à se concentrer devant la sensualité de ses courbes toujours dénudées.

— Explique-toi.

Ce ton de commandement était insupportable ! Pourtant, l'irritation permit à Ella de recouvrer toute sa lucidité. Allait-elle s'effondrer comme une poupée de chiffon parce qu'elle avait crié de plaisir dans ses bras ? Certainement pas. Et ce qu'elle ressentait, il n'en saurait rien, car elle le cacherait soigneusement au fond d'elle-même.

— Prenons un village comme celui que nous avons visité, commença-t-elle d'un ton assuré. Il suffirait d'aménager quelques commodités. Une route un peu moins cahoteuse permettrait de faire venir des groupes limités. Je pense à des stages pour citadins qui voudraient reprendre contact avec la nature, apprendre à faire de l'huile d'olive, par exemple. Ou de la poterie. Ajoute à cela un musée d'art et de traditions populaires, des logements chez l'habitant… Ceux qui recherchent l'authenticité y trouveraient leur compte.

— Cela me semble une bonne idée. Et facile à réaliser.

— Les meilleures idées ne sont pas toujours les plus compliquées. Le deuxième point auquel j'ai réfléchi est l'engorgement de Solajoya. Ces foules agglutinées autour du musée Juan-Lopez… Ça manque vraiment de charme et la circulation est impossible en centre-ville.

— Mardivino est très fière de son peintre. Que proposes-tu que nous fassions ?

— Déménagez-le !

— Mais c'est une gloire nationale !

Elle sourit de sa réaction choquée, et réprima l'envie de caresser son front pour y effacer la ride que le déplaisir y creusait.

— Justement. Juan Lopez peut être honoré à n'importe quel endroit de l'île, et la capitale, Solajoya, n'a pas besoin du musée pour attirer du monde. La ville est si belle… Les touristes y viendront de toute façon, pour l'enchantement qu'elle procure. Et tous ceux qui s'intéressent au peintre se déplaceront où que se trouve le musée, apportant ainsi des revenus nouveaux à une autre ville qui en a sans doute davantage besoin que la capitale !

Ella se tut. Les yeux noirs de Nico se mirent à briller.

— Pourquoi pas ? dit-il pensivement. Un musée moderne, hors des sentiers battus… L'idée est audacieuse mais séduisante…

Tout comme celle du pique-nique, songea Ella avec tristesse. Une idée originale et séduisante… mais qui ne débouchait malheureusement que sur de l'amertume. Derrière le masque professionnel qu'elle plaquait sur son visage, elle dissimulait un vrai déchirement. Elle savait désormais que, avec Nico, les choses en resteraient toujours là, séduisantes, originales, mais rien de plus. Si elle n'était pas prête à accepter ses conditions, elle allait terriblement souffrir.

— On peut aussi lancer la production de produits dérivés, reprit-elle en s'efforçant de se concentrer. Cartes postales, reproductions… Quelques restaurants chic autour du musée inciteraient le public à s'attarder. On pourrait ainsi favoriser le développement d'une ville de moyenne importance, sans pour autant menacer son caractère propre. Mais je sais que tu ne laisseras pas abîmer ton île.

— Merci, Gabriella. Je vais réfléchir à tout cela.

— Parfait.

Voilà. Elle avait préservé sa dignité. Maintenant, il lui fallait rentrer, panser ses blessures… Evaluer la situation… Oublier. Elle tendit la main vers sa robe.

— Qu'est-ce que tu fais ? demanda Nico en arrêtant son geste.

— Cela ne se voit pas ? Je… je m'habille.

Elle eut du mal à terminer sa phrase. Déjà Nico, du bout des doigts, dessinait de petits cercles tentateurs sur la peau si sensible de ses seins nus.

Il attira Ella contre lui et, la voyant fermer les yeux, il sentit la morsure du désir au creux de ses reins. Ses mains s'arrondirent sur les contours de ses fesses. Il était temps qu'elle accepte de lui obéir… au moins en ce domaine.

— Pas question, dit-il d'un ton très calme. Pas avant que j'en aie décidé…

Un instant elle voulut protester, s'opposer à son désir.

Mais le voulait-elle ?

Elle tenta de l'arrêter, mais en vain.

Pour s'opposer à lui, il aurait sans doute fallu faire davantage que secouer la tête. Et trouver une meilleure parade qu'onduler de plaisir sous la caresse de ses mains.

Si elle avait vraiment voulu l'arrêter, l'aurait-elle caressé en retour et son cœur aurait-il bondi de joie au moment où il la pénétrait ?

La dernière pensée consciente d'Ella fut que Nico était le pire et le meilleur qui lui soit jamais arrivé.

# 12

Ils redescendirent de la colline en silence, un silence qui, pour Ella, bruissait d'un millier de questions sans réponse. L'atmosphère était incroyablement tendue. Et pourtant, ils avaient vécu une journée extraordinaire, une expérience érotique fabuleuse.

Mais Nico s'était très vite renfermé en lui-même.

Elle l'avait lu dans ses yeux, une fois leur faim apaisée. Son regard s'était figé, et son attitude était devenue lointaine.

Oh, il s'était conduit avec toute la gentillesse requise, l'aidant à boutonner sa robe, déposant un petit baiser au creux de son épaule… Mais Ella avait compris qu'il suivait un schéma établi, le guide de ce qu'il était de bon ton de faire après l'amour. Et tout en exécutant les gestes attendus, il pensait à autre chose. Loin d'elle, très loin.

L'intimité entre eux s'était évanouie. Comme si, en la comblant physiquement, il avait mis un point final à leur relation.

Etait-ce la fin de sa « mission » ? Même si Nico attendait d'elle d'autres suggestions pour développer le tourisme de Mardivino, de son côté, accepterait-elle de devenir le joli jouet du prince ?

Elle se mordit la lèvre, le regard tourné au loin, vers les toits blancs de Solajoya.

Nico lui jeta un regard de côté. Pour la premère fois de sa vie, il se sentait indécis.

Qu'allait-il faire ?

Il pouvait considérer leur aventure comme terminée : sa torride envie d'elle avait été largement satisfaite. Mais, curieusement, cela ne lui suffisait pas. Même en cet instant où il la sentait rétive, repliée sur elle-même, elle continuait à l'exciter incroyablement. Il avait toujours envie de la caresser, de laisser courir ses doigts sur sa peau jusqu'à ce qu'elle s'ouvre comme la plus précieuse des fleurs, écartant ses pétales pour lui seul, afin qu'il puisse se perdre dans son parfum…

Toujours songeur, il lui ouvrit la portière de la voiture avant de s'installer au volant, puis il démarra sans un mot.

Il étouffa un juron en entendant grincer la boîte de vitesses. Il sentit sur lui le regard étonné d'Ella, mais il fixa obstinément la route, furieux contre lui-même. Lui qui pilotait avec dextérité n'importe quel véhicule, il ratait son passage de vitesse comme un débutant !

Lorsque enfin la voiture freina devant l'Hôtel de l'Etoile, Ella prit une profonde inspiration pour se donner du courage. Elle n'avait pas affaire à un homme normal : il n'y aurait ni de tendre baiser ni la promesse de s'appeler plus tard. Après tout, ils étaient exposés aux regards curieux du public…

La meilleure solution était de conserver son sang-froid et de prendre congé avec élégance. Elle se rappellerait cet épisode comme une merveilleuse aventure, un conte de fées. C'était tout. Le conte s'achevait, elle n'avait plus qu'à rentrer en Angleterre et tenter d'oublier ce qui s'était passé.

Elle sourit bravement. Elle, le joli jouet d'un prince ? Jamais…

— Je vais réserver mon voyage de retour.

— Tu rentres ?

La surprise de Nico était presque insultante et la tâche d'Ella s'en trouva facilitée.

— Bien sûr. Mission accomplie. Nous avons tous deux réussi, non ? Moi, à trouver des solutions pour Mardivino et toi, à coucher avec moi.

— Pas sans ton concours, que je sache ! s'offusqua Nico.

Ella préférait le voir exprimer cette colère, un véritable sentiment, plutôt que l'horrible indifférence qu'il lui avait témoignée pendant tout le trajet du retour !

— J'étais d'accord, c'est vrai.

— Tu es trop aimable de bien vouloir l'admettre, jeta Nico, furieux.

— Il n'empêche que je n'ai plus aucune raison de rester.

Nico serra les dents. Elle disait la vérité. Il lui avait confié un travail, elle l'avait effectué avec efficacité et talent, allant même plus loin que ce qu'il avait espéré. Mais, dans un domaine plus privé, elle avait aussi dépassé ses plus folles espérances et… elle voulait partir !

— Je ne veux pas que tu t'en ailles, dit-il brusquement.

« Je n'ai que faire de tes désirs d'enfant gâté », faillit-elle rétorquer. Mais elle se ressaisit à temps : ça n'était pas vrai, la vie ne l'avait pas gâté en lui offrant cette enfance à la fois solitaire et trop entourée. Les photographies de lui enfant, droit et sérieux sur les clichés officiels, habillé comme un petit mannequin pour les cérémonies, lui revinrent à la mémoire… Pouvait-on attendre d'un tel homme qu'il se comporte normalement ?

— Tu ne veux pas que je parte ?

— Non, répéta-t-il avec entêtement.

Elle non plus n'avait pas envie de partir. Se l'avouer était une chose. Devenir le jouet sexuel d'un prince en était une autre. Surtout s'il refusait d'ouvrir les yeux et d'admettre qu'entre eux se tissait quelque chose de fort, de plus fort qu'un simple accord physique, si intense fût-il.

Il se pencha vers elle, à peine, juste assez pour qu'elle respire l'odeur de sa peau encore moite de leurs ébats. Elle se sentit faiblir. N'était-ce pas exactement ce qu'il recherchait ? *Parle-moi*, supplia-t-elle silencieusement. *Dis-moi quelque chose de vrai, quelque chose qui compte. Que tu as de la tendresse pour moi, même si tu sais que rien ne peut durer entre nous…*

— Je sais que tu as envie de rester aussi, poursuivit-il. Tu as certainement envie de voir tes idées mises en pratique, non ?

Les paroles de Nico l'atteignirent en plein cœur, sonnant le glas de ses espoirs. C'était l'exact contraire de ce qu'elle espérait. Il était temps d'ouvrir les yeux, d'arrêter de rêver.

— J'ai une agence à diriger, Nico, répliqua-t-elle doucement. Je ne peux pas rester indéfiniment.

A peine eut-elle prononcé ces paroles qu'elle les regretta. Elle lui laissait entendre qu'elle pouvait lui accorder encore un peu de temps, et c'était déjà une forme de capitulation. Nico allait en profiter pour insister…

— Cela ne te prendra pas trop de temps, Ella, mais j'aimerais que tu exposes tes idées à Gianferro et aux architectes. Et puis…

Il observa une pause. Il la voulait près de lui, oui, mais aux conditions qu'il établirait. Car leur relation ne pouvait s'instaurer sur d'autres bases. Ses yeux prirent un éclat ombrageux, déterminé. Après tout, il survivrait si elle refusait. Il haussa imperceptiblement les épaules avant d'ajouter :

— Je te veux aussi comme maîtresse, Gabriella.

Avait-elle jamais rien entendu de plus insultant ?

Ou de plus franc ?

Manifestement, il établissait les règles, comme il l'avait fait sa vie durant. Pouvait-elle cependant accepter de s'y plier ?

Il vit la bataille silencieuse qui se livrait en elle. Une bataille entre le désir qu'elle faisait de son mieux pour cacher mais qu'il lisait dans ses yeux, et la fierté que révélait le port altier de sa tête. Elle lui apparut indomptable, et d'autant plus irrésistible…

— Je voudrais pouvoir t'embrasser, dit-il d'une voix grave, mais ici, ce n'est pas possible. Trop de monde nous observe… Je ne peux pas plus monter dans ta chambre que tu ne peux venir au palais. Dès que cela se saurait, ta vie deviendrait un enfer. Les ragots, les journalistes… Il nous faut être discrets.

Bien sûr, songea-t-elle. On avait toujours exigé la plus grande discrétion de la part des maîtresses des rois…

— J'ai une demeure à l'extérieur de Solajoya, reprit Nico. A l'écart, protégée. Nous pourrions nous y retrouver.

Ella le regarda droit dans les yeux pour lui faire face. Elle percevait l'impatience de son désir, et celui de son propre corps qui lui répondait.

Ne pouvait-elle se contenter de ce qu'elle venait de vivre dans ses bras et repartir chez elle ? Elle pourrait conserver précieusement ses souvenirs, comme un trésor… En sachant que rien dans sa vie future ne pourrait jamais égaler ce qu'elle avait connu avec lui. Oui, elle devait partir. Elle n'avait rien à attendre de lui. Même s'il n'avait pas été prince, quel avenir aurait-elle pu espérer auprès d'un homme dont le regard devenait froid comme la pierre après avoir fait l'amour ? Nico établissait des cloisons étanches dans sa vie, et ce trait de caractère représentait pour elle un obstacle bien plus infranchissable que son statut princier. Il n'y aurait pas d'issue heureuse pour eux, le conte de fées se terminait ici, sans soleil couchant ni avenir radieux.

Elle savait donc très bien ce qui lui restait à faire.

Alors pourquoi ne s'y décidait-elle pas ?

La raison, elle la connaissait. Parce qu'elle restait sous l'emprise de l'homme qu'elle avait désiré au premier regard et qu'elle désirait encore, en dépit de tout.

— Nous y retrouver ? Je ne sais pas si c'est une bonne idée, répondit-elle avec honnêteté.

Mais le doute dans sa voix sonnait comme une invite.

— On pourrait y aller dans la soirée, *cara mia*…

Sa voix de velours la fit frissonner.

— Passer toute la nuit dans les bras l'un de l'autre…, reprit-il. Je sais que tu en as envie autant que moi. Pourquoi refuser ?

Avec un mélange d'effroi et d'excitation, Ella comprit qu'elle allait céder. Une nuit… où serait le mal ? Elle enfouit au plus profond d'elle-même sa douleur et sa vulnérabilité, et tourna vers Nico un regard clair.

Elle ne voulait pas avoir peur. Elle avait pris sa décision : elle profiterait de chaque seconde avec lui.

— D'accord, acquiesça-t-elle d'un ton léger. Viendras-tu me chercher ou dois-je me dissimuler sous une couverture et t'attendre au coin de la rue ?

Il éclata de rire. Il était soulagé, et aussi excité qu'un enfant qui vient de lever une interdiction.

— Je passerai à 8 heures, *cara*. Attends-moi…

Qu'aurait-elle pu faire d'autre ?

Le puissant moteur démarra et se mit à ronronner. Un sourire de plaisir illuminait le visage de Nico.

— Tu sens délicieusement bon, *cara*. Comme un bouquet de fleurs des champs…

Ella venait de le rejoindre et fut heureuse que l'ombre du soir masque la rougeur de ses joues. Quand allait-elle cesser de se conduire comme une adolescente ? Les Méditerranéens avaient le compliment facile, elle le savait, alors pourquoi en éprouvait-elle autant de plaisir ?

Elle avait beau se raisonner, rien ne semblait capable de refroidir son excitation, pas même sa lucidité : elle allait se prêter à un jeu qui n'était que celui des sens, un arrangement bien banal entre adultes consentants. Oui, mais elle serait de nouveau dans ses bras, et il n'y avait plus que cela qui comptait.

La maison était sombre quand ils y entrèrent mais Nico n'alluma pas. Elle distingua des pièces de vastes proportions, des meubles élégants, tandis qu'il la guidait par la main vers la chambre du premier étage. Une chambre bien à eux, loin de l'agitation du monde… N'était-ce pas l'unique raison de leur présence ici ?

Ella ne protesta pas. Qu'aurait-elle pu dire, alors qu'elle souhaitait la même chose que lui…

Leur manière de faire était directe, adulte… Trop directe ? Peut-être. Mais sentir de nouveau sa peau contre la sienne, le tenir contre elle, débarrassé de tous ses titres, pouvoir combler ses désirs d'homme : cela justifiait tout.

Il poussa une porte et elle découvrit la chambre, meublée d'un grand lit tendu de draperies lourdes et richement brodées.

Il se tourna vers elle et la dévora du regard pendant un instant qui lui fit perdre la notion du temps.

— A présent, embrasse-moi.

C'était un ordre auquel elle n'avait pas envie de résister. Elle l'enlaça et, se haussant sur la pointe des pieds, posa sa bouche contre la sienne. Le grondement qui monta de la poitrine de Nico l'enivra de bonheur. Une audace nouvelle s'emparait d'elle, lui tournait la tête. Ce fut elle qui se pressa contre lui.

Les lèvres de Nico s'ouvrirent sous son baiser et leurs langues se mêlèrent voluptueusement, tandis qu'ils se déplaçaient vers le lit comme si leurs corps connaissaient le chemin depuis toujours.

— Gabriella…

Elle le fit taire d'un doigt posé sur sa bouche et commença à déboutonner sa chemise. Les mots risquaient de tout détruire… S'il ne disait rien, elle pouvait vivre son rêve, croire qu'il n'y avait pas que leurs corps qui se touchaient.

Jamais encore elle n'avait pris l'initiative. Allait-il protester ? Son caractère dominateur allait peut-être résister. Mais non, l'expression de son visage était révélatrice : à la fois étonné et ravi, il adorait la laisser faire.

Libérée, elle promena ses doigts sur son torse puissant, traçant des arabesques sensuelles, et elle sentit le corps de Nico se tendre sous l'excitation. Elle continua son exploration lentement, tout en lui ôtant ses vêtements. Elle se déshabilla à son tour. Ses mains tremblaient un peu quand elle fit glisser sa culotte. Poussant Nico sur le lit, elle monta sur lui.

Leurs yeux se rencontrèrent, agrandis par la promesse du plaisir. Alors, avec une exquise lenteur, elle descendit sur lui et l'enserra de sa chaleur.

C'était bon, tellement bon ! Un petit cri lui échappa et, à

partir de là, elle ne contrôla plus rien. Elle ne voyait, ne sentait que Nico et son regard rivé au sien, qui déchiffrait ses réactions d'une façon plus intime encore que celle dont il la pénétrait.

Ils restèrent les yeux dans les yeux pendant la montée du plaisir, se nourrissant chacun du désir de l'autre, jusqu'à ce que la houle emportât Ella, déferlant en un ouragan déchaîné.

Il l'observa, si belle dans l'abandon. Il voulut se retenir pour l'admirer encore, jusqu'à ce que la force de la sensation devienne irrépressible. De nouveau, il éprouva le vertige des extrêmes, comme lorsqu'il plongeait dans les profondeurs de la mer ou qu'il volait à toute vitesse dans l'azur.

Un cri rauque, profond, accompagna son plaisir, et il se sentit enveloppé de douceur. Une douceur qui avait le visage d'Ella, et son odeur de femme-fleur…

Un moment, Nico la garda serrée contre lui puis il se détacha brusquement, roulant sur le côté, fixant d'un regard vide le plafond que la lune naissante décorait de motifs lumineux.

Plus lourde à chaque instant, la distance s'insinuait entre eux, submergeant Ella de solitude. Il recommençait, se dit-elle avec désespoir. Après le plaisir, après la plénitude, il la rejetait comme chaque fois, lui faisant sentir que l'intimité et l'harmonie n'étaient que physiques.

— S'il te plaît, murmura-t-elle, ne fais pas ça…

— Quoi donc ? demanda-t-il froidement.

Le ton de sa voix aurait dû l'arrêter mais comment saurait-il jamais ce qu'elle ressentait si elle ne le lui expliquait pas ? Peut-être ne se rendait-il pas compte de ce qu'il faisait…

— Tu deviens si distant après avoir fait l'amour ! On peut rester intimes, tu sais… une fois que c'est fini.

Ses cheveux d'ambre brillaient dans la lumière de la lune… Nico comprit qu'il lui était impossible de continuer ainsi. Il ne pouvait se servir égoïstement d'elle, et ce d'autant moins qu'elle s'offrait avec une telle générosité. Car ce qui venait de se produire était plus qu'une expérience sexuelle réussie, cela s'appelait faire l'amour. Vraiment. Cela n'avait rien à voir avec tout ce qu'il avait pu expérimenter jusqu'à présent. C'était sauvage. Libre. Dangereux.

Et s'il persistait à accepter d'elle un cadeau aussi précieux, sans qu'elle ait jamais l'espoir de recevoir quelque chose en retour, sans qu'il puisse rien lui promettre, il ne serait qu'un voleur. Un vulgaire voleur de sentiments.

Il allait lui faire mal mais il devait être honnête avec elle.

Le regard sombre, il chercha ses yeux.

— Je ne t'aime pas, Gabriella, déclara-t-il avec douceur.

# 13

Ella ne bougea pas tant que les mots de Nico ne se furent pas profondément gravés en elle, la pénétrant comme un rocher se détache de la falaise et tombe dans la mer, ne laissant que quelques bulles à la surface. Elle éprouvait un étrange sentiment d'euphorie, comme une délivrance. Ce qu'elle ressentait était comparable au soulagement que l'on peut éprouver à entendre le diagnostic du médecin : une fois la maladie nommée, il devient possible de s'y attaquer.

Et de s'en guérir.

A condition de rester honnête envers soi-même.

— Je le sais bien…

Sa voix était douce, alors que son cœur hurlait. « Je sais, Nico ! Me croyais-tu assez stupide pour croire le contraire ? Je l'ai toujours su, mais j'aurais voulu y être confrontée à mon heure, à ma façon. Si seulement tu avais pu me laisser le temps et faire semblant… Juste le temps d'une nuit. Une nuit d'illusion parfaite… »

Curieux comme la tendresse pouvait surgir là où on l'attendait le moins… C'était la dernière occasion d'être tendre, de montrer à Nico que, au bout du compte, elle ne lui en voulait pas. Etait-ce sa faute s'il était l'homme qu'on avait fait de lui, et non celui dont elle rêvait ?

Il fronça les sourcils. La réaction d'Ella n'était pas celle qu'il prévoyait.

— J'ai vingt-huit ans, jeta-t-il d'un ton bourru. Je ne veux pas me fixer. Je n'en ai aucun besoin ! Et le jour où il le faudra, ce sera avec quelqu'un…

—… digne de ton rang, évidemment.

Elle l'avait coupé et elle vit que cela l'avait irrité. Mais jusqu'au bout elle se comporterait normalement avec lui. Pas de façon servile, jamais.

— Pourquoi te fatigues-tu à m'expliquer tout cela ? Tu ne te doutes pas que je le sais déjà ?

Fallait-il vraiment qu'il ternisse la beauté de leur nuit avec la dureté de la vérité ?

Elle s'assit sur le bord du lit pour reprendre ses esprits et calmer l'agitation de son cœur, oubliant qu'elle était nue jusqu'à ce que la main de Nico, se posant sur elle, vienne le lui rappeler. Que voulait-il ? Ne pouvait-il s'empêcher de la toucher ? Elle le repoussa.

— Non, dit-elle calmement. Plus maintenant.

Nico étouffa un soupir. Quelle femme obstinée !

— Viens, allons dîner.

Elle secoua la tête. Elle aurait pu jouer les femmes du monde et descendre dîner en sa compagnie, se laisser séduire par sa conversation et les mets délicats qu'il lui servirait, tout en dégustant un bon vin qui lui monterait à la tête et brouillerait les contours sombres de la réalité… Ensuite, il l'embrasserait, et elle trouverait tellement agréable qu'il lui fasse l'amour…

Mais non, rien ne serait plus jamais pareil.

Les paroles brutales de Nico avaient éteint la petite flamme d'espoir qu'elle nourrissait, envers et contre tout. Irréaliste, stupide espoir. Mais espoir quand même… Qui à présent n'existait plus.

— Non, répondit-elle en essayant de chasser toute tristesse de sa voix. Cela ne servirait à rien. Je veux retourner à l'hôtel et, demain, je prendrai le premier avion.

Il jura, la mâchoire contractée.

— Bon sang, Gabriella…

Sa voix était aussi ferme que celle d'Ella, mais il n'avait pu dissimuler son irritation.

— Je me suis montré honnête envers toi, reprit-il, regrettant amèrement de ne pas avoir attendu au moins jusqu'au matin pour le faire. T'est-il impossible d'accepter la situation ?

— Tu veux dire, d'accepter tes conditions, rectifia Ella avec raideur. Des conditions qui font bon marché de mes sentiments ! Désolée, Nico, mais tu ne peux pas jouer sur les deux tableaux. Un jour être le pauvre prince incompris qui doit dissimuler son identité pour qu'on le traite normalement, et le lendemain redevenir l'arrogante altesse qui exige qu'on se plie à tous ses caprices !

— Comment oses-tu me parler ainsi ? gronda Nico.

— Comment j'ose ?

Les yeux d'Ella jetaient des éclairs.

— Je vais te le dire : tu m'en as donné le droit en me faisant l'amour ! Traites-tu toutes tes maîtresses comme de simples poupées qu'on jette lorsqu'on n'en a plus l'usage ou quand elles sont devenues encombrantes ?

— Ça suffit ! Vas-tu te taire ?

— Aucun prince au monde ne parviendra à me faire taire ! rétorqua Ella. Il est temps que tu te confrontes à la vérité des relations humaines. C'est douloureux, n'est-ce pas ? Tu prétends être las de l'étiquette mais tu es bien content de pouvoir te réfugier derrière quand la réalité commence à te déplaire !

— Me réfugier ? répéta-t-il avec emportement. Moi ?

Ella accueillit ce cri de révolte par un petit rire cynique. Ella avait touché sa corde sensible et elle en était heureuse. Son œil étincela de défi.

— Aurais-je offensé ta virilité, Nico ? Sais-tu qu'il faut plus pour faire un homme que défier le danger et risquer sa vie à chaque instant ? Tu dis avoir un problème avec Gianferro. Cela ne m'étonne pas. Il cherche à te protéger de toi-même. Le prince « Tête Brûlée »… Qu'en sera-t-il quand tu auras cinquante ans, Nico, si jamais tu parviens jusqu'à cet âge ? Continueras-tu de jouer ta vie aux dés ? Quel gâchis !

— Je refuse d'écouter un mot de plus ! déclara Nico, blême de rage. Je t'attendrai en bas.

— C'est cela… pars, puisque tu ne peux pas regarder la vérité en face. Tu vas probablement passer le restant de tes jours à la fuir !

Un silence incrédule lui répondit.

— Fuir ? fit enfin Nico, comme s'il peinait à trouver le sens du mot.

— Oui, et tu ne t'en rends même pas compte…

Elle hésita une seconde, comme un plongeur au moment de tenter le grand saut, et puis, ravalant sa peur, elle se lança.

— L'ennui, c'est que tu ne trouveras jamais le bonheur avant de savoir ce que tu fuis, Nico.

Le cœur battant, elle attendit sa réponse avec l'angoisse d'une condamnée priant pour la clémence du juge. Nico se contenta d'un rire amer.

— Tu ferais mieux de t'habiller, dit-il en reprenant sa chemise. Tu vas finir par prendre froid…

Pour Ella, rien n'aurait pu être pire que ce sarcasme. Au moins, lorsqu'elle se heurtait à sa fureur, elle se sentait liée à lui, comme si la violence même de leur dispute était la preuve qu'il existait entre eux autre chose que le sexe. Son expression lasse, l'espèce de détachement cynique qu'il affichait à présent, constituait le plus humiliant des rejets.

L'avait-elle blessé ? Elle avait parlé avec colère, mais pas pour lui faire mal. Son intention était de lui faire entrevoir la vérité, de l'aider.

Elle tendit vers lui une main hésitante, mais il se détourna pour prendre son jean, dans une attitude de refus qui brisa le cœur d'Ella.

Elle avait fait tout ce qu'il fallait pour en arriver là, songea-t-elle avec amertume.

Mais lui aussi avait sa part de responsabilité, avec son

entêtement rigide à vouloir appliquer ses propres règles, sans tenir compte de sa sensibilité à elle.

Ella attrapa ses vêtements, le regard de Nico rivé sur ses seins. Un pli dur marquait sa bouche sensuelle.

— Dépêche-toi, jeta-t-il en quittant la pièce, une expression hautaine déformant son visage.

Elle s'habilla avec des gestes maladroits. En se penchant pour attacher ses sandales, elle surprit son reflet dans le grand miroir vénitien. Que faisait-elle ici, les cheveux en désordre, les joues encore enflammées après l'amour, vêtue d'une petite robe de confection ? Sa place n'était pas dans le lit d'un prince, et ne le serait jamais.

Nico l'attendait au bas du magnifique escalier de pierre. Il la regarda descendre avec une expression indécise, comme si elle appartenait à une espèce étrange et mal connue.

Elle-même se sentait perdue. Si à cet instant il l'avait prise dans ses bras, n'aurait-elle pas tout abdiqué en échange de la douceur de ses lèvres ?

Avec effort, Nico s'arracha à sa contemplation.

— Allons-y, lança-t-il avec un coup d'œil insultant à sa montre. Tu n'as peut-être pas faim, *cara*, mais moi si. Je te dépose à l'hôtel et je vais dîner.

Ella eut l'impression que son cœur éclatait. Nico l'avait déjà rangée dans les affaires classées.

Bientôt, elle ne serait plus pour lui qu'un vague souvenir.

# 14

Malheureusement, Ella n'avait personne à qui se confier. Non, personne n'aurait cru à une histoire aussi invraisemblable ! Personne à qui raconter cette histoire à dormir debout : *Voilà, je suis tombée amoureuse d'un prince, mais les vrais princes, contrairement à ceux des contes, ne s'intéressent pas aux bergères… surtout quand elles commettent l'erreur de partager leur lit… Maintenant, je dois reprendre ma vie comme si rien ne s'était passé…*

Ni Célia, sa meilleure amie, ni Rachel, ni ses parents. Personne. Elle-même avait parfois du mal à se convaincre que tout cela était bien arrivé…

Pourtant, devant l'inquiétude de son entourage, il avait bien fallu donner quelques explications, et Ella avait opté pour la plus simple, que tout le monde comprendrait : elle avait un chagrin d'amour.

Sa famille et ses amis eurent la délicatesse de ne pas lui poser de questions. Savoir qui était l'homme qui lui avait brisé le cœur n'aurait pas changé grand-chose pour eux, puisqu'il était manifestement sorti de sa vie.

Mais elle, aurait-elle moins souffert si Nico avait été un banquier, un cuisinier, ou un vendeur de disques ?

Bien sûr que non. L'amour lui faisait mal, lui lacérait le cœur. Il n'y avait que le temps pour en guérir. Tout le monde le lui répétait : le temps cicatrisait les plus grandes blessures.

Intellectuellement, elle avait beau savoir que c'était vrai, le remède lui semblait bien lent à agir !

Son départ de Mardivino, quelques semaines plus tôt, s'était effectué précipitamment. Une voiture l'attendait pour la conduire à l'aéroport mais, cette fois, Nico n'était pas au volant. Il avait envoyé un chauffeur. Il n'y avait eu qu'un coup de fil entre eux, formel, pour régler les détails de son départ. La seule touche personnelle, inattendue, était venue à la fin de la conversation :

— Gianferro pense que ton idée est bonne, avait marmonné Nico, comme à contrecœur.

Ella était à bout de nerfs, et elle avait répliqué d'une voix dure :

— Dis-lui que je suis ravie d'avoir été utile !

Ella regarda par la fenêtre le rideau de pluie qui masquait son jardin. Le temps était à l'image de son humeur…

A midi, le temps ne s'était toujours pas levé et sa pelouse prenait des allures de piscine. Il faisait si gris qu'elle dut allumer une lampe. Pour se changer les idées, elle décida de regarder la télévision. Par hasard, elle tomba sur une émission où des gens ordinaires, en mal de célébrité, acceptaient de vivre sur une île déserte comme de nouveaux Robinson Crusoé.

Changer radicalement d'environnement, c'était peut-être ce qu'il lui faudrait, se dit-elle.

Mais c'était Mardivino qui lui manquait. D'ailleurs, qui n'aurait pas regretté ce paradis aux eaux turquoise, au ciel si bleu et aux collines verdoyantes ?

Elle se préparait du café lorsqu'on sonna à la porte. Elle avait envie de voir personne. Pas même une amie compatissante désireuse de lui faire penser à « autre chose »…

Elle songea un instant à ne pas répondre, puis renonça avec un haussement d'épaules. A quoi servait de jouer les autruches ?

Quand elle ouvrit, elle avait suffisamment discipliné ses traits pour afficher un sourire de bienvenue. Curieux de constater qu'on pouvait avoir le cœur en lambeaux et continuer à…

Le sourire se figea sur ses lèvres.

Ce n'était pas Célia. Ni Rachel. C'était Nico qui se tenait sur le seuil, les cheveux ruisselants de pluie, le visage interrogateur, et toujours si énergique, si viril…

Ella sentit sa gorge se serrer.

Il était tout simplement… magnifique, homme et prince à la fois. En dépit de ses vêtements trempés, il y avait quelque chose d'indéniablement royal dans sa façon d'être.

Il lui semblait que jamais elle ne l'avait autant aimé. Et jamais elle n'avait su aussi clairement qu'il ne lui était pas destiné.

Nico scruta le visage d'Ella levé vers lui, ses yeux d'émeraude, immenses, pleins de chagrin et de regret. Un instant, il faillit partir. Les sentiments qui naissaient en lui étaient si intenses…

— *Ciao, bella*, dit-il doucement. Puis, avec plus de douceur encore, il reprit :

— Gabriella…

Elle pensa de nouveau que personne d'autre ne l'avait jamais appelée ainsi. En utilisant son prénom entier, il avait éveillé la femme qui s'était toujours dissimulée sous son diminutif, une femme vibrante, passionnée, capable d'aimer… et de souffrir !

Ella cligna des yeux. Etait-il bien réel, là, debout devant sa porte ?

Il semblait changé. Plus mince, plus affûté. Nerveux… Comme s'il manquait lui aussi de sommeil… Ella se sentit fondre. Serait-elle un jour capable de le regarder sans se consumer d'amour pour lui ?

— Nico… Que fais-tu ici ?

— Eh bien, je prends la pluie…

Elle s'empressa de le faire entrer.

— Bien sûr… Que je suis sotte ! Entre vite !

Il s'exécuta, un sourire étonné aux lèvres. L'avait-on jamais fait attendre sous la pluie au cours de toute son existence ?

— Donne-moi ton blouson, dit-elle hâtivement, autant parce qu'il était vraiment trempé que pour se donner une contenance.

Elle suspendit le vêtement d'une main tremblante puis se tourna de nouveau vers lui, hésitante, se refusant à nourrir la petite flamme d'espoir que sa venue avait fait naître en elle.

— Pourquoi es-tu là ? murmura-t-elle.

Elle l'avait accusé de fuir. Elle lui avait jeté quelques vérités au visage, sur sa façon d'utiliser ses privilèges ou de jouer les trompe-la-mort pour ne pas se confronter au réel. Un réel parfois difficile mais qui ne le laisserait pas en paix tant qu'il ne l'aurait pas pris en compte. Et voilà qu'il était là. Lui, le prince, en personne.

Songeur, il la regarda. Que pouvait-il lui répondre ? Jamais il n'avait eu l'occasion de disséquer ses sentiments. Et jamais on ne l'avait obligé à le faire ! A cause d'elle, il s'était retrouvé dans la position d'un néophyte tentant de maîtriser les techniques d'un nouveau sport. Mais celui-là s'était avéré plus complexe…

— J'ai arrêté les sports dangereux, déclara-t-il brusquement.

Ella resta interloquée, prise de court. Devant l'expression vide de son visage, Nico comprit que ce n'était pas ce qu'elle attendait. Il fit une deuxième tentative :

— Je ne veux pas être ridicule à cinquante ans…

Ella se mordit la lèvre.

— Je n'aurais pas dû te dire ça…

— Au contraire, *cara mia*, tu as dit précisément ce qu'il fallait. Comment aurais-je pu apprendre quoi que ce soit si tu ne m'avais pas montré la voie ? Sur le moment, je n'ai pas voulu t'écouter, ajouta-t-il avec un sourire. C'était trop difficile à entendre et personne ne m'avait jamais parlé comme ça. Mais les risques que je prenais n'ont plus d'intérêt pour moi. J'ai trouvé autre chose de mieux, de plus réel… et de plus dangereux ! Toi, Ella. Tu me donnes le frisson, au-delà de tout ce que j'ai connu…

Ella avait du mal à respirer. Mais elle attendait plus de lui. S'il voulait simplement la mettre de nouveau dans son lit parce que, entre eux, le sexe était explosif, cela ne lui suffirait pas.

— Tu trouveras une autre femme avec qui tu feras aussi bien l'amour, Nico, tu le sais. Dix autres. Vingt autres.

Une ombre passa sur le visage de Nico. Cette femme était d'un entêtement exaspérant !

— Qui te parle de sexe ?

— Toi !

— Certainement pas !

— Et de quoi parles-tu, alors ?

Il avait une expression boudeuse, presque fermée.

— Je ne sais pas… Cela ressemble à… à de l'amour.

Pourquoi hésiter ? se dit-il. Ella ne l'avait-elle pas forcé à extraire cette vérité, profondément dissimulée au fond de lui-même ? Pour un homme habitué au danger, il lui semblait n'avoir jamais autant risqué qu'en fouillant en lui de cette manière si nouvelle et si radicale.

— Gabriella, admit-il enfin avec un haussement d'épaules résigné. Je suis amoureux de toi. Je t'aime.

— Oh, Seigneur…, murmura-t-elle. Oh, Nico…

Il la dévisagea, ébloui par l'éclat bleu-vert de son regard, plus profond que tous les océans du monde, et comprit ce qu'il représentait pour elle.

Mais serait-ce assez ? Accepterait-elle les contraintes d'une vie princière, elle qui tenait tant à sa liberté ?

— Crois-tu que nous ayons un avenir ensemble ? souffla-t-il.

— Je ne sais pas, répondit-elle d'une voix brisée par l'émotion. Je n'arrive plus à penser. Prends-moi dans tes bras, sinon je crois que je vais m'évanouir.

Cela, c'était facile… Il respira avidement le parfum de ses cheveux. Elle le serrait contre elle, comme si elle ne devait jamais le lâcher… Nico se sentit revivre.

Ce sentiment précieux qu'il éprouvait dans ses bras, personne au monde, sinon elle, ne le lui avait donné, et Nico comprenait que des hommes aient pu renoncer à leur trône et à tous leurs pouvoirs pour ne pas le perdre.

Ella s'était mise à trembler. Nico prit son visage entre ses mains et le leva vers le sien. Ils scellèrent ce pacte silencieux d'un baiser. Nico voulait chasser à tout jamais les peurs et les doutes, et il mit dans son étreinte toute la tendresse qu'Ella avait éveillée en lui.

Quand ils s'écartèrent l'un de l'autre, leurs yeux étaient émerveillés. Nico était bouleversé, découvrant qu'un baiser pouvait être bien autre chose qu'un simple prélude à l'amour physique. Quel novice il était en la matière ! Que de choses il avait encore à apprendre !

Elle fut la première à reprendre contact avec la réalité.

— Viens t'asseoir près du feu, dit-elle en caressant sa joue humide. Tu vas prendre froid.

La tendresse toute simple de ces paroles le fit sourire.

— Du feu ? Mais nous ne sommes qu'en septembre…

— Mais septembre est frais, en Angleterre ! Tu ne l'avais pas remarqué ? Viens, je vais te servir un cognac.

Il la suivit et se laissa tomber sur les coussins du canapé pendant qu'elle s'affairait. Il tendit les mains vers les flammes. Il se sentait merveilleusement bien. Elle revint avec deux verres et, après lui avoir donné le sien, s'installa sur le tapis à côté de lui, repliant sous elle ses jambes fines. Ils dégustèrent en silence les premières gorgées de leur alcool, devant le feu qui crépitait.

— Pourquoi tes sentiments ont-ils changé ? l'interrogea-t-elle enfin. J'ai laissé à Mardivino un homme froid comme la glace et je te retrouve aujourd'hui tendre et amoureux.

— C'est grâce à toi. Tu m'as obligé à voir les choses en face. Je ne voulais pas changer, je le refusais de toutes mes forces ! J'étais trop accroché à la façon dont j'avais organisé ma vie. Le danger. La vitesse. Pas de sentiments, car je savais à quel point ils peuvent faire mal. Je les fuyais. Mais tu m'as fait comprendre que ma vie n'était qu'une coquille vide, Gabriella. Et j'ai besoin de toi pour la remplir.

Elle se força à garder la tête froide : si elle se laissait aller, le rêve qu'elle était en train de vivre allait peut-être se dissiper…

— Mais Gianferro... Il ne le permettra jamais !

— Pourquoi s'y opposerait-il ?

— Parce que je n'ai aucun titre ! Comment pourrait-il être d'accord ?

— Tu as déjà son estime. L'autre jour, il m'a demandé ce que tu avais de plus que lui pour réussir à me raisonner alors qu'il avait toujours échoué !

— Son estime me comble, mais c'est loin d'être une approbation... Et comment ferions-nous pour nous voir, d'ailleurs ? J'habite ici, en Angleterre, et toi à Mardivino... Le secret de nos rencontres finirait par s'éventer.

— Il s'éventera d'autant plus vite si je t'épouse...

Ella écarquilla les yeux.

— Pardon ?

— Serais-tu devenue sourde, Gabriella ? répliqua Nico en la taquinant.

— Mais tu viens de dire...

— Que je veux t'épouser. Si tu es d'accord, bien sûr... Parce que tu ne m'as toujours pas dit que tu m'aimais, ajouta-t-il avec un reproche affectueux dans la voix.

— Oh... Oh, Seigneur ! Bien sûr que je t'aime, Nico ! Tu le sais bien ! Mais...

Elle prit une profonde inspiration et acheva :

— Nous ne pouvons pas nous marier.

— Pourquoi pas ?

— C'est... beaucoup trop tôt !

— Pas du tout ! Dans mon pays, la tradition royale veut qu'on ne fasse pas traîner les fiançailles.

— Nous n'aurons pas la permission de Gianferro...

— Je t'aurais épousée sans, *cara*.

Les yeux de Nico étincelèrent de défi avant de se radoucir et de prendre une expression amusée.

— Mais mon esprit rebelle ne pourra s'exercer à cette occasion puisqu'il se trouve qu'il a déjà donné son accord...

— Tu parles sérieusement ? balbutia Ella.

Il fronça les sourcils et l'attira contre lui.

— Douterais-tu de moi ? Il a dit oui, tout en me rappelant que le mariage est une… « combinaison d'amour et d'obligations » ! Gianferro ne saurait renoncer au plaisir d'un sermon ! ajouta-t-il en souriant. A présent, Gabriella, veux-tu m'épouser ?

Malgré l'amour immense qu'elle éprouvait, Ella prit son temps pour répondre, réfléchissant à tout ce qu'impliquait un mariage royal. Elle aimait passionnément cet homme, mais elle ne se devait d'accepter sa demande que si elle se sentait capable d'affronter toutes les contraintes et les devoirs de sa charge. Sinon, ils ne trouveraient pas le bonheur ensemble.

— Oui, dit-elle enfin, avec toute la ferveur de son amour. Oui, Nico, je serai fière et honorée de devenir ta femme.

# Épilogue

Qui aurait boudé un mariage royal ? Tout Mardivino s'enthousiasma, et la presse internationale fit ses délices de l'événement. Le beau prince méditerranéen était tombé amoureux de la petite bergère anglaise ! C'était un conte de fées moderne propre à enflammer les imaginations.

Tout cela aurait pu tourner des têtes moins bien faites que la sienne, mais Ella décida que, en dépit de toute cette agitation, cette journée resterait leur journée à tous les deux.

Les experts mondains s'étaient disputés au sujet de sa robe de mariée : quel serait le grand couturier assez chanceux pour la dessiner ? Déjouant tous les pronostics, Ella avait demandé à la couturière de sa mère de lui confectionner une robe de dentelle blanche, d'une exquise modestie, qu'elle avait décidé d'assortir à un bouquet de son jardin, de magnifiques roses blanches.

« Une simplicité à la pointe de la mode ! s'exclama la presse en délire. Le royaume enterre l'ère des extravagances ! »

Ella se moquait bien de l'accueil que lui réserveraient les journalistes, tout comme elle se moquait de l'apparat autour de son mariage.

Celui-ci fut célébré dans la superbe cathédrale gothique de Solajoya — une véritable « dentelle de pierre » —, devant une assistance qui comptait toutes les têtes couronnées du globe.

Mais que lui importait ? Elle épousait l'homme qu'elle aimait et cela seul comptait pour elle.

Quand leurs mains se joignirent devant l'autel, tout le reste s'évanouit. Il n'y avait plus que Nico, l'amour de sa vie.

Nico qui lui faisait tout partager à présent, non seulement ce qu'il aimait mais aussi son métier de prince… Ella découvrit les nombreux projets qu'il avait mis en route pour valoriser son île. Elle comprit mieux, en considérant la gigantesque tâche qu'il avait entreprise, qu'il n'eût pas eu le temps de visiter les villages en difficulté de son île. Désormais, ils allaient travailler ensemble à améliorer leur situation. Dorénavant, elle serait à ses côtés.

La construction d'un nouveau musée Juan-Lopez était maintenant achevée. Ils avaient organisé une exposition itinérante mondiale de ses œuvres pendant les travaux.

La princesse Gabriella inaugura le nouveau musée devant une foule nombreuse et enthousiaste. Mardivino prenait sa place dans le monde des arts. Les architectes affluaient pour mettre en valeur les ressources de l'île. Le mot d'ordre était « développement durable », le but étant de valoriser ses beautés sans pour autant les altérer.

Peu après l'annonce officielle de leurs fiançailles, Gianferro avait reçu Ella en audience. Elle s'était rendue au palais avec appréhension. Gianferro doutait-il de ses capacités à être une bonne épouse pour son frère ?

Elle avait vite été rassurée par l'affection qu'elle avait lue dans le regard de son futur beau-frère. Il l'avait fait asseoir à côté de lui sur un canapé de brocart moiré.

— Expliquez-moi, Gabriella, par quel tour de magie vous avez transformé mon frère.

— Ce n'est pas de la magie, avait timidement répondu Ella. Seulement de l'amour.

Les yeux sombres de Gianferro, si semblables à ceux de Nico, avaient étincelé.

— Je voulais vous demander si vos sentiments pour lui

étaient sincères. Mais la question est superflue. L'amour brille dans vos yeux comme le soleil en plein midi.

Le matin de la cérémonie, Célia lui avait glissé dans un murmure ému :

— Oh, Gianferro est vraiment mon type d'homme !

Elle avait ajusté sa robe de batiste rose pâle de demoiselle d'honneur, et ajouté avec un regard plein d'espoir :

— Tu ne pourrais pas me présenter à lui ?

Ella avait souri.

— C'est un solitaire, tu sais…

Tout le monde savait que Gianferro allait bientôt monter sur le trône, car la santé de son père était chancelante. C'était une lourde tâche qui l'attendait, et il en porterait seul tout le poids. S'il se mariait, il faudrait que son épouse soit digne de lui par sa naissance. Et quand Ella étudiait le visage soucieux de Gianferro, dont les traits laissaient entrevoir la même sensualité que son frère, elle se demandait comment il pourrait se résigner à un mariage de raison…

Le prince Guido était arrivé dans son jet privé, la veille du mariage. Ella avait pu constater que sa simple présence mettait les femmes dans un état proche de l'hystérie. Etonnamment beau, il faisait tourner toutes les têtes. Mais ses yeux noirs exprimaient un ennui infini.

— Tu vas donc me battre dans la course à l'autel, avait-il déclaré ironiquement à Nico lors du bal prénuptial.

— Depuis quand mon célibataire endurci de frère pense-t-il à se marier ? avait rétorqué ce dernier, sur le ton de la plaisanterie.

— Je n'y tiens pas le moins du monde ! s'était exclamé Guido. Ma vie actuelle me convient parfaitement…

— En êtes-vous sûr ?

Ella avait posé la question à sa manière directe et spontanée. Nico n'en avait pas été étonné. Il commençait à s'habituer à ses façons ! Mais Guido avait plissé les yeux sous l'effet de la surprise.

— J'en suis certain. Quand je pense aux contraintes que je subirais ici si je devais y vivre ! Sans parler des mères de famille se pressant pour me présenter leurs filles !

Un éclat de rire amer était venu conclure sa tirade : une femme d'un certain âge, couverte de bijoux, marchait droit sur lui, traînant derrière elle une jeune fille rougissante…

— Vous voyez ? Je crois qu'il est temps que je me sauve…

Et il s'était éclipsé jusqu'à la cérémonie du lendemain.

— Je crains que Guido ne soit un peu cynique en ce qui concerne les femmes, déclara pensivement Nico.

Les cérémonies autour du mariage avaient pris fin. Sur la terrasse du palais, les nouveaux époux profitaient de leurs premiers moments d'intimité à la lueur des étoiles.

— J'en connais un autre qui l'était aussi il y a encore peu de temps, rétorqua Ella, amusée.

Nico éclata de rire.

— Je ne vois vraiment pas de qui tu veux parler !

Le rire d'Ella se joignit au sien. Ils s'amusaient vraiment ensemble, et c'était bon de partager également cette gaieté.

Ils se tinrent serrés l'un contre l'autre cette nuit-là, remerciant le ciel qui les avait unis.

Chacun avait tourné le dos à sa vie passée, et celle qui s'ouvrait devant eux dépassait de loin leurs plus folles espérances.

# 1

Guido jeta un rapide coup d'œil à sa montre, et une expression d'agacement apparut sur son visage.

Elle était en retard !

Mais son irritation se dissipa lorsqu'il songea aux délices qui l'attendaient. Et puis, il ne pouvait en vouloir à Lucy du retard qu'avait pris son avion. Elle ne savait même pas qu'il était venu l'attendre. Guido se demanda quelle serait sa réaction lorsqu'elle le verrait.

Tentant de contenir son impatience, il leva les yeux vers le tableau des arrivées. L'avion avait enfin atterri. Bientôt, les hôtesses émergeraient du salon qui leur était réservé…

Tandis qu'il attendait, Guido eut conscience d'être observé, et son regard se posa sur une jeune femme brune qui paraissait n'avoir qu'une envie : lui sauter dessus pour lui arracher tous ses vêtements. Il en conçut une excitation passagère, à laquelle succéda un ennui lancinant. Il détestait les femmes prévisibles. Ou trop faciles.

Il fut tiré de ses réflexions par l'éclat flamboyant d'une chevelure rousse, aux confins de son champ de vision. Une femme venait d'émerger du salon, infiniment séduisante dans son uniforme d'hôtesse, un calot sur la tête. Ses longues jambes étaient gainées de Nylon, et Guido frissonna légèrement en se rappelant qu'il s'agissait de bas, pas de collants. Etait-ce ce qui expliquait la grâce sensuelle de sa démarche ?

Non, il était sûr que cette sensualité faisait partie de la nature de Lucy. La jeune femme n'était que contrastes, et c'était ce qu'il adorait chez elle. Contraste entre ses cheveux de feu et l'expression presque glaciale de son visage, alors qu'elle fendait la foule en direction de la sortie, ignorant les regards admiratifs posés sur elle. Contraste encore entre la sévérité de son uniforme et la féminité presque explosive qui se dégageait d'elle.

Guido sentit une pulsion de désir naître en lui, mais il ne bougea pas. Elle ne l'avait pas encore aperçu, et il ne voulait pas manquer son expression lorsqu'elle le verrait enfin…

Lucy se frayait un chemin dans la foule de l'aéroport, indifférente à la bousculade. L'air conditionné lui donnait l'impression, après la chaleur qui régnait sur le tarmac, de s'être glissée dans un bain d'eau froide.

« Bonjour New York… » La Grosse Pomme était synonyme de bien des choses pour elle. Essentiellement des choses agréables, elle devait en convenir. Dangereusement agréables même…

— Tu vas directement à l'hôtel ? demanda Kitty.

Lucy jeta un coup d'œil par-dessus son épaule. Sa collègue était en train de se remaquiller en marchant, et elle lui indiqua d'un signe discret que son rouge à lèvres avait débordé.

— Bien sûr. Où veux-tu que j'aille ?

— Eh bien, je ne sais pas, fit son amie avec un clin d'œil, tout en corrigeant son maquillage. Je me disais que tu voudrais peut-être voir ton prince…

Lucy retint un soupir. Elle était à présent habituée à ce genre de plaisanterie même si, dans les premiers temps, elle n'avait pas su comment réagir. Mais il fallait reconnaître que la situation était pour le moins inhabituelle. Et pas seulement pour le reste du personnel navigant : pour elle aussi ! Ce n'était, en effet, pas tous les jours qu'une fille ordinaire sortait avec un prince. Un vrai.

C'était pourtant ce qui lui arrivait. Même si Lucy avait encore du mal à y croire.

— Eh ! reprit Kitty avec excitation. Ce ne serait pas lui, là-bas ?

Lucy se figea en apercevant à son tour la silhouette de Guido. Dieu merci, il était trop loin pour voir qu'elle avait pâli ! Un mélange d'excitation et d'appréhension s'empara d'elle, menaçant de tétaniser le moindre de ses muscles.

« Continue d'avancer, se reprit-elle. Marche ! »

Heureusement, elle put poursuivre sa progression. Derrière elle, Kitty fit entendre un hoquet de surprise.

— Oh mon Dieu ! C'est vraiment lui ! Il est venu t'accueillir ! Qu'est-ce qu'il est romantique !

Les sourcils de Lucy disparurent sous sa frange auburn comme elle décochait à Kitty un regard moqueur et interrogateur à la fois.

— Tu n'as pas l'air si surprise lorsque ça arrive à quelqu'un d'autre. Je ne suis pas la seule hôtesse que son petit ami vient chercher à la descente de l'avion, tout de même.

— Mais tu es la seule hôtesse dont le petit ami soit un prince !

Lucy secoua la tête.

— C'est juste un homme comme les autres, protesta-t-elle.

Malheureusement, elle manquait singulièrement de conviction. Sans doute parce que Guido était tout *sauf* un homme comme les autres…

Elle lui jeta un coup d'œil discret. Prince ou pas, il était le genre d'homme qu'une femme ne rencontrait qu'une seule fois dans toute sa vie. Ou plus vraisemblablement, qu'une femme ne rencontrait jamais !

Tout en lui attirait l'attention : son assurance mâtinée de nonchalance, son autorité naturelle, sa sensualité hautaine. Etait-ce son éducation royale qui avait imprimé ces qualités en lui ? Ou étaient-elles innées ?

Il se tenait derrière un pilier, à moitié dans l'ombre. Lucy savait qu'il s'agissait d'un souci de discrétion. Guido avait peut-être rejeté la vie princière qui s'offrait à lui, mais il ne pouvait faire complètement abstraction de son héritage. Ce même héritage qui lui valait l'attention permanente des *paparazzis*. Il fascinait tout le monde en général, et qui pouvait l'en blâmer ? Hommes et femmes — surtout les femmes… — buvaient ses paroles, se pâmaient devant lui.

Oui, il était unique. Si unique que Lucy n'était pas sûre de savoir ce qu'il pouvait bien lui trouver. Elle avait parfois l'impression, quand elle y réfléchissait, de vivre dans un rêve. Un rêve qui, immanquablement, finirait par se briser.

« Ne te fais pas d'illusions », se disait-elle sévèrement. Ce n'était qu'une liaison sans lendemain, ni plus, ni moins. Et même si le titre princier de Guido donnait à leur histoire une allure de conte de fée, elle ne devait pas pour autant perdre la tête.

Affichant un sourire parfaitement maîtrisé, elle fit un signe de la main à Kitty et bifurqua en direction de l'endroit où Guido l'attendait, souverainement élégant dans son costume de lin clair. Son cœur battait si fort qu'elle se sentait étourdie, mais elle parvint à conserver une expression impassible lorsqu'elle s'arrêta devant lui.

— Bonjour, Guido, dit-elle d'une voix claire et aimable.

Guido aurait sans doute éprouvé de l'admiration s'il n'avait pas été en même temps envahi par un intense sentiment de frustration. Rien ne semblait devoir troubler la séduisante Lucy, rien ne semblait pouvoir ébranler cette façade d'amabilité qu'elle arborait en permanence.

Rien, sauf le sexe. Il avait presque de la peine à imaginer que la femme qui se tenait devant lui était la même que celle qui gémissait dans ses bras, qui murmurait son nom, qui criait de plaisir quand il la possédait.

A cette idée, Guido sentit son cœur s'accélérer.

Mais n'était-ce pas justement cette froideur apparente qui

l'avait attiré ? Il avait eu tout de suite envie de faire fondre cette carapace de glace et de découvrir ce qui se cachait dessous.

— Peut-être que je ne serais pas venu si j'avais su que je recevrais un accueil aussi tiède, répondit-il enfin.

L'éclair dans son regard noir n'avait pas échappé à Lucy. Il était en colère. Dommage pour lui. Elle n'avait aucune intention de se comporter comme une de ses admiratrices.

— Que voudrais-tu que je fasse ? susurra-t-elle. Que je me pâme et que je me jette à ton cou ?

— Tu peux garder ça pour plus tard. Quand nous serons au lit, rétorqua-t-il, moqueur.

Il fut satisfait de voir une rougeur révélatrice gagner les joues constellées de taches de rousseur de Lucy. Presque aussitôt, cependant, une lueur de défi s'alluma dans ses yeux, et elle redressa le menton d'un air provocant.

— Au lit ? Mais je suis peut-être trop fatiguée pour ça.

— Et peut-être pas.

Tout en parlant, Guido caressa la joue de la jeune femme. Il suivit du bout du pouce le dessin de ses lèvres, qui s'entrouvrirent et se mirent à trembler légèrement.

Il aurait voulu l'embrasser, mais n'en fit évidemment rien. Il imaginait déjà les gros titres de la presse à scandales s'il était surpris en train d'embrasser une femme dans un lieu public. Les journaux ne manqueraient pas d'annoncer son mariage imminent !

— Donne-moi ton sac, dit-il en se forçant à éloigner la main. Ma voiture nous attend.

Lucy acquiesça. Elle avait joué son rôle en ne se jetant pas immédiatement dans ses bras, et en contrôlant sa réaction lorsqu'il lui avait caressé le visage. Mais cela suffisait. Mieux valait ne pas trop en faire. D'autant qu'elle mourait d'envie de se serrer contre lui.

— D'accord. C'est toi qui conduis ?

— Non, répondit son compagnon, tout en l'entraînant vers la sortie. J'ai un chauffeur. Nous serons séparés de lui par une cloison hermétique. Comme ça, il ne nous verra pas quand je t'embrasserai. Et si nous allons plus loin, tu n'auras pas à t'inquiéter du bruit… La cloison est assez épaisse.

Lucy sentit sa bouche s'assécher.

— Oh, Guido…

— Il ne remarquera pas davantage lorsque je te retirerai ta culotte, que je t'installerai à califourchon sur moi…

— Guido…

—… et que je te prendrai enfin.

— Je… je…

Mais Guido se pencha vers elle et, sans lui laisser le temps de répondre, lui souffla à l'oreille :

— Je vais te faire l'amour comme on ne te l'a jamais fait. Jusqu'à ce que tu cries de plaisir…

— Guido !

Lucy chancelait presque, à présent, comme s'il l'avait réellement touchée. Son cœur battait la chamade, le désir palpitait entre ses cuisses.

Guido la sentit ralentir et il la prit par le bras tandis qu'une imposante limousine noire glissait le long du trottoir. Il ouvrit la porte et aida Lucy à monter. Il s'installa à son tour, puis donna un ordre en français au chauffeur, avant d'appuyer sur le bouton qui commandait la cloison de séparation.

Lucy regarda autour d'elle. Elle se trouvait dans un luxueux cocon de cuir et de bois vernis, aux lumières tamisées et à l'atmosphère feutrée. Son compagnon l'attira dans ses bras et elle s'abandonna à lui, ivre de désir. Elle ne songea même pas à retenir son calot lorsqu'il glissa de sa tête et roula au sol.

Leurs lèvres se rencontraient enfin, leurs souffles se mêlaient en un baiser passionné et torride. Le parfum de Guido l'enivrait, la main qu'il remontait le long de sa cuisse lui faisait perdre la raison. Elle se serra davantage encore contre lui, oubliant où ils se trouvaient…

« Dans une limousine qui roule en plein New York… »

Lucy reprit soudainement ses esprits, revenant à la réalité.

Elle se raidit au moment où la main de Guido atteignait le haut de son bas pour glisser sur sa peau nue.

— Non ! protesta-t-elle d'une voix rauque de désir. Nous ne pouvons pas… Pas ici…

— Pourquoi pas ? L'idée t'excite, reconnais-le. Je le lis dans ton regard.

Joignant le geste à la parole, il effleura la dentelle de sa culotte. Lucy sentit le désir irradier tout son corps. Elle se laissa aller contre la banquette de cuir et, presque malgré elle, entrouvrit légèrement les jambes.

— Ça m'excite peut-être, murmura-t-elle, mais ça ne veut pas dire que c'est bien.

Elle sentit la main de Guido s'immobiliser.

— Tu veux que j'arrête ?

Un frisson de frustration la parcourut, et elle secoua la tête en signe de dénégation.

Guido se pencha alors vers elle et colla ses lèvres à son oreille. Il adorait la voir dans cet état : vulnérable, tremblante, offerte, brûlante de désir.

— Je n'ai pas entendu ta réponse, souffla-t-il.

— Non, fit-elle d'une voix étranglée. Ne t'arrête pas. Je t'en prie…

Un sentiment de triomphe s'empara de lui, et il écarta la mince dentelle de sa culotte pour la caresser. Il la sentit se crisper instantanément, tandis qu'elle gémissait de plaisir.

Ils restèrent ainsi un long moment, leurs lèvres scellées, la main de Guido glissée entre ses cuisses, jusqu'au moment où elle ressentit un intense spasme de plaisir.

Lucy se laissa retomber sur la banquette. Sa peau était brûlante, et elle devait reprendre sa respiration comme si elle émergeait d'une longue nage sous l'eau.

— Pourquoi as-tu fait ça ? demanda-t-elle enfin.

Son compagnon sourit, puis l'aida à faire redescendre la jupe de son tailleur sur ses cuisses.

— Parce que tu en avais envie.

— Tout de même… Nous n'étions pas obligés de le faire dans la voiture… Nous aurions pu attendre.

— Je suis sûr que tu n'avais aucune envie d'attendre.

Lucy rougit. A son corps défendant, elle devait admettre qu'il avait raison. Cela faisait trop longtemps qu'elle ne l'avait pas vu, et il lui avait manqué. Et elle, lui avait-elle manqué ? Elle aurait donné cher pour le savoir, mais il était impossible de déduire quoi que ce soit de son attitude, toujours si impassible.

— Et toi ? demanda-t-elle en glissant la main sous la ceinture de son pantalon.

Il ferma les yeux et laissa échapper un soupir rauque. Mais, presque aussitôt, il lui saisit la main et la porta à ses lèvres.

— Moi, je peux attendre, *cara*, dit-il d'une voix sourde. C'est toute la différence entre nous.

Bien sûr. Lui se contrôlait parfaitement. Quel contraste avec la façon dont elle venait de s'abandonner !

Mais elle savait que la volonté de tout maîtriser n'expliquait pas tout. S'il ne lui avait pas fait l'amour, c'était par peur d'être surpris. La police, le chauffeur, des *paparazzis*, tout pouvait arriver. Et le prince de Mardivino ne pouvait risquer une telle humiliation.

Lucy rougit et se blottit contre la banquette, se remémorant soudain la scène à travers les yeux d'un étranger. A peine sortie de l'avion, la voilà qui gémissait déjà de plaisir à l'arrière d'une limousine ! Si quelqu'un avait voulu la traiter de femme facile, elle n'était pas sûre qu'elle lui en aurait voulu… Car elle n'était pas loin de penser la même chose.

— *Cara* ?

Il avait parlé d'une voix basse, et, si elle ne l'avait pas mieux connu, Lucy aurait juré y percevoir de la douceur. Mais elle savait qu'un tel concept était parfaitement inconnu de Guido.

— Pardonne-moi, murmura-t-il.

Lucy ferma les yeux en frissonnant. Le pardonner ? De quoi ? De lui avoir offert ce plaisir ? Ou de lui avoir fait comprendre qu'en matière de sexe, elle n'était que sa marionnette ?

Elle rouvrit les yeux et soupira.

— Avec toi, j'ai vraiment l'impression de perdre tout contrôle, avoua-t-elle.

— Parfois, c'est bien de perdre le contrôle.

— Sauf que ce n'est jamais *toi* qui le perds !

Guido laissa échapper un petit rire et effleura du doigt les douces lèvres de la jeune femme.

— Je le reconnais, je préfère que ce soit toi.

— Evidemment, le taquina Lucy. Tu aimes dominer. Diriger. Maîtriser.

—Tu n'aimes pas ça ?

— Si, concéda-t-elle. En général.

Pourtant, elle aurait tout donné pour le voir s'abandonner l'espace d'un instant, et pour qu'il laisse paraître un soupçon de vulnérabilité.

— Mais j'aimerais bien que tu te laisses aller davantage, parfois, ajouta-t-elle dans un souffle.

— Je me laisserai aller plus tard, répondit-il en la prenant dans ses bras. C'est promis.

— Je ne veux pas dire au lit, répliqua Lucy avec un peu d'irritation. Tu ne le sais peut-être pas, mais il n'y a pas que le sexe, dans la vie ! Je parlais simplement de te détendre un peu.

— Chut. Ça suffit, *cara*.

Avec un soupir, Lucy se tut et reposa sa tête contre son épaule. Elle savait qu'il était inutile d'argumenter.

Quelques minutes plus tard, la limousine s'arrêtait devant un élégant immeuble de Park Avenue. Fronçant les sourcils, elle se redressa et se tourna vers Guido.

— Où sommes-nous ?

— Nous sommes arrivés à destination.

Sous sa frange rousse, Lucy lui décocha un regard d'incompréhension.

— Ça ne ressemble pas à un hôtel…

— Parce que ça n'en est pas un, répondit-il tranquillement. C'est mon appartement. Je me suis dit que tu aimerais peut-être voir à quoi il ressemblait.

# 2

Lucy parvint à conserver un visage impassible, mais elle était stupéfaite. Il l'amenait chez lui ? Il souhaitait lui montrer son appartement ? Ou du moins, un de ses nombreux domiciles… Pourquoi ce changement dans leurs habitudes ?

— Ton appartement ? répéta-t-elle.

Guido fronça légèrement les sourcils. Ce n'était pas la réaction ravie à laquelle il s'était attendu. Preuve que dans la vie, il fallait toujours s'attendre à être surpris.

— Tu n'as pas envie de le voir ?

Elle lui adressa un sourire.

— Bien sûr que si, répondit-elle.

Jusqu'à présent, ils s'étaient toujours retrouvés dans des hôtels. Partout où il allait, Guido louait les plus belles suites des meilleurs établissements. Lucy savait qu'il possédait des appartements à Paris et à New York, mais jamais il ne l'y avait invitée.

Il se pencha et ramassa son calot avant de se tourner vers elle.

— Tu veux que je le remette en place ?

Lucy secoua la tête en rougissant. Elle ne se rappelait que trop bien les circonstances dans lesquelles le calot était tombé…

— Non merci. Je le déteste, de toute façon.

— Moi, je le trouve très chic sur toi.

Il lui prit la main et l'embrassa.

— Allons-y. Le chauffeur se chargera de tes bagages, déclara-t-il.

— Tu es sûr que c'est ce que tu veux ? demanda Lucy quelques instants plus tard, dans l'ascenseur qui les transportait vers le dernier étage.

De fait, Guido avait hésité avant de lui faire une telle proposition. Mais il risquait de devenir un véritable ermite s'il se montrait incapable de faire confiance à qui que ce soit. Et il savait instinctivement que Lucy n'irait pas raconter à qui voulait l'entendre qu'elle avait pu visiter son domicile.

Du bout du doigt, il suivit la courbe de sa joue.

— Oui, j'en suis sûr. Je veux que ce soir, notre dîner sorte de ma cuisine.

— Tu fais la cuisine, toi ?

— Non, une cuisinière l'a fait pour moi, évidemment, répondit-il, une lueur malicieuse dans le regard. Et toi ?

Lucy acquiesça, la mine solennelle.

— Bien entendu. J'adore cuisiner, faire le ménage et, de façon générale, servir un homme. J'espère que tu n'y vois pas d'objection ?

Il fallut quelques secondes à Guido pour comprendre qu'elle se moquait de lui. Il la prit dans ses bras en riant.

— Tu es une fille peu ordinaire, Lucy Maguire, murmura-t-il en l'embrassant doucement au creux du cou.

Elle ferma les yeux, enivrée par son parfum épicé et les sensations explosives que ce baiser éveillait en elle. La remarque de Guido l'avait touchée plus profondément qu'elle ne l'aurait voulu, et elle sentait une excitation nouvelle l'envahir.

Pourtant, elle savait qu'elle ne devait pas baisser sa garde. Son apparente froideur, elle en avait conscience, était ce qui plaisait à Guido, ce qui, l'intriguait. Si elle se laissait aller à montrer sa véritable personnalité, c'en serait fini de leur histoire.

— J'ai envie de toi, soupira Guido, tout contre son oreille.

— Je l'espère bien…

— En fait, j'ai tellement envie de toi que je serais prêt à te prendre…

—… ici ? acheva-t-elle en glissant de nouveau la main sous la ceinture de son pantalon.

Cette fois, il n'essaya pas de la repousser. Il ferma les yeux et poussa un profond soupir tandis qu'elle le caressait doucement. Il était dur comme le roc…

— Que dirais-tu si je m'agenouillais ? Si je déboutonnais ton pantalon et que je te prenne dans ma bouche…

Il gémit et renversa la tête contre la paroi. Heureusement, l'ascenseur arrivait… Il la prit par le bras et l'entraîna si rapidement que Lucy eut à peine le temps de remarquer la luxueuse décoration du salon. Elle ne songea cependant pas un seul instant à protester.

Guido ouvrit la porte de sa chambre comme s'il voulait la défoncer, puis se tourna vers la jeune femme et la dévisagea, légèrement haletant. Lucy sentait son cœur battre à toute allure, et ne songeait même pas à s'émerveiller de la vue qu'une immense baie vitrée offrait sur une forêt de gratte-ciel. Le visage de son compagnon captivait et retenait son attention tout entière. Ses traits, sous l'effet du désir, avaient une beauté presque féroce. La conscience d'être à l'origine de ce désir enivrait Lucy, la rendait plus audacieuse encore.

Il avait éveillé en elle une soif qu'aucun des rares hommes qu'elle avait connus avant lui n'avait su provoquer. Ou était-ce simplement, se demanda-t-elle dans un éclair de lucidité, que l'expérience de Guido en matière de sexe la forçait à repousser ses propres limites afin de ne pas le décevoir ?

Mais le temps n'était pas à la réflexion…

— Veux-tu que je fasse un strip-tease pour toi ? susurra-t-elle d'une voix sensuelle.

Guido étouffa un grognement. Pourrait-il patienter ? Et d'un autre côté, comment ne pas accepter ? Pour un homme qui obtenait toujours ce qu'il voulait, c'était un sentiment nouveau dont il comptait bien jouir. Jamais son sang n'avait bouillonné dans ses veines comme en cet instant. Jamais attente ne lui avait paru si difficile et si délicieuse à la fois, emplie de promesses de volupté.

Il acquiesça et se laissa tomber sur le lit aux dimensions imposantes, recouvert d'une multitude de coussins.

— Vas-y, dit-il.

Lentement, sensuellement, elle commença à déboutonner la veste de son tailleur. D'une certaine façon, ce petit jeu la rassurait. Il avait le mérite, en effet, de repousser la réalité. Et la réalité, elle le savait, c'était qu'elle était en train de tomber amoureuse. Or, elle ne pouvait pas se permettre une chose aussi dangereuse.

Au moins, pendant qu'elle jouait les stripteaseuses, elle pouvait se retenir de se jeter dans ses bras, de prendre son visage entre ses mains et de le couvrir de milliers de baisers.

Car ce n'était pas ce qu'il attendait d'elle. Ce qu'il voulait, c'était une histoire sans lendemain, sans engagement, sans conséquences. Et c'était ce qu'elle lui offrirait. Du moins tant qu'elle parviendrait à contrôler ses sentiments.

La voyant hésiter, Guido lança d'une voix impérieuse :

— Continue.

Son ton était presque cinglant, mais elle décela dans son regard une lueur qu'elle n'y avait jamais vue auparavant, un mélange de supplique et de désir. Elle acheva d'ôter sa veste et la mit sur le dossier d'une chaise.

— Oh, Lucy, fit-il avec un soupir de frustration.

— Je vais trop lentement pour toi, peut-être ? demanda-t-elle d'un ton provocant.

Guido comprit que s'il répondait oui, elle le torturerait davantage encore. Il préféra donc secouer la tête.

Lucy défit les boutons de son chemisier blanc, et le vit passer sa langue sur ses lèvres lorsqu'elle l'enleva. Elle fit ensuite glisser la fermeture Eclair de sa jupe bleu roi qui tomba à ses pieds. Elle l'entendait respirer rapidement. Il gémit lorsqu'elle fit un pas en avant, vêtue uniquement de ses chaussures et de ses sous-vêtements.

D'un geste souple, elle dégrafa son soutien-gorge, le fit glisser le long de ses bras et le lança sur le lit. Le regard qu'il posait sur elle était de feu.

— Viens ici, ordonna-t-il.

Mais elle secoua négativement la tête.

— Pas encore. Enlève ta chemise.

La gorge sèche, Guido lui obéit.

— Bien. Maintenant, ton pantalon.

— Pourquoi ne le fais-tu pas toi-même ? suggéra-t-il.

— Parce que je veux que tu le fasses.

— Oh vraiment ?

Guido se rendait compte qu'elle le traitait comme aucune femme ne l'avait traité auparavant. Plus perturbant encore, il l'y autorisait. Entre eux, la tension sexuelle était trop intense et enivrante pour qu'il songe à résister.

Lentement, il fit glisser son pantalon, puis son caleçon, et posa sur elle un regard moqueur en la voyant écarquiller légèrement des yeux lorsqu'il lui révéla la violence de son désir.

— Oh, Guido…, murmura-t-elle.

— Tu as joué ton rôle de stripteaseuse à merveille. Ça suffit, maintenant. Viens ici. Tout de suite.

L'ordre était assez impérieux pour que Lucy oublie la touche de mépris avec laquelle il avait prononcé le mot « stripteaseuse ». Les mains tremblantes, elle ôta enfin sa culotte et le rejoignit sur le lit. Il l'attira et l'assit à califourchon sur lui, la pénétrant d'un seul coup de reins.

Lucy poussa un cri d'extase et le laissa d'abord la guider. Puis elle voulut prendre le contrôle et se mit à onduler, tout contre lui. Aussitôt, le visage de Guido s'assombrit. Toujours en elle, il roula sur le côté et reprit le dessus.

— Maintenant, hoqueta-t-il enfin, accentuant la force de ses assauts. Maintenant !

Il colla ses lèvres aux siennes et, aussi sûrement que s'il

avait approché une flamme d'une mèche, Lucy sentit tout son être s'embraser. Une onde de pur plaisir envahit tout son corps comme une vague. Elle la sentait jusqu'au bout de ses doigts. Un long spasme secoua Guido, qui s'abandonna enfin en elle.

Puis il roula sur le côté, fixant le plafond sans le voir, encore sous le choc de la délicieuse violence de ce qu'il venait de vivre. Jamais faire l'amour ne lui avait paru aussi bon, et il se laissa lentement dériver dans le sommeil…

Ce ne fut qu'en entendant sa respiration ralentir et devenir plus profonde, que Lucy osa se soulever sur un coude pour le regarder. Dans son sommeil, il paraissait tellement plus accessible que quand il était éveillé ! Ses traits, d'ordinaire durs et sévères, se détendaient enfin. Sa bouche, sensuelle et presque cruelle, se faisait plus douce. Ses longs cils, courbés contre ses pommettes, apportaient une touche presque féminine à son séduisant visage.

Lucy se tortilla sous les draps et, remontant le long de l'immense lit, s'installa plus confortablement contre les oreillers : elle pouvait enfin étudier la chambre où elle se trouvait.

C'était à l'évidence la chambre d'un homme riche, mais il n'y avait aucun indice particulier permettant de deviner son rang ou sa naissance. Le lit était le plus grand qu'elle ait jamais vu, et la vue qu'on avait de la ville était spectaculaire. La décoration était élégante, minimaliste et masculine, mais sans être froide.

Seule une photo dans un cadre d'argent, posée sur la table de chevet, donnait quelques informations sur l'identité de l'homme qui occupait les lieux.

C'était une photo de Guido posant avec ses parents et son frère aîné, Gianferro. Guido, sous son épaisse tignasse de cheveux noirs, paraissait avoir cinq ans. Lucy se mordit la lèvre, et étudia la fine silhouette de la reine. On ne voyait pas qu'elle était enceinte de Nicolo, le plus jeune prince. Et rien n'indiquait non plus qu'il ne lui restait plus que quelques mois à vivre. Dieu merci, les humains n'avaient pas le pouvoir de lire l'avenir, songea Lucy avec tristesse.

Sur la photo, le visage de l'homme que deviendrait Guido transparaissait déjà derrière celui de l'enfant. Il était beau, presque grave, comme déterminé à se montrer digne de cette mère dont il tenait fermement la main.

Lucy n'avait appris que récemment l'histoire de la famille royale de Mardivino. Lorsqu'elle avait rencontré Guido, elle ne savait rien de lui. Surtout pas qu'il était de naissance royale.

Non, pour elle, il avait d'abord été un homme comme les autres, bien qu'infiniment séduisant, qui l'avait abordée dans une soirée…

# 3

C'était l'une de ces soirées à laquelle elle n'avait jamais vraiment envie d'aller. En transit à New York avant de rentrer à Londres, Lucy ne rêvait que d'une bonne nuit de sommeil. Mais ses amies avaient insisté. C'était, lui dirent-elles, l'un des événements mondains de l'année. On murmurait même qu'il y aurait un prince, un vrai…

Lorsqu'elle était entrée dans la luxueuse demeure, Lucy avait été saisie par la splendeur de la décoration. Les coussins brodés, les riches tapisseries, et la lourde odeur d'encens flottant dans l'air, lui donnèrent l'impression d'être sous une tente de Bédouin. Une musique hypnotique, pareille à la mélopée d'un charmeur de serpents, renforçait encore cette impression.

— Il faut faire la danse du ventre, vous croyez ? ironisa Lucy à l'intention de ses amies.

— Chut, murmura l'une d'elles. Tu sais que les gens ne pas comprennent pas toujours ton sens de l'humour.

Lucy décida donc, à défaut de participer, d'observer ce qui se passait autour d'elle. Elle se réfugia dans un coin de la pièce, un verre de punch à la main. Elle en but une gorgée, puis le reposa avec une grimace de dégoût sur une table voisine.

— Il est infect, n'est-ce pas ? fit une voix grave, juste derrière elle.

Lucy se tourna vers l'homme qui venait de parler et écarquilla légèrement les yeux.

— C'est… c'est un peu trop épicé, bredouilla-t-elle.

— Sans parler de l'alcool.

Ils s'étudièrent un instant en silence. Il était sans aucun doute l'homme le plus séduisant qu'elle ait jamais rencontré. Il était grand, athlétique, avec des cheveux et des yeux noirs comme l'ébène. Son port était altier, plein de hauteur. Lucy se demanda s'il était italien, ou peut-être espagnol. En tout cas, sûrement européen.

Et il avait certainement une petite amie, songea-t-elle avec dépit. Voire plusieurs.

— Vous n'êtes pas d'ici ? lui demanda l'inconnu.

— Non.

— Vous êtes en vacances ?

— Pas vraiment. Je travaille pour Pervolo Airlines.

— Vous êtes pilote ?

— Que de questions !

Le regard de l'homme pétilla.

— C'est une manière d'entamer la conversation.

Lucy sourit, en se détendant légèrement.

— Je suis hôtesse. Mais merci de ne pas avoir fait preuve d'étroitesse d'esprit : une femme peut très bien piloter un avion, mais les gens n'y pensent jamais.

— Je déteste les gens étroits d'esprit.

Quelque chose dans son ton alerta Lucy. Peut-être une nuance de dureté sous le velours de sa voix. Une tonalité qu'elle n'avait jamais entendue auparavant chez personne.

Elle étudia plus attentivement sa façon de se tenir, de se mouvoir, comme si le monde entier lui appartenait et qu'il n'avait de compte à rendre à personne d'autre qu'à lui-même.

Soudain, elle comprit à qui elle avait affaire.

— Vous êtes le prince, articula-t-elle lentement.

Une vive déception s'empara aussitôt d'elle. Quelle malchance ! Cela faisait si longtemps qu'elle n'avait pas rencontré un homme qui lui plaisait, et celui-ci s'avérait inaccessible !

— Vous le saviez ? demanda-t-il en plissant les yeux.

— Non. Je viens juste de faire le rapprochement. Quelqu'un m'avait dit qu'il y aurait un prince à cette soirée… J'avoue que je n'y avais pas cru.

Mon Dieu, il allait penser qu'elle était en train de tomber en pâmoison devant lui !

— Bien, reprit-elle, j'ai été ravie de faire votre connaissance mais…

— Il me semble que nous n'avons pas vraiment fait connaissance, non ?

Il lui adressa un sourire étincelant puis, sans crier gare, lui prit la main.

— Je m'appelle Guido.

— Lucy, répondit-elle, le souffle court. Lucy Maguire. Mais je vais vous laisser. Je… je ne voudrais pas vous monopoliser.

— Menteuse, murmura-t-il en serrant son poignet. Vous savez très bien que nous voulons nous monopoliser l'un l'autre.

— Vous avez un sacré culot, répliqua-t-elle.

Mais elle n'essaya pas de se dégager.

Ils parlèrent ensemble toute la soirée. Lucy apprit qu'il était prince de Mardivino, mais qu'il vivait loin du royaume depuis longtemps.

— Cela vous déçoit ? dit-il d'un ton légèrement narquois.

— Je croyais que vous détestiez l'étroitesse d'esprit ? rétorqua-t-elle. Vous venez pourtant d'en faire preuve en imaginant que j'allais réagir ainsi.

— Vous parlez comme une maîtresse d'école, fit Guido. Même si vous n'en avez pas du tout l'apparence.

Lucy haussa les sourcils mais ne fit aucun commentaire. Elle se sentait en terrain miné. L'attirance entre eux était en effet évidente, presque explosive.

— Dites-moi, reprit-elle, que fait un prince lorsqu'il ne joue pas les princes ?

— Oh, il fait des affaires, répondit-il, en la dévorant des yeux. Comme beaucoup de gens. J'achète et je vends des biens.

Sous le feu de son regard, Lucy sentait sa respiration s'accélérer.

— D… dans un domaine particulier ? balbutia-t-elle.

— L'immobilier.

Un peu plus tard, il offrit de la déposer à son hôtel, mais Lucy refusa. Elle ne lui faisait pas assez confiance et, pire encore, elle ne *se* faisait pas assez confiance pour prendre un tel risque.

Il héla donc un taxi pour elle et, lorsqu'elle se fut installée, se pencha par la fenêtre pour lui tendre sa carte.

— Passez-moi un coup de fil la prochaine fois que vous serez en ville.

Lucy sourit poliment et prit la carte avec raideur, sans que son compagnon ne semble remarquer la froideur soudaine de son attitude. Apparemment, il s'imaginait lui faire une énorme faveur en lui communiquant son numéro de téléphone ! Quelle prétention !

Elle avait décidé de ne pas l'appeler. Son arrogance l'avait mise en colère, c'était vrai, mais il y avait autre chose. C'était un prince, et il était hors de portée. Elle n'était pas masochiste au point d'entamer une relation qui ne pourrait que la faire souffrir…

Guido avait été stupéfait par le fait qu'elle n'appelle pas. Jamais une femme ne l'avait snobé de cette façon ! Mais après quelques semaines sans nouvelles d'elle, il lui avait fallu se rendre à l'évidence.

Dire qu'il ne se rappelait même plus de son nom de famille ! Comment la retrouver ?

Heureusement, être un prince offrait certains avantages… Le directeur de la compagnie Pervolo Airlines, ébloui qu'un prince de sang s'intéresse à une de ses employées, ne fit aucune difficulté pour lui fournir tous les renseignements qu'il désirait. Et Guido avait pu réserver une place en première classe sur le prochain vol qu'elle effectuerait.

Assis confortablement dans son siège, il avait ressenti une

intense excitation à l'idée de la voir apparaître, moulée dans le tailleur sexy des hôtesses de la compagnie, ses longues jambes gainées de Nylon frottant doucement l'une contre l'autre pendant qu'elle traverserait le couloir pour le rejoindre…

Lucy l'avait quant à elle reconnu dès qu'il était entré dans l'avion. Il lui aurait été de toute façon difficile d'ignorer sa présence, le chef de cabine ayant averti tout le personnel qu'il y aurait un prince à bord.

Elle s'était obligée à ne pas répondre au regard appréciateur que lui avait lancé Guido lorsqu'elle s'était approchée de lui. Elle n'avait aucune envie, en effet, de n'être qu'une conquête de plus sur la liste de ce séducteur invétéré !

Elle s'était arrêtée devant lui en affichant un sourire parfaitement professionnel.

— Bonjour, Monsieur. Puis-je vous proposer un verre avant le décollage ?

Il avait arboré une mine surprise, presque comique. S'attendait-il à la voir tomber à genoux ? Ou au contraire à ce qu'elle se sente affreusement gênée, voire honteuse de ne pas l'avoir contacté ?

Il avait éclaté de rire.

— Non, merci. Mais vous pouvez accepter de dîner avec moi ce soir.

L'arrogance de ses traits s'était effacée comme il plongeait ses yeux noirs dans les siens.

— S'il vous plaît, ajouta-t-il.

Lucy s'était sentie défaillir. Elle aurait défié quiconque de résister à ce regard. Elle se doutait que ces mots, « s'il vous plaît », n'étaient pas ceux qu'il employait le plus souvent, et elle en avait été touchée.

Elle avait donc accepté de dîner avec lui et, après une résistance purement formelle, de faire l'amour avec lui. Elle le désirait comme elle n'avait jamais pensé qu'une femme pouvait désirer un homme, et lui résister plus longtemps aurait été masochiste et hypocrite.

Pourtant, malgré la passion de la nuit qu'ils partagèrent, elle se comporta le lendemain comme si rien ne s'était passé. Elle avait agi ainsi par une sorte de prudence instinctive, car elle ne voulait pas lui donner l'impression qu'elle attendait davantage de lui. Elle voulait lui faire comprendre — ou plutôt lui faire croire — que ce ne serait pas la fin du monde s'ils en restaient là.

Et sa froideur avait paru fasciner Guido.

Il était évident qu'il ne s'attendait pas à ce qu'elle réagisse de cette façon, et que c'était pour lui une nouveauté. Mais Lucy savait également qu'il s'en lasserait sans doute rapidement comme du reste. Elle s'était préparée, dès le départ, à cette éventualité.

Depuis, ils se voyaient tous les mois environ et chacune de leur rencontre était parfaite. Ils dînaient dans de merveilleux restaurants, allaient voir un film ou une pièce de théâtre et, surtout, ils faisaient l'amour avec une passion insatiable.

Mais elle n'avait rencontré aucun de ses amis, et elle ne lui avait pas davantage présenté les siens. Ils jouaient un jeu complexe, aux règles aussi nombreuses que tacites. Lucy savait par exemple que, dès l'instant où elle exigerait davantage de son amant, c'en serait fini de leur histoire.

Mais alors, pourquoi l'avait-il amenée dans son appartement ? Pourquoi ne pas se contenter du confortable anonymat d'un hôtel de luxe ?

Elle baissa les yeux sur son visage. Les paupières de Guido frémirent. Il ouvrit les yeux et la surprit qui l'observait.

— *Ciao*, murmura-t-il, tendant la main pour saisir l'un de ses seins.

Elle le laissait caresser sa poitrine, tandis qu'une chaleur familière l'envahissait. Elle fit à son tour courir le bout de ses doigts sur ses pectoraux musclés et sur son nombril.

— Je suis très flattée d'avoir été autorisée à entrer sur ton territoire, dit-elle d'un ton faussement nonchalant.

Les yeux noirs semblèrent vouloir la transpercer.

— C'est normal. Bien que tu n'aies pas manifesté la moindre curiosité en ce sens.

C'était vrai. Mais Lucy était certaine que si elle avait abordé elle-même le sujet, jamais il ne l'aurait invitée chez lui. C'était l'un des nombreux paradoxes qui caractérisaient son comportement.

Guido la regardait fixement, se demandant comment faire voler en éclats l'apparente indifférence dont elle faisait preuve à son égard, qui l'excitait et l'irritait à la fois.

Une idée lui vint brusquement à l'esprit.

— Que dirais-tu de passer le week-end avec moi, *cara mia* ? suggéra-t-il avec détachement.

Lucy s'immobilisa, sans répondre immédiatement. Ce n'était jamais une bonne idée de paraître trop enthousiaste. Toute femme savait cela.

— Tu as quelque chose de précis en tête ?

— Oui, répondit-il. Je pensais que tu pourrais m'accompagner à Mardivino.

Il y eut un silence, durant lequel Lucy le dévisagea d'un air méfiant. Puis elle répéta lentement, comme pour s'assurer d'avoir bien entendu :

— A Mardivino ?

— Cache ton enthousiasme ! dit-il avec ironie.

Oh, si seulement il savait ! Lucy sentait son cœur s'affoler dans sa poitrine. Elle avait l'impression d'être sur le point de s'évanouir. Il l'invitait chez lui, sur l'île de Mardivino ! Elle allait rencontrer sa famille !

— A quoi dois-je cet honneur ? demanda-t-elle enfin d'un ton faussement dégagé.

Guido effleura le bout de ses seins avant de répondre.

— Peut-être que j'ai envie de te montrer l'endroit où je suis né ?

Lucy ferma les yeux, en partie à cause de sa caresse, mais également pour lui dissimuler l'expression de son regard. Elle ne devait pas lui montrer son émotion. Sans quoi il prendrait peur et fuirait immédiatement.

— Très bien, répondit-elle d'un ton léger. Pourquoi pas ?

Guido sourit, visiblement satisfait de sa réponse.

— Et puis, peut-être que j'ai envie d'avoir une jolie femme à mon bras pour m'accompagner au baptême de mon neveu.

Lucy cligna des yeux, de plus en plus déroutée.

— Un… un baptême ?

— Oui. Celui du fils de mon frère. Cela te fait plaisir ?

— Je… je ne sais pas. C'est en général une cérémonie très intime… Tu es sûr que…

— Je ne te le proposerais pas si je n'en étais pas sûr. Evidemment, il faudra que nous allions t'acheter de quoi t'habiller pour l'occasion.

A ces mots, Lucy se figea. C'était comme de recevoir une douche froide.

— Tu suggères que je n'ai rien à me mettre de convenable ?

Guido ne cilla pas. Même s'il la connaissait un peu mieux maintenant, ses réactions l'étonnaient toujours. N'importe quelle autre femme aurait été ravie à l'idée d'acheter des vêtements de luxe.

— *Cara*, tu es toujours *meravigliosa*, répondit-il.

— Quel est le problème, alors ?

— Il n'y a pas de problème, fit Guido, choisissant ses mots avec soin. Mais ce sera une cérémonie très… chic.

— Et tu penses que j'allais m'y rendre en jean et en T-shirt ?

— Bien sûr que non. Je n'ai jamais dit ça !

—Je peux tout à fait m'acheter moi-même une tenue adéquate. Une tenue « chic », comme tu dis !

Guido l'étudia un instant, sourcils froncés, visiblement pensif.

— Bon, laisse-moi formuler ça différemment. Nous sommes amants, Lucy. Et la tradition m'autorise à te faire des cadeaux. J'ai *envie* de t'en faire, ajouta-t-il d'une voix rauque.

Lucy acquiesça. Elle savait que cela faisait partie du jeu. Même ses plus belles tenues n'étaient sans doute pas adaptées à un baptême princier. Si elle voulait y assister, elle devait ravaler sa fierté.

Et puis, pour être honnête, le fantasme d'être Cendrillon n'existait-il pas chez toutes les femmes ? Car ce qu'offrait Guido, c'était d'agiter une baguette magique et de la transformer, le temps d'un week-end, en princesse de conte de fées. Qu'y avait-il de mal à en profiter ? De plus, refuser reviendrait à tirer un trait sur leur relation.

Cette idée la blessa plus qu'elle ne l'aurait soupçonné, mais elle haussa les épaules avec une désinvolture feinte.

— Très bien. J'accepte.

— Tu pourrais au moins faire semblant d'apprécier ma proposition, observa Guido.

— Quand on offre un cadeau, on ne dicte pas sa conduite à la personne qui le reçoit, rétorqua-t-elle.

— Tu as toujours réponse à tout, Lucy ?

— Souvent. Si tu attends une attitude de soumission et de gratitude de ma part, tu t'es trompé de femme. Mais je suis sûre que tu n'auras aucun mal à en trouver une autre facilement.

Guido hocha la tête. Elle avait raison, *maledizione*. Il l'appréciait précisément parce qu'elle ne ressemblait à aucune autre femme. Il ne pouvait pas lui demander d'être différente juste quand cela l'arrangeait.

Il glissa une main entre ses cuisses et l'entendit pousser un petit cri de surprise.

— Je vais te faire l'amour, lui murmura-t-il à l'oreille. Et lorsque nous aurons fini, nous sortirons t'acheter de quoi t'habiller de la tête aux pieds.

Lucy se laissa entraîner dans Manhattan. Tandis que Guido la guidait de boutique en boutique, elle avait l'impression d'être une héroïne de film. Ce genre de choses n'arrive qu'au cinéma, songeait-elle, incrédule.

Pourtant, tout était bien réel. A commencer par la lingerie incroyablement raffinée qui lui fut présentée.

— Nous prenons les deux, déclara Guido pendant que Lucy hésitait entre un ensemble blanc virginal et un autre bleu nuit.

— Guido, non ! protesta-t-elle, lorsque la vendeuse se fut éclipsée.

— Si ! corrigea-t-il avec un sourire de satisfaction.

Il lui montra un ensemble noir incroyablement sexy.

— Et nous prendrons le noir également.

— Mais je n'ai pas besoin des trois pour le week-end.

— Mais tu en auras besoin après, et j'entends bien te voir avec. Pour le plaisir de te les enlever, ajouta-t-il avec un sourire félin.

Lucy ne trouva rien à répondre. Après tout, cela signifiait qu'il souhaitait que leur liaison se prolonge après leur retour de Mardivino… Elle fit taire la petite voix cruelle qui, dans sa tête, lui demandait combien de temps encore elle allait se contenter d'une relation vouée à l'échec.

Ils achetèrent ensuite deux robes de soirée, un magnifique chapeau, quelques tenues pour la journée, des négligés de soie, et une étole de cachemire.

— Parfois, une brise fraîche souffle des montagnes, expliqua-t-il. Avec une peau aussi fragile que la tienne, il faut faire attention.

Il passa un doigt sur son épaule, et Lucy frissonna, réagissant immédiatement à cette légère caresse.

Guido ordonna que tout soit emballé et livré à son appartement.

De retour chez lui, ils firent de nouveau l'amour, jusqu'à ce que le plaisir les submerge tous les deux.

Une fois que la fièvre de leur étreinte se fut un peu dissipée, Lucy eut une impression étrange. Sa relation avec Guido avait changé. Comme si en acceptant tous ces cadeaux, elle avait cédé quelque chose d'elle-même en échange, une chose qu'elle avait du mal à définir. Son indépendance, peut-être ?

Elle se blottit contre lui, et sentit ses paupières s'alourdir, puis se fermer lentement.

« Je ne porterai ces vêtements qu'à Mardivino », se dit-elle. Et après ça, je redeviendrai moi-même ».

# 4

— Regarde ! s'exclama Guido, couvrant de sa voix le bruit des réacteurs. On voit les montagnes de Mardivino.

Lucy colla son nez au hublot, en proie à une crainte sourde et inexplicable. Etait-ce l'idée de pénétrer sur le territoire de Guido qui l'impressionnait ? Ou simplement sa présence, sensuelle et troublante, à ses côtés ?

Elle n'aurait su le dire. Elle se força donc à se concentrer sur l'île qui, à l'horizon, reposait tel un joyau sur l'écrin bleu de l'océan. Au loin se dressaient les sommets enneigés de majestueuses montagnes. Comme l'appareil s'inclinait, elle distingua des plages de sable fin et un ensemble de bâtiments d'une blancheur presque aveuglante, sur le flanc d'une colline dominant la mer.

— C'est merveilleux ! s'exclama-t-elle. Quelle est cette ville ?

— C'est Solajoya, notre capitale, lui apprit-il avec un sourire. Je ne sais pas si on peut appeler ça une ville, étant donné sa taille… Mais nous avons une cathédrale.

— Alors c'est une ville, déclara Lucy.

Guido se pencha et regarda à son tour. Depuis combien de temps n'était-il pas venu ? Il était passé voir son père en coup de vent à plusieurs reprises, mais son dernier vrai séjour remontait au mariage de son frère Nico avec Ella, une jeune Anglaise.

Au départ, cette union lui avait paru si improbable qu'il

avait été sûr que son frère aîné s'y opposerait. Mais contre toute attente, Ella avait charmé Gianferro, et elle avait été acceptée au sein de la famille. Elle n'avait d'ailleurs pas tardé à conforter sa position en donnant à Nico un fils et un héritier.

Malgré lui, Guido serra les dents. Même Nico, le moins conformiste et le plus libre des trois frères, avait fini par entrer dans le moule !

Il se tourna vers Lucy avec un regard songeur. Une mèche rousse retombait sur sa joue, et offrait un contraste saisissant avec sa peau laiteuse. Oui, sa présence dissuaderait sa famille de lui présenter de possibles fiancées, comme cela arrivait chaque fois. Elle tiendrait également à distance les ambitieuses célibataires du royaume.

Et pour couronner le tout, il pourrait lui faire l'amour toutes les nuits. Jamais il n'avait autant désiré une femme.

— Ça te plaît ? interrogea-t-il.

Lucy, la gorge nouée, se contenta d'acquiescer. Si cela lui plaisait ? Oui, infiniment. Mais elle était également effrayée. Elle s'était toujours crue indépendante et capable de s'adapter. Grâce à son métier, elle avait visité des dizaines de pays, rencontré des gens très différents… Mais rien ne l'avait préparée à affronter une telle situation.

Pour commencer, elle ne se sentait pas à l'aise. Dans ses nouveaux vêtements, elle ne se reconnaissait pas. Le pantalon de lin taille basse qu'elle portait était le plus flatteur qu'elle ait jamais porté, et paraissait avoir été taillé pour elle. Rien d'étonnant à cela, au prix où Guido l'avait payé… Son T-shirt était également splendide, et ressemblait d'ailleurs davantage à une création de couturier qu'à un simple T-shirt.

Et sous ses vêtements, c'était la même chose. Soie et satin lui caressaient la peau et lui donnaient l'impression, au moindre mouvement, d'être infiniment sexy.

C'était d'ailleurs une sensation inutile, songea-t-elle avec amertume. Car depuis qu'ils étaient montés à bord, Guido n'aurait pu se montrer plus distant.

Evidemment, elle pouvait comprendre pourquoi. Mais cela ne rendait pas les choses plus faciles pour autant. Il se devait d'agir en tant que prince vis-à-vis des pilotes, de la splendide hôtesse, des officiels qui les avaient escortés jusqu'à l'appareil. Et par conséquent, il ne l'avait pas touchée, ni embrassée depuis leur départ.

Il avait fait preuve d'une courtoisie confinant à la froideur, et elle en avait été effrayée. Car cela ne faisait que confirmer ses soupçons. A savoir qu'il l'appréciait sans doute assez pour l'inviter à passer le week-end avec lui, mais qu'il ne l'aimait pas au point de rendre leur relation publique.

Le cœur lourd, Lucy regarda la vue, magnifique, à travers le hublot. Elle savait à quoi s'attendre, songea-t-elle. Elle n'avait qu'à profiter du week-end et veiller à ne pas s'impliquer plus que de raison sur le plan émotionnel.

Le bruit des réacteurs changea soudain, et l'avion entama sa descente vers le petit aéroport. Lucy passa une main dans ses cheveux pour y remettre un peu d'ordre, espérant que ce geste ne trahirait pas sa nervosité.

— Est-ce que quelqu'un vient nous chercher ? demanda-t-elle.

— Juste un chauffeur. J'ai dit à mon frère que je ne voulais pas d'une délégation.

— Il voulait en envoyer une ?

Guido eut un sourire narquois.

— Gianferro aime la pompe et les cérémonies. Et c'est tant mieux, parce qu'il va bientôt en avoir plus qu'il ne le souhaite.

Lucy eut un instant d'hésitation.

— Comment va ton père ? demanda-t-elle.

— Il est mourant, répondit Guido sur le ton de la conversation.

Guido surprit son expression surprise et peinée. Comment lui expliquer que cette indifférence apparente était sa façon à lui d'affronter les événements ? Il avait dû apprendre très tôt à affronter la douleur de la séparation, lorsque sa mère était morte.

Nico n'était alors qu'un bébé. Quant à Gianferro, en tant qu'héritier du trône, il avait été très entouré et protégé. Mais lui avait pris la chose de plein fouet. C'était sans doute pour cela qu'on avait fini par l'envoyer vivre chez la sœur de sa mère, aux Etats-Unis. Et s'il adorait sa tante, elle n'avait pu remplacer sa mère. De plus, loin de ses frères et de Mardivino, il s'était senti encore plus seul…

Le paradoxe était que lorsqu'il était enfin revenu sur l'île, il avait eu l'impression d'y être désormais un étranger. En fait, il ne se sentait plus chez lui nulle part.

Une impressionnante limousine les attendait sur le tarmac, à leur sortie de l'avion, pour les emmener aussitôt au palais royal.

C'était un bâtiment tout droit sorti d'un conte de fée, se dit Lucy. Couvert de mosaïques, il paraissait flotter tel un mirage coloré, dans les brumes de chaleur qu'exhalait la terre.

— Voici le palais, déclara Guido avec un geste théâtral.

— C'est merveilleux, souffla Lucy. Tu es né ici ?

— Oui.

— Et où es-tu allé à l'école ?

— Ici aussi. Nous avions des précepteurs.

Lucy lui jeta un regard de côté alors que la limousine franchissait les magnifiques portes de fer forgé. Ils pénétrèrent dans une vaste cour aux multiples fontaines et à la végétation luxuriante.

— Ça ne dérange pas tes frères que je sois là ? demanda-t-elle timidement.

Guido prit soin de conserver un visage impassible, en dépit de l'agacement qu'il ressentait en repensant aux réactions de ses frères.

Nico s'était montré très curieux — *trop* curieux — en apprenant qu'il venait avec une jeune femme. Guido avait dû mettre les points sur les i, et lui expliquer qu'il s'agissait de sa maîtresse, rien de plus. « Ne va pas t'imaginer quoi que ce soit d'autre parce que tu es toi-même tombé amoureux », avait-il ajouté.

Quant à Gianferro, il s'était catégoriquement opposé à ce que Guido invite au palais une femme qu'il n'avait pas l'intention d'épouser. S'en était suivi un vif échange au cours duquel Guido avait expliqué qu'il était un homme moderne vivant avec son temps. Gianferro avait répliqué que tout moderne qu'il soit, il devait respecter certaines convenances. Cela ne se faisait tout simplement pas.

Conscient d'avoir toutes les cartes en main, Guido avait haussé les épaules et déclaré :

— Très bien. Dans ce cas, je ne viens pas.

— Mais c'est impensable !

— Je suis d'accord. Je ferai donc comme je l'entends.

Gianferro avait eu beau tempêter, Guido s'était montré inflexible. Non seulement il viendrait avec Lucy, mais il avait exigé de partager la même chambre qu'elle.

— Je n'ai pas l'intention de jouer les adolescents et de devoir la rejoindre discrètement pendant la nuit !

— Pense à ton devoir ! Tu dois donner l'exemple !

— J'ai choisi de mener ma vie selon mes propres règles. Et je compte sur toi pour respecter cela.

Guido sourit à Lucy.

— Non, ça ne dérange pas mes frères, dit-il d'un ton léger.

Si elle avait su qu'il lui mentait, elle lui en aurait sûrement voulu. Guido, lui, considérait que c'était de la diplomatie. Parfois, il était préférable de dire aux gens ce qu'ils voulaient entendre, afin que les choses se passent bien.

La limousine s'arrêta enfin, et une horde de serviteurs surgit sur le seuil du palais. Lucy mit pied à terre et sentit la chaleur l'envelopper. L'impression d'irréalité qu'elle avait depuis qu'ils étaient sortis de l'avion s'accentua encore un peu plus.

Après avoir échangé quelques mots en français avec les domestiques, qui s'empressèrent d'emporter leurs bagages, Guido se tourna vers elle et lui offrit son bras.

— Nous montons visiter nos appartements ? suggéra-t-il aimablement. Tu veux peut-être te changer ? Mon frère Gianferro aimerait te rencontrer avant le dîner.

Lucy comprit qu'il ne s'agissait pas d'une demande, mais d'un ordre. Formulé poliment, certes, mais d'un ordre tout de même. Tout affranchi qu'il soit de son titre et de ses responsabilités, Guido n'en demeurait pas moins un prince au fond de l'âme.

— J'en serai ravie, répondit-elle avec un sourire aimable, consciente de ne pas avoir le choix.

Guido la conduisit jusqu'à la suite qu'ils allaient occuper, empruntant un dédale de couloirs décorés de magnifiques toiles représentant des personnalités, des paysages ou des scènes de l'histoire du royaume.

Ils traversèrent une cour intérieure embaumée par de multiples senteurs végétales, au centre de laquelle se trouvait une petite fontaine. Lucy s'arrêta pour s'imprégner, émerveillée, de la magie de l'endroit.

— Tu aimes ça, n'est-ce pas ? demanda Guido.

Lucy se tourna vers lui, et vit l'expression fermée de son visage.

— Bien sûr. Pas toi ?

Il haussa les épaules.

— J'ai grandi ici. On voit toujours les choses différemment de l'intérieur.

Sa voix vibrait d'une étrange tonalité. Etait-ce de la douleur ? De la colère ? Du regret ? Lucy n'aurait su le dire. Lui poser la question aurait été trop indiscret et elle ne voulait pas ajouter à cette peine qu'elle percevait. Il y avait d'autres moyens de lui signifier qu'elle comprenait.

— Je vois ce que tu veux dire. C'est comme de vivre près de la mer. On en vient à l'oublier. Encore qu'il doit être assez amusant de vivre dans un endroit que le commun des mortels considérerait comme un musée, ne put-elle s'empêcher d'ajouter.

Il y eut un silence puis, contre toute attente, Guido se mit à rire. La tension qu'il ressentait se relâcha un peu et il posa un regard appréciateur sur la jeune femme. Habillée ainsi, elle semblait être une version plus sophistiquée de la Lucy qu'il connaissait.

Avait-il essayé, inconsciemment, de la transformer ? Et si c'était le cas, pourquoi ? Pour qu'elle ressemble aux femmes qu'il fréquentait habituellement, et s'en détacher ainsi plus facilement, le moment venu ?

Il eut brusquement envie de la déshabiller, de la voir nue, débarrassée de tous ces tissus précieux et raffinés dont il l'avait lui-même couverte.

— Allons dans la chambre, *cara*, fit-il d'une voix rauque.

A l'expression de son regard, Lucy comprit aussitôt ce qu'il désirait. Mais elle n'allait pas en parler ici, dans cette petite cour où on pouvait les entendre, et elle se contenta d'acquiescer. Il lui semblait, sans qu'elle puisse se l'expliquer, que des yeux étrangers les regardaient. Peut-être y avait-il un système de vidéosurveillance.

Elle eut à peine le temps d'admirer la luxueuse décoration de la chambre, dans des teintes bleu et or. Dès la porte refermée, Guido la prit dans ses bras et la serra pour lui faire sentir toute la force de son désir. Elle ferma les yeux, et se laissa aller contre lui.

— Guido, souffla-t-elle comme il glissait la main sous sa ceinture. Nous… nous ne pouvons pas faire ça maintenant.

— Et pourquoi pas ? répliqua-t-il, une expression indéchiffrable dans les yeux.

Elle sentait monter son désir, irrésistiblement, et elle se mordit la lèvre.

— Je… Nous ne devons pas faire attendre ton frère…

Dans un bruissement soyeux, son pantalon glissa jusqu'à ses chevilles. Guido eut un sourire de triomphe.

— C'est *moi* qui ne peux pas attendre.

Il lui ôta rapidement ses vêtements, les jetant par terre comme s'il s'agissait de vulgaires loques. Lucy eut l'impression fugace de n'être qu'un mannequin qu'il habillait et déshabillait à sa guise, comme si elle lui appartenait.

*Maudit sois-tu, prince Guido Nero Maximus Cacciatore, avec ton arrogance et tes manières autoritaires !*

Mais n'en tirait-elle pas, alors même qu'elle protestait silencieusement, un intense plaisir ?

Elle tira brutalement sur la chemise de Guido, et plusieurs boutons volèrent et tombèrent en rebondissant sur le sol. Guido soupira de volupté lorsqu'elle fit courir ses doigts sur la peau nue de son torse.

— Lucy…, dit-il d'une voix rauque, l'entraînant avec lui sur le lit.

Il la posséda avec une passion supérieure encore à tout ce qu'elle avait connu. Elle sentait ses mains sur ses hanches, qui l'agrippaient et la guidaient. Elle fut bientôt emportée par une vague de plaisir inouï, bouleversant, qui lui fit oublier toutes ses inhibitions et crier son prénom.

Guido retomba sur l'oreiller, incrédule, épuisé et ravi. Il aurait voulu s'abandonner au sommeil, après cette extase que seule Lucy savait lui procurer, mais elle le secoua avec véhémence. Il rouvrit paresseusement les yeux et vit son beau visage penché sur le sien. Des cheveux roux lui chatouillaient le nez, et il lui sourit.

— Guido, réveille-toi !

Mais il secoua la tête, referma les yeux et l'attira plus étroitement contre lui.

— Tu n'as pas dit que nous devions voir ton frère ? interrogea-t-elle, tout en lui caressant le torse.

A contrecœur, il rouvrit les paupières, souleva un poignet qui paraissait peser des tonnes et jeta un coup d'œil à sa montre.

Il se tourna ensuite vers Lucy. Avec ses cheveux défaits et ses joues encore empourprées, elle était l'image parfaite d'une femme qui vient de faire l'amour.

Guido sentit son désir se réveiller, et regretta brièvement de ne pas être chez lui, dans son appartement, maître de son emploi du temps et de son mode de vie. Ici, tout désireux qu'il était de les fuir, il avait tout de même un certain nombre de responsabilités.

Comme le disait Gianferro, il y avait des choses qui ne se faisaient pas.

Avec un soupir, il se redressa sur ses coudes.

— Combien de temps te faut-il pour te préparer ?

Il avait parlé plus durement qu'il n'en avait eu l'intention. Mais il essayait désespérément de remettre de la distance entre eux, de se détacher d'elle, et cela lui semblait de plus en plus difficile.

— J'ai juste besoin de prendre une douche rapide, lança-t-elle. Et décider quoi mettre pour rencontrer ton frère.

— Tes affaires ont sans doute déjà été suspendues dans le dressing. Celles qui sont froissées seront repassées. Dépêche-toi, *cara*. La salle de bains est par là.

Les jambes encore faibles après leur étreinte, Lucy se dirigea vers la porte qu'il lui avait indiquée.

Tandis qu'elle se savonnait, elle pensait avec délectation au plaisir qu'elle avait à faire l'amour avec Guido, et ce malgré l'irritation régulière que lui causait son attitude autoritaire.

Mais dans son angoisse à l'idée de rencontrer le prince héritier du royaume, elle ne réalisa pas pleinement ce qui venait de se passer, et ignora totalement un détail pourtant essentiel…

# 5

— Son Altesse sérénissime le Prince héritier Gianferro Miguel Laurens Cacciatore.

Lucy se leva, la gorge sèche et le cœur battant, au moment où le frère de Guido pénétrait dans la salle.

Il était étrange — et compréhensible à la fois — qu'elle ne se soit jamais sentie intimidée par le titre de son amant, mais qu'elle se sente si nerveuse à l'idée de faire la connaissance de l'héritier du trône. Peut-être était-ce parce qu'elle avait rencontré Guido dans une soirée sans rien savoir de son identité. Alors qu'ici, dans le palais, elle se sentait comme une petite fille à laquelle on aurait demandé de présenter un bouquet à la reine d'Angleterre.

Bien que Guido lui ait dit de ne rien en faire, elle esquissa une révérence maladroite. Gianferro inclina la tête en réponse, et un sourire poli mais sans chaleur étira ses lèvres.

— Veuillez prendre place, dit-il en indiquant une chaise. Guido, veux-tu bien nous laisser ?

L'intéressé affronta son regard et répondit froidement :

— Je reste. Lucy aime ma compagnie. N'est-ce pas, *cara* ?

Lucy perçut aussitôt la rivalité entre les deux frères. Ils s'affrontaient du regard et la tension entre eux était si forte qu'elle se sentit complètement exclue. Comme si elle était devenue invisible à leurs yeux. Les choses s'annonçaient mal… A moins qu'elle ne trouve le moyen d'éviter qu'aucun des deux ne perde la face.

— C'est vrai, Guido, dit-elle avec douceur. Mais je serai ravie de parler à ton frère seule à seul.

Son compagnon lui jeta un regard noir, puis haussa les épaules.

— Comme tu voudras. Je vais en profiter pour aller voir mon neveu. Seras-tu assez aimable pour indiquer la direction de la nursery à Lucy, après votre petit… entretien ?

Gianferro acquiesça.

— *Si.*

Puis, lorsque Guido eut quitté la pièce, il posa sur la jeune femme un regard noir.

— Ne trouvez-vous pas étrange, observa-t-il avec un accent mélodieux qui faisait ressortir davantage encore la dureté de ses paroles, que mes frères soient systématiquement attirés par des femmes totalement étrangères à leur monde ?

Lucy supposait qu'il n'avait pas vraiment eu l'intention de l'insulter, mais c'était bel et bien ce qu'il venait de faire. Cela revenait à lui dire : « Vous n'êtes pas l'égale de Guido. »

Elle affronta le prince du regard. S'imaginait-il qu'elle n'en avait pas conscience ? Qu'elle ne le savait pas depuis le début ?

Son métier d'hôtesse lui avait heureusement appris à dissimuler ses émotions, et elle répondit d'un ton neutre :

— Peut-être aiment-ils la différence ?

Il plissa les yeux, signe qu'il n'appréciait pas son ironie sous-jacente, et il reprit d'un ton d'où toute douceur avait disparu.

— J'ai cru comprendre que vous voyez Guido depuis plus d'un an.

— C'est lui qui vous a dit ça ? demanda-t-elle, surprise.

— Pas exactement.

Lucy comprit aussitôt que Gianferro avait fait faire une enquête. Il prétendrait sans doute que c'était par un noble souci de sécurité, mais elle appelait ça de l'espionnage pur et simple.

Elle se sentit soudain prise d'un farouche désir de le défendre.

— Nous ne nous voyons que par intervalles. A cause de la nature de mon travail.

— Et de *sa* nature.

Leurs regards se croisèrent. Il lui signifiait à présent que Guido n'était pas homme à s'engager dans une relation durable et, une nouvelle fois, elle aurait pu lui répondre que son avertissement était superflu. Elle en avait parfaitement conscience.

— C'est possible, reconnut-elle.

— Vous êtes donc un couple moderne. De simples amants.

« Simple » n'était certes pas un adjectif qu'elle aurait utilisé pour qualifier leur relation… Lucy ne put s'empêcher de sourire en répondant :

— C'est ça.

Il y eut un nouveau silence. Puis, d'un ton nonchalant que démentait la lueur inquisitrice qui brillait dans ses yeux, le prince demanda :

— Vous ne nourrissez donc pas le secret espoir de devenir un jour princesse de Mardivino ?

Cette fois, Lucy fut franchement choquée par ce qu'il insinuait : qu'elle n'était qu'une mercenaire avide à la recherche d'une fulgurante ascension sociale ! Pire encore, qu'elle n'éprouvait sans doute rien pour Guido. Cela lui semblait le comble de l'ironie, alors qu'elle essayait de toutes ses forces de contenir ses sentiments, et qu'elle ne pouvait plus se dissimuler qu'elle était bel et bien amoureuse de lui !

Cette question brutale eut le mérite de lui faire comprendre en un instant pourquoi son compagnon avait rejeté son milieu, son héritage, son éducation. Et la réponse franchit spontanément ses lèvres sans qu'elle songe un seul instant aux conséquences.

— Je me fiche bien de votre royaume. Devenir une princesse dans un pays d'un autre âge est bien la dernière chose que je souhaite. Seul Guido m'intéresse, que ça vous plaise ou non.

Un sourire, un vrai cette fois, mélange de soulagement et d'admiration, apparut sur les lèvres de Gianferro. Lucy en déduisit qu'elle lui avait fourni la réponse qu'il voulait. Elle avait admis qu'ils n'étaient qu'amants, et que leur relation n'irait pas plus loin. Le prince héritier, voyant qu'elle ne représentait aucun danger, pouvait dormir sur ses deux oreilles.

Il adopta une posture plus détendue, puis hocha la tête.

— Parfait. Je suis ravi que nous nous comprenions.

Puis il se leva et lui fit signe.

— Veuillez me suivre.

Lucy envisagea un instant une vie entière consacrée à tout orchestrer : quand se lever, quand s'asseoir, quand parler, quand se taire… Cela ne pesait-il pas à Gianferro, parfois ? Etait-ce pour cela qu'il souriait si rarement ?

— Bien, Votre Altesse, répondit-elle posément.

Il sourit en signe d'appréciation de sa courtoisie, puis l'accompagna jusqu'à une des nombreuses portes de la salle.

— Un membre de mon personnel vous attend dehors pour vous conduire à la nursery.

Elle lui adressa une nouvelle révérence, tout aussi maladroite que la précédente, et emboîta le pas à un serviteur, qui la guida le long d'un couloir interminable. Elle déboucha bientôt dans la nursery, et le spectacle qui l'attendait lui fit oublier toutes ses contrariétés.

Elle était si surprise par ce qu'elle voyait, qu'elle ne remarqua pas tout de suite le frère cadet de Guido, pas plus que la charmante jeune femme brune qui se tenait à ses côtés. Elle n'avait d'yeux que pour Guido, qui tenait son neveu nouveau-né dans les bras.

Il y a toujours quelque chose de profondément touchant dans le spectacle d'un homme portant un bébé. Même si « touchant » était un terme qui détonait quelque peu avec la personnalité et l'apparence viriles de Guido…

Mais Lucy ne voyait pas d'autre mot pour qualifier la scène. Lui d'ordinaire si à l'aise, semblait soudain incertain, hésitant, presque anxieux. Une tendre maladresse imprégnait ses gestes. Il paraissait ne pas savoir comment tenir son neveu, tout en étant ému par ce minuscule petit d'homme.

— Eh bien, Guido, tu ne te débrouilles pas si mal ! s'exclama la jeune femme brune.

Tous trois remarquèrent alors sa présence. Guido posa sur elle son regard noir, et Lucy sentit son cœur s'emballer.

— Voici Lucy, déclara-t-il à l'intention de son frère et de sa belle-sœur. De retour de sa petite conversation avec Gianferro.

Etait-il en colère parce qu'elle avait insisté pour parler à Gianferro en tête à tête ? Elle n'aurait su le dire tant son expression était énigmatique. Repoussant ses inquiétudes, elle se força à sourire et fit un pas en avant.

— Quel beau bébé, murmura-t-elle en caressant les cheveux du nourrisson, noirs et soyeux.

La jeune femme brune adressa un sourire rayonnant à Lucy.

— Oui, n'est-ce pas ? Mais je me présente, je suis Ella. Et voici mon mari, Nico.

Nico — ou plutôt, le prince Nicolo Louis Fantone Cacciatore — était plus jeune que Guido mais arborait la même carrure athlétique, le même hâle doré, les mêmes cheveux noirs. Tous deux étaient d'une beauté à couper le souffle, mais le visage de Nico était plus doux que celui de son frère. Une évidente sérénité flottait sur ses traits comme il regardait sa femme et son enfant, une sorte de halo intérieur qui, paradoxalement, ajoutait à sa virilité au lieu de la diminuer.

C'est l'amour qui fait ça, songea Lucy. Pas le désir.

— Enchantée, dit Nico, la gratifiant d'un baisemain délicieusement galant et démodé.

Il se tourna ensuite vers son frère, une lueur malicieuse dans l'œil.

— Une femme aussi belle que courageuse, à ce que je vois ! remarqua-t-il.

— Courageuse ? répéta Lucy, étonnée.

— Il faut du courage pour affronter mon frère aîné.

— Comment était Gianferro ? demanda Guido avec un sourire narquois.

— Charmant, répliqua-t-elle diplomatiquement.

Ella lui adressa un furtif regard de sympathie.

« J'imagine qu'elle a dû subir le même genre d'interrogatoire que moi, songea Lucy. Mais dans son cas, c'était plus facile. Nico et elle étaient amoureux. Alors que moi, je suis juste là parce que… parce que… »

Sous sa frange, une ride pensive barra son front. Pourquoi Guido l'avait-il fait venir, au juste ? Pour réchauffer son lit la nuit ? Certainement pas. C'était un solitaire, et il n'avait pas besoin de compagnie féminine en permanence.

Au prix d'un effort, elle s'arracha à ses ruminations et étudia le petit être endormi dans les bras de Guido. Quel contraste ils offraient ! La force et la fragilité…

— Comment s'appelle-t-il ?

— Leo, répondit Ella avec un sourire attendri. Enfin, Leonardo Amadore Constantinus Cacciatore. Mais Leo, c'est plus court ! Vous voulez le tenir ?

— Oh, j'en serais enchantée. Je peux ?

— Bien sûr ! Si du moins Guido accepte de le lâcher, ajouta Ella avec un clin d'œil malicieux.

— Vous aimez les bébés ? demanda Nico d'une voix douce.

Lucy leva les yeux vers lui, et fut une nouvelle fois surprise par sa ressemblance avec Guido, la dureté du regard en moins.

— Je les adore. Je ne vois pas comment il est possible de faire autrement, de toute façon.

Plissant les yeux, Guido lui tendit son précieux fardeau.

— Tiens, dit-il, sa voix guère plus qu'un murmure. Prends-le.

Il lui tendit l'enfant avec des précautions exagérées et presque comiques, comme s'il s'agissait d'une bombe susceptible d'exploser. Dans un premier temps, Lucy tint Leo avec raideur, quelque peu effrayée à l'idée de porter dans ses bras le seul héritier mâle du royaume.

Mais ses craintes s'effacèrent bien vite lorsqu'elle sentit cette douce odeur particulière aux bébés. Instinctivement, elle attira le nourrisson contre elle. Avec un égal instinct, Leo chercha maladroitement son sein. Lucy rougit, et Ella se mit à rire.

Elle croisa le regard perplexe de Guido, et ses doutes revinrent la tourmenter. Se demandait-il — comme elle se le demandait elle-même, pour être honnête — ce qu'il était advenu de la bombe sexuelle qu'il avait amenée avec lui ? Guido ne semblait pas apprécier de la voir s'attendrir ainsi, comme n'importe quelle femme, devant un bébé.

Mais après tout, qu'y pouvait-elle ? Une femme comme les autres, c'était précisément ce qu'elle était. C'était une chose de se répéter qu'elle ne se laisserait pas dominer par ses émotions, c'en était une autre de mettre une telle résolution en pratique.

— Tenez, Lucy, laissez-moi le prendre, intervint Ella en tendant les bras. Je ferais bien de le nourrir avant de descendre dîner. Je sais que Gianferro adore son neveu, mais je ne sais pas s'il apprécierait que je lui donne le sein au beau milieu d'un banquet officiel.

Un banquet officiel ? Guido n'avait jamais mentionné cela ! Mais à quoi s'était-elle attendue ? A ce que toute la famille dîne avec des plateaux devant la télévision ?

De nouveau, Lucy jeta un regard à son amant, mais il ne lui accordait plus la moindre attention. Il étudiait distraitement la nursery, comme s'il la voyait pour la première fois.

Et comme s'il se demandait ce que diable il faisait là.

Lorsqu'elle descendit dîner, Lucy se félicita d'avoir laissé Guido choisir ses vêtements. Dieu merci, elle avait su ravaler sa fierté ! Si elle ne l'avait pas fait, non contente de se sentir étrangère, elle en aurait eu l'air, ce qui était peut-être pire…

Non seulement elle put se fondre sans dénoter dans l'élégant ballet de célébrités et de personnalités du royaume, mais elle attira l'attention par l'élégance de son fourreau de soie noir. Il était si admirablement coupé qu'il mettait en valeur sa silhouette, tout en dissimulant ce qu'elle considérait comme des défauts. Ses seins étaient ainsi soulignés, ses hanches affinées, ses fesses galbées. Le résultat l'avait impressionnée elle-même.

Elle avait remonté ses cheveux en un chignon faussement négligé qui renforçait encore l'impact de sa tenue. Lorsqu'il l'avait vue paraître, Guido n'avait pu dissimuler l'éclat admiratif, presque avide, de son regard. Mais une expression distante y avait succédé, dont il ne s'était pas départi depuis le début du repas. Impression de distance accentuée par le fait qu'ils étaient assis à deux extrémités opposées de la luxueuse table, couverte d'argenterie et d'arrangements floraux.

« Oh, ça suffit, idiote ! se reprit-elle. Tout ça parce qu'il ne t'a pas adressé un seul sourire depuis le début du dîner ! »

Pour une femme décidée à profiter du week-end sans se poser de question, elle se débrouillait plutôt mal !

Elle se força donc à sourire et accepta une coupe de champagne. Elle rit poliment aux plaisanteries d'un vieux comte assis à côté d'elle et finit par se détendre et apprécier sa compagnie. Se concentrer sur la conversation de son voisin lui permettait en outre d'ignorer les femmes qui rivalisaient pour attirer l'attention de son amant…

Guido observait discrètement la jeune femme, se demandant pourquoi les choses les plus simples finissaient toujours par se compliquer.

D'où lui venait ce sentiment étrange, presque douloureux, qui l'avait saisi lorsqu'il avait pris son neveu dans les bras ? Cela lui avait-il rappelé sa mère ? Ou bien le fait d'être venu voir sa famille avec Lucy lui faisait-il considérer les choses sous un autre angle ? Ce qui était sûr, c'était qu'on le traitait de manière différente, comme si le fait d'être accompagné le rendait plus humain, plus accessible.

Tout cela était ridicule. Les gens se faisaient des idées. Lucy était sa maîtresse, c'était tout. Et elle n'était là que pour éloigner toutes ces prétendantes écervelées et leurs mères calculatrices. Le message était clair : il n'était pas disponible !

Il avait toujours rêvé de rencontrer une femme qui aurait la même façon de fonctionner qu'un homme. Qui aimerait le sexe, les plaisirs de la vie, et serait dépourvue de cet irrationnel féminin et de ce sentimentalisme qu'il détestait.

Qu'est-ce qui le dérangeait ? Le fait que Lucy ait paru différente en présence de son neveu ? Elle lui avait soudain semblé plus douce, plus tendre. Or, ce qu'il recherchait, c'était la fougue, la passion, le plaisir sexuel. Rien d'autre. Peut-être ferait-il bien de le lui rappeler.

Vaguement irrité, il lui jeta un bref regard. Elle gloussait à une plaisanterie que venait de faire un des convives assis près d'elle. Qu'est-ce qui pouvait bien la faire rire ? Il l'ignorait. Et c'était justement là le secret de leur relation. Il ne la connaissait pas vraiment. C'était ce qui préservait la fraîcheur, le mystère, l'excitation. Dès que l'habitude s'installait — ce que d'aucuns appelaient la complicité — c'était fini.

La jeune femme tourna la tête dans sa direction, et Guido passa le bout de sa langue sur ses lèvres, comme pour lui rappeler le caractère strictement sensuel de leur liaison. Il vit le regard de la jeune femme s'assombrir et ressentit une soudaine tension lorsqu'elle se détourna. Il éprouvait une violente frustration à la voir reprendre sa conversation avec son voisin de table, comme si de rien n'était.

Après ce petit incident, la soirée se transforma en véritable épreuve pour Guido. Il n'avait qu'une envie : se retrouver seul avec Lucy. Mais il savait qu'ils ne pouvaient s'éclipser comme des voleurs. Il avait un devoir de représentation, sinon de courtoisie, à l'égard de sa famille.

Alors que l'orchestre entamait une valse et que les invités commençaient à circuler entre les tables, dans une atmosphère plus décontractée, il put enfin se lever et rejoindre Lucy, qui observait les premiers danseurs à s'être lancés sur la piste.

— Et si nous nous retirions dans nos quartiers ? lui murmura-t-il à l'oreille.

Lucy lui opposa un regard neutre, même si elle bouillait intérieurement. Depuis qu'ils avaient visité la nursery, il l'avait délibérément ignorée. Et maintenant que l'envie lui en prenait, il voulait regagner leur chambre et lui faire l'amour. Il n'avait même pas eu l'élégance de l'inviter à danser !

— Ce serait terriblement grossier, Guido, dit-elle doucement. L'orchestre vient à peine de commencer à jouer, et j'ai eu au moins trois invitations à danser.

Guido serra la mâchoire. Il n'aimait pas le ton de sa voix, et il n'appréciait pas davantage la teneur de ses propos. Quelques heures passées au palais avaient apparemment suffi pour étourdir la jeune femme, et lui faire oublier sa place !

— Je n'ai pas besoin de conseils sur la façon de me comporter chez moi ! lâcha-t-il, cassant.

— Et moi, je crois que si, répliqua Lucy, décidée à ne pas se laisser intimider. Je… Mais qu'est-ce que tu fais ?

Ce qu'il faisait était pourtant évident. Il venait de la prendre dans ses bras et de l'attirer étroitement contre lui.

— Ça ne se voit pas ? demanda-t-il en lui caressant doucement le dos à travers le tissu de sa robe. Je prends la première danse.

« Je prends ». L'aspect possessif de sa phrase n'avait pas échappé à Lucy. Il marquait ainsi son territoire. Alors pourquoi le laissait-elle la caresser ainsi ? C'était à croire qu'elle ne pouvait lui résister. Ou qu'elle ne *voulait* pas lui résister…

Elle avait l'impression de défaillir, et sa tête bascula légèrement en arrière. Elle sentait la chaleur de son souffle sur sa peau.

— Guido, dit-elle d'une voix faible. Arrête…

— Mais je ne fais rien, ironisa-t-il en l'attirant plus étroitement contre lui pour lui faire sentir son désir.

La respiration de Lucy s'accéléra.

— Je sais exactement ce que tu es en train de faire…, protesta-t-elle.

— Et tu n'aimes pas ça ?

Lucy ne répondit pas tout de suite. Guido avait envie d'elle, c'était indéniable, mais c'était sans doute le seul sentiment qu'elle lui inspirait. Elle aurait dû en être peinée — et de fait, elle l'était — mais elle se sentait pour l'instant trop submergée par un désir semblable pour pouvoir se concentrer sur autre chose.

Ce n'était cependant pas une raison pour ne pas résister un peu. Il aimait jouer avec elle ? Très bien. Elle allait faire de même avec lui.

— Oh, j'adore ça, au contraire. Mais j'aimerais que nous soyons seuls… Tu pourrais relever ma jupe sur mes hanches…

— Pourquoi ferais-je une chose pareille ? demanda-t-il d'une voix rauque.

— Eh bien, pour voir si je porte quelque chose en dessous.

Les pupilles de Guido se dilatèrent, et Lucy en conçut une satisfaction sourde.

— Tu ne portes rien ?

— Il se trouve que si. Mais ça pourrait s'arranger…

Elle pressa ses seins contre son torse.

— Après quoi tu me soulèverais, ajouta-t-elle. Je nouerais mes jambes autour de ta taille, et tu me prendrais. Tu aimerais ça, non ?

Guido ferma les yeux. Les images qu'elle évoquait étaient si puissantes qu'il fut tenté de les mettre en pratique, sans plus se soucier de l'endroit où il se trouvait.

— Tu sens ce que tu me fais ? gronda-t-il en plaquant une main sur ses fesses, et en l'appuyant plus fortement contre son bassin.

Lucy déglutit, prise à son propre piège. En cherchant à le provoquer, le même désir de feu s'était emparé d'elle.

— Oui… Je le sens.

— C'est un peu ennuyeux, non ? Comment suis-je supposé quitter la piste de danse, maintenant ? Tout le monde va voir l'effet que tu as sur moi.

— Tu n'as qu'à penser à quelque chose que tu détestes.

Ça, c'était facile. Il songea au mariage, et retrouva bientôt la maîtrise de lui-même.

Lucy le fixa, un peu déroutée, consciente de la froideur

qui venait de réapparaître dans son regard. Et soudain, elle s'en voulut. Pourquoi avait-elle joué ce jeu stupide avec lui ?

— Guido ? l'interpella-t-elle d'un ton incertain.

Il lui décocha un sourire sensuel, presque cruel. Il menait de nouveau le jeu et il en profitait. Il avait dominé son propre désir, laissant Lucy en proie au sien, insatisfaite, terriblement frustrée.

— Je te laisse à tes cavaliers, dit-il. Fais-moi signe quand tu voudras partir.

Puis il tourna les talons et se perdit dans la foule des invités.

# 6

Le lendemain, resplendissante dans une robe de soie vert jade, un immense chapeau assorti sur la tête, Lucy se tenait dans la majestueuse cathédrale de Solajoya où avait lieu le baptême de Leo. La musique des grandes orgues et le chant de la chorale s'élevaient sous les voûtes, pour accueillir une assemblée nombreuse et distinguée, composée de tout ce que Mardivino comptait de personnages importants.

Seul le roi n'assistait pas à la cérémonie. Sa mauvaise santé lui interdisait en effet de quitter le palais, et on le voyait de moins en moins souvent s'aventurer hors de ses appartements.

Pourtant, malgré la pompe et la solennité, il s'agissait avant tout d'une fête familiale. Et comme dans toute famille, il y eut des sourires attendris lorsque Leo se mit à pleurer en sentant l'eau du baptême couler sur son front.

Lorsqu'ils sortirent enfin de la cathédrale, les vivats d'une foule nombreuse accueillirent le nouveau petit prince. C'était à croire que toute la population de l'île s'était rassemblée sur le parvis. Et ce n'était sûrement pas loin de la vérité, songea Lucy avec émotion.

Ils déjeunèrent au palais. Cette fois, Lucy se retrouva assise à côté d'une très belle jeune femme nommée Sasha, guère plus âgée qu'elle. Sa peau hâlée et ses cheveux noirs laissaient supposer qu'il s'agissait d'une native de Mardivino. Elle se montra douce et aimable, curieuse de tout ce qui concernait Lucy.

— Je n'arrive pas à croire que Guido ait convié une petite amie au palais, lui confia-t-elle.

Lucy se força à sourire. Lorsque Guido et elle étaient remontés dans leur chambre, la veille, ils s'étaient observés comme deux ennemis. Frustrée et en colère contre lui, Lucy avait voulu prendre ses distances, comme il l'avait fait avec elle. Elle avait tenté de lui prouver — et de se prouver par la même occasion — qu'elle pouvait lui résister, et qu'il n'avait aucun empire sur elle.

Une nouvelle fois, sa résistance et sa froideur avaient paru exciter Guido, qui s'était montré incroyablement charmeur. Il lui avait caressé les cheveux, lui avait murmuré qu'elle était belle, l'avait déshabillée lentement, *très* lentement…

Qui aurait pu résister à une telle entreprise de séduction ?

Elle avait essayé de toutes ses forces, mais elle n'avait pas pu. Une partie d'elle-même brûlait d'envie d'être dans ses bras, de se livrer à lui. Elle avait fini par céder, et ils avaient passé presque toute la nuit à faire l'amour.

Certes, le mot « amour » n'était sans doute pas le plus approprié. Pour Guido, leurs étreintes n'étaient rien d'autre que la satisfaction d'une pulsion. Un acte délicieux, divin, mais purement physique. Lucy, pour sa part, avait dû se mordre la lèvre pour ne pas lui avouer, à plusieurs reprises, la réalité de ce qu'elle éprouvait.

Seigneur, pourquoi donc s'était-elle éprise d'un homme aussi inaccessible que Guido Cacciatore ? Leur histoire était vouée à l'échec. Et elle avait été stupide de croire qu'elle pourrait contrôler ses sentiments. C'était tout simplement impossible, illusoire.

— Alors, où vous êtes-vous rencontrés, tous les deux ? demanda Sacha avec un sourire.

— A une soirée.

Sasha leva un sourcil curieux, indiquant qu'elle voulait en savoir plus, et Lucy s'efforça de chasser ses réticences.

— A New York.

— C'est vrai, il adore New York, fit pensivement sa voisine. C'est là qu'il est allé vivre avec sa tante après la mort de sa mère.

— Je... je ne le savais pas.

Sasha haussa les épaules.

— Ce n'est pas étonnant. Vous avez dû remarquer qu'il était très secret.

S'il y avait une chose que Lucy avait remarqué, c'était bien celle-ci...

— Et vous ? demanda-t-elle. Vous le connaissez depuis longtemps ?

— Oh, depuis toujours. Nous jouions ensemble quand nous étions enfants. Guido est un peu... comme un frère pour moi. Non, nous ne sommes pas si proches. Disons comme un cousin.

Lucy ne trouvait pas Guido spécialement proche de ses frères, mais elle garda le commentaire pour elle. De plus, elle avait saisi le message que Sasha essayait gentiment de lui faire passer, à savoir qu'il n'y avait rien entre Guido et elle, et qu'elle n'était pas une rivale. Lucy apprécia cette attention et lui adressa un sourire reconnaissant.

— Croyez-moi, vous êtes beaucoup mieux que sa dernière petite amie ! poursuivit Sasha.

C'était l'une de ces situations que les psychologues des magazines féminins recommandaient d'éviter à tout prix... Lucy savait qu'elle aurait dû ignorer la remarque et changer de sujet. Mais au lieu de ça, elle ne put s'empêcher d'essayer d'en savoir plus.

— Vraiment ? Comment était-elle ?

— Oh, elle avait l'air d'être faite de plastique et de silicone. Vous voyez le genre.

Lucy ne put s'empêcher de sourire. Après tout, elle n'était

pas naïve au point d'ignorer que Guido avait eu des aventures avant de la rencontrer.

— Quand était-ce ?

— Hmm… Je dirais l'automne dernier. Oui, c'est ça. Je revenais de Nouvelle-Angleterre, je m'en souviens très bien.

Elle sentit son cœur marquer un temps d'arrêt sous le choc causé par cette révélation. Le brouhaha des conversations lui parvenait de très loin, comme assourdi. Ses tempes battaient et sa gorge était sèche. Lucy but une gorgée de champagne en espérant que cela allait l'aider à reprendre ses esprits, mais la sensation de malaise empirait de minute en minute.

L'automne dernier ? Cela voulait donc dire septembre ou octobre. Mais elle sortait avec lui depuis le mois de juin !

Un goût amer, celui de la trahison, lui emplit la bouche. Etait-il possible que Guido l'ait — quel horrible mot ! — trompée ?

Elle n'aurait su dire comment elle parvint à conserver une apparence calme. Peut-être était-elle devenue plus experte qu'elle ne le croyait dans l'art de cacher ses sentiments, en fréquentant Guido, pensa-t-elle non sans amertume. Elle continua de sourire, essayant de se convaincre qu'il y avait d'autres explications possibles. Dans les romans, l'héroïne découvrait en général qu'il s'agissait simplement de la sœur de l'homme qu'elle aimait, et tout finissait bien.

Sauf que Guido n'avait pas de sœur…

Peut-être une cousine, alors ?

Lucy se força à respirer normalement, et prit congé de Sasha en prétextant qu'elle avait envie d'un verre d'eau.

Elle ne voulait pas tirer de conclusions hâtives. Et puis, elle ne souhaitait pas mettre Sasha dans une position délicate. Celle-ci ne savait même pas combien elle l'avait blessée avec ces quelques mots. Non, elle poserait directement la question à Guido, plus tard.

Soudain, interrompant ses pensées agitées, la voix grave de son amant se fit entendre.

— Tout va bien, *cara mia* ?

Elle se tourna à demi vers lui. Vêtu d'un costume de cérémonie sombre, il était plus séduisant que jamais. Sans qu'elle puisse le contrôler, des souvenirs de la nuit précédente s'imposèrent à son esprit.

— A merveille.

Guido fronça les sourcils. Quelque chose dans l'expression de la jeune femme lui laissait supposer que quelque chose n'allait pas, qu'elle ne lui disait pas tout. Contrairement à toutes les femmes qu'il avait connues, et qui vidaient leur cœur dès le deuxième rendez-vous, Lucy gardait tout son mystère, même après des mois. Et il devait bien admettre qu'il y avait quelque chose d'infiniment troublant chez une femme qui ne se livrait pas tout entière.

Il se pencha davantage encore, si bien que ses lèvres effleurèrent son oreille.

— Le déjeuner touche à sa fin. Que dirais-tu de monter faire une petite sieste ?

Lucy avala sa salive. Elle savait que le genre de sieste qu'il avait en tête ne correspondait pas à la définition traditionnelle du mot. Mais n'était-ce pas exactement ce qu'elle voulait ? Une opportunité de se retrouver seule avec lui et de lui demander des explications ?

— Seulement si tu es sûr que ton frère et ta belle-sœur ne trouveront pas ça incorrect.

— Tu plaisantes ? Mon frère serait sûrement choqué que nous ne le fassions pas ! Allez, viens.

Ils s'éclipsèrent discrètement. Lucy ressentait une légère impression d'ivresse comme il l'entraînait le long de majestueux corridors de marbre. Elle avait l'impression que tout le monde savait parfaitement où ils allaient, mais faisait comme si de rien n'était. Les invités tout d'abord, qui avaient remarqué leur disparition. Les domestiques, ensuite. Ces domestiques qui se déplaçaient comme des fantômes dans le palais, tous vêtus de la même livrée, disparaissant lorsque leur présence n'était plus nécessaire et se matérialisant, comme sortis de nulle part, lorsque l'on avait besoin d'eux. Un ballet bien rodé, impressionnant, et légèrement oppressant.

Comment espérer qu'un enfant élevé dans un tel environnement, habitué à voir exaucer le moindre de ses vœux, devienne un homme normal ? Comment s'étonner de l'attitude de Guido, habitué dès son plus jeune âge à voir le monde tourner autour de lui ?

Une fois dans leur chambre, il lui ôta délicatement son chapeau, et ses cheveux flamboyants retombèrent sur la soie verte de sa robe. La robe qu'il t'a offerte. Lorsqu'on laissait un homme vous acheter des vêtements d'un tel prix, ne renonçait-on pas à une partie de sa liberté ?

— T'ai-je dit à quel point je te trouvais belle aujourd'hui ? murmura-t-il en lui caressant la joue. Il lui souleva légèrement le menton, comme s'il voulait examiner son visage à la lumière.

Lucy avait décidé de ne pas se laisser toucher, sachant comment cela tournerait. Et s'il s'était montré plus ouvertement séducteur, elle l'aurait sans doute repoussé. Mais ses manières étaient plus tendres que sensuelles, cette fois, et elle fut totalement prise de court.

Devait-elle le laisser continuer ? se demandait-elle, les yeux mi-clos. Ignorer les questions qui bouillonnaient dans son esprit et qui la tourmentaient, juste parce qu'elle craignait que ce ne soient la fin de leur histoire ? Non, décida-t-elle. Faire comme si rien ne s'était passé était tentant, mais sa fierté était trop grande pour cela. Elle ne pouvait continuer ainsi sans savoir.

Elle se détourna et se concentra sur la vue qui s'offrait à elle.

De magnifiques roses, du rouge écarlate à l'abricot, s'agitaient dans la brise légère de l'après-midi. Des bosquets de fleurs d'une blancheur immaculée faisaient un écrin à une statue de marbre se détachant sur un ciel bleu azur.

Qui aurait cru qu'elle se trouverait un jour dans un tel endroit ? Dans un palais royal, en compagnie d'un prince infiniment séduisant, et très impatient de lui faire l'amour ?

Oui, elle vivait un rêve éveillé. Mais ce rêve était sur le point de se transformer en cauchemar.

Elle inspira profondément avant de se retourner, et surprit le regard inquisiteur de Guido posé sur elle. Il avait de toute évidence compris que quelque chose n'allait pas mais, comme un joueur de poker, il attendait qu'elle fasse le premier pas avant d'abattre son jeu. Peut-être allait-il la rassurer et dissiper ses doutes. Le pourrait-il ? Serait-il à même de lui fournir une explication satisfaisante ? Lucy l'espérait, mais une partie d'elle-même en doutait fortement.

Sa première question, pourtant, ne fut pas celle qu'elle avait prévue de poser.

— Pourquoi m'as-tu amenée ici, Guido ?

— Tu le sais très bien. Parce que je pensais que tu t'y plairais. Et je pensais d'ailleurs que c'était le cas. Tu n'es pas bien, ici ?

Lucy décida de ne pas répondre. Ce n'était pas à elle de donner des réponses et de se justifier.

— Et c'est tout ? Je veux dire, tu n'as pas d'autre motif ? reprit-elle.

Guido la regardait fixement. Il respectait l'intelligence de Lucy, et il se demanda un instant, s'il devait ou non essayer de la convaincre que ce voyage n'avait pas d'autre but que celui de goûter aux plaisirs d'un séjour au palais.

La vraie question était de savoir si elle était assez adulte pour l'accepter tel qu'il était, avec ses qualités et ses défauts.

Haussant les épaules, il répondit enfin.

— Non, ce n'est pas tout. Ta présence ici m'est utile.

— *Utile* ?

Parmi les mots les plus insultants qu'il pouvait utiliser, « utile » figurait à coup sûr dans les cinq premiers…

Lentement, Guido entreprit de desserrer sa cravate. Comment lui faire comprendre ce qu'il voulait lui dire ?

— Ma présence à Mardivino a le don de déchaîner, comment dire… les passions.

— De déchaîner les passions ?

Lucy s'en voulut de répéter ainsi ses paroles, mais elle était trop désemparée pour trouver une meilleure repartie.

— Disons que la majorité des habitantes de l'île fantasment sur la perspective d'épouser un prince. Et elles transfèrent ensuite ce fantasme sur leurs filles. La pression sur Gianferro est forte, mais sa future femme ne pourra être qu'un membre de la haute noblesse, ce qui restreint les possibilités. Moi, en revanche, je suis une proie de choix. Surtout depuis que Nico a donné l'exemple.

— Laisse-moi m'assurer que j'ai bien compris, dit Lucy d'une voix qu'elle ne reconnut pas. Outre le fait que tu as voulu m'avoir sous la main pour assouvir tes pulsions sexuelles, tu m'as invitée pour que je… repousse les prétendantes potentielles ?

— C'est une vision un peu simpliste de la situation, protesta-t-il.

— Vraiment ?

Lucy remarqua qu'il n'avait pas nié. Et comment l'aurait-il pu, puisqu'elle avait vu juste ?

Répondrait-il avec autant de franchise à la question suivante ? Elle savait que sa réponse pouvait sonner le glas de leur relation. Encore que « relation » lui semblait désormais un bien grand mot pour qualifier ce qu'il y avait entre eux.

Elle posa sur lui un regard clair.

— As-tu oui ou non couché avec quelqu'un en septembre ou octobre dernier ? demanda-t-elle. Et par « quelqu'un », j'entends une blonde siliconée.

Il se figea soudain. Il plissa les yeux de colère et de surprise.

— *Pardon* ?

— Tu n'as pas compris ? Ou tu n'as pas entendu ? C'est pourtant une question simple. Je t'ai demandé si tu avais couché avec une autre femme que moi à l'automne dernier.

— De quel droit oses-tu m'interroger de cette façon ?

— Cela veut dire oui ou non ? insista-t-elle sans se laisser intimider.

Ils se fixèrent un instant en silence, par-dessus un abîme qui semblait s'élargir de seconde en seconde, les emportant à des années-lumière l'un de l'autre.

Enfin, après ce qui parut à Lucy une éternité, il finit par hocher la tête.

— La réponse est oui, si tu veux vraiment le savoir. Mais ça ne voulait…

— Rien dire ? suggéra-t-elle, sarcastique.

Il lui semblait que son cœur s'était brisé en mille morceaux, et que l'amertume se déversait dans son sang, dans son âme, dans la moindre de ses cellules. Elle n'éprouvait plus que colère, tristesse et jalousie.

— « Ça ne voulait rien dire »… C'est ce que les hommes disent en général dans ces cas-là, n'est-ce pas ? Sans se demander ce qu'en pense la femme qu'ils ont trahie. Pas plus que celle avec laquelle ils l'ont trahie, d'ailleurs !

— *Trahie* ? explosa Guido. N'emploie pas de grands mots, s'il te plaît. Nous ne nous étions vus que deux fois à ce moment-là !

— Mais nous avions couché ensemble !

— Et alors ? Tu ne crois pas que tu en fais un peu trop ?

Lucy crut qu'elle allait être malade.

— Que j'en fais un peu trop ? Comment peux-tu dire une chose pareille ?

— Je te rappelle que nous ne savions pas si nous allions nous revoir, à l'époque !

Malgré la douleur et l'humiliation qu'elle ressentait, Lucy fouilla dans ses souvenirs. Elle avait enchaîné des vols long-courriers pendant plusieurs semaines d'affilée, tandis que son travail appelait Guido à l'autre bout du monde. Oui, en théorie, il avait raison. Ils n'avaient alors pris aucune disposition pour se revoir.

De fait, il lui avait demandé de le rappeler, ce qu'elle n'avait pas fait. Ils étaient encore dans les premiers temps de leur relation, et Lucy n'était ni sûre de lui ni sûre d'elle-même.

C'était lui qui avait fini par téléphoner. Elle avait cru défaillir de joie en entendant sa voix, s'étant persuadée que leur histoire était terminée.

— Je croyais que tu devais m'appeler ? avait-il remarqué d'un ton accusateur.

— J'étais très occupée.

— Oh vraiment ?

Puis sa voix s'était faite sucrée, enjôleuse.

— Tu m'as manqué, Lucy, avait-il murmuré.

Lucy soupira en repensant à ce moment. Intellectuellement, elle comprenait ce qu'il essayait de lui dire, et la logique de son raisonnement. Mais la jalousie n'avait rien à voir avec la logique… C'était une mauvaise herbe qui poussait à une vitesse vertigineuse, plus vite qu'elle ne pouvait l'arracher.

— Combien d'autres y en a-t-il eu ? l'interrogea-t-elle avec véhémence. A part cette blonde ?

— Aucune ! répliqua-t-il. Après ça, il n'y a eu que toi. Et tu le sais très bien.

D'une certaine façon, oui, elle le savait. Quelque chose avait changé, entre eux, quand ils s'étaient revus. Comme si cette pause avait fait tomber certaines barrières. Les barrières sexuelles, notamment… Lucy s'était senti plus libérée, plus audacieuse.

— Peut-être, mais ça ne change rien aux raisons pour lesquelles tu m'as fait venir ici, remarqua-t-elle tristement. Je suis ton chien de garde, rien de plus.

— Tu exagères ! s'écria Guido, furieux.

Lucy sentit quelque chose céder en elle. Comme si un barrage avait lâché, par-dessus lequel se déversaient avec force toutes les frustrations qu'elle avait accumulées.

— Je ne crois pas ! s'exclama-t-elle. J'ai tous les droits d'être furieuse après la façon dont tu m'as traitée ! Dont tu me traites en général, d'ailleurs !

— Et que comptes-tu faire ? protesta Guido. Crier et tempêter jusqu'à ce que je vienne t'embrasser ?

Comme si un simple baiser avait le pouvoir d'arranger les choses ! Cette fois, c'était plus compliqué, plus grave, et Lucy sentit des larmes lui monter aux yeux.

— Non, dit-elle d'une voix tremblante. Je veux rentrer chez moi. Et je ne veux plus jamais te revoir.

Il la fixa, comme s'il n'en croyait pas ses oreilles.

— Ne joue pas avec moi, Lucy, fit-il enfin d'une voix étrangement douce. Si vraiment tu veux partir, fais-le. Mais sache que je ne te retiendrai pas, et que je ne viendrai pas te chercher. Ce n'est pas mon style.

Elle le savait bien. Mais elle ne jouait pas. Elle était on ne pouvait plus sérieuse.

— Je veux partir, répéta-t-elle.

Il plissa les yeux, comme pour l'étudier une dernière fois.

— Très bien, lâcha-t-il.

Sans rien ajouter, il tourna les talons et quitta leur chambre en claquant la porte derrière lui. Lucy l'avait suivi du regard, se mordant la lèvre pour ne pas pleurer.

Puis, elle sortit sa valise et commença à la remplir en tremblant, persuadée qu'elle venait de vivre la situation la plus douloureuse de toute sa vie.

Elle se trompait.

# 7

Prince ou homme ordinaire, cela ne faisait aucune différence…

Telles étaient les pensées de Lucy tandis qu'elle étudiait la petite ligne bleue. Cela faisait près d'une minute qu'elle la fixait obstinément, comme si elle espérait ainsi la faire disparaître. Peu à peu, son incrédulité faisait place à une panique grandissante.

Elle déglutit, et plaça sa main sur son ventre encore plat pour se convaincre que ce n'était pas vrai, qu'elle ne pouvait pas être enceinte.

Des bruits étouffés en provenance du salon la ramenèrent à la réalité. Gary, son colocataire, venait de rentrer. Que devait-elle faire ? Lui confier ce qui lui arrivait ?

Quelques coups furent frappés à la porte de la salle de bains.

— Lucy ? Tu es là ?

Lucy s'humecta nerveusement les lèvres.

— Oui, je suis là Gary.

— Désolé de te presser, mais j'ai un rendez-vous ce soir et j'aimerais bien me préparer !

En temps normal, Lucy se serait mise à rire et aurait libéré la salle de bains. Gary, steward dans la même compagnie qu'elle, — et accessoirement gay — y passait presque plus de temps qu'elle.

Mais jamais elle ne s'était sentie aussi peu d'humeur à rire qu'aujourd'hui. Elle ne pouvait pourtant pas se terrer indéfiniment. De plus, elle avait terriblement besoin de partager la nouvelle avec un ami.

Elle ouvrit enfin la porte, et fut choquée par l'expression d'inquiétude qu'elle lut sur le visage de Gary.

— Mais qu'est-ce qui t'arrive ? lui demanda-t-il.

Comment lui dire ? Comment, alors qu'elle arrivait à peine à admettre la nouvelle ?

— Je suis... je suis...

Du regard, Gary balaya la salle de bains derrière elle.

— Oh mon Dieu ! Tu es enceinte !

— Comment le sais-tu ?

D'un signe du menton, Gary indiqua la boîte qui avait contenu le test de grossesse et le test lui-même, posé sur le rebord du lavabo.

— Pas besoin d'être un grand détective. Qui est le...

Il s'interrompit au beau milieu de sa phrase, la bouche arrondie en un « oh » de stupeur muette.

— Ne me dis pas que... C'est ton prince, n'est-ce pas !

— Bien sûr que oui, répondit-elle, des sanglots dans la voix. Qui veux-tu que ce soit d'autre ? Et arrête de dire « mon prince », s'il te plaît. Il s'appelle Guido.

D'une certaine façon, le fait de le nommer rendait la chose plus réelle, plus acceptable.

— Oh, Lucy, fit Gary en lui serrant affectueusement l'épaule. Qu'est-ce que tu vas faire ?

Lucy sentit les larmes lui monter aux yeux.

— C'est très simple. Il va falloir que je lui annonce la nouvelle.

*Lucy.*

Le prénom clignota sur l'écran de son portable et Guido le regarda fixement, tenté de ne pas répondre.

Pourquoi ? Parce qu'un reste de colère soufflait encore en lui ? La colère qu'il avait ressentie quand elle avait osé le quitter, ce qu'aucune femme n'avait fait avant elle ? Ou bien parce qu'à cause d'elle, il avait éprouvé de la culpabilité, et qu'il n'aimait pas ce sentiment ?

Mais sa curiosité était plus forte que sa colère. Pourquoi l'appelait-elle après lui avoir dit qu'elle ne voulait plus jamais le revoir ? Regrettait-elle d'avoir agi aussi impulsivement ? Allait-elle lui proposer un rendez-vous ?

Même si une pulsion de désir l'assaillit à cette idée, Guido espérait que ce n'était pas le cas. Car au fond, il respectait l'audace et le courage dont elle avait fait preuve. Elle aspirait à l'évidence à bien plus que ce qu'il pouvait lui offrir et, étrangement, il respectait cela.

Si elle l'appelait pour le revoir, l'estime qu'il avait pour elle disparaîtrait. Elle deviendrait comme les autres, prêtes à sacrifier leurs principes pour l'insigne privilège de sortir avec un prince.

La curiosité finit par l'emporter, et il décrocha.

— *Si* ?

— Guido, c'est Lucy.

— Je le sais. Ton nom s'est affiché. Comment vas-tu ?

C'était une question à laquelle Lucy préférait ne pas répondre. Du moins, pas immédiatement. Elle choisit donc de l'éluder.

— Il faut que je te voie.

Guido haussa les sourcils. Au moins, elle n'y allait pas par quatre chemins. Pourtant, sa voix ne trahissait pas le moindre désir, n'avait pas la moindre nuance sensuelle. Quelque chose ne collait pas.

— Où es-tu ?

— Chez moi, en Angleterre.

Guido se frotta le menton, pensif.

— Et quand viens-tu à New York ?

— Je ne viens pas à New York.

— Mais alors…

Il s'interrompit, et Lucy prit une inspiration. Le reste de la question était clair. « Mais alors, pourquoi appelles-tu ? »

Que pouvait-elle répondre à cela ? Qu'elle préférait ne pas voyager dans son état ? Que c'était à lui de venir la voir ? Et s'il refusait ? Qu'adviendrait-il d'elle ?

Il était inutile de tourner plus longtemps autour du pot.

— Guido, je suis enceinte.

Guido se pétrifia. Une sensation qu'il n'avait jamais connue s'empara de lui. Comme si un vent noir et glacial venait de le traverser. L'espace d'un instant, il en perdit l'usage de la parole.

— Qu'est-ce que tu as dit ? demanda-t-il enfin.

Mais Lucy refusait d'endosser le rôle de la coupable.

— Tu m'as très bien entendue.

— Il est de moi ?

Elle se mordit la lèvre pour ne pas se mettre à pleurer.

— Oui.

— Tu es sûre ?

— Sûre d'être enceinte et sûre qu'il est de toi. La réponse est oui dans les deux cas.

Avec une froideur et une précision clinique, comme s'il savait exactement comment réagir dans ce genre de situation, il demanda :

— Quelle est ton adresse ?

Seigneur, elle allait avoir un enfant d'un homme qui ne savait même pas où elle vivait ! Luttant contre une hystérie croissante, elle lui donna son adresse exacte, consciente du contraste presque comique entre son adresse anglaise et celle de son loft new-yorkais ou de son palais natal.

— 5, Western Road, à Brentwood.

— Je serai là demain, conclut-il sèchement.

Et il raccrocha.

Gary se planta sur le seuil et la regarda d'un air gentiment moqueur. A quatre pattes en train de récurer le sol avec une énergie frénétique, Lucy se doutait que le spectacle qu'elle offrait était réjouissant au plus haut point. Mais elle n'avait vraiment pas le cœur à plaisanter.

— Qu'est-ce que tu fais ? lança-t-il. Tu as décidé de faire pénitence pour tes nombreux péchés ?

Lucy le fusilla du regard.

— J'aimerais simplement que la maison ait l'air propre, répliqua-t-elle. Ça a beau être une maison de banlieue on ne peut plus commune, je te prie de croire que je vais la faire briller comme son fichu palais.

— Nous avons des serpillières et des balais, tu sais, lui rappela Gary. Ces précieux instruments te permettraient de t'adonner à ce plaisir domestique avec un peu plus de dignité.

Cette fois, un sourire vacillant apparut sur les lèvres de Lucy.

— Disons que ça me fait faire un peu d'exercice.

— Dieu merci ! Tu souris de nouveau !

— Oui… Après tout, être triste ne changera rien à l'affaire, soupira-t-elle.

— Voilà qui est bien dit ! A quelle heure arrive-t-il ?

— Il ne l'a pas précisé. Cet après-midi, probablement.

— C'est bien ma veine ! Je serai sur un vol pour Singapour. Moi qui ai toujours rêvé de rencontrer un vrai prince ! s'exclama Gary.

Quelques heures plus tard, la maison brillait de mille feux. Des fleurs fraîches garnissaient les vases et une bonne odeur de cire flottait dans l'air. Il ne manquait plus que le thé et du cake ! pensa-t-elle avec amertume.

Lucy ne savait pas ce qu'elle allait dire à Guido. La seule chose dont elle était certaine, c'était qu'elle ne se laisserait rien imposer.

Le carillon de la porte d'entrée interrompit ses réflexions. Elle serra brièvement les poings de nervosité. Peut-être allait-elle s'apercevoir que tout cela n'était qu'un mauvais rêve ?

Dehors, Guido attendait impatiemment que Lucy vienne lui

ouvrir. En voyant ces petites maisons de banlieue sagement alignées, aux jardins proprets et aux vitres étincelantes, il lui semblait avoir pénétré dans un univers parallèle au sien. Les oiseaux chantaient et, de l'autre côté de la rue, une femme se promenait en tenant son petit garçon par la main. Le bambin s'arrêtait tous les mètres pour fixer le sol avec fascination.

D'ordinaire, Guido n'aurait prêté aucune attention à ce spectacle, mais il les étudia longuement, avant de se retourner en entendant une clé tourner dans la serrure. Il se retrouva nez à nez avec Lucy.

L'espace d'un instant, il fut presque décontenancé de constater qu'elle n'avait pas changé. Elle était toujours aussi fine et gracieuse que lorsqu'ils s'étaient séparés. Puis il l'observa plus attentivement et constata qu'en définitive, quelque chose en elle avait changé. Son visage était plus pâle et ses yeux étaient cernés.

Il rompit le silence gêné par les mots les plus banals qu'il put trouver.

— Bonjour Lucy.

En guise de réponse, Lucy hocha la tête. Devant elle se tenait l'homme qui lui avait fait un enfant. Un homme fort, puissant. Elle aurait voulu s'abandonner, se laisser protéger par lui, cédant ainsi à une impulsion instinctive peut-être provoquée par sa grossesse.

Mais Guido ne lui offrait rien de tel, et elle n'avait pas le droit de l'exiger de lui. Elle avait renoncé à tous ses droits le jour où elle l'avait quitté.

Son cœur battait à présent la chamade — était-ce bon pour le bébé ? — et elle se força à faire un pas en arrière pour le laisser passer.

— Entre, je t'en prie.

En silence, Guido s'exécuta. C'était comme de pénétrer dans une maison de poupée, songea-t-il en regardant autour de lui. Tout lui paraissait minuscule, sous-dimensionné : les pièces, les portes, la hauteur du plafond, les meubles…

Elle le conduisit jusqu'à un salon aux teintes chaleureuses, et un mot qu'il n'utilisait jamais lui vint soudain à l'esprit pour caractériser l'atmosphère de la pièce : accueillante.

— Tu veux du café ?

Vaguement dérouté, il secoua la tête.

— Non merci. Pas de café.

Il savait qu'éviter le sujet ne ferait pas disparaître le problème. Il inspira profondément.

— Tu es enceinte de combien de semaines ? demanda-t-il.

— Je ne suis pas très sûre.

— Comment ça, tu n'es pas très sûre ?

— Il faut calculer…

— Tu n'es pas allée chez le médecin ?

— Pas encore.

Lucy vit une lueur de colère et d'incrédulité éclater dans son regard. En même temps, elle réalisa qu'il ne l'interrogeait pas sur l'identité du père, ce qui signifiait sans doute qu'il la croyait. Un tel soulagement s'empara d'elle, qu'elle se sentit obligée de lui fournir une explication.

— Je… je suis encore sous le coup de la surprise, c'est pour ça.

— Comment ça ? Tu n'avais pas prévu ton coup, peut-être ? demanda-t-il froidement.

Lucy pâlit, choquée par sa réflexion.

— Qu'est-ce que ça veut dire ? Tu crois que je t'ai piégé, c'est ça ? Réfléchis un peu, Guido. Ce n'est pas du tout mon style. Et même si ça l'était, je te rappelle que nous étions deux. Une femme n'est pas la seule à être responsable en matière de contraception.

Un éclair d'irritation passa sur le visage de Guido, comme s'il se rendait compte qu'elle avait raison. De la main, il fit un geste vague et autoritaire à la fois.

— Assieds-toi.

Si Lucy ne s'était pas sentie si faible, et si proche des larmes, elle lui aurait sûrement répliqué qu'elle n'avait pas besoin de sa permission pour cela, surtout sous son propre toit. Au lieu de cela, elle se laissa tomber dans le fauteuil le plus proche. Ses jambes ne la portaient plus.

— Je me rappelle quand c'est arrivé, dit Guido, les yeux mi-clos.

C'était le jour où il lui avait fait visiter le palais. Elle l'avait fait rire et il s'était soudain senti… normal, malgré le décor imposant qui les entourait. Quelque chose de primitif avait explosé en lui, de si primitif qu'il avait négligé de se protéger lorsqu'ils avaient fait l'amour, chose qui ne lui était jamais arrivée jusqu'à présent.

Elle avait raison : il était tout aussi responsable qu'elle de ce qui s'était produit, sinon davantage. La passion lui avait fait oublier toute prudence. Mais Lucy avait sur lui un pouvoir incompréhensible…

Une colère sourde s'empara de lui, tout autant dirigée contre lui que contre la jeune femme, mais il la domina. Il avait besoin de toute sa maîtrise pour la suite.

— Je dirais que ça fait environ trois mois, reprit-il.

Lucy lui jeta un regard plein de défi. Il vit qu'elle avait crispé les mains sur les accoudoirs du fauteuil.

— J'aurai ce bébé, que tu le veuilles ou non ! Il n'est pas question d'avorter !

— Je suis d'accord.

Sa réponse parut surprendre Lucy, qui fronça les sourcils et le dévisagea d'un air méfiant.

— Tu veux que je garde le bébé ?

— Qu'est-ce que tu t'imaginais ? Que j'allais te demander d'avorter ?

Lucy se sentit presque rassurée par ces paroles, mais déchanta aussitôt lorsqu'il ajouta :

— Tu te rends compte que tu portes un enfant de sang royal ?

— Un bébé est une chose infiniment précieuse, qu'il soit de sang royal ou non ! répliqua-t-elle avec véhémence. Son statut social est bien la dernière de mes préoccupations.

Un léger sourire, presque cruel, apparut sur les lèvres de Guido.

— J'essaie de voir ça d'un œil pratique. Tu portes mon enfant, un enfant dans les veines duquel coule le sang des rois de Mardivino. De par sa naissance, il aura un certain nombre de droits et de privilèges. Il pourrait un jour monter sur le trône, si Gianferro n'a pas d'héritier direct. Ce qui semble de plus en plus probable.

Lucy se rembrunit. Comment pouvait-il se montrer aussi posé ? Aussi froid et calculateur sur un sujet qui s'y prêtait aussi peu ? On aurait dit qu'il discutait d'un plan de bataille !

D'une main tremblante, elle se massa le front.

— Je ne vois pas ce que ça change, soupira-t-elle. Nous sommes séparés, nous ne sommes donc plus un couple. Si tant est que nous l'ayons jamais été, railla-t-elle, amère.

Guido la fixa avec incrédulité. S'imaginait-elle qu'il allait accepter la chose et partir sans rien dire ? Qu'il la laisserait élever leur enfant, un prince ou une princesse de Mardivino, dans une petite maison de banlieue anglaise ?

Comme un maître d'échec élaborant sa stratégie, il songea à son coup suivant. La question était de savoir si l'enfant était vraiment le sien. Il regarda la jeune femme et, en étudiant son visage pâle et empreint de tristesse, il ressentit une vive culpabilité.

Non, le doute n'était pas permis. L'enfant était le sien.

Il sentit une étrange douleur lui serrer le cœur, ce même cœur dont tant de femmes l'avaient accusé d'être dépourvu.

Mais il la repoussa aussitôt. L'heure n'était pas au sentimentalisme. Il songerait aux implications de la paternité plus tard. Pour l'instant, il y avait plus urgent à régler.

— Cet enfant doit naître à Mardivino, reprit-t-il calmement.

— *Doit* ? répéta-t-elle.

— Ne t'oppose pas à moi sur ce point, Lucy.

— Mais tu ne vis même pas là-bas ! protesta-t-elle. Tu as renoncé à cette vie il y a longtemps ! Tu me l'as dit toi-même !

— C'est vrai. Mais les choses sont différentes, à présent.

De fait, il se sentait plus prince de Mardivino qu'il ne l'avait jamais été. Par quel miracle, alors qu'il avait tout fait pour rejeter son héritage ? Il était étonné de constater à quel point son éducation l'avait marqué, bien plus profondément qu'il ne le supposait.

Lucy fit une dernière tentative pour s'opposer à lui.

— Mais nous pouvons trouver une solution, Guido, pour que…

Mais il balaya son objection d'un geste.

— Non seulement notre enfant doit naître dans le royaume, mais il doit être légitime.

Lucy avait l'impression de tomber dans un gouffre. Elle redoutait confusément ce qui allait suivre.

— Que… que veux-tu dire ? demanda-t-elle.

— Tu connais la chanson ? « Un jour mon prince viendra… » Eh bien, ce jour est arrivé. Ton prince est là. Et il compte bien t'épouser.

L'épouser ? Avec un pistolet sur la tempe ? Très peu pour elle !

— C'est impossible ! protesta-t-elle.

— Oh si, répliqua-t-il d'une voix faussement suave, qui disait clairement qu'il ne tolérerait pas la contradiction. Tu veux peut-être jouer les mères courage, mais je ne te laisserai pas faire. Mon enfant ne sera pas un enfant illégitime ! Il ou elle héritera de tout ce qui lui est dû. Pour ça, nous devons nous marier.

Lucy était pétrifiée, en proie à un terrible sentiment d'impuissance. Elle aurait voulu lutter, se défendre, refuser, mais elle savait au fond d'elle-même que les exigences de son compagnon étaient d'une certaine façon légitimes.

— Guido…

— Je te le répète : ne t'oppose pas à moi, coupa-t-il d'un ton sec. Tu n'as aucune chance de gagner une telle bataille, et j'espère que tu t'en rends compte. Ce sera toi contre le royaume de Mardivino. Tu ne feras pas le poids. Crois-moi, j'y veillerai.

Lucy plongea les yeux dans les siens et comprit qu'il mettrait sa menace à exécution si cela s'avérait nécessaire. Terriblement lasse, elle baissa la tête, vaincue.

Ainsi, l'insignifiante Lucy Maguire, allait épouser un prince…

Elle aurait dû avoir l'impression de vivre un rêve. La réalité, malheureusement, était toute différente. Epouser Guido signifiait qu'elle serait enchaînée pour la vie à un être glacial et impitoyable.

Non, cela n'avait rien d'un rêve.

C'était un cauchemar.

# 8

Le mariage se déroula à Mardivino par un beau jour d'automne légèrement venteux. Seules les proches étaient invités à la célébration.

Lucy voyait ses parents regarder autour d'eux avec un mélange d'émerveillement et d'incrédulité, comme s'ils s'attendaient à se réveiller d'un instant à l'autre. Et elle n'était pas loin d'éprouver la même chose.

Son frère s'était en revanche fort bien adapté à cette situation inattendue. Dès leur rencontre, Benedict avait sympathisé avec Guido. Mais ce dernier avait su se montrer charmant et n'avait rien épargné pour lui plaire ! Il l'avait emmené en croisière autour de l'île, lui avait présenté de splendides célibataires. Le plus endurci des sceptiques n'y aurait pas résisté.

Lucy songeait qu'il avait été tout aussi habile avec elle, pour la convaincre de l'épouser. A ceci près que ce n'était pas de son charme qu'il avait usé. Il n'avait même pas essayé, sans doute conscient qu'une telle tactique était vouée à l'échec. Car Lucy savait désormais que son charme n'était rien d'autre qu'un vernis qu'il utilisait pour dissimuler sa nature tyrannique. Rien de plus.

Il avait donc usé de raisonnements logiques pour venir à bout de sa résistance, puisant dans la riche histoire de Mardivino une multitude d'exemples historiques qui avaient fini par l'étourdir.

Si elle devait lui reconnaître une chose, cependant, c'était son honnêteté. Il n'avait pas essayé de faire passer leur mariage pour autre chose que ce qu'il était…

Elle avait cessé de lutter. Elle savait qu'elle n'était pas de taille à se battre contre lui et son royaume. Mais ce qui l'avait vraiment convaincue, c'est qu'à ses yeux, seul comptait le bien de leur bébé. Elle était prête à tout supporter dans son intérêt, et elle ne pouvait lui refuser l'accès à la culture et à l'héritage qui lui revenait de droit.

Leurs avocats respectifs avaient donc élaboré un contrat de mariage. Le seul point sur lequel ils n'avaient pu se mettre d'accord, c'était la clause stipulant qu'en cas de divorce, la garde de l'enfant reviendrait à la famille Cacciatore.

— Ils peuvent faire ça ? avait demandé Lucy, furieuse, à l'avocat qu'elle avait engagé à grands frais.

— Malheureusement, oui. Vous n'avez aucune chance face à eux. Quand bien même vous contesteriez la chose, aucune cour ne vous donnera raison, à moins que vous ne puissiez prouver que son père représente une menace réelle et grave pour l'enfant.

Impuissante, la jeune femme avait donc dû capituler, sachant que si elle voulait rester auprès de son enfant, elle devait rester mariée à son père…

Le parvis était rempli par une foule nombreuse et joyeuse. L'excitation était à son comble : tous attendaient la première apparition publique de la future mariée.

En descendant du carrosse qui l'avait conduite à la cathédrale, Lucy rassembla autour d'elle sa robe couleur ivoire, qui se mariait parfaitement avec celle de ses cheveux. Elle avait choisi cette teinte en pensant que lorsque son enfant naîtrait, les gens ne manqueraient pas de faire un rapide calcul et de comprendre qu'elle était enceinte le jour de son mariage. Mieux valait y penser dès maintenant, et couper court aux critiques qui auraient pu être formulées si elle avait eu l'hypocrisie de se marier en blanc.

Elle avait opté pour une tenue simple, dénuée de toute

fioriture. Seule concession à la fantaisie, des perles avaient été cousues çà et là sur le tissu, comme de délicates gouttes de rosée. Un simple voile lui recouvrait les épaules, et des fleurs fraîches avaient été piquées au dernier moment dans ses cheveux. Leur fragrance printanière apaisait quelque peu Lucy.

Le chemin jusqu'à l'autel lui sembla un véritable chemin de croix. Son futur mari l'attendait au bout de l'allée, le regard brillant. Il avait un sourire aux lèvres, et elle aurait presque pu penser qu'il voulait l'encourager. Mais elle n'y croyait pas.

Le cœur battant, Lucy s'efforça de mettre un pied devant l'autre sans flancher, adressant de temps en temps un sourire crispé à un invité ou un photographe.

Enfin, après ce qui lui parut une éternité, elle parvint à la hauteur de Guido.

— Tout va bien ? chuchota-t-il.

Guido se sentait infiniment soulagé. Au fond de lui, il avait redouté jusqu'au dernier moment qu'elle ne change d'avis et ne décide de s'enfuir. Et aucune loi ne l'autorisait à l'en empêcher…

— Très bien, merci, répondit-elle poliment.

Elle avait décidé de se comporter, du moins autant que possible, en mariée parfaite. Elle ne voulait pas décevoir ses parents ou même Guido qui, qu'elle le veuille ou non, était le père de son enfant. Elle n'allait pas tout gâcher simplement parce que ce mariage ne correspondait pas à ses fantasmes d'adolescente. D'ailleurs, vu de l'extérieur, ce mariage était parfait.

Son amie d'enfance, Davina, avait exprimé tout haut, avec sa franchise habituelle, ce que les autres pensaient sans le dire.

— Au moins, tu n'auras pas à faire des économies pour ta réception ou ta lune de miel !

Lucy n'avait rien répondu. Car sa fierté lui interdisait de révéler les véritables motifs de son mariage.

Mais au fond, elle était jalouse. Jalouse de ses amies qui auraient la chance d'épouser un homme qui les aime. Et cela faisait toute la différence. Elle épousait peut-être un prince, mais ce prince ne l'aimait pas.

Lucy plongea ses yeux dans ceux de Guido et n'y lut qu'un mélange de triomphe tranquille et de détermination. Réprimant un frisson, elle se tourna vers le prêtre et, d'un signe de tête, lui indiqua qu'elle était prête à commencer.

La cérémonie fut célébrée en français et en italien, conformément à la loi de Mardivino. Au moment où Guido lui glissa sa magnifique alliance de platine au doigt, Lucy comprit que sa vie ne serait jamais plus la même. Elle avait laissé Lucy Maguire derrière elle, pour faire place à Lucy Jennifer Cacciatore.

Ils sortirent de la cathédrale sous une pluie de pétales de rose. Les flashes des photographes crépitaient. Ils avançaient lentement, tandis que les vivats éclataient autour d'eux. Après un dernier salut à la foule, ils montèrent dans le carrosse nuptial.

Lorsque la porte fut refermée derrière eux, Guido se pencha vers elle.

— Je t'ai dit que tu étais magnifique ? murmura-t-il à son oreille.

Mais Lucy se sentait déprimée, et n'avait vraiment pas l'impression d'être magnifique.

— Nous sommes seuls, Guido, répondit-elle avec humeur. Tu peux arrêter de faire semblant.

Son compagnon marqua un temps d'arrêt, puis crispa la mâchoire. Mais il se relâcha, comme s'il avait décidé de maîtriser son mécontentement.

— Décidément, tu ne me rends pas la tâche facile, dit-il d'une voix posée.

— Je ne vois vraiment pas pourquoi tu dis ça. Tu as eu ce que tu voulais, non ? Je suis ta femme. Du moins aux yeux de la loi. Parce qu'en réalité, je ne suis rien de plus que ta prisonnière.

— Ne sois pas si mélodramatique. Tu es parfaitement libre de tes mouvements.

— Oh vraiment ? Donc, si je voulais rentrer en Angleterre par le premier avion, il n'y aurait aucun problème ?

— En théorie, absolument aucun.

— En théorie ?

Elle partit d'un rire incrédule, et Guido la scruta avec attention.

— Eh bien oui, en théorie. Mais le docteur a bien dit qu'il était préférable d'éviter la fatigue des voyages, non ?

— Oh, comme c'est pratique ! Et je suppose que c'est toi qui dictes ses prescriptions à ce pauvre docteur ? Il me conseillerait de marcher sur les mains si tu le lui ordonnais.

— Sache que si je me servais du médecin pour te faire faire ce que je voulais, j'aurais des choses bien plus intéressantes en tête que de te faire marcher sur les mains.

Lucy sentit ses joues s'enflammer.

— Il faut toujours que tu ramènes tout au sexe ?

— Qui a parlé de sexe ? protesta-t-il d'un air innocent.

Mais Lucy n'était pas dupe. C'était bien ce qu'il avait en tête. Et elle aussi… A cause des préparatifs du mariage, ils n'avaient pas eu l'occasion de faire l'amour depuis deux semaines. Et elle se surprenait à y penser souvent, très souvent, même…

Mais rien ne serait plus comme avant. Le temps de l'insouciance était terminé.

Elle détourna la tête et, par la fenêtre du carrosse, vit des centaines de visages souriants tournés vers eux. Elle s'efforça de sourire et de saluer en retour.

— Est-ce que tu comptes essayer de faire fonctionner ce mariage, Lucy ? demanda son compagnon d'une voix sourde.

Lentement, elle se tourna de nouveau vers lui. N'y avait-il pas, au fond d'elle, une jeune femme idéaliste et pleine d'espoir, que même la dure réalité et le cynisme ne pourraient décourager ? Qui souhaitait de toutes ses forces que ce jour soit le plus beau jour de sa vie ? Ne serait-ce que pour pouvoir un jour dire à son enfant que oui, elle avait été heureuse d'épouser son père…

Mais tout cela, malheureusement, demeurait théorique. La vérité, c'était que Lucy ne se sentait pas heureuse.

— Ce n'est ni le moment ni le lieu de discuter de ça, répondit-elle.

Guido haussa les épaules, tandis qu'une lueur moqueuse apparaissait dans son regard.

— Comme tu voudras, princesse de Cacciatore.

Le palais avait revêtu ses plus beaux atours pour accueillir les jeunes mariés. Un déjeuner somptueux avait été servi dans la salle aux Miroirs, construite voilà quelques siècles, après qu'un diplomate de Mardivino était rentré chez lui ébloui par Versailles et sa galerie des Glaces.

Où qu'elle posât son regard, Lucy apercevait son reflet. Mais était-ce bien elle, cette jeune femme pâle au regard triste, qui ressemblait davantage à un fantôme qu'à une jeune mariée ?

Gianferro s'approcha soudain d'elle, et elle fit de son mieux pour lui adresser un grand sourire.

— Vous ne mangez pas ? demanda-t-il.

Ces derniers temps, elle avait un appétit de moineau. Elle avait d'ailleurs perdu du poids, au point que le couturier parisien qui avait dessiné sa robe avait dû la reprendre à deux reprises.

Sur le point de répondre par la négative, elle se ravisa et avala une généreuse bouchée d'un poisson dont elle ne connaissait pas le nom.

— C'est… c'est délicieux.

— Etes-vous heureuse, Lucy ? interrogea brusquement Gianferro.

La question la prit de court. Que lui avait dit Guido, au juste ? Que savait-il ? S'imaginait-il que ce mariage était un mariage d'amour ? Et si c'était le cas, avait-elle le droit de briser ses illusions ?

Car quelles que soient ses réserves vis-à-vis de cette union, elle avait passé un contrat avec Guido, dans l'intérêt de leur enfant. Et ce contrat incluait qu'elle joue les épouses comblées en public et devant leurs familles.

— Très heureuse, répondit-elle en levant son verre de jus de fruit.

Elle éprouva un pincement de culpabilité en voyant, de l'autre côté de la table, sa mère se mettre à rire d'une plaisanterie que Guido venait de faire. Ses parents ne savaient rien des véritables raisons de son mariage. Elle devait jouer la comédie jusqu'au bout, quoi qu'il lui en coûte.

— C'est une merveilleuse journée, renchérit-elle avec un nouveau sourire à l'intention de Gianferro.

— En effet, répondit le prince, pensif. Guido m'a dit qu'il vous emmenait dans nos montagnes pour votre lune de miel ?

— C'est exact.

— Vous ne souhaitiez pas une destination plus traditionnelle pour ce genre de circonstances ? Comme Rome ? Ou Paris ?

— Oh non, répondit-elle avec conviction. J'ai envie de connaître mon nouveau pays.

Elle ne pouvait pas avouer à Gianferro que ces capitales étaient marquées par le souvenir de ce qu'elle y avait vécu avec Guido. Y retourner aujourd'hui représenterait une trop grande souffrance. Cette époque où leur relation avait été plus facile lui semblait si lointaine ! Certes, elle se forçait alors à jouer les femmes indépendantes, semblant se contenter d'une liaison sans lendemain. Mais c'était mieux que de simuler un bonheur radieux qu'elle était loin de ressentir !

La voix de Gianferro la tira de ses réflexions amères.

— Et après la lune de miel ? Quels sont vos projets ?

— Nous n'avons encore rien décidé.

La vérité, c'était qu'ils n'en avaient pas discuté du tout. Comme de beaucoup d'autres choses. Lucy se mordit la lèvre et tourna instinctivement un regard coupable vers celui qui était désormais son mari.

Guido, qui l'observait à la dérobée, vit l'expression de sa femme se durcir lorsqu'elle posa les yeux sur lui. Comme si elle le détestait. Comme si elle ne pensait qu'à une chose : s'enfuir loin d'ici.

Et il ne pouvait pas le lui reprocher, songea-t-il amèrement. Déjà, il se sentait oppressé par le Mardivino. Il avait l'impression d'être en prison.

Mais ils devaient vivre ici, dans son pays natal, jusqu'à la naissance du bébé. Ils n'avaient pas le choix.

« Mais tu pourrais rassurer Lucy, lui souffla une petite voix. Si elle n'aime pas le Mardivino, tu pourrais lui rappeler que ce n'est qu'une disposition temporaire. Les choses pourraient s'améliorer, entre vous... »

Mais une colère sourde s'empara de lui en la voyant détourner le regard, comme s'il était invisible. Très bien. Si elle voulait jouer à ce petit jeu, il y jouerait aussi. Si elle voulait lui montrer qu'elle était têtue, il lui prouverait qu'il l'était davantage.

A l'insu de tous, Lucy posa une main sur son ventre arrondi, luttant contre la vague d'émotions qui menaçait de la submerger. Etait-ce sa grossesse qui lui donnait cette sensation de vulnérabilité ? Quoi qu'il en soit, elle devait prendre soin de cacher sa faiblesse. Guido se moquait bien de ce qu'elle ressentait et il était illusoire d'attendre de lui un semblant d'affection, et a fortiori d'amour.

Elle le vit se lever, resplendissant dans son costume noir, ses cheveux noirs légèrement en bataille. Il s'approcha d'elle, et, malgré ses doutes, Lucy sentit son cœur bondir dans sa poitrine.

Pourquoi donc les sentiments étaient-ils si imperméables à la logique ? Pourquoi l'amour était-il incontrôlable ?

En la voyant pâlir, Guido eut un petit rire dur qui la glaça. Il se pencha vers elle.

— Essaie au moins de faire semblant d'être heureuse le jour de ton mariage, *cara*, murmura-t-il d'une voix suave. Si ce n'est pas pour moi, fais-le pour tes parents.

Une lueur dure apparut dans son regard comme il lui tendait la main.

— Viens, ma chérie, lança-t-il d'une voix forte. Il est temps de partir pour notre lune de miel.

# 9

— Dis-moi, Lucy, fit Guido d'un ton narquois. Que fait un couple pendant sa lune de miel quand il n'est pas occupé à faire ce que font tous les autres couples dans la même situation ?

Lucy lui jeta un regard de sous son grand chapeau de paille et, bien malgré elle, un long frisson de désir lui parcourut le dos. Comme il paraissait différent de l'homme qu'elle avait épousé… Plus de costume, ni de cravate. Il portait aujourd'hui un short en jean et une chemise de coton ouverte sur son torse sculptural.

Il attendait sa réponse, les mains sur les hanches, et elle décida de lui fournir celle que l'ancienne Lucy lui aurait donnée. Une réponse moqueuse, celle d'une femme indifférente, maîtresse d'elle-même et de ses sentiments.

— Tu essaies sans doute de me dire que tu es frustré, n'est-ce pas ? répondit-elle.

— Parce que toi, tu ne l'es pas ?

— J'ai d'autres choses en tête.

— Par exemple ?

D'un signe de tête, elle désigna le livre ouvert posé sur le sable à côté d'elle.

— Lire. Tu devrais essayer.

— Je ne sais pas si tu y réussis mieux que moi. Tu as lu une demi-page en une heure.

— Je lis lentement parce que j'admire le paysage.

— Oui, j'ai remarqué.

— Qu'est-ce que ça veut dire, au juste ?

Il haussa les épaules, puis s'assit près d'elle à même le sable.

— Que si tu aimes me regarder, tu n'as qu'à le faire ouvertement au lieu d'essayer d'être discrète.

Lucy se redressa, indignée qu'il se permette une telle remarque.

— Mais je ne te regarde pas !

— Oh si, répliqua son compagnon d'une voix douce. J'ajoute même que tu ne *peux pas* t'en empêcher. Tout comme je ne peux pas m'empêcher de te regarder.

Tout en parlant, Guido avait baissé les yeux sur le maillot de bain vert pastel qu'elle portait, et qui soulignait à merveille ses courbes sensuelles, en même temps que son ventre légèrement arrondi. Ses seins avaient grossi et, pour la centième fois de la journée, il se sentit envahi par un désir presque douloureux.

Dieu merci, Lucy semblait un peu plus détendue que le jour de leur mariage. Il se rappelait encore sa mine sombre, lorsqu'ils avaient quitté leurs invités pour partir en lune de miel, et son expression attristée lorsqu'elle avait pris congé de ses parents. Il avait été tenté, en cet instant, de la prendre dans ses bras, mais il avait eu peur qu'elle ne veuille ensuite davantage, et qu'elle ne s'imagine qu'il pourrait l'aimer un jour. Or, il savait bien qu'il était incapable d'aimer qui que ce soit.

C'était d'ailleurs pour cette raison qu'elle était à ses yeux la femme parfaite. Elle n'avait pas besoin de lui. Elle ne lui demandait pas de l'aimer. Elle était forte, indépendante. Et elle ne l'avait pas épousé par amour.

Parfois — parfois seulement — il se surprenait à espérer le contraire. Comme le soir de leur arrivée au chalet des Cacciatore lorsqu'elle s'était couchée sans un mot, en lui tournant le dos.

Furieux, il avait croisé les mains derrière sa tête et s'était concentré sur les ombres que la lumière de la lune dessinait sur le plafond. S'imaginait-elle qu'il allait la supplier de lui faire l'amour ? Si c'était le cas, elle se trompait lourdement !

Aujourd'hui, il l'avait emmenée à la plage en espérant remplir leur journée d'autre chose que de frustration et de ressentiment silencieux.

Mais tout se passait à l'inverse de ce qu'il avait prévu. Voir sa femme en maillot de bain ne l'aidait absolument pas à lutter contre ses frustrations, bien en contraire. C'était comme de jeter de l'huile sur le feu. Et l'effet qu'elle avait sur lui devenait de plus en plus difficile à dissimuler.

Lucy faisait de son mieux pour éviter de regarder le gonflement révélateur que le short de Guido ne pouvait dissimuler. Oui, elle avait envie de lui. Elle n'avait jamais cessé d'avoir envie de lui. Mais céder à son désir ne ferait sans doute que compliquer une situation qui l'était déjà assez sans cela.

— Ne me regarde pas comme ça, dit-elle d'un ton presque suppliant.

— Comme quoi ? Tu veux dire, comme un mari regarde sa femme ?

— Oh, je t'en prie, Guido. Nous ne sommes pas un vrai couple.

— D'une certaine façon, nous le sommes. Ou plutôt, nous pourrions l'être.

Lucy secoua la tête. Non, ils ne seraient jamais un couple, pas selon l'idée qu'elle s'en faisait, elle.

— C'est toi qui décides, reprit son compagnon. Mais il faudra en accepter les conséquences.

Lucy plongea les yeux dans les siens, hésitante. Il était évident qu'il la désirait. Autrefois, l'idée d'avoir un pouvoir sur lui aurait suffi à lui faire perdre la tête et à l'emplir de fierté. A présent, elle comprenait que cette même fierté était superficielle et vaine. Ce n'était pas parce que l'on inspirait un désir physique à un homme qu'il y avait de quoi se réjouir. Cela signifiait simplement qu'on se trouvait au bon endroit, au bon moment. Mais cela aurait aussi bien pu être une autre.

— Tu crois que le sexe arrangera quoi que ce soit ? articula-t-elle lentement.

— Pour être franc, oui, je le crois. J'en suis même persuadé. Il me semble que les choses seraient un peu plus faciles.

Il s'allongea sur le sable, et Lucy dut se retenir pour ne pas baisser les yeux vers son bas-ventre.

— Pratiquer le sexe comme un sport ou un simple exercice de relaxation, c'est ce que tu proposes ?

Il fronça les sourcils.

— N'essaie pas de rabaisser ce qui se passe entre nous.

Sans répondre, elle attrapa sa bouteille d'eau et but une longue gorgée. Elle la reposa en soupirant.

— Tu ne crois pas qu'il y a des choses beaucoup plus importantes dont nous devrions discuter ? lui demanda-t-elle gravement.

— Oh ? Mais quoi, par exemple ?

— Eh bien pour commencer, nous n'avons pas décidé de l'endroit où nous allons vivre.

— Selon les termes de notre contrat, c'est toi qui choisis. Du moins, après la naissance du bébé.

Avant de se retrouver dans cette situation, jamais Lucy n'aurait imaginé qu'un choix de maison pouvait faire l'objet d'un contrat. C'était pourtant bel et bien le cas.

— Je ne veux pas vivre à New York, c'est tout ce que je sais.

— Puis-je savoir pourquoi ?

— Ton appartement n'est pas conçu pour accueillir un enfant.

— Nous pouvons trouver une autre maison.

Lucy considéra la chose en silence. New York était la ville de Guido. L'idée de rester seule à la maison pendant qu'il sortirait avec ses amis — ou pire, avec ses maîtresses — la remplissait d'épouvante. Il ne ferait aucune concession, elle le savait. A tout prendre, elle préférait vivre dans un endroit où les tentations seraient moins nombreuses pour Guido.

— Non, je ne veux pas vivre à New York.

— Il serait plus facile que tu me dises où tu *veux* vivre. Je ne vais pas passer en revue toutes les villes du monde.

Que dirait-il si elle suggérait l'Angleterre ? Mais au fond

d'elle-même, Lucy savait que ce n'était pas une bonne idée. Car cela signifiait qu'elle verrait ses parents souvent. Et sa mère n'aurait qu'à poser les yeux sur elle pour comprendre qu'elle était malheureuse. Lucy ne voulait pas leur infliger cela.

Non, un seul endroit lui paraissait possible…

— J'aimerais vivre ici, à Mardivino.

Guido acquiesça sans sourciller. Il aurait dû s'en douter. Elle savait très bien qu'il n'avait aucune envie de vivre ici pour toujours, et elle espérait sans doute le punir par ce choix. Voire même obtenir le divorce, la garde de l'enfant, et décrocher en prime une confortable pension alimentaire !

Malheureusement, elle allait apprendre à ses dépens qu'on ne le manipulait pas aussi facilement !

— Comme tu voudras, dit-il froidement.

Lucy se sentait quelque peu désarçonnée. Elle s'était attendue à une réaction plus violente de sa part, et elle avait préparé ses arguments. Mais apparemment, il s'en moquait parfaitement…

Que devait-elle donc faire pour provoquer une réaction de sa part ? Parler de choses qui lui importaient, bien sûr.

— Tu sais, il y a un sujet que nous n'avons pas encore abordé, reprit-elle doucement.

— Vraiment ? Lequel ? Je meurs d'impatience de savoir ce que c'est.

Faisait-il semblant de ne pas comprendre ? Ou refusait-il d'affronter la réalité ?

— Nous n'avons pas parlé du bébé !

Cette petite créature qui grandissait discrètement dans son ventre, presque secrètement.

— *Notre* bébé, ajouta-t-elle dans un souffle.

Guido avait tourné son regard vers la mer. Il semblait scruter l'horizon, mais Lucy sentait qu'il était tendu.

— Il n'y a rien à dire, décréta-t-il.

— Bien sûr que si !

Le visage de son mari, déjà sévère et froid d'ordinaire, semblait à présent taillé dans le granit. Instinctivement, Lucy eut un mouvement de recul. Elle ne l'avait encore jamais vu comme ça.

— Pourquoi discuter de ça ? Nous avons déjà tout prévu. Les meilleurs obstétriciens du pays s'occuperont de toi, et le bébé naîtra sur la terre de ses ancêtres, à Mardivino. Je ne vois pas ce que nous pourrions dire de plus.

— Et après ? Que se passera-t-il après ?

— Je ne *sais* pas ce qui se passera après. Des millions de choses peuvent se passer. Le plus important, c'est d'assurer la sécurité de l'enfant. Et la tienne, ajouta-t-il durement.

Lucy sentit son cœur se serrer. Elle comprenait enfin. Ou du moins, elle pensait entrevoir la cause de son attitude. Sans doute pensait-il à sa mère, qui était morte en donnant naissance à Nico… Guido avait beau être un prince, avoir été surprotégé et entouré, il avait souffert de la disparition de sa mère comme n'importe quel autre enfant dans son cas.

Elle aurait voulu tendre la main, et lui caresser la joue pour l'apaiser. Le rassurer. Lui dire que l'Histoire ne se répétait pas obligatoirement. Mais son visage hostile l'en dissuada.

Une horrible idée lui traversa soudain l'esprit. Si elle mourait en accouchant, Guido l'oublierait très vite… Il aurait la voie libre pour vivre de nouveau en célibataire.

Guido la vit frissonner. Il fut surpris de lire une intense douleur dans son regard.

— Qu'est-ce qui ne va pas ? interrogea-t-il, en fronçant les sourcils.

Lucy eut un rire amer.

— Par quoi commencer ? Par exemple, nous sommes assis sur cette plage magnifique, et nous voudrions tous les deux être ailleurs. Tu trouves ça normal ?

— C'est ce que tu voudrais ? Etre ailleurs ?

Non. Ce qu'elle voulait vraiment était impossible. Elle aurait voulu lire de l'amour sur son visage, et pas seulement du désir. Elle aurait voulu fonder une vraie famille et pas seulement donner un héritier à un mari qui n'avait aucun sentiment pour elle.

Elle soupira. Elle se sentait découragée.

— J'essaie simplement d'imaginer l'avenir. Et je n'y arrive pas.

— Mais personne ne le peut, Lucy. Tu ne devrais même pas essayer. Les choses se passent rarement comme on les a imaginées, de toute façon. Tu devrais plutôt penser au présent.

Au présent ? Mais c'était encore plus difficile ! Lucy ne savait plus quoi dire, quoi faire, elle ignorait si elle devait ou non céder à son attirance physique pour Guido. Cela améliorerait-il leurs relations ?

— Mais comment veux-tu que je fasse, comme si la situation était normale ? protesta-t-elle

— Il y a une solution toute simple à notre problème. Une solution évidente.

— Laquelle ?

— Eh bien, tu pourrais commencer par ne pas me tourner le dos quand nous nous couchons. Et ne pas me repousser quand je veux te toucher.

Lucy se rendait compte qu'ils ne parlaient absolument pas de la même chose. Ce qu'elle essayait de lui dire, c'était qu'ils devaient cesser de se dissimuler leur véritable personnalité et leurs véritables sentiments, pour apprendre à mieux se connaître.

Et Guido avait, de son côté, des préoccupations bien différentes…

— Je ne parle pas de sexe ! fulmina-t-elle.

— Ce serait pourtant un bon point de départ, non ? Pour se sentir proche l'un de l'autre ?

Ça ne suffirait pas pour créer une véritable complicité, Lucy le savait. Mais c'était peut-être préférable à l'absence totale d'intimité qu'il y avait actuellement entre eux…

Elle acquiesça. Elle sentait une boule d'appréhension dans la gorge, tout en cherchant désespérément les mots qui lui permettraient de faire part à Guido de sa décision, tout en préservant sa dignité.

— Très bien, dit-elle enfin. Je consens à coucher avec toi.

Une expression d'intense stupéfaction se peignit sur les traits de son compagnon, à laquelle succéda presque aussitôt une colère indescriptible.

—Tu *consens* à coucher avec moi ? cria-t-il.

— Ce n'est pas ce que je voulais dire !

— Oh, au contraire, je crois que c'est exactement ce que tu voulais dire, Lucy.

Il se leva d'un bond, lui cachant soudain le soleil. Un frisson glacial courut sur la peau de Lucy. Il était à contre-jour et elle ne pouvait voir son visage, mais c'était sans importance. Le ton de sa voix en disait assez long sur son état d'esprit.

— Tu me pardonneras de devoir décliner ton offre généreuse ! Je n'ai jusqu'à présent jamais couché avec une femme par la contrainte, et je n'ai pas l'intention de commencer. Pour autant que je sache, le sexe est une affaire de plaisir mutuel.

— Guido, écoute…

— Non, c'est toi qui vas m'écouter.

Il la toisait, menaçant et, pour la première fois, terriblement intimidant. C'était le prince qui parlait, un prince qui avait l'habitude qu'on lui obéisse en toutes circonstances.

— Je t'ai dit quand tu as accepté de m'épouser…

— Je n'ai pas eu le choix ! Tu m'as forcé la main ! ne put-elle s'empêcher de lui rappeler.

— Je t'ai dit, poursuivit-il comme si elle ne l'avait pas interrompu, que la nature de notre mariage dépendrait de toi. Si tu dois fermer les yeux en pensant tristement à ton Angleterre natale quand nous faisons l'amour, ne compte pas sur moi. Je ne couche qu'avec des femmes consentantes. Et si ce n'est pas avec toi, tant pis.

— Tu essaies de me dire que tu iras voir ailleurs, c'est ça ?

Elle tremblait de colère et de chagrin en prononçant ses mots qui la blessaient affreusement.

Il se pencha vers elle, et elle vit enfin son visage. Il lui semblait que la flamme qui brûlait dans ses yeux allait la consumer.

— Qu'est-ce que tu t'imagines, Lucy ? murmura-t-il. Que je vais mener une vie de moine uniquement pour tes beaux yeux ?

# 10

Cette pénible discussion installa entre eux une tension larvée qui rendait l'atmosphère lourde et de plus en plus difficile à supporter pour Lucy.

Les jours qui suivirent leur désastreuse excursion, Guido l'évita ostensiblement. Toute la journée, il nageait, courait, s'épuisait en activités physiques. Le soir, il rentrait éreinté, à bout de forces, comme s'il voulait repousser ses limites.

Et chaque fois qu'il lui arrivait de poser les yeux sur elle, Lucy voyait la même colère noire dans son regard.

Elle essayait de lire, tournant les pages de son livre les unes après les autres. Les caractères et les mots dansaient devant ses yeux, sans qu'elle puisse se concentrer. Elle ne parvenait pas à penser à autre chose qu'à la situation catastrophique dans laquelle elle se trouvait.

Un soir qu'il rentrait de faire son jogging, Lucy décida de prendre son courage à deux mains.

— Ça ne peut pas continuer comme ça, déclara-t-elle.

— Je suis d'accord, répondit-il en passant une main dans ses cheveux humides. Pourquoi ne pas faire nos valises et retourner à Solajoya ?

Lucy ne répondit pas, médusée. Il lui proposait de rentrer à Mardivino, si vite ? Elle avait pourtant espéré pouvoir discuter avec lui, de manière plus constructive cette fois. Avec le secret espoir que cette discussion se finirait au lit, et que la passion ferait le reste.

« Rien ne t'empêche de lui avouer que tu as envie de lui tout de suite », fit une petite voix, dans sa tête.

Mais un fossé infranchissable semblait les séparer à présent, et elle n'imaginait pas se jeter dans ses bras comme si rien ne s'était passé. Elle était forcée de s'avouer que ce n'était pas l'envie qui lui en manquait, mais il y avait trop de non-dits entre eux.

Et puis, pourquoi ne ferait-il pas, lui, le premier pas ? Après tout, elle lui avait déjà tendu la main, même si c'était maladroitement, au cours de leur journée à la plage. C'était lui qui, par arrogance, l'avait repoussée. C'était à cause de lui qu'ils en étaient arrivés là.

Voyant qu'il attendait une réponse, elle haussa les épaules, en essayant de prendre un air détaché.

— Si tu veux. Mais je me disais que… que nous pourrions essayer d'être…

Elle s'interrompit.

— D'être quoi ?

Le terme d'« amis » ne convenait pas, songeait Lucy. Et elle devait se montrer prudente, prendre garde à ne pas le provoquer, si elle voulait que les choses se passent bien.

— Polis, dit-elle enfin. Polis l'un envers l'autre.

— Polis, répéta Guido comme si c'était le dernier mot auquel il s'était attendu. Oui, je suppose que c'est possible.

Lucy crut percevoir comme un relâchement dans la tension qu'il y avait entre eux.

— Tu veux bien attendre dehors ? fit-il, en glissant nonchalamment les pouces sous la ceinture de son short. J'aimerais me déshabiller.

Sa remarque détruisit immédiatement l'impression d'apaisement que Lucy avait cru sentir, et elle quitta la pièce en claquant la porte derrière elle. Le rire de Guido résonna derrière elle.

*
* *

Elle marcha un moment pour se calmer, mais dut bientôt s'arrêter pour reprendre son souffle. Les montagnes de Mardivino se découpaient sur l'horizon. Les puissants sommets avaient pris une teinte pourpre et indigo dans le soleil couchant, mais ce soir, Lucy était insensible à leur beauté.

Elle plaça alors une main sur son ventre et ferma les yeux. Seul le bébé semblait réel dans ce monde factice qu'elle habitait…

Le matin même, elle avait cru le sentir bouger. Mais elle en avait conçu une infinie tristesse. En d'autres circonstances, elle aurait appelé Guido, elle aurait mis sa main sur son ventre, et ils auraient guetté ensemble un autre signe, les yeux dans les yeux, complices et amoureux.

Au lieu de cela, elle avait gardé ça pour elle et s'était préparé une tisane.

Etrangement, le palais lui parut presque accueillant lorsqu'ils revinrent à Solajoya. Elle avait l'impression singulière d'être revenue à la maison.

Mais peut-être ressentait-elle ça simplement parce que Nico et Ella étaient venus les accueillir chaleureusement dès leur arrivée.

— Vous êtes déjà de retour ?

— J'avais trop de nausées, expliqua Lucy, prenant soin de ne pas croiser le regard de Guido.

— Alors, comment c'était ? s'enquit Ella, en prenant Lucy par le bras.

Sa gentillesse était touchante, et Lucy crut qu'elle allait se mettre à pleurer. Mais elle contint son émotion.

— Les montagnes sont magnifiques, n'est-ce pas ?

— Ella, intervint Nico avec un sourire en coin, tu imagines bien qu'ils avaient mieux à faire que de contempler le paysage !

Lucy plongea le regard dans celui de Guido, mais n'y lut rien d'autre que froideur et cynisme.

Quant à Gianferro, il lui adressa un sourire aimable lorsqu'elle parut devant lui, plus tard dans la journée.

— Comment vous sentez-vous ?

— A merveille, répondit-elle avec un grand sourire, elle-même étonnée par sa capacité à dissimuler ses tourments.

Elle achevait de donner son bain à Leo lorsqu'elle entendit un léger bruit derrière elle. Guido l'observait depuis le seuil de la nursery, une expression indéfinissable sur le visage.

— Nico et Ella sont sortis déjeuner en ville, expliqua-t-elle pour se justifier.

Son mari fronça les sourcils.

— La nurse n'est pas là ?

— C'est son jour de congé, répondit Lucy, en achevant de mettre une couche en place. Et puis, j'aime faire ça.

— Oui. Je suppose que ça t'aide à passer le temps.

C'était une attaque très indélicate, mais elle préféra ne pas la relever. Elle n'avait aucune intention de se disputer devant un bébé. Tous les livres destinés aux futurs parents — qu'elle dévorait —, insistaient sur le fait que les enfants étaient très sensibles à leur environnement immédiat.

— J'ai besoin d'entraînement, déclara-t-elle avec un haussement d'épaules.

— Bien sûr.

Il resta silencieux un bref moment, visiblement pensif.

— Il faut que j'aille à New York, annonça-t-il.

Lucy, qui boutonnait la grenouillère de Leo, se figea. Elle redressa la tête et se sentit pâlir.

— A New York ? répéta-t-elle d'une voix sourde.

— Oui.

— Tu as… une raison particulière de te rendre là-bas ?

Sa voix tremblait, mais elle s'en moquait. Il haussa les sourcils.

— J'y vais pour affaires. Pour quelle autre raison veux-tu que ce soit ?

Lucy en avait bien quelques-unes à l'esprit, dont certaines assez terribles pour lui nouer la gorge. Mais à quoi bon les lui exposer ? Il nierait, bien sûr, et elle ne ferait qu'y perdre sa dignité.

Guido continuait de la regarder.

— Tu pourrais peut-être venir avec moi, dit-il enfin.

Lucy s'imagina, prisonnière dans son grand appartement, tandis qu'il vaquait à ses occupations. Au moins, à Mardivino, elle se sentait entourée.

Elle secoua la tête.

— Je ne sais pas si ce serait une bonne idée de voyager dans mon…

—… état ? coupa-t-il. Allons, Lucy, tu ne peux pas toujours utiliser le bébé comme excuse. Je croyais que la mode était aux femmes actives, même enceintes ?

— Je suis très bien ici, répéta-t-elle, têtue.

— Je vois, murmura son mari. On dirait que tu t'es habituée à la vie de princesse.

Lucy se redressa et, avec une grimace, se massa le creux des reins.

— Qu'est-ce que ça veut dire, au juste ?

Guido eut un sourire cruel.

— Disons que le luxe a des avantages qui font accepter certains… inconvénients.

L'accusait-il ? Alors que tout ce qu'elle voulait, c'était le rendre fière d'elle en lui prouvant qu'elle était parfaitement capable de s'intégrer.

Mortifiée, elle prit Leo dans ses bras.

— Combien de temps seras-tu absent ?

— Pourquoi ?

— Parce que tu es mon mari et que j'ai le droit de le savoir !

— A ta place, je ne m'aventurerais pas sur la question des droits, répliqua Guido. Je suis peut-être ton mari sur le papier, conclut-il en la transperçant de son regard noir, mais je ne le suis certainement pas dans les faits.

# 11

Une fois Guido parti, Lucy eut l'impression que le sens de sa vie avait disparu. Mais son départ avait le mérite de lui faire voir plus clairement la situation.

Elle comprit qu'elle avait dépensé beaucoup trop d'énergie à tenter de se distraire afin d'oublier l'échec de son mariage. Au palais, il y avait toujours quelque chose à faire, les occasions de se divertir et de sortir étaient nombreuses. De quoi remplir une vie.

Du moins, c'est ce qu'elle avait cru.

Car sans Guido, tout cela lui paraissait insipide et vain. Nico et Ella formaient un couple heureux, une famille unie. Gianferro régnait sur le royaume. Tous étaient occupés, ils avaient des buts, des projets d'avenir. Lucy, elle, avait l'impression d'être une observatrice extérieure, une ombre, un personnage qui se tenait dans les coulisses et qui n'avait pas sa place sur scène.

Tout ce qu'elle souhaitait maintenant, c'était que Guido revienne. L'état d'attente dans lequel elle se trouvait l'amenait à douter des raisons qu'il avait invoquées pour justifier son départ. Il avait prétendu qu'il partait pour ses affaires : pourtant, il pouvait travailler de n'importe où avec son ordinateur. Quelles sortes d'affaires pouvaient bien requérir sa présence physique ?

Elle avait peur de connaître la réponse. Il n'y avait eu aucun contact physique entre eux, ces derniers temps, et aucun signe d'une amélioration possible. Avait-il décidé que cela suffisait ?

Lucy laissa son regard errer sur les jardins du palais, et elle ravala un sanglot. En le laissant partir seul, sans dire un mot, c'était comme si elle lui avait donné la permission de la tromper.

Lucy se sentait d'autant plus démunie qu'elle n'avait personne vers qui se tourner. A qui aurait-elle pu demander conseil ? Certes, elle aimait beaucoup Ella, mais elle craignait que celle-ci ne rapporte à son mari les confidences qu'elle pourrait lui faire. Elle redoutait que n'éclate ainsi au grand jour la triste réalité de ses relations avec Guido.

Et avec le roi qui était gravement malade, c'était bien la dernière chose dont la famille avait besoin…

Avec un soupir, Lucy se détourna de la fenêtre et étudia son reflet dans le miroir. Sa grossesse était à présent visible. Elle portait une robe de velours et de soie, achetée dans un magasin de luxe en ville. Sa peau était lumineuse, et ses cheveux n'en paraissaient que plus flamboyants. A l'évidence, être enceinte lui convenait, tout comme lui convenaient l'air pur de Mardivino et la nourriture fraîche et saine qu'on lui servait tous les jours.

Mais tout cela n'avait aucune importance. Elle avait laissé se creuser la distance entre Guido et elle, et elle sentait qu'ils approchaient du point de non-retour, à force de s'obstiner dans leur entêtement. L'un d'eux devait briser le cercle vicieux. Et si Guido était trop fier pour le faire, il fallait que ce soit elle.

Lucy se mordit la lèvre. Cela faisait à présent une semaine qu'il était parti. Peut-être était-il déjà trop tard ? Peut-être était-il déjà avec une autre femme… Une femme qui ne lui demanderait rien, et qui saurait lui procurer le plaisir physique que son épouse lui refusait.

Un mélange de douleur et de regrets lui transperça le cœur, et elle prit soudain sa décision.

Elle devait aller à New York !

Elle devait juste en informer Gianferro, et elle espérait de tout son cœur qu'il ne chercherait pas à l'empêcher de partir.

A quoi bon être une princesse si l'on ne pouvait pas se rendre à New York sur un simple coup de tête ? Elle demanderait juste à son beau-frère de garder le secret, car elle voulait faire la surprise à Guido.

Elle espérait juste que ce serait une *bonne* surprise…

Le tintement de la sonnette interrompit brutalement les accents mélancoliques de la musique, et Guido fronça les sourcils avec irritation. Qui pouvait bien lui rendre visite à une heure pareille ? Surtout, pourquoi le portier avait-il laissé entrer quelqu'un ? Il avait pourtant spécifié qu'il ne voulait recevoir aucune visite.

La sonnerie retentit de nouveau, insistante. C'était incroyable ! Avec impatience, il se leva pour ouvrir la porte, décidé à renvoyer l'importun sans ménagement.

Il resta un instant immobile, stupéfait. S'il y avait bien une visite à laquelle il ne s'attendait pas, c'était celle-ci…

— Bonjour, Guido, dit Lucy d'une voix douce.

— Lucy… Pour une surprise, c'est une surprise, je dois l'avouer.

Lucy se crispa légèrement. Ce n'était pas exactement l'accueil qu'elle avait attendu, songeait-elle, en considérant le visage méfiant qui lui faisait face. Elle fit appel à toute sa volonté pour continuer de sourire.

— J'aurais peut-être dû téléphoner… Tu ne m'invites pas à entrer ? ajouta-t-elle

Puis elle entendit les notes sauvages et sensuelles d'un saxophone, derrière lui, et sentit son cœur bondir dans sa poitrine.

— A moins…, à moins que tu ne sois occupé ?

Guido comprit aussitôt l'allusion, et se fendit d'un sourire narquois.

— Et à quoi voudrais-tu que je sois occupé, exactement ? Tu crois qu'il y a quelqu'un avec moi ?

Lucy plongea ses yeux dans les siens, pâle et fébrile.

— Je… je ne sais pas. C'est le cas ?

— Tu peux entrer et voir par toi-même.

Elle rassembla tout son courage pour franchir avec dignité le seuil de l'appartement, en dépit du trouble qui l'étreignait.

Le salon semblait avoir été préparé pour une soirée romantique. Les lumières étaient tamisées, une bouteille de vin était ouverte sur une petite table. A côté, Dieu merci, elle ne vit qu'un seul verre.

Lorsqu'elle se tourna vers son mari, elle surprit son air moqueur.

— Tu es satisfaite ?

Lucy ne répondit pas. Elle avait envisagé plusieurs scénarios, dans l'avion, mais l'accueil de Guido rendait le choix plus facile. Elle en avait vraiment assez de devoir prendre tant de précautions quand elle voulait s'adresser à lui. Assez de prendre son mari avec des pincettes, assez de tourner sept fois sa langue dans sa bouche avant de parler.

— Est-ce que tu es seul ?

Il partit d'un rire étrange, puis se servit un verre de vin.

— Tu en veux un ? demanda-t-il par-dessus son épaule.

Il ne répondait pas à sa question ! Son attitude très décontractée laissait supposer qu'il était seul. Même Guido n'aurait pas pu faire preuve d'un tel sang-froid si une femme se cachait dans son appartement.

— Je suis enceinte, répondit-elle sèchement. Tu l'as oublié ?

— Comment pourrais-je l'oublier ? fit son compagnon en prenant place dans un fauteuil. Installe-toi, je t'en prie. Dis-moi ce que tu viens faire ici.

Lucy se laissa tomber sur l'un des deux canapés, soudain épuisée. Bonne question. Que venait-elle faire ici ?

— Attends, laisse-moi deviner, poursuivit Guido. Tu es venue dans l'espoir plus ou moins avoué de me surprendre au lit avec quelqu'un. J'ai raison ?

La tension qui s'était accumulée en elle au cours des semaines passées atteignit soudain un point de non-retour. Elle le fixa un instant en silence, et n'eut soudain plus l'envie ni l'énergie de lui mentir.

— Oui ! explosa-t-elle. Oui, c'est ce que je voulais ! Oui, oui, oui !

Guido lui opposa un visage sombre, impénétrable.

— Et ça t'aurait arrangée, n'est-ce pas ? Car malgré notre contrat prénuptial, aucun tribunal n'aurait donné raison à un homme qui trompe sa femme enceinte, quelques semaines à peine après leur mariage ! C'est pour ça que tu as refusé de faire l'amour avec moi ? Tu espérais me pousser à la faute ? Parce que si c'est le cas, je suis désolé, mais je vais te décevoir. Tu es libre de fouiller l'appartement dans ses moindres recoins, tu n'y trouveras pas ce que tu cherches.

Un profond abattement s'empara de Lucy. La croyait-il donc manipulatrice au point de concocter un pareil plan ? Au point d'utiliser leur vie sexuelle comme une arme ? Etait-ce l'opinion qu'il avait d'elle ?

Un sanglot lui échappa, et elle eut à peine le temps d'enfouir son visage dans ses mains avant de fondre en larmes.

En un instant, Guido fut près d'elle.

— Lucy ! Que se passe-t-il ?

— Laisse-moi tranquille…

— Regarde-moi.

— Non !

Mais il la força à retirer ses mains de son visage, et elle le dévisagea d'un air de défi.

— Je n'ai rien comploté contre toi, contrairement à ce que tu imagines. Oui, je pensais que tu ne serais peut-être pas seul. Mais je n'aurais pas pu t'en vouloir pour ça.

Guido se figea.

— Pardon ? Tu me donnes la permission d'avoir une maîtresse ? C'est ce que tu veux ? Pour te sentir libre d'avoir un amant ?

Les épaules de Lucy s'affaissèrent. Décidément, il ne comprenait rien à rien.

— Mais non ! protesta-t-elle, en le regardant comme s'il était devenu fou. Je n'ai pas envie de prendre un amant ! Je n'ai jamais eu envie d'un autre homme que toi depuis le jour de notre rencontre !

— Dans ce cas, peux-tu m'expliquer de quoi tu parles, exactement ?

Lucy soupira.

— Du fait que tu as des besoins sexuels importants. Et que je n'avais pas le droit de refuser de les satisfaire.

Son mari, à ses mots, se rembrunit.

— Bon sang, voilà que tu recommences ! Je n'ai aucune envie de faire l'amour avec une femme qui considère qu'elle me rend un service. Je veux que tu en aies envie toi aussi ! Et ce n'est pas le cas, je me trompe ?

Il y eut un long silence. Serait-elle assez forte, se demanda Lucy, pour faire le premier pas ? Ou un reste de fierté stupide l'en empêcherait-elle ?

— Si, c'est le cas, souffla-t-elle enfin.

Elle avait parlé d'une voix basse, mais il l'avait entendue. Il la prit dans ses bras.

— Oh, Lucy, murmura-t-il.

— Je ne sais pas comment nous en sommes arrivés là, lui confia-t-elle.

Guido hésita, puis secoua la tête.

— Moi non plus.

Du doigt, il suivit la ligne de sa joue, puis de son cou. Avec un soupir, elle ferma les yeux.

— Tu es épuisée, dit-il.

— Oui…

— Viens.

Elle rouvrit les yeux comme il la soulevait dans ses bras sans effort.

— Où m'emmènes-tu ?

— Dans ma chambre.

Quand il la déposa sur le grand lit, Lucy tremblait d'un

mélange de crainte et d'excitation. Guido plissa les yeux en contemplant sa peau laiteuse, sur laquelle se détachaient ses taches de rousseur.

Tendrement, il se mit à lui caresser le front et les cheveux. Lucy inspira profondément, puis se détendit sous ses caresses. Ses paupières se firent lourdes, se fermèrent enfin… Il lui semblait qu'elles pesaient une tonne.

Elle avait dû s'endormir car lorsqu'elle rouvrit les yeux, vaguement désorientée, la chambre était vide. Avait-elle tout rêvé ?

Elle se redressa, hésitante, et regarda la place à côté d'elle, sur le lit. Les draps n'étaient ni creusés, ni froissés. Un verre d'eau avait été posé sur la table de nuit. Assoiffée, elle le but d'un trait.

Lorsqu'elle leva les yeux, elle vit la silhouette sombre de Guido qui l'observait depuis le seuil de la chambre. Délicatement, elle reposa son verre.

— Combien de temps ai-je dormi ? demanda-t-elle.

— Deux heures.

— Tant que ça ?

Ainsi donc, il avait changé d'avis, pensa-t-elle. S'il n'avait pas saisi cette occasion de lui faire l'amour, c'est qu'il n'en avait sans doute plus envie.

Comme s'il avait lu dans ses pensées, Guido se mit à déboutonner sa chemise.

— Que… qu'est-ce que tu fais ? balbutia-t-elle.

— Je me déshabille pour te faire l'amour. Je crois que tu en as besoin. Et moi aussi.

Il n'y avait pas d'affection dans sa voix, mais Lucy s'en moquait. Sa gorge se serra lorsque la chemise de Guido tomba au sol, aussitôt suivie de son pantalon. Il était nu devant elle.

Sa virilité se dressait devant elle, et Lucy se mit à trembler. Il s'avançait vers elle, à présent, la mine déterminée, sans la moindre pudeur. Il n'y avait pas de tendresse dans ses mouvements, pas davantage dans son regard. Mais il avait raison : ils avaient tous les deux besoin de ça. Lorsqu'il s'allongea enfin sur le lit, elle prononça son prénom d'une voix étranglée.

Guido commença à la déshabiller. Quand elle fut nue à son tour, il vit soudain son ventre arrondi, et il sentit une boule dans la gorge. Etait-ce bien raisonnable ? Après le long vol qu'elle avait fait pour le rejoindre ? Après l'émotion causée par leurs retrouvailles houleuses ? Sa raison luttait en lui contre son désir, mais ce dernier l'emporta lorsqu'elle noua les mains autour de son cou et l'attira contre elle.

Il tressaillit lorsque leurs ventres se touchèrent. C'était une sensation nouvelle, intense, déchirante, et il se rejeta en arrière.

— Couvre-toi, dit-il d'une voix tremblante, tirant les couvertures à elle.

— Tu… tu n'as pas envie de moi ? demanda-t-elle d'un ton incertain.

— Bien sûr que j'ai envie de toi ! Mais je n'avais pas réalisé…

Il s'interrompit et avala sa salive avant d'enchaîner.

— *Signora dolce*… Ça fait un long moment que je ne t'avais pas vue nue, Lucy.

—Cela fait trop longtemps…

Une barrière était tombée entre eux, mais Lucy sentait qu'une autre s'apprêtait à la remplacer. Et elle était bien décidée à ne pas laisser Guido s'imaginer qu'elle était une madone intouchable.

— J'ai envie de toi, dit-elle en le regardant droit dans les yeux.

— Tu es sûre ?

Oui, elle en était sûre. Mais elle était bien trop émue, en cet instant, pour parler. Jamais elle n'avait vu Guido si peu sûr de lui, si hésitant, si… vulnérable. Comme elle aurait voulu qu'il reste ainsi !

Elle se contenta donc d'acquiescer. Comme un explorateur

découvrant pour la première fois une terre inconnue, fascinante et dangereuse, il passa une main sur la courbe de son ventre. N'y tenant plus, Lucy glissa sa jambe entre celles de Guido, lui arrachant un soupir de plaisir.

Une fois passés les premiers moments d'hésitation et de maladresse, dus à sa grossesse et à leur longue période d'abstinence, il ne leur fallut que quelques minutes pour se retrouver en territoire familier. Ils s'enlaçaient avec passion, leurs souffles se mêlaient, leurs gestes se faisaient fébriles.

Guido plongea son regard fiévreux et hésitant dans celui de Lucy.

— J'ai peur de te faire mal, *cara*.

— Tu ne me feras pas mal, le rassura-t-elle.

— Guide-moi…

Elle perçut l'incertitude de sa voix et le guida en elle. Ils se mirent à bouger ensemble, accomplissant ce rituel ancestral de don et de possession tout à la fois, jusqu'à ce que leur plaisir éclate.

Ils restèrent ensuite longuement enlacés, en proie à un sentiment de béatitude que Lucy avait presque oublié.

— Je parie que tu n'avais jamais fait l'amour à une femme enceinte, murmura-t-elle en se tournant vers son mari.

Guido fronça les sourcils et posa une main sur le ventre arrondi, mais cette fois avec des précautions dignes d'un obstétricien.

— Tu te sens bien ? s'inquiéta-t-il.

— Je me sens merveilleusement bien.

Puis Lucy sentit son cœur vaciller lorsque son compagnon roula sur le côté et, sans crier gare, se leva.

— Ou vas-tu ?

— Te préparer à manger, répondit-il en enveloppant un drap autour de sa taille.

— Mais je n'ai pas faim ! C'est toi que je veux. Je n'ai besoin de rien d'autre. Je veux rattraper le temps perdu.

— Tu as mangé ? demanda-t-il, sceptique.

— Ils ont servi un dîner, dans l'avion…

— Mais tu m'as dit que tu détestais la nourriture offerte pas les compagnies aériennes. Ce qui veut donc dire que tu n'as rien mangé, ou très peu. Inutile de protester, Lucy, je m'occupe de tout.

Comprenant qu'il était inutile de s'opposer à lui, Lucy préféra se taire. La plupart des femmes auraient sans doute été ravies d'une telle situation. Mais elle savait que l'attitude de Guido n'était pas tant due à sa sollicitude qu'à un désir de prendre le large. Une manière de lui rappeler, en d'autres termes, qu'elle ne devait pas se faire d'illusions, et qu'une fois l'amour physique consommé, ils n'avaient plus rien à se dire.

Elle entendit des bruits de vaisselle dans la cuisine, et il se mit même à chantonner en italien, comme un homme heureux. Après tout, il avait satisfait son appétit sexuel, il avait des raisons d'être content…

Mais peut-être était-elle trop dure avec lui… Peut-être avait-il simplement besoin d'un peu de solitude pour recouvrer ses esprits.

Il revint dans la chambre un quart d'heure plus tard, portant un plateau chargé de sandwichs et d'un Thermos de café.

— Mais tu es doué ! plaisanta-t-elle.

Il sourit, mais son regard resta sombre, énigmatique.

— Mange. Tu te sentiras mieux.

— Je t'ai déjà dit que je me sentais très bien.

Précautionneusement, il posa le plateau sur le lit. Puis il l'embrassa longuement, et Lucy sentit la flamme du désir renaître en elle. Il la regardait avec un sérieux qui l'inquiéta.

— Nous ne nous sommes mariés que pour des raisons pratiques, mais ça ne veut pas dire que nous ne devons pas faire des efforts, n'est-ce pas ? déclara-t-il.

Elle eut l'impression que son sang, dans ses veines, se changeait en glace. Ainsi, comme elle le redoutait tant, rien n'avait changé entre eux. En cet instant, Guido aurait tout aussi bien pu se trouver à des millions de kilomètres plutôt que dans cette chambre, avec elle. Cela n'aurait fait aucune différence, au fond.

Pour elle aussi, rien n'avait changé. Elle continuait de désirer bien davantage que ce que son prince de mari était prêt à lui offrir.

# 12

Ils décidèrent de prolonger leur séjour à New York.

— Tu ne veux pas rester loin de ma famille et des obligations pendant quelque temps ? lui avait proposé Guido. Juste tous les deux ?

Mais comment pouvait-elle réfléchir clairement pendant qu'il lui mordillait le lobe d'une oreille, tout en lui caressant les seins ?

— Nous te trouverons un excellent obstétricien ici, si c'est ce qui t'inquiète.

Ce n'était pas du tout ce qui l'inquiétait, mais elle trouvait plus sage de le laisser croire ça.

Qu'était-il advenu de la Lucy qui avait décidé d'avancer la tête haute ? Elle s'était heurtée à un mur, voilà tout. Et elle ne pouvait rien faire pour changer la situation. Comment, en effet, forcer quelqu'un à vous aimer ? C'était tout simplement impossible.

Guido profita de leur séjour pour la présenter à ses amis new-yorkais. Puis ils décidèrent de rendre visite aux parents de Lucy, en Angleterre, pour passer avec eux les fêtes de Noël. Guido se montra charmeur et diplomate — qualités qu'on lui avait sans doute inculquées dès l'enfance — et pas un instant les Maguire ne soupçonnèrent que quelque chose clochait entre leur fille et leur gendre.

Ils revinrent ensuite à New York, où ils occupèrent leur temps libre en se rendant à l'opéra, en partant en week-end, en faisant du shopping. Malgré toutes les protestations qu'elle pouvait faire, Guido semblait en effet adorer la couvrir de cadeaux.

— Mais je n'ai pas besoin de ce bijou ! s'écria-t-elle un jour chez un joaillier.

— Personne n'a jamais eu *besoin* de tels diamants, répliqua-t-il en souriant. Mais je croyais que c'était justement pour ça que toutes les femmes en désiraient ?

Lucy cessa bientôt de protester. Elle repoussait résolument les doutes et les craintes qui montaient en elle. La peur qu'un jour, il tombe amoureux, vraiment amoureux, d'une autre femme. Car ce jour-là, tout serait fini entre eux, et cette idée lui meurtrissait le cœur.

Lorsqu'ils sortaient tous les deux, elle surprenait les regards envieux que les gens leur lançaient. Une partie d'elle-même saisissait très bien les raisons de cette envie : extérieurement, Guido et elle formaient un couple parfait. Leur histoire ressemblait à un conte de fée. Seulement, la réalité était tout autre. Si seulement ces gens savaient que son mari ne lui avait jamais dit qu'il l'aimait ! Et qu'elle-même n'avait jamais osé lui avouer son amour !

L'amour ne pouvait pas être le fruit d'un calcul, d'un raisonnement. C'était quelque chose d'absolu. Lucy savait qu'elle aimait Guido, mais que ce sentiment n'était pas partagé.

Comme elle aurait voulu pouvoir plonger dans cet esprit froid et brillant, lui demander ce qu'il ressentait vraiment pour elle… Mais elle savait qu'une telle question la ferait passer pour une femme désespérée, et ce n'était pas l'impression qu'elle voulait lui donner d'elle. Et puis, que se passerait-il s'il lui disait la vérité ? Pourrait-elle l'affronter, vivre avec ?

Ils finissaient leur petit déjeuner tandis que Guido parcourait, comme chaque matin, la rubrique financière du journal. Cette habitude avait le don d'étonner Lucy. Elle ne comprenait pas pourquoi il s'intéressait à cela, alors qu'il avait déjà tant d'argent. A quoi bon en gagner davantage ? Mais il semblait brûler en permanence du désir d'aller plus loin, de se prouver à lui-même qu'il pouvait toujours faire mieux…

— Guido ?

— Hmm ?

Guido leva les yeux de son journal et lui lança un regard prudent. Ce matin, elle paraissait de bonne humeur. Ce n'était pas le cas tous les jours, ce qu'il mettait sur le compte de sa grossesse.

— Je voudrais rentrer à Mardivino.

— Vraiment ? Nous ne sommes pas pressés, *cara.*

— Je croyais que tu voulais que le bébé naisse là-bas.

— Oui, mais…

— Eh bien, je ne suis pas autorisée à prendre l'avion après la trente-sixième semaine de grossesse.

Guido sentit les battements de son cœur s'accélérer. Il ne s'était pas rendu compte que le temps passait si vite, et que l'accouchement était si proche. Il se demanda un instant si tous les futurs pères ressentaient cette angoisse à l'idée que leur vie allait changer pour toujours ?

— Ce n'est pas un problème. Si nous ne pouvons pas prendre un vol commercial, nous affréterons un avion. Nico peut venir nous chercher lui-même. C'est un excellent pilote.

Lucy leva les yeux au ciel. Ce n'était pas l'habileté de Nico aux commandes d'un avion qui la préoccupait, mais l'évidente réticence de son mari à rentrer à Mardivino. Avait-il espéré qu'elle s'habituerait à New York et qu'il pourrait la convaincre d'y vivre ?

— C'est la même chose pour les vols privés, Guido. Tu m'imagines accoucher à dix mille mètres d'altitude ?

A cette idée, Guido frissonna.

— Très bien. Rentrons, si c'est ce que tu veux.

Lucy savait que l'instant était mal choisi pour poser la

question, mais elle en avait assez d'attendre un moment idéal qui ne viendrait jamais.

— Et après ? Que ferons-nous après l'accouchement ?

Il y eut un silence.

— Que dirais-tu de revenir ici ? dit-il enfin.

— A New York ?

— Pourquoi pas ? Les habitants de cette ville élèvent leurs enfants comme partout ailleurs, tu sais.

Ainsi, ses soupçons étaient fondés… Mais sa réponse serait la même que celle qu'elle lui avait déjà faite. New York était une ville merveilleuse, mais elle s'y sentait étrangère.

Elle secoua la tête.

— Non, cet appartement n'est pas fait pour abriter un enfant.

— Rien ne nous empêche de déménager, fit son mari avec une certaine impatience. D'acheter une grande maison avec un jardin. Réfléchis-y.

Mais c'était tout réfléchi. Elle voulait que son bébé grandisse dans un havre de paix. De plus, selon le contrat qu'ils avaient signé, c'était à elle de choisir l'endroit où ils allaient s'installer. Guido n'avait pas le droit de l'influencer sur ce point.

— Non, répondit-elle fermement. Je veux vraiment rentrer à Mardivino.

Furieux, Guido jeta son journal sur la table. Voilà qui avait au moins le mérite d'être clair ! Elle n'était pas de ces femmes qui acceptaient de suivre leur mari jusqu'au bout du monde. Non, seules les femmes *amoureuses* faisaient une chose pareille ! Or, elle n'était pas amoureuse de lui. Cela, il l'avait su dès le départ. C'était d'ailleurs cette indifférence qu'elle lui manifestait qui l'avait attiré.

Oui, mais maintenant ?

Il secoua la tête, comme pour dissiper les brumes de son esprit. Mais c'était peine perdue. Il nageait en pleine confusion.

— Très bien, conclut-il sèchement. Nous partirons à la fin de la semaine. Qui sait ? Tu changeras peut-être d'avis quand tu auras accouché ?

Lucy ouvrit la bouche pour répondre mais, réalisant que cela ne pourrait que conduire à une nouvelle confrontation, préféra garder le silence.

Le printemps était arrivé en avance à Mardivino, et Lucy retint son souffle en apercevant, depuis l'avion qui descendait vers Solajoya, les champs de fleurs jaunes, blanches et pourpres qui tapissaient l'île. Vue d'en haut, elle ressemblait à une maquette, à un monde miniature.

L'avion poursuivit sa descente, et l'île grossit jusqu'à emplir tout le hublot. Avec un pincement de cœur, Lucy réalisa qu'elle était tombée amoureuse de Mardivino. Elle considérait l'île presque comme son pays, à présent. Une soudaine vague d'émotion s'empara d'elle.

— Oh, Guido, soupira-t-elle. Regarde comme c'est beau…

Mais Guido ne prêtait aucune attention à une vue qu'il connaissait par cœur. Et puis, les associations d'idées qu'elle suscitait en lui n'étaient guère plaisantes. Il préférait de loin regarder sa femme, qui semblait tout excitée à la perspective d'arriver.

Elle s'était très vite habituée à la vie de princesse, songeait-il avec amertume. Mais c'était compréhensible. Car si son titre n'était qu'honorifique à New York, ici, à Mardivino, il allait de pair avec un pouvoir réel.

Dès qu'ils arrivèrent au palais, il se tourna vers Lucy.

— Je vais rendre visite à mon père, déclara-t-il sèchement. Nous nous verrons après dîner.

Lucy le regarda s'éloigner, et sentit leur fragile complicité s'évanouir.

Toute la famille de Guido parut ravie de la revoir, et cela la consola quelque peu de la froideur que lui témoignait son époux. Ella l'accueillit avec une gentillesse exquise, et une expression de soulagement se peignit sur les traits de Gianferro lorsqu'il la vit.

— Vous êtes radieuse, Lucy, observa-t-il avec un sourire. La grossesse vous va à ravir. J'ai cru comprendre que tout se passait bien ?

— Très bien, oui.

— Comment était New York ?

— Oh, comme d'habitude…, répondit-elle avec un rire contraint. C'est bon d'être de retour.

— Je comprends.

Et même si une lueur interrogative apparut dans son regard, Gianferro en resta là et ne posa pas d'autres questions.

Par un bel après-midi, Lucy se promenait dans les jardins lorsqu'elle sentit les premières contractions. Pliée en deux, elle se força à respirer comme on le lui avait appris pendant les séances de préparation à l'accouchement.

En s'arrêtant régulièrement pour juguler la douleur, elle parvint à regagner le palais. Dès qu'ils la virent arriver, pâle et le visage crispé par la douleur, les domestiques se précipitèrent vers elle pour la soutenir et la conduire à sa chambre.

Guido, qui avait été prévenu, accourut auprès d'elle. Il l'observait avec inquiétude tandis que le médecin procédait à un examen.

— Alors ? finit-il par demander.

— Votre Altesse, votre enfant a l'air pressé d'arriver. Il faut emmener la princesse à l'hôpital.

— Dépêchez-vous, alors ! ordonna Guido.

— Ne me laisse pas ! Tu ne vas pas me laisser, n'est-ce pas ?

Il voulut lui répondre que les princes n'avaient pas coutume de se tenir près de leur femme pendant l'accouchement, mais il lut une telle peur dans ses yeux qu'il en oublia aussitôt tout protocole.

— Bien sûr que non je ne vais pas te laisser. Ne t'inquiète pas, Lucy, tout ira bien.

Mais il savait que c'était là une promesse creuse. Car

comment pouvait-il être sûr que tout allait bien se dérouler ? La nature seule décidait. Et elle pouvait être cruelle, il ne le savait que trop bien.

Il serra les dents, et caressa les cheveux de sa femme. Il ne devait pas penser à cela. Pas maintenant.

A l'hôpital, Lucy fut rapidement transportée en salle d'accouchement. Son visage était crispé par la douleur, son front couvert de sueur.

— Qu'est-ce que tu dois penser de moi, Guido…, gémit-elle.

— Je pense que tu es merveilleuse, voilà ce que je pense.

— Mais tu ne vas plus jamais me désirer après m'avoir vue comme ça !

Voilà qui ressemblait davantage à la Lucy qu'il connaissait ! Un sourire se peignit sur ses lèvres.

— Ne t'en fais pas pour ça, *cara*.

Puis il vit la souffrance altérer de nouveau les traits de sa femme. Il se tourna vers les infirmières.

— Vous ne voyez pas qu'elle a mal ? Vous ne pouvez pas l'aider ?

— Nous faisons tout ce que nous pouvons, Votre Altesse.

Lucy avait l'impression d'être dans un tunnel de ténèbres et de douleur. On lui disait de ne pas pousser au moment où elle en avait le plus envie, et de pousser alors qu'elle avait l'impression de perdre conscience. Pour tenir, elle puisait dans ses ressources les plus ultimes.

La sage-femme l'encourageait de sa voix bienveillante. Elle entendit Guido lui souffler quelques mots en italien, et soudain leur fille apparut, aussi brune que son père.

Une infirmière la posa délicatement sur son ventre. Lucy, bien qu'épuisée, la contempla avec un émerveillement sans borne.

— Bonjour, dit-elle d'une voix étranglée.

Des larmes de soulagement et d'émotion roulaient sur ses

joues. Elle tourna la tête pour partager ce moment unique avec son mari.

Mais Guido s'était éloigné et se tenait dos à la salle, debout devant une fenêtre.

— Guido ? murmura-t-elle, hésitante.

Il se tourna. Son séduisant visage ne trahissait rien, comme à son habitude. Il s'approcha, lui embrassa légèrement le front et caressa la joue de sa fille.

— Bravo, Lucy. Elle est très belle.

Il adressa ensuite un sourire formel au médecin et aux infirmières.

— Et merci à tous pour votre travail, ajouta-t-il.

Lucy se laissa aller contre les oreillers, tandis qu'on emportait sa fille pour la nettoyer, et elle sentit une vague de tristesse l'emporter. Elle n'aurait su dire ce qu'elle avait attendu de Guido, mais c'était davantage que ça.

Mais elle s'était trompée, une nouvelle fois.

# 13

Les livres sur la maternité mettaient en garde les futurs parents : avoir un bébé était épuisant. Mais Lucy trouvait que c'était un mot bien faible pour décrire son état de fatigue. La princesse Nicole Katerina Marguerite Cacciatore manifestait en effet une aversion prononcée pour le sommeil, et refusait de dormir quand les bébés étaient supposés le faire. Mais en dépit de cette difficulté, c'était une enfant vive et joyeuse. Et Lucy pensait que c'était le plus beau bébé du monde.

Car elle ressemblait trait pour trait à son père.

Guido leva les yeux de sa tasse de café, et remarqua pour la première fois les yeux cernés de son épouse.

— *Cara*, dit-il avec un froncement de sourcils. Ça ne peut pas continuer.

— Quoi donc ?

Le fait qu'il ne l'avait pas touchée depuis que le bébé était né, à l'exception de quelques baisers de pure forme ? Ou le fait qu'il se montre de nouveau impatient, froid, lointain ?

Il s'était de nouveau éloigné d'elle et, cette fois, Lucy ne savait pas s'il reviendrait. Une femme qui venait d'accoucher n'était en effet pas au mieux de sa forme pour séduire un homme…

— Tu es épuisée, déclara-t-il. Je n'ai jamais vu quelqu'un qui ait l'air aussi fatigué.

— Toutes les mères le sont, dans les premiers temps.

— Dans ce cas, pourquoi ne pas engager une nounou ?

Lucy se mordit la lèvre et se servit une tasse de café.

— Parce que je n'ai pas besoin d'une nounou, répondit-elle avec obstination.

— Peut-être que si ! Regarde-toi. Au moins, cela te permettrait de mieux dormir la nuit.

— Je veux m'occuper de Nicole moi-même. C'est ce que font toutes mes amies avec leurs enfants.

Guido dut se retenir pour ne pas répliquer que ses amies, elles, n'étaient pas des princesses. Il savait qu'elle ferait la sourde oreille à un tel argument. Lucy semblait mettre un point d'honneur à tisser un lien solide et indestructible avec leur fille. Et en tant que père, il aurait dû s'en réjouir. Alors, quel était son problème, au juste ?

Il avala une gorgée de café trop chaud mais, plongé dans ses pensées, il ne cilla même pas.

Parfois, il observait Lucy avec Nicole quand elle se croyait seule. Il la voyait embrasser leur enfant, entendait cette dernière émettre de petits soupirs de satisfaction. Et les souvenirs remontaient à sa mémoire…

Il prit une profonde inspiration et repoussa la vieille douleur, familière, dans les profondeurs de son esprit. La patience n'était pas l'une de ses vertus, mais il supposait que c'était ce dont une jeune mère avait le plus besoin.

— D'accord, reprit-il. Mais quelqu'un pourrait t'aider dans la journée ? Qu'est-ce que tu en dis ?

Lucy le regarda, puis décida de lui tendre une perche, espérant qu'il la saisirait.

— Mais Nicole est ma seule raison d'être. Tu passes tes journées enfermé dans ton bureau. Qu'est-ce que je suis censée faire si quelqu'un d'autre s'occupe de ma fille ?

— Ella se débrouille très bien, elle.

Mais Ella avait Nico, et tous deux formaient un couple merveilleux…

— Ella a une vie stable, répliqua Lucy après une hésitation.

Son compagnon plissa les yeux.

— Et toi, non ?

— Pas vraiment, non. Tout me paraît si… provisoire ! Tu n'as même pas envie de vivre ici.

— Ce n'est pas vrai, protesta Guido d'une voix rauque.

— Tu sais très bien que si ! Si j'acceptais, tu irais en quatrième vitesse réserver deux places sur le premier vol pour New York.

— Alors accepte, souffla-t-il.

Lucy vit la supplication dans son regard. Après tout, n'était-on pas censé faire des compromis, dans un mariage ?

— Si c'est vraiment ce que tu veux, j'accepte, déclara-t-elle froidement.

— Oh je t'en prie, Lucy ! A t'entendre, on croirait que je te propose de loger dans un taudis ! Si tu n'as pas envie d'aller à New York, dis-le franchement. Nous resterons ici. Je n'y vois aucun inconvénient, il est précisé dans le contrat que c'est toi qui décides. A propos, j'allais oublier : mon père aimerait que tu lui amènes Nicole ce matin.

Lucy écarquilla les yeux. Malade, le roi n'avait jusqu'à présent pas pu voir sa petite-fille. Ses fils le voyaient tous les jours, mais toute autre visite était interdite.

— Il va mieux ? demanda-t-elle.

— Oui. Mais nous ne sommes pas sûrs que cela dure. Ça lui fera plaisir de voir sa petite-fille.

— Tu… tu viendras avec moi ?

Lucy était terriblement nerveuse à l'idée de voir le roi. Elle l'avait déjà rencontré à plusieurs reprises, et il s'était toujours montré aimable. Mais malgré sa faiblesse, c'était toujours un homme très intimidant.

— Non, j'ai du travail.

Lucy se rembrunit, et Guido ajouta plus doucement :

— Et il veut te voir seule.

Lucy aurait voulu l'interroger sur ce point, mais elle savait d'avance comment il réagirait. Il hausserait les épaules, lui décocherait l'un de ses regards ironiques et lui répliquerait qu'il n'était pas habilité à spéculer sur les intentions de son père.

Lucy mit un temps fou à choisir pour Nicole une ravissante petite robe en broderie anglaise. Lorsqu'elle eut enfin fini, l'heure du rendez-vous était si proche qu'elle n'eut d'autre choix que de passer la première robe qui lui tombait sous la main. Elle brossa ses cheveux jusqu'à en avoir les larmes aux yeux, puis regarda son reflet dans le miroir. Mais ce dernier lui renvoya l'image d'une jeune femme inquiète et fébrile, loin de la princesse sereine et sûre d'elle que le roi s'attendait sans doute à voir.

Le roi était installé dans un lit tourné vers la fenêtre. Il pouvait ainsi contempler les jardins, où des fleurs éclatantes se balançaient doucement dans la brise. C'était un homme âgé, mais son visage était empreint de majesté et de dignité. Son regard, bien que voilé, brûlait encore d'une vitalité inextinguible. Pour la première fois, Lucy se rendit compte que Guido avait la même bouche que lui.

Elle parvint à exécuter une révérence maladroite, mais le roi secoua la tête et tapota le lit.

— Venez vous asseoir.

Comme elle prenait place, il se redressa sur ses oreillers. Une infirmière apparut aussitôt, mais il la congédia d'un geste.

— Laissez-nous.

— Mais, Votre Majesté…

— Allez !

L'infirmière disparut, et le roi examina un instant le visage de Nicole avant d'adresser un sourire fatigué à Lucy. L'enfant s'était endormie dans ses bras, peut-être apaisée par le calme qui régnait dans les appartements du souverain.

— Elle est très jolie, déclara-t-il.

Lucy essayait désespérément de se rappeler l'étiquette. Elle se souvenait qu'elle ne devait pas parler avant d'y avoir été invitée… Mais elle était avant tout une mère présentant avec fierté la petite-fille à son grand-père, et elle décida de ne plus songer au protocole.

— Oui, n'est-ce pas ? Elle a les yeux de Guido, et son teint…

— Mais elle a votre nez.

— Eh bien, oui, fit Lucy, ravie. Je crois.

— Et le prénom de mon ex-femme.

— Oui. Guido y tenait beaucoup.

— C'est un prénom médiéval, observa le roi d'un air rêveur. Mais je crois qu'il revient à la mode.

Ils restèrent quelques instants silencieux, à regarder Nicole qui dormait en faisant de petits bruits.

— Vous voulez la tenir ? proposa enfin Lucy.

Mais le souverain secoua la tête.

— Mes bras sont trop faibles pour une si vigoureuse petite vie, dit-il d'un air triste.

Mais une lueur plus joyeuse pétilla dans son regard.

— Et puis, les princes du Mardivino ne sont pas réputés très doués avec les enfants. Encore que Nico ait porté un sacré coup à cette légende.

— En effet, répondit Lucy en riant.

Le roi la dévisagea pendant un instant.

— Et Guido, comment est-il avec sa fille ? demanda-t-il.

Lucy choisit ses mots avec soin avant de répondre.

— Il adore sa fille, bien sûr. Mais il fait partie de ces hommes qui redoutent de prendre un bébé dans leurs bras de peur de le faire tomber.

Le roi soupira.

— Je n'aurais jamais dû l'envoyer en Amérique.

C'était bien la dernière réflexion à laquelle Lucy s'attendait, et elle fixa son beau-père avec surprise. Ce dernier hésitait visiblement à en dire plus, mais il finit par reprendre.

— Quand sa mère est morte, j'ai cru devenir fou. Le choc, vous comprenez…

Lucy ne répondit rien. L'étiquette ne l'avait pas préparée à répondre à ce genre de confidence.

— Nico n'était qu'un bébé, à l'époque. Evidemment, il n'a pas compris ce qui se passait. Gianferro, lui, avait presque huit ans… Il a été élevé à l'écart des autres. Toute sa vie, on l'a préparé à son rôle de futur roi…

En cela, rien n'avait changé, songea Lucy. L'aîné des trois frères vivait toujours à l'écart des deux autres…

Elle jeta un regard curieux au roi, se demandant où il voulait en venir.

— Guido a été le plus affecté par la disparition de sa mère. Il était très proche d'elle. Aussi, quand sa tante a proposé de l'accueillir à New York, je n'ai pas hésité un seul instant.

— Vous avez fait ce que vous pensiez être le mieux pour lui.

— Peut-être. Mais qu'a pensé Guido ?

— Il a dû se sentir… très seul.

Alors Lucy comprit. Une vague de culpabilité la submergea. Elle avait été si préoccupée par son propre sort qu'elle n'avait pas, une seule seconde, songé aux raisons qui pouvaient expliquer le comportement de Guido, qui faisaient de lui ce qu'il était aujourd'hui.

Elle imaginait la confusion, la souffrance, l'angoisse, qu'il avait dû ressentir. Sa mère avait disparu, puis on l'avait envoyé à l'étranger, seul. Il avait dû se sentir rejeté. Rien d'étonnant au fait qu'il ne se sente pas à l'aise à Mardivino ! Et elle avait égoïstement refusé de le comprendre.

Mais Guido n'avait jamais parlé de cela…

« Et tu crois que tu peux l'en blâmer ? »

A l'époque, trop jeune pour exprimer ses sentiments, il avait certainement pris l'habitude de les réprimer, de les enfouir pour pouvoir les supporter.

— Il n'a jamais pleuré, vous savez, fit le roi d'une voix douce. Pas une seule fois.

Lucy sentit que c'était elle qui allait se mettre à pleurer si elle en entendait davantage, et elle se concentra sur le visage de sa fille. Une détermination nouvelle montait en elle, un désir de rattraper le temps perdu, de sauver ce qui pouvait l'être. Certes, elle ne connaîtrait sans doute jamais un amour de conte de fées, mais qui, après tout, avait la chance de le vivre ? Presque personne. L'essentiel était d'essayer de rendre Guido heureux. Et s'il fallait pour cela déménager à New York, elle accepterait. Ce n'était tout de même pas un si grand sacrifice.

Elle reporta son attention sur le roi et le vit dodeliner légèrement de la tête. Aussitôt, comme par magie, l'infirmière reparut, et Lucy se leva.

— Merci de m'avoir reçue, Votre Altesse.

— Tout le plaisir était pour moi.

Il tendit les doigts vers son visage et, émue, elle se pencha pour l'embrasser. Puis elle lui tendit Nicole pour qu'il puisse faire de même.

Elle s'apprêtait à se retirer lorsque le souverain lui posa une question.

— Est-ce que vous lui chantez des berceuses, parfois ?

Interloquée, elle hocha la tête.

— Oui.

— Vous connaissez cette berceuse française, « Bonne nuit, cher enfant » ?

— Non.

— Alors apprenez-la, et chantez-la à Nicole de ma part de temps en temps. Ce sera notre petit secret.

Leurs regards se croisèrent et Lucy sut qu'il n'avait plus très longtemps à vivre. Elle lui sourit avec émotion, et, au mépris de toute étiquette, lui prit la main et la serra dans la sienne.

De retour dans ses appartements, elle trouva un mot de Guido lui apprenant qu'il avait été appelé pour affaires à l'autre bout de l'île, et qu'il serait de retour le lendemain.

Une immense déception s'empara d'elle. Elle qui brûlait d'envie de le voir, de lui parler, de le toucher…

Puis elle se raisonna. Elle avait mis si longtemps pour ouvrir les yeux, ce n'était pas un jour de plus ou de moins qui ferait la différence.

Après déjeuner, elle sortit promener Nicole dans les jardins et croisa Nico qui, en sueur, revenait visiblement d'un jogging dans le parc. A de tels moments, elle se rappelait qu'elle se trouvait non seulement dans un palais royal, mais aussi et avant tout dans une maison de famille.

Une maison qu'elle s'apprêtait à quitter. Mais cette fois, l'idée ne l'emplit pas de tristesse. A quoi bon rester ici si Guido ne s'y sentait pas bien ? Il finirait par s'absenter de plus en plus souvent, c'était inévitable. Et avec un bébé, elle se voyait mal le suivre dans chacun de ses voyages. Le fossé qui les séparait s'agrandirait encore jusqu'à devenir infranchissable… Et c'était ce qu'elle était déterminée à éviter.

— Bonjour, Nico, dit-elle lorsque son beau-frère arriva à sa hauteur.

Il s'arrêta, haletant.

— Bonjour, Lucy ! Comment va ma nièce ?

— A merveille. Je suis contente de te rencontrer, je voulais justement te demander quelque chose…

— Je t'écoute.

— Tu connais une berceuse qui s'appelle « Bonne nuit, cher enfant » ?

— Bien sûr que je la connais. Pourquoi ?

Lucy sourit. Elle savait que ce que ce qu'elle allait lui demander, même si cela semblait anecdotique, était très important. Ce qu'elle ignorait encore, c'était pourquoi.

— Eh bien, j'aimerais que tu me l'apprennes.

# 14

Le crépuscule tombait sur le palais royal lorsque Guido arriva au palais. Tout en progressant le long du couloir dallé de marbre conduisant à ses appartements, il s'étira et bâilla.

Cela faisait des années qu'il n'avait pas visité la partie ouest de l'île, et il avait été impressionné par les résultats du travail de son frère. Nico œuvrait à l'amélioration des infrastructures de Mardivino, tout en s'efforçant de respecter au mieux l'environnement. Il avait réussi à désenclaver le petit village de pêcheurs de Lejana, éminemment pittoresque, et en passe de devenir une destination touristique majeure.

Guido s'était surpris à apprécier le paysage de cette partie de l'île comme jamais auparavant. Mais peut-être était-ce parce qu'il y portait un regard nouveau. La naissance de Nicole avait sans doute changé sa vision des choses, plus profondément qu'il ne l'avait soupçonné.

Son cœur bondit dans sa poitrine lorsqu'il songea qu'il était sur le point de revoir sa fille. Il regarda sa montre, se demandant si Lucy l'avait déjà mise au lit.

Il pressa involontairement l'allure en songeant à sa femme, et un désir aussi douloureux que familier se mit à palpiter en lui. Ces vingt-quatre heures loin du palais lui avaient ouvert les yeux. Il fallait parfois du temps pour reconnaître ses erreurs, et Guido avait enfin compris qu'il s'était montré injuste avec sa femme.

Tout doucement, il poussa la porte de leur chambre. Il se figea soudain en entendant une voix douce chantonner une mélodie si familière qu'elle lui brisa le cœur.

C'était la voix de Lucy.

« Bonne nuit, cher enfant… »

Guido ferma les yeux, bouleversé.

« Quand tu dors dans mes bras… »

Il resta immobile, comme hypnotisé par la mélopée.

« Comme un ange dans mes bras. »

Guido ne sentait pas les larmes qui s'étaient mises à couler sur ses joues. Il avança comme dans un rêve — mais peut-être rêvait-il ? — jusqu'à la porte de la nursery. Lucy, leur fille dans ses bras, se balançait dans le rocking-chair qui avait bercé des générations de petits princes et princesses de Mardivino.

Le présent, le passé, le futur se mêlaient sous ses yeux, dans le contre-jour de la fenêtre en ogive.

Lucy leva enfin les yeux, et ses lèvres s'arrondirent en un « oh » de surprise muette.

— Guido ?

— Je ne savais pas que tu connaissais cette chanson…

— Tu la connais aussi ?

— Bien sûr que oui. Ma mère me la chantait.

Délicatement, Lucy reposa l'enfant dans son berceau et s'avança vers lui. Du bout des doigts, elle essuya ses larmes, puis le prit dans ses bras et le serra contre elle.

— Dis-moi ce qui ne va pas, murmura-t-elle.

Mais on ne brisait pas une si longue habitude du silence en un instant, et Lucy comprit qu'elle devait l'aider, lui montrer la voie.

Elle prit donc son courage à deux mains.

— Tu n'as jamais eu l'occasion de pleurer ta mère, n'est-ce pas ? commença-t-elle.

Elle le vit ciller, mais continua.

— Tu n'as même pas pleuré… Je sais que ton père t'a envoyé à l'étranger juste après la mort de ta mère. Tu as eu l'impression terrible de ne pas être aimé. C'est pour ça que tu ne te sens pas chez toi, ici.

— Qui t'a raconté tout ça ?

— Ton père m'a donné les grandes lignes. Le reste, je l'ai deviné. Et je comprends maintenant pourquoi il m'a demandé d'apprendre cette berceuse et de la chanter à Nicole.

— C'est lui qui te l'a demandé ? fit Guido d'un ton incrédule.

Lucy acquiesça.

— Il devait savoir qu'à un moment ou un autre, tu m'entendrais la chanter.

Guido avait l'impression d'avoir reçu un coup violent. Il secoua la tête pour s'éclaircir les idées.

— C'est bien vu de sa part, je dois l'avouer, reprit-il du même ton stupéfait.

— Je crois que ton père est un homme très perspicace. Et très compréhensif. Simplement, il n'a peut-être pas pu te le montrer autant qu'il l'aurait voulu.

Elle hésita un court instant, avant d'enchaîner d'une voix douce.

— Tu ne dois pas lui en vouloir de ce qui s'est passé. Il ne voulait que ton bien. Ta mère lui manquait, tout comme elle manquait à son peuple. Il savait qu'il n'aurait pas assez de temps à consacrer à un petit garçon de cinq ans. Mais il t'aime. Il t'aime sincèrement.

Puis Lucy prit une profonde inspiration pour trouver le courage de poursuivre.

— Et je t'aime moi aussi.

Guido plongea son regard dans le sien et y vit la force de son amour. Avec un soupir, il enfouit son visage dans les cheveux parfumés de sa femme et, pour la première fois de sa vie, laissa ses sentiments l'envahir.

Ce fut d'abord une douleur intense, amère, qui monta jusqu'au point où il crut ne plus pouvoir la supporter. Et soudain, elle se brisa pour faire place à une étonnante sensation de paix.

Lentement, il redressa la tête et plongea de nouveau les yeux dans ceux de Lucy.

— Me pardonneras-tu, *cara* ?

— De quoi ? Qu'est-ce que tu as fait ?

— La question, c'est plutôt ce que je n'ai *pas* fait, répondit-il en lui caressant le visage.

— Guido, tu parles par énigmes…

— J'ai été égoïste, Lucy, répondit-il. Egoïste et stupide. J'ai pris, et je n'ai pas songé à donner en retour. Je n'ai jamais vraiment pensé à ce dont tu avais besoin. J'étais bien trop préoccupé par mon propre sort pour cela. Mais j'ai bien l'intention de rattraper mes erreurs.

— Guido, je…

— Ecoute-moi jusqu'au bout, s'il te plaît, la supplia-t-il, en lui prenant les mains. Il était totalement stupide de ma part de vouloir te forcer à vivre à New York.

Lucy s'apprêtait à protester, mais il reprit presque aussitôt.

— Je suis allé à Lejana, hier. Tu sais où c'est ?

— Je crois que c'est sur la côte, près des Iles Occidentales ?

Guido sourit avec satisfaction.

— Je vois que tu connais bien la géographie de Mardivino, fit-il d'un ton approbateur.

— Il le faut bien si je veux l'enseigner un jour à ta fille, répondit-elle en riant. Mais pourquoi me parles-tu de Lejana ?

— Parce qu'il y a là-bas un terrain sur lequel nous pourrions faire construire notre maison.

Voyant Lucy froncer les sourcils, il s'empressa d'ajouter :

— Mais bien sûr, si tu préfères rester à Solajoya, il n'y a aucun problème. Nous habiterons où tu voudras. Nous pouvons même continuer à vivre au palais si c'est ce que tu désires. Je peux le faire pour toi.

Lucy ne put s'empêcher de rire.

— Mais non, ce n'est pas ce que je désire !

Guido lui jeta un regard étonné.

— Comment ça ? Je croyais que…

— C'est à New York que je veux vivre. Pas à Mardivino.

Guido était abasourdi par les paroles de Lucy.

— Vraiment ?

— Oui, vraiment !

— Mais qu'est-ce qui t'a fait changer d'avis ?

— J'ai envie que notre mariage marche. Tu ne seras pas heureux tant que tu seras à Mardivino, et si tu n'es pas heureux, je ne le serai pas non plus… Et puis, tout le monde sait que les femmes s'adaptent bien plus facilement que les hommes…

Ce fut au tour de Guido de se mettre à rire. Il lui semblait que c'était la première fois de sa vie qu'il riait avec une telle liberté. Lucy, elle, le fixait comme s'il était subitement devenu fou.

— Chut, tu vas réveiller Nicole !

Guido serra les dents comme un écolier qui essaie de contenir un fou rire en classe. Après quelques instants, il parvint à reprendre son sérieux.

— Laisse-moi résumer la situation, Lucy. Tu veux aller vivre à New York parce que j'en ai envie, et je te propose de vivre ici parce que tu en as envie ?

— Eh bien… Oh, Guido, nous n'allons jamais nous en sortir ! C'est le serpent qui se mord la queue.

— Rien ne nous oblige à décider maintenant, n'est-ce pas ? Je crois que nous avons bien mieux à faire.

Comme de trouver les mots pour la convaincre qu'il se moquait bien de l'endroit où ils habitaient tant qu'elle était près de lui… Guido se sentait comme un homme qui venait d'émerger en pleine lumière. Et c'était une sensation merveilleuse.

— Guido…

Il lui prit la main, l'embrassa, puis l'entraîna vers le berceau où dormait Nicole. En silence, ils observèrent leur fille assoupie. Sa petite bouche laissait échapper un souffle léger et régulier. Ses deux poings minuscules étaient fermés au-dessus de sa tête.

— Elle est merveilleuse, souffla Lucy.

— C'est la plus belle chose que nous avons faite, dit Guido avec une émotion. Et ce n'est qu'un début…

# Épilogue

Quelques mois plus tard, ils emménagèrent dans leur magnifique demeure sur les hauteurs de Lejana. La vue sur la mer était splendide, l'endroit était calme, apaisant, empli de lumière à toute heure de la journée. Ils ne la quittaient que pour assister aux cérémonies officielles auxquelles il leur était impossible de se dérober…

Par un beau soir d'été, Guido et Lucy regardaient de leur terrasse le soleil sombrer à l'horizon. Ils avaient reçu toute la famille pour un pique-nique sur la plage, et Nico et Ella, enceinte de leur second enfant, venaient juste de partir. Leur fils Leo avait passé la journée à jouer avec Nicole, sous la surveillance d'une gouvernante.

Plus surprenant, Gianferro était venu également. La santé déclinante du roi ne faisait qu'alourdir sa charge de travail mais, à la surprise générale, il avait décidé de s'accorder un après-midi de repos. Lucy l'avait trouvé fatigué, mais cela ne l'avait pas empêché de construire un château de sable avec son neveu.

Baignée par la lueur dorée du couchant, Lucy se tourna vers son mari. Il paraissait détendu, reposé, à mille lieux de l'homme nerveux et stressé qu'elle avait connu.

— Tu n'as pas trouvé que Gianferro avait l'air épuisé ? interrogea-t-elle.

— Pas plus que d'habitude, non.

— Je crois qu'il travaille trop.

— C'est son destin, *cara mia*.

— Vous ne pourriez pas l'aider davantage, Nico et toi ?

Guido la regarda en souriant. Lucy était si généreuse. Il l'aimait davantage chaque jour. Il se demandait parfois ce qu'il avait fait pour mériter une femme comme elle.

— Malheureusement non, ma chérie. Nous ne le pouvons pas. Un jour, Gianferro sera roi, et les rois doivent régner seuls.

Lucy hocha la tête, attristée.

— Je comprends. Mais quel fardeau ce doit être ! Et il n'a pas de femme à ses côtés pour le soutenir…

— Ça, c'est une autre affaire. Il est en son pouvoir de changer ça. Surtout s'il veut avoir des héritiers. S'il n'a pas d'enfant, les nôtres seront les premiers dans l'ordre de succession.

Lucy l'avait toujours su, mais l'entendre de la bouche de Guido l'effraya quelque peu.

— C'est ça que tu veux pour nos enfants ?

— Non. Loin de là. Mais il y a des choses qu'il n'est pas en mon pouvoir d'empêcher. Quoi qu'il en soit, inutile de nous faire du souci pour quelque chose qui n'arrivera sans doute pas.

— Et si nous trouvions une femme à Gianferro ? suggéra Lucy avec excitation.

Guido leva un sourcil moqueur. Il n'imaginait que trop la réaction de son frère.

— Je ne crois pas, non…

— Est-ce que… tu penses qu'il se mariera un jour par amour ?

— Je ne crois pas que sa position lui permette un tel luxe.

Guido lui tendit la main, et Lucy vint prendre place sur ses genoux.

— Parce que tu penses que l'amour est un luxe ? demanda-t-elle, faussement outrée.

— Non, je crois que c'est une nécessité. En tout cas, ça l'est pour moi.

Il s'interrompit, et Lucy comprit qu'il hésitait à parler. S'il lui montrait son amour tous les jours, il n'avait pas encore totalement surmonté sa réticence à communiquer.

— Tu es toute ma vie, Lucy, reprit-il enfin, au moment où elle crut qu'il avait renoncé à s'exprimer. Tu es l'air que je respire, la lumière qui m'éclaire et me guide.

— Oh, Guido…, murmura-t-elle. C'est la plus belle chose qu'on m'ait jamais dite…

— J'espère bien, s'exclama-t-il. Je suis ton mari !

Son mari, oui. Et son amant. Son ami. Son confident. Le père de sa fille. Il était tout cela et bien plus encore.

Ils s'enlacèrent et, comme le soleil jetait ses derniers feux, leurs lèvres se touchèrent.

— Je t'aime, Lucy. Je t'aimerai toujours.

— Moi aussi, je t'aime. Et je t'aimerai toujours.

Les premières étoiles apparurent dans le ciel, témoins silencieux et scintillants de cette merveilleuse promesse.

# 1

Gianferro avait toujours bien choisi ses maîtresses.

Bien sûr, il recherchait la beauté et l'intelligence, mais la discrétion représentait à ses yeux, pour des raisons évidentes, une qualité essentielle. Beaucoup de femmes auraient donné n'importe quoi pour devenir la maîtresse du prince, et les candidates à cette fonction non officielle n'avaient jamais manqué.

D'autant plus qu'il brassait des milliards et qu'il était appelé à monter un jour sur le trône de Mardivino, cette île de la Méditerranée sur laquelle sa famille, les Cacciatore, régnait depuis le XIIIe siècle.

Cette fois-ci, pourtant, la quête de Gianferro était différente. Il savait qu'il se trouvait à un tournant de son existence, qu'il fallait qu'il fasse un choix décisif qu'il ne pouvait plus se permettre de remettre à plus tard.

Ce n'était plus une maîtresse qu'il cherchait, mais une fiancée. Une femme qu'il épouserait. Cette décision l'engagerait pour la vie et il n'avait pas le droit de se tromper.

Ses deux frères étaient déjà mariés et avaient des enfants. Pour s'assurer que la couronne de Mardivino reviendrait à sa propre lignée, il n'y avait qu'une seule solution.

Il devait se marier.

Préoccupé par cette idée, Gianferro balaya du regard la chambre qu'on lui avait réservée au manoir de Caius Hall.

L'architecture n'avait rien à voir avec celle de son palais à Mardivino, mais l'atmosphère et le décor, très anglais, étaient pleins de charme.

Les fenêtres à meneaux étaient garnies, dans leur partie supérieure, de panneaux de verre coloré, taillés en losanges, qui réfléchissaient la lumière sous des angles différents, si bien que la pièce chatoyait sous le soleil qui rentrait à flots. On se serait presque cru à l'air libre. Pourtant, c'était loin d'être le cas, songea Gianferro avec un sourire ironique. Il était plutôt pris au piège, comme un oiseau en cage.

Arrivé la veille, il n'était pas près de s'échapper de Caius Hall, la demeure des de Vere, dont il devait épouser la fille aînée…

Lady Lucinda de Vere, affectueusement surnommée Loulou, possédait tout ce dont il pouvait rêver chez une femme. D'un sang aussi pur et noble que le sien, elle était de surcroît très belle, aussi blonde que lui était brun.

Leurs deux familles se connaissaient depuis de longues années. Après avoir fait leurs études ensemble, leurs pères étaient restés en contact, même si, au fil des ans, leurs rencontres s'étaient inévitablement espacées et raréfiées. Gianferro n'était venu qu'une seule fois en vacances à Caius Hall, quand les deux filles étaient encore de très jeunes enfants.

Et puis, l'année dernière, il avait revu Loulou à un match de polo. Un ami du prince, jugeant qu'il était grand temps de lui présenter un parti « convenable », avait en effet profité des circonstances pour mettre les deux jeunes gens en présence. D'abord sur ses gardes, Gianferro avait été conquis malgré lui par le charme et l'assurance de la jeune femme.

— Il me semble que nous nous connaissons déjà, avait-elle susurré tandis qu'il se penchait pour lui baiser la main. N'avez-vous pas séjourné à la maison, il y a quelques années ?

— En effet, mais c'était il y a très longtemps, avait-il répondu en fronçant les sourcils. Vous n'étiez qu'une toute petite fille à l'époque, avec des tresses et des rubans dans les cheveux.

— Oh… C'est tout le souvenir que je vous ai laissé ! Ce n'est pas très flatteur.

Néanmoins, le rappel de cette première rencontre, même lointaine, rassura quelque peu Gianferro. Il n'avait pas affaire à n'importe quelle inconnue poussée par d'obscures motivations. Elle était issue de la noblesse. Leur union rencontrerait l'approbation de tous.

Ils s'étaient ensuite revus plusieurs fois, à des fêtes spécialement organisées à leur intention pour leur permettre de faire plus ample connaissance. Durant leurs entretiens, qui se déroulaient sous haute surveillance, ils s'étaient arrangés pour exprimer à mots couverts leurs désirs et leurs attentes. Lui, voulait une femme qui lui donnerait un héritier. Elle, souhaitait devenir princesse. Un rêve qu'elle partageait avec de nombreuses jeunes filles de l'aristocratie anglaise…

Ce jour-là, après le déjeuner, Gianferro commencerait à lui faire sa cour dans les règles. Dès qu'ils auraient franchi cette ligne invisible, il ne serait plus question de revenir en arrière. Tout, à Mardivino et en Angleterre, serait mis en place pour favoriser ce projet de mariage, puisque tel était son bon vouloir.

Dans quelques heures, il perdrait sa liberté. Irrémédiablement.

Il s'autorisa un petit sourire ironique. A vrai dire, il ne s'était jamais senti vraiment libre. En tant que prince, il jouissait des nombreux privilèges de la fortune et du pouvoir, mais les libertés que connaissait le commun des mortels étaient à jamais hors de sa portée.

Il jeta un coup d'œil impatient à sa montre. Encore une heure à attendre… Malgré tout, il n'avait aucune envie de descendre pour se livrer aux mondanités et prendre part aux conversations de salon.

Se glissant sans bruit hors de sa chambre, il longea un couloir interminable pour sortir à l'air libre et respirer les senteurs printanières, avec l'avidité d'un homme qui vient d'échapper à la captivité.

Une brise douce et parfumée agitait les corolles délicates des narcisses et des jonquilles. Les floraisons mousseuses, blanches et roses, s'accrochaient aux branches des arbres comme de la barbe à papa. Le bleu enchanteur des jacinthes éclatait çà et là, fragile et éphémère.

Gianferro quitta les jardins bien dessinés pour emprunter un sentier qui s'enfonçait dans le parc. Il marchait à grandes enjambées, en direction des prairies et des bocages qui s'étendaient à l'horizon de l'immense domaine.

Au loin, il entendit le galop assourdi d'un cheval et une vague de nostalgie le submergea, l'espace d'un instant. Il aurait bien aimé se lancer à bride abattue sur les rivages de Mardivino, jusqu'à l'épuisement. L'équitation était son sport préféré.

Un magnifique palomino traversa le champ au grand galop, et Gianferro plissa les yeux avec une expression incrédule lorsqu'il comprit que le cavalier s'apprêtait à lui faire sauter la haie.

Il retint son souffle. Elle était trop haute, et il allait beaucoup trop vite. Quelle folie !

Instinctivement, il faillit pousser un cri pour ordonner au cheval de s'arrêter, mais il se retint pour ne pas l'effrayer et l'exposer à un danger encore plus grand.

Le cavalier éperonna sa monture… Le moment qui suivit fut un véritable instant de grâce, de ceux qu'on voudrait conserver à jamais gravés dans sa mémoire. Dans un bond qui défiait toutes les lois de la gravité, le cheval s'élança en dessinant un arc parfait. L'espace d'une fraction de seconde, il sembla suspendu dans les airs, avant de retomber souplement de l'autre côté de l'obstacle. Alors, Gianferro recommença à respirer, abasourdi par le courage et l'audace du cavalier. Mais aussi par sa stupidité !

Il était assez expert pour différencier l'intrépidité de

l'inconscience, et le jeune imprudent méritait une sérieuse mise en garde. Se dirigeant résolument vers l'écurie, il perçut bientôt l'écho d'une voix féminine, douce et cristalline, qui couvrait l'ébrouement du cheval.

— Tu es magnifique ! Tout simplement fantastique !

Gianferro se figea. Une *femme* ? Non, impossible.

Emporté par son naturel autoritaire, il pénétra dans l'écurie et découvrit, sans erreur possible, la silhouette d'une jeune fille en train de donner un sucre à son cheval. *Une jeune fille !*

— Vous avez perdu la tête ? demanda-t-il avec brutalité.

En entendant cette voix impérieuse, Millie se retourna avec colère, prête à riposter, mais son sang se figea brusquement dans ses veines.

Bien sûr, elle savait qui il était. On l'accusait souvent d'avoir la tête dans les nuages, mais elle avait tout de même compris qu'un prince séjournait dans la demeure familiale. Et que sa sœur Loulou avait résolu de l'épouser.

La maison était envahie par des policiers en armes et des gardes du corps. Sa mère se plaignait assez que les deux petites villageoises qu'elle avait engagées pour l'aider en étaient tout émoustillées et ne travaillaient guère !

Pour l'instant, Millie avait échappé aux présentations. La veille au soir, elle avait prétexté une migraine pour ne pas paraître au dîner. Elle n'avait pas du tout envie d'assister à la comédie de sa sœur, qui paradait et faisait des mines comme si elle cherchait à se vendre au plus offrant.

Mais là, plus moyen de s'éclipser ni de s'enfuir. Il était devant elle, debout devant la porte, lui barrant le passage.

Avec son pantalon à la mode et sa chemise de soie au col déboutonné, il ne ressemblait pas du tout à l'idée qu'elle se faisait d'un prince.

Grand et musclé, il avait des cheveux noirs comme du jais. Quant à ses yeux, tout aussi noirs, ils lançaient en ce moment des éclairs accusateurs.

— Vous m'avez entendu ? reprit-il. Je vous ai demandé si vous aviez perdu la tête.

— Je ne suis pas sourde.

Gianferro dut tendre l'oreille tant elle avait parlé bas. L'exercice avait coloré les joues de la jeune fille et l'étoffe de son chemisier mouillé de transpiration collait à sa peau, faisant ressortir ses petits seins ronds et haut placés. Curieusement, il sentit une pulsion de désir l'envahir. Cette jeune écervelée manquait de respect. Ne savait-elle donc pas qui il était ?

— Eh bien ? Vous ne répondez pas ?

Millie haussa les épaules. On lui avait reproché si souvent son intrépidité…

— Tout est une question de point de vue, j'imagine, déclara-t-elle avec un petit sourire.

Elle avait de grands yeux bleus limpides, aussi purs que les myosotis, et un teint diaphane. Gianferro se demanda de quelle couleur étaient ses cheveux, sous la bombe qu'elle portait encore. Sans qu'il comprenne pourquoi, son pouls s'accéléra.

— Vous montez bien à cheval, concéda-t-il en faisant un pas en avant.

Millie lutta pour ne pas reculer, mais la proximité de cet homme la troublait intensément. Certes, il était fort et viril, mais il se dégageait autre chose de sa personne… Quelque chose qu'elle n'avait encore jamais rencontré. Loulou n'avait jamais évoqué l'extraordinaire aura qui émanait de lui, et qui lui donnait maintenant des palpitations. Son cœur tambourinait, comme si sa cage thoracique était devenue trop étroite. Elle le fixa droit dans les yeux, en s'efforçant de se concentrer.

— Merci.

— Cela dit, j'ignore qui a été votre maître d'équitation, mais il n'a pas de quoi être fier, poursuivit-il.

Millie cligna des yeux.

— Pardon ?

— Vous finirez par vous tuer, si vous continuez à prendre autant de risques. Ce saut d'obstacle était bien hasardeux.

— Pourtant j'ai réussi ! Et j'avais encore de la marge !

— Ce genre d'exploit pourrait bien vous être fatal, un jour ou l'autre.

— Oh, on ne peut tout de même pas passer sa vie à avoir peur ! S'il fallait toujours s'envelopper dans du coton par crainte de ce qui pourrait se produire… Il ne s'agirait plus de vivre, mais de survivre, et ce serait sans intérêt.

Face à l'insouciance de cette jeune fille, Gianferro se sentit soudain très nostalgique. Depuis combien de temps ne s'était-il pas offert le luxe d'une telle désinvolture ? Il était devenu tellement raisonnable…

— Vous êtes si jeune, ajouta-t-il, presque avec tristesse.

— Et vous êtes un vieux sage respectable, sans doute ? dit-elle en souriant.

Il se mit à rire. Puis, brusquement, il se figea en la scrutant avec intensité.

Millie éprouva tout à coup une étrange faiblesse. Elle, pourtant si courageuse et téméraire sur un cheval, se sentait subitement en proie à une peur inexplicable et elle se mit à frissonner, comme si elle succombait à un accès de fièvre.

— Je dois m'occuper de mon cheval, déclara-t-elle d'une voix incertaine.

— Qui êtes-vous ? s'enquit le prince abruptement. Une employée ?

Une sorte d'instinct poussa Millie à ne pas le détromper. S'il la prenait pour une domestique, il ne tarderait pas à quitter les lieux et à la laisser tranquille. Elle se sentirait alors de nouveau en sécurité, hors d'atteinte du magnétisme sensuel qui émanait de lui.

— Oui, répondit-elle.

Gianferro vit que les lèvres de la jeune fille étaient entrouvertes et il eut soudain une envie folle de l'embrasser, comme cela ne lui était encore jamais arrivé. Et comme cela ne lui arriverait plus, se dit-il, maintenant qu'il s'apprêtait à s'engager pour toute son existence.

Millie plissa les yeux. En un éclair, elle devina tout. Elle n'avait presque aucune expérience des hommes, mais le regard intense du prince était éloquent. Aussitôt, elle ressentit un élan de sympathie pour sa sœur. Avait-elle choisi un homme qui lui serait infidèle, comme leur père l'avait été ?

Mais Loulou saurait s'y prendre. Depuis des années, elle menait les hommes par le bout du nez. Il n'y avait aucune raison pour que cela ne marche pas avec lui. Pourtant, il possédait quelque chose de différent. Et pas uniquement parce qu'il était prince. Non. Il était…

La gorge de Millie se contracta.

Il était un rêve incarné. Il exhalait la puissance et la force virile. Un instant, désemparée Millie se surprit à envier sa sœur. Elle rougit, terrifiée à l'idée de trahir sa pensée.

— Je… J'ai vraiment à faire, bredouilla-t-elle.

Il se mit à rire de nouveau, mais avec une pointe de regret.

— Oui, sauvez-vous vite, petite fille, murmura-t-il.

— J'ai dix-neuf ans ! protesta-t-elle, piquée au vif.

— Raison de plus, insista-t-il avec une ironie teintée d'amertume.

Millie obtempéra et s'enfuit le plus vite possible. Dehors, le soleil printanier du mois d'avril s'était caché et de gros nuages s'étaient amoncelés. Tandis qu'elle courait en direction de la maison, des gouttes se mirent à tomber, rafraîchissant ses joues en feu. Quelques secondes plus tard, il pleuvait à verse et elle dut se mettre à l'abri derrière le mur du potager pour reprendre sa respiration. Elle avait la bouche sèche et son cœur battait la chamade.

A l'intérieur d'elle-même, tout bouillonnait. La rencontre avec le prince avait déclenché en elle un véritable cataclysme qu'elle n'arrivait pas à comprendre.

Ce qu'elle savait, en revanche, c'est que le déjeuner se profilait comme une terrible épreuve.

# 2

— Millie, tu es en retard !

La voix irritée de sa mère s'éleva au-dessus du brouhaha des conversations. Celle-ci n'était pas femme à trahir ses émotions, mais, dans les circonstances présentes, son énervement était compréhensible.

Millie avait bien essayé de se glisser dans le salon bleu sans attirer l'attention, mais elle n'avait pu échapper à la vigilance maternelle.

— Je suis désolée, répondit la jeune fille en baissant les yeux.

Pour masquer son embarras, elle s'absorba dans la contemplation du tapis persan. Elle était terrifiée à l'idée de ce qui allait se produire quand le prince la verrait. D'autant plus qu'elle n'était toujours pas remise de ses émotions…

Après sa chevauchée matinale, elle s'était attardée dans la salle de bains pour tenter d'être présentable. Tandis qu'elle s'habillait, son esprit avait été obsédé par l'homme incroyablement séduisant qui allait devenir son beau-frère. En dépit de tous ses efforts, elle ne pouvait s'empêcher d'imaginer ce qu'elle aurait ressenti s'il l'avait embrassée…

— Millie, c'est très impoli de faire attendre le prince, lui reprocha sa mère.

Puis, en aparté, elle ajouta :

— Tout de même, ma chérie, tu aurais pu te maquiller un

peu ! Mettre au moins du rouge à lèvres ! Tu es si jolie quand tu veux bien t'en donner la peine !

Autrement dit, sa mère ne la trouvait pas à son avantage… Eh bien, tant pis. Elle se fondrait plus facilement dans le décor. Il ne ferait pas attention à elle et ne la dévisagerait pas comme tout à l'heure, lui faisant éprouver des choses étranges et inconvenantes. Et qui la mettaient très mal à l'aise…

— J'aurais été encore plus en retard, si j'avais dû me pomponner, protesta Millie.

Au moment où elle prononçait ces mots, une silhouette imposante apparut dans son champ de vision. Elle n'eut pas besoin de tourner la tête pour savoir qui approchait. Parcourue par un frisson irrépressible, elle espéra seulement que sa mère ne remarquerait pas son trouble.

— Prince Gianferro, déclara la comtesse de Vere avec un sourire éclatant, j'aimerais vous présenter ma fille cadette, Millicent.

Millie fut bien obligée de lever les yeux. Les yeux noirs du prince s'animèrent d'une lueur moqueuse. « Dites que nous nous sommes déjà rencontrés », l'implora-t-elle du regard. « Dites-le, je vous en prie, et tout se passera bien. »

Mais il n'en fit rien. Saisissant la main de Millie, il se pencha pour presser ses lèvres sur le bout de ses doigts. Aussitôt, elle sentit un frisson délicieux courir le long de son dos.

— *Contentissimo*, murmura-t-il, Millicent.

— Millie, corrigea-t-elle en retirant sa main.

Puis, recouvrant un peu de son assurance, et avec une expression de reproche muet, elle ajouta :

— Dois-je vous faire une révérence ?

Un sourire étira les lèvres de Gianferro.

— En avez-vous le désir ?

Y avait-il un sens caché à sa question, ou était-ce elle qui imaginait des sous-entendus ambigus ? Seigneur, que lui arrivait-il pour s'égarer de la sorte ? C'était le fiancé de Loulou, pas le sien ! De toute façon, même sans ça, c'était de la folie d'imaginer qu'il puisse y avoir quoi que ce soit entre eux.

Courbant la tête, elle s'inclina avec grâce, en espérant que ce respect de l'étiquette mettrait entre eux une distance enfin convenable.

— *Perfetto*, commenta-t-il à mi-voix.

— Impeccable, ma chérie, dit sa mère avec une satisfaction un peu étonnée. Maintenant, demande au prince de bien vouloir excuser ton retard.

— Je…

Il la dévisagea d'un air malicieux.

— Vous aviez mieux à faire, j'imagine ?

Au lieu de dissiper le malentendu, il continuait à s'amuser de sa confusion !

Dieu merci, la cloche sonna à ce moment-là.

— Le déjeuner est servi, annonça Millie d'une voix polie.

— Sauvée par le gong, répliqua-t-il sur un ton moqueur, sous le regard de plus en plus perplexe de la comtesse.

Ils étaient vingt à table, et Millie se sentit soulagée en constatant qu'elle était assise loin du prince, même si elle se doutait que cela ne suffirait pas à faire disparaître son trouble.

De son côté, Gianferro déployait beaucoup d'efforts pour faire bonne figure. Les mets étaient délicieux, le décor exquis et la compagnie charmante, mais…

Il ne pouvait pas s'empêcher d'observer à la dérobée la jeune fille assise en bout de table. Comme elle était différente de sa sœur ! Loulou était habillée comme une gravure de mode, alors que Millie portait une robe toute simple qui mettait en valeur sa silhouette très mince, aux jambes fines et élancées. Elle avait attaché ses longs cheveux blonds, et son visage, sans maquillage, paraissait aussi frais qu'un bouquet de fleurs des champs.

— Vous n'avez même pas goûté au vin, Gianferro ! lui reprocha Loulou, assise à côté de lui.

Il haussa les épaules.

— Je ne bois jamais au déjeuner.

— Ah bon ? Pourquoi ?

— J'ai besoin de garder les idées claires.

La jeune femme esquissa une moue coquette.

— J'espère que vous faites des exceptions de temps en temps ! C'est tellement agréable… de se détendre un peu l'après-midi.

Il saisit sans peine l'allusion, et ce manque de finesse et de discrétion le choqua. En même temps, il fut heureux d'avoir trouvé un prétexte pour adopter une attitude plus distraite. Car depuis qu'il voyait Loulou sur son territoire, il ressentait une vague déception en réalisant qu'elle ne correspondait pas exactement à l'idée qu'il s'en était faite au cours de leurs rencontres.

Certes, elle était très belle et avait beaucoup d'allure, avec une assurance et des manières de femme du monde. Mais elle avait l'air de le guetter comme une proie, et cette avidité, que l'on pouvait considérer comme une qualité chez une maîtresse, ne convenait guère à l'épouse d'un prince.

Rejetant en arrière son opulente chevelure, Loulou se mit à jouer avec son collier, l'enroulant autour de son doigt. Elle savait user de sa séduction. En d'autres circonstances, il se serait piqué au jeu avec plaisir… Soudain, il prit conscience d'une chose terriblement importante pour lui…

*Elle n'était pas vierge.*

Alors que Millie…

De nouveau, ses yeux s'égarèrent en direction de la jeune fille. Il croisa son regard bleu, confus et troublé. Presque aussitôt, elle détourna la tête en se mordant la lèvre, comme s'il l'avait brûlée.

Il éprouva alors un désir si fort qu'il en fut stupéfait.

— Gianferro ?

Il afficha un sourire diplomatique.

— *Si ?*

Une invitation à peine voilée brillait dans les yeux de Loulou.

— Cela vous plairait de faire le tour du propriétaire, cet après-midi ? Caius Hall renferme toutes sortes de trésors cachés qui ne demandent qu'à être admirés.

Gianferro se crispa en prenant cette fois pleinement conscience qu'il s'était trompé. Il sentait qu'il ne pourrait jamais faire confiance à Loulou et qu'elle n'était pas l'épouse qu'il lui fallait. Heureusement, aucune proposition claire n'avait été formulée : il n'aurait pas besoin de rompre, ni d'exprimer un refus.

Bien sûr, elle serait déçue. Mais il valait mieux lui infliger maintenant une petite désillusion plutôt que s'engager dans une voie vouée à l'échec.

Voilà. Sa décision était prise. Il allait repartir aujourd'hui même, sans regret.

— Si nous changions de place pour le dessert ? proposa la mère de Millie.

Gianferro hocha la tête.

— Excellente idée. Cela me permettra de parler à votre cadette.

Malgré sa réticence, Millie sentit que c'était un ordre et elle n'osa pas se dérober. Affichant un sourire convenu, elle prit la place de Loulou en ignorant délibérément l'expression moqueuse de celle-ci. De quoi allait-elle bien pouvoir parler ?

Tandis qu'autour d'eux les conversations reprenaient, Gianferro se pencha pour lui demander à voix basse :

— Pourquoi m'avez-vous menti en vous faisant passer pour une employée ?

Millie se mordit la lèvre. Comment lui expliquer l'embarras et la confusion où il l'avait plongée ?

— J'ai agi sur une impulsion, répondit-elle.

Il haussa les sourcils.

— Vous agissez souvent ainsi ?

— Parfois, dit-elle. Et vous ?

Il secoua la tête et eut un sourire triste.

— Malheureusement, ma position ne me le permet pas.

— Vous existez pourtant comme personne, avant d'être prince !

Gianferro sourit plus largement. Quelle spontanéité charmante ! songea-t-il.

— Les deux aspects sont liés, expliqua-t-il doucement.

— Oh, je vois.

— Parlons plutôt de vous, Millie.

— De moi ? lança-t-elle d'un air étonné.

— Cela vous surprend que je m'intéresse à vous ?

Millie faillit répondre qu'avec une sœur aînée aussi éblouissante que Loulou, elle n'avait guère l'habitude qu'on lui marque de l'intérêt. Mais, tandis qu'il lui posait des questions sur son enfance, elle se détendit peu à peu. Elle lui raconta la rigueur et les contraintes de sa vie dans le pensionnat religieux où elle avait étudié, ainsi que quelques-uns des coups pendables qu'elle avait imaginés avec ses camarades. Et quand Gianferro éclata de rire, elle eut l'impression de remporter une victoire.

Mais, au même moment, elle prit tout à coup conscience que tous les invités s'étaient tus et les regardaient. Sa mère paraissait extrêmement surprise et Loulou ne cachait pas son irritation.

— Qu'avez-vous envie de faire cet après-midi, Gianferro ? demanda la comtesse.

Millie vit que sa sœur guettait la réponse.

— J'aimerais beaucoup voir vos chevaux.

Loulou fit la grimace.

— Les *chevaux* ? s'écria-t-elle.

— Oui. Je possède quelques beaux pur-sang à Mardivino, et je serais curieux de les comparer aux vôtres.

— Mais il *pleut* ! reprit la jeune femme, de plus en plus dépitée.

— Cela ne me dérange pas. J'adore la pluie.

Loulou tapota la table du bout du doigt.

— Tant pis pour vous si vous avez envie de vous mouiller, mais ne comptez pas sur moi pour vous accompagner !

Un silence succéda à ses paroles. Gianferro fronça les sourcils. Manifestement, elle s'attendait à le voir changer d'avis et capituler. Mais c'était mal le connaître. Jamais il ne cédait devant une femme !

— Comme vous voudrez, je ne vous y oblige pas, déclara-t-il sèchement.

La comtesse semblait si effarée par ce qui se passait que Millie décida de voler à son secours.

— Je peux montrer les chevaux au prince, si tu veux ?

Sa mère lui adressa un sourire reconnaissant qui, paradoxalement, ne fit qu'accroître le malaise et la culpabilité qu'elle ressentait.

— Oh, c'est une très bonne idée ! Merci, ma chérie.

Gianferro sourit lui aussi.

— C'est très gentil à vous, Millie.

Le cœur battant, elle recula sa chaise et se leva. Sans trop savoir pourquoi, elle éprouvait de la rancune à l'égard de cet homme, dont la présence la troublait tant qu'elle l'empêchait de maîtriser le cours des événements.

— Eh bien, venez ! Qu'attendez-vous ? lui dit-elle un peu sèchement.

— Va d'abord te changer ! objecta sa mère.

— Oh, ce n'est pas la peine. La pluie ne me dérange pas, répondit Millie.

Loulou eut un rire nerveux.

— C'est bien toi ! Quel garçon manqué !

Au fil des ans, Millie avait beaucoup souffert de ce genre de moqueries. Mais, tandis que Gianferro lui emboîtait le pas pour quitter la pièce, ce fut comme si toutes ses blessures d'amour-propre disparaissaient. Etrangement, elle se sentait à la fois femme, pour la première fois de sa vie, et prise dans une situation très inconfortable.

Quand elle ouvrit la porte du manoir, le rideau de pluie s'était encore épaissi et l'horizon était complètement bouché.

— Vous avez toujours envie de sortir ? demanda-t-elle à Gianferro.

— Oui.

Elle attrapa un ciré sur le portemanteau et le lui lança, avant d'en prendre un autre pour elle-même.

— Eh bien, venez.

La rudesse de son geste et le coup d'œil mauvais qu'elle lui lança plurent à Gianferro, qui enfila le vieux vêtement imprégné d'une odeur de cuir et d'écurie. Quand ils sortirent, une violente rafale les fouetta au visage.

— Courons ! lança Millie, saisie par une étrange excitation.

Elle était heureuse d'échapper à ce déjeuner conventionnel et ennuyeux, et l'écurie était l'un des rares endroits où elle se sentait bien. « Il n'y a pas que cela, Millie, ne fais pas l'innocente ! » lui souffla une petite voix intérieure. Mais elle secoua la tête pour chasser ces pensées embarrassantes.

— Suivez-moi !

Avec une insouciance qui lui était jusqu'alors étrangère, Gianferro éclata de rire et se mit à courir en essayant d'éviter les flaques d'eau. En voyant les éclaboussures de boue sur les jambes gainées de soie de Millie, il se demanda si elle portait des collants. Sans doute. Elle était trop candide pour porter des bas. Mon Dieu, que faisait-il avec cette gamine ? Il était fou. Il devait arrêter ça tout de suite.

Pourtant, en même temps, un sentiment très fort, irrévocable, se développait en lui. Comme si son destin allait se sceller de la manière la plus inattendue.

Lorsqu'ils parvinrent aux écuries, les cheveux de Millie étaient complètement trempés, plaqués sur son crâne. Elle se tourna vers lui en essuyant les gouttes qui dégoulinaient sur ses joues comme des larmes.

— Pourquoi n'avez-vous pas dit à ma mère que nous nous étions déjà rencontrés ?

— Vous le savez très bien.

— Non.

— Si. Tout comme vous savez ce qui va se produire maintenant.

Elle secoua la tête en s'efforçant de réprimer son émotion.

— Vous parlez par énigmes !

— Pourquoi avez-vous accepté de me conduire jusqu'ici, Millie ? demanda-t-il doucement.

— Parce que… vous vous intéressez aux chevaux !

De la part d'une autre femme, il aurait pris cela pour de la coquetterie pure et simple. Mais il sentait que Millie était incapable d'artifices de ce genre.

— Non, il ne s'agit pas de cela. Vous savez très bien ce que je veux. D'ailleurs, vous aussi, vous voulez la même chose. Si toutefois vous êtes assez honnête pour l'admettre.

En voyant l'intensité qui brillait au fond des yeux de Gianferro, Millie eut un brusque mouvement de recul.

— Non, souffla-t-elle. Non. Il ne faut pas !

— Pourtant nous en avons envie tous les deux, chuchota-t-il.

— Gianferro !

Il l'attira dans ses bras et l'allongea sur la paille. Tout en écartant les mèches de cheveux collées sur son visage par la pluie, il la fixa pendant ce qui lui sembla être une éternité. Puis il se pencha pour lui donner un baiser passionné, et le monde extérieur cessa brusquement d'exister.

Pour Millie, ce fut comme un saut vertigineux dans l'inconnu. Jamais encore elle n'avait ressenti un tel mélange de peur et d'excitation. Le corps viril et musclé de Gianferro se pressait contre elle, et ses lèvres dévoraient les siennes.

— Oh, murmura-t-elle, presque suppliante, en cédant sous la pression de sa langue.

Sous l'emprise d'un désir presque douloureux, elle se serra contre lui, tandis que des sensations délicieuses s'emparaient d'elle. C'était comme si son corps cessait de lui appartenir pour s'animer d'une vie propre, indépendante de sa volonté.

Elle se frotta contre lui, jusqu'à ce que les pointes de ses seins se durcissent à lui faire mal.

Réprimant une exclamation, il se dégagea brutalement, et essaya de calmer sa respiration pendant qu'elle protestait avec une expression boudeuse.

— Restez ! Ne partez pas ! l'implora-t-elle d'une voix qu'elle ne reconnaissait pas elle-même.

Il la contempla un instant.

— Aviez-vous déjà embrassé un homme avant moi, Millie ?

Elle le fixa d'un air désemparé. Ainsi, il avait deviné !

— Non… Enfin, pas comme ça…

— Que voulez-vous dire ?

Elle était incapable de lui expliquer. Il ne s'agissait pas d'une simple expérience physique. Elle éprouvait une émotion si bouleversante… Les mots lui manquaient.

Comme elle secouait la tête d'un air impuissant, Gianferro éprouva un sentiment de triomphe. Elle était si jeune, si inexpérimentée…

— Vous embrassez merveilleusement bien, murmura-t-il en la serrant de nouveau dans ses bras. Avec beaucoup de passion.

Il s'interrompit pour suivre du bout des doigts le contour de ses lèvres, avant de reprendre :

— Mais il existe une multitude de baisers différents, Millie. Je vous les apprendrai.

Ces paroles ramenèrent soudain Millie à la réalité et elle se dégagea. Que voulait-il dire ? Quelles étaient ses intentions ? Pourquoi n'avait-elle pas réagi plus tôt ?

Avec un air perdu, elle retira des brins de paille dans ses cheveux.

— Vous ne ferez rien de tel ! s'écria-t-elle d'une voix tremblante. Pour qui vous prenez-vous ? Vous devez épouser ma sœur, je vous le rappelle !

Il secoua la tête.

— Non. Je ne me marierai pas avec elle.

— Mais si ! Vous le savez bien.

— Je ne le veux plus, déclara-t-il.

Il la saisit par le menton pour l'obliger à le regarder bien en face, avant d'ajouter avec le plus grand calme :

— Il ne peut plus en être question, et vous et moi savons très bien pourquoi.

# 3

— Je vais me marier avec Gianferro.

La main de Loulou, tenant une brosse à cheveux, s'immobilisa en l'air.

— Tu délires ?

Millie avala sa salive. Peu importait la réaction de sa sœur, il fallait qu'elle l'annonce.

— Je suis désolée…

Loulou abandonna son reflet dans le miroir et se tourna vers Millie en fronçant les sourcils.

— Mais qu'est-ce que tu racontes ?

— Gianferro et moi… allons nous marier.

— Si c'est une plaisanterie, elle n'est pas drôle du tout.

Millie secoua la tête. Elle aurait préféré abandonner la discussion et en rester là, pour ne pas faire souffrir davantage Loulou, mais elle s'était juré de dire la vérité. Et maintenant, elle devait aller jusqu'au bout.

— Je suis sérieuse, déclara-t-elle.

Pendant une seconde, Loulou resta silencieuse, puis elle répondit, sur le ton supérieur qu'elle prenait parfois pour lui expliquer que les hommes n'appréciaient pas les garçons manqués :

— Millie… Tu es peut-être tombée amoureuse de ce poseur égoïste et prétentieux, mais il ne faut pas te réfugier dans tes fantasmes et prendre tes désirs pour des réalités. Les gens se moqueront de toi sans pitié s'ils l'apprennent.

— Elle ne raconte pas de sottises, Loulou. C'est la stricte vérité.

En entendant la voix de leur mère, les deux sœurs se retournèrent.

— Tu es au courant ? interrogea Millie, stupéfaite.

— Gianferro m'a téléphoné ce matin. Pour me demander officiellement ta main. Mais j'ai vraiment eu l'impression qu'il s'agissait d'une pure formalité. Que cela me plaise ou non, il a bien l'intention de t'épouser.

Loulou semblait consternée.

— Mais elle ne le connaît même pas !

Comme sa mère et Millie gardaient un silence embarrassé, elle poursuivit, d'une voix incrédule :

— Elle ne l'a vu qu'une fois, le jour où il a tout gâché en me brisant le cœur…

— N'exagère pas, ma chérie, dit sa mère avec douceur. Tu n'as pas été très malheureuse, tu as tout de suite renoué avec Ned Vaughn !

Mais Loulou ne l'écoutait pas. Elle se tourna vers sa sœur.

— Enfin, Millie, vas-tu nous donner des explications ?

Plus perspicace que sa fille aînée, la comtesse observa :

— A mon avis, Millie l'a revu. Et même assez souvent. N'est-ce pas ?

Rassemblant tout son courage, la jeune fille acquiesça.

— Quand ? questionna Loulou d'une voix cinglante. Et où ?

— A Chichester, Cirencester… Une autre fois à Heathcote.

Sa sœur plissa les yeux.

— A des concours hippiques ?

— C'est-à-dire… Dans les villes où ils se tenaient, oui.

Comme sa sœur ne disait plus rien, Millie prit une profonde inspiration pour poursuivre. En racontant la façon dont les choses s'étaient passées, elle arriverait peut-être à y croire elle-même…

— C'est lui qui a suggéré ce genre d'endroits. Pour ne pas éveiller les soupçons. Comme j'avais de bonnes raisons d'y être…

— Espèce de sale hypocrite ! l'interrompit sa sœur. Je ne t'imaginais pas aussi sournoise.

— Loulou ! protesta sa mère sur un ton de reproche.

— Non, intervint Millie. Elle a raison. Je suis désolée. Sincèrement. Je n'ai rien prémédité, et lui non plus. C'est arrivé comme ça, malgré nous.

Loulou eut un rire forcé.

— Petite sotte ! Tu ne comprends donc pas ? Il t'a embobinée pour t'attirer dans son lit ! Pour être ton premier amant ! La virginité d'une femme est un cadeau inestimable pour un homme comme lui, qui a toujours tout eu !

— Mais nous n'avons pas…

Devant l'expression incrédule de Loulou, elle se tut un instant.

— Il ne s'est rien passé entre nous, et il ne se passera rien… jusqu'à notre mariage. C'est ce que souhaite Gianferro.

— « *C'est ce que souhaite Gianferro* » ! répéta sa sœur en se moquant.

— En tout cas, je voulais que tu sois la première à savoir…

— Ne compte pas sur moi pour te remercier de cette délicatesse ! lança Loulou avec rage. Et bien sûr, tu as dû en profiter pour lui raconter un tas de choses sur moi !

— Mais non ! protesta Millie, horrifiée. Que vas-tu imaginer ?

— Tu lui as parlé de Ned ?

— Bien sûr que non !

— Je ne te crois pas ! Dès le début, tu avais jeté ton dévolu sur lui et tu voulais le prendre dans tes filets ! Ce n'est tout de même pas lui qui a eu le coup de foudre pour toi alors qu'il était venu pour se fiancer avec moi !

— Je ne sais pas comment c'est arrivé, mais je n'y suis pour rien, protesta Millie d'une toute petite voix.

— Eh bien, toutes mes félicitations, ma chérie, intervint sa mère avec tendresse, les larmes aux yeux.

Puis elle se tourna vers Loulou.

— Il faut se réjouir pour ta sœur, dit-elle avec fermeté.

— Toi, du moment qu'une de tes filles épouse le prince, tu es contente ! Peu importe laquelle.

— Ne dis pas de sottises ! Tu seras très heureuse avec Ned. Il possède beaucoup de terres, une fortune confortable… Gianferro ne t'aurait pas convenu. Tu es beaucoup trop indépendante.

Loulou se radoucit un peu, mais elle n'en avait pas encore fini avec sa sœur.

— Et tu penses que malgré ton manque d'expérience, tu sauras satisfaire un homme tel que Gianferro ?

— Je ne sais pas, répondit Millie en toute franchise. Seul l'avenir le dira.

La comtesse la prit par les épaules pour l'obliger à s'asseoir.

— Bon, si tu nous racontais comment tout est arrivé, ma chérie ?

Millie leur devait bien une explication. Mais par où commencer ? Gianferro ne lui garderait-il pas rancune de ses confidences ?

Elle prenait conscience qu'un gouffre était en train de se creuser entre elle et le reste du monde, et qu'il s'élargirait toujours davantage. Quand on s'apprêtait à épouser un futur roi, il fallait s'attendre à endosser de lourdes responsabilités, et apprendre à garder ses distances avec les autres, même avec sa propre famille. Gianferro n'était pas un homme ordinaire. Il ne supporterait pas qu'elle bavarde à son sujet et rapporte ses propos. Elle ne devait pas raconter sa demande en mariage, par exemple. De toute façon, songea-t-elle avec une pointe de regret, c'était un accord pratique qui n'avait rien de romanesque…

*
* *

Leurs rencontres avaient toujours été soigneusement préparées, jusque dans les moindres détails. Des limousines luxueuses l'attendaient devant la gare pour la conduire vers des destinations secrètes, en général chez des amis de Gianferro. Les gardes du corps étaient discrets, et leurs hôtes les entouraient d'une prévenance courtoise et déférente.

Chaque fois que c'était possible, Gianferro s'arrangeait pour préserver le secret et l'anonymat. Les enjeux étaient trop considérables. Millie ne comprenait d'ailleurs pas toutes les raisons, mais elle n'osait rien demander, de peur de paraître sotte ou naïve.

De temps à autre, elle avait l'impression qu'on la testait. On lui posait toutes sortes de questions sur la politique, l'art, ou encore le féminisme, auxquelles elle répondait avec beaucoup de réserve et de timidité. En fait, elle se rendait compte qu'elle avait mené une existence très protégée, un peu en dehors du monde. Malgré tout, son comportement donnait apparemment satisfaction au prince et à ses amis. A une ou deux reprises, en surprenant chez Gianferro un hochement de tête approbateur, elle s'était sentie transportée de joie.

Un matin, alors qu'on leur montrait de magnifiques chevaux arabes dans un haras, Millie éprouva soudain un ennui profond et incompréhensible. Elle aurait préféré s'éclipser avec son compagnon, cet homme énigmatique et fascinant qu'elle connaissait encore si peu. Depuis qu'il avait surgi dans sa vie, avec la force d'un météorite, elle n'avait plus cessé, une seule seconde, de penser à lui. Il la poursuivait jusque dans ses rêves, la nuit… Elle lui jeta un regard à la dérobée, mais il était trop concentré sur les explications de leur guide pour y prendre garde.

Il était si distant et conventionnel avec elle… Jamais ils n'avaient retrouvé l'intimité troublante qui les avait tant bouleversés. Millie avait souvent envie de se jeter dans ses bras, mais plus le temps passait, plus cela lui semblait impossible. Quand elle repensait à ce lointain après-midi pluvieux, elle en arrivait même à douter de la réalité de ses souvenirs. Comme si elle avait été victime d'une imagination trop vive… La froideur inexplicable que lui témoignait Gianferro la rendait encore plus vulnérable et semait la confusion dans son esprit, tout en décuplant la force de son désir.

Elle caressa l'encolure d'une jument rouanne.

— Elle est magnifique, n'est-ce pas ? dit-elle.

— Pas mal, acquiesça-t-il.

Leur hôte éclata de rire.

— Pas mal ? Elle donnera naissance à de futurs champions. Tenez, Gianferro, je vous l'offre. Elle est digne de vous !

— Vous êtes trop généreux, protesta le prince.

— J'insiste, elle est à vous.

Gianferro se contenta d'incliner la tête. Aucun cadeau n'était complètement gratuit… Plus le moment de son accession au trône se rapprochait, plus les gens devenaient prodigues. Sans doute comptaient-ils s'attacher ainsi les faveurs du futur monarque… Ils cherchaient à se lier avec lui, sans se rendre compte qu'un roi est toujours solitaire. Même avec sa femme, il ne connaîtrait jamais une intimité complète.

Surprenant le regard que Gianferro posait sur la jeune femme, leur hôte suggéra :

— Voulez-vous voir la bibliothèque en attendant l'heure du déjeuner ?

Au grand soulagement de Millie, on les laissa seuls dans la pièce. Elle se précipita sans réfléchir dans les bras de Gianferro. En réponse, celui-ci se pencha pour l'embrasser, mais sans se départir de sa retenue. Pourtant, les sens en éveil, avide de caresses, elle se pressa avec ardeur contre lui. Un instant, elle crut qu'elle avait réussi à percer sa froideur, car son baiser se fit plus fougueux et intense. Mais quand elle poussa un gémissement de plaisir, il se dégagea, comme pour signifier que son attitude impatiente frisait l'inconvenance.

Elle écarquilla de grands yeux étonnés.

— Vous n'éprouvez plus rien pour moi ?

Gianferro fronça les sourcils. Il n'avait pas l'habitude d'un tel enthousiasme et il redoutait un peu les conséquences de cette qualité à double tranchant. L'innocence n'avait pas que des vertus et Millie devrait apprendre à maîtriser et à tempérer ses désirs… en dehors de la chambre à coucher en tout cas.

— Il ne s'agit pas de cela, vous le savez très bien, murmura-t-il. Mais ce n'est ni le lieu, ni le moment. Je voudrais profiter de ce rare moment d'intimité pour bavarder un peu avec vous, Millie.

— Je ne me sens pas à ma place, chuchota-t-elle. Je ne comprends pas ce qui m'arrive.

Il la prit par les épaules.

— Vraiment ? Vous n'avez pas deviné pourquoi nous sommes ici ?

Comme elle secouait la tête, il décida qu'il était grand temps de lui parler.

— Vous n'ignorez pas que quelque chose s'est noué entre nous, la première fois que nous nous sommes rencontrés. Une chose à laquelle je ne m'attendais pas.

— Et que vous ne souhaitiez pas non plus ?

Gianferro se rembrunit. Ce n'était pas en analysant ses sentiments qu'on trouvait des solutions. Au contraire, ce genre d'exercice n'apportait que souffrances et complications.

— Là n'est pas la question, répliqua-t-il avec fermeté. L'important, c'est que j'aie enfin trouvé ce que je cherchais.

Millie vacilla légèrement. Elle se sentait en équilibre instable, comme au bord d'un précipice. Pourtant, et sans que rien puisse l'expliquer, elle avait confiance en cet homme. Elle hésita une fraction de seconde avant de poser la question qui lui brûlait les lèvres.

— C'est-à-dire ?

— Je vous ai trouvée, vous. Et j'ai l'intention de vous épouser.

Bizarrement, Millie n'éprouva d'abord aucune émotion.

— N'êtes-vous pas supposé me demander mon avis ?

Il esquissa un sourire. Pourquoi, en effet, ne pas lui laisser croire qu'elle avait le choix ? Qu'elle pouvait s'opposer à son bon vouloir ?

— Eh bien, Millie, acceptez-vous de vous marier avec moi ?

Comme elle ne répondait pas, il observa avec douceur :

— Vous avez raison d'hésiter. Cela prouve que vous comprenez l'importance de ce que je vous demande.

Elle porta les mains à ses joues soudain en feu. Le cœur battant, elle bredouilla d'une voix tremblante :

— On ne se marie pas si vite… Il faut d'abord se fiancer, apprendre à se connaître…

Gianferro lui coupa la parole abruptement.

— Vous n'imaginez tout de même pas que je peux vous offrir la même chose que n'importe qui ? Une soirée au théâtre ? Un baiser sur le pas de la porte en vous raccompagnant ? Des soirées entre amis au restaurant ?

Il prit sa main entre les siennes et la considéra un instant avant de poursuivre :

— Cela ne peut pas se passer ainsi avec moi, Millie. Lorsqu'un homme de ma position choisit sa future épouse, il n'est pas question qu'il lui fasse une cour normale.

— Les règles habituelles ne s'appliquent pas à vous ?

— Non, affirma-t-il simplement et sans le moindre orgueil. Si je vous rencontrais en public, les journaux à sensation s'empareraient de la nouvelle, au risque de compromettre votre image, et toute l'Europe ne tarderait pas à être au courant. La rumeur enflerait, la tension serait insupportable. Malheureusement, cela m'est déjà arrivé. Croyez-moi, il vaut mieux nous montrer discrets. Surtout que j'ai conscience d'avoir trouvé la femme idéale.

— Pourquoi moi ? questionna-t-elle, déconcertée.

— Vous voulez la vérité ?

Comme elle hochait la tête, il reprit :

— Mes exigences sont simples : pureté et noblesse.

La gorge nouée, Millie se sentit rabaissée au rang de marchandise.

— Vous êtes issue d'une famille aristocratique, et vous n'avez encore jamais eu d'amant. C'est parfait. Pour ce qui est de votre première expérience, je vous promets que vous ne serez pas déçue.

Millie rougit, avant de demander :

— Pourquoi n'avez-vous pas choisi une femme de Mardivino ?

— Ce serait très compliqué, et je connais trop bien toutes les candidates. Aucune ne possède votre fraîcheur et votre jeunesse. Au fait, savez-vous que mes deux belles-sœurs sont anglaises ? Si la nostalgie vous prend, vous pourrez évoquer ensemble vos souvenirs du pays natal. Votre nationalité offre par ailleurs la garantie d'une bonne éducation, qui vous permettra de remplir votre futur rôle à la perfection.

— Quel rôle, exactement ?

— Celui de reine, ma chère. Les Anglaises sont à la fois indépendantes, respectueuses, et pleines de ressources. L'éducation aristocratique que vous avez reçue vous permettra d'être à l'aise en toutes circonstances et dans tous les milieux. D'autre part, vous élèverez notre fils avec d'excellents principes. Car la reine devra me donner un héritier.

Reine… Le mot résonna dans l'air comme s'il sortait tout droit d'un conte de fées. Pourtant, Millie se sentait désenchantée. Dans un vrai conte de fées, Gianferro aurait déjà prononcé le mot magique qui fait rêver toutes les femmes. Ne lui parlerait-il jamais d'amour ?

Elle considéra son beau visage empreint de fierté. A vrai dire, il valait peut-être mieux que les choses se passent ainsi. S'il lui avait fait une déclaration d'amour, elle n'aurait pas pu y croire. Ils se connaissaient si peu…

— Vous hésitez encore, remarqua-t-il.

Gianferro lui prit la main pour la porter à sa bouche. Puis, après avoir déposé un baiser sur le bout de ses doigts, il caressa ses lèvres avec une lenteur délibérée.

— Voulez-vous savoir ce qui est le plus important pour moi ? reprit-il.

— Oui…, murmura-t-elle.

— Cette attirance entre nous. Cette force qui nous pousse l'un vers l'autre. Vous la sentez, n'est-ce pas ? Vous ne pouvez pas la nier, ni l'ignorer.

— Oui, répéta-t-elle, avec plus d'audace cette fois.

Gianferro se sentit envahi par une sensation de triomphe. Son sang battait à ses tempes, et un frémissement délicieux courut le long de son dos quand il se pencha pour embrasser Millie.

— Regardez ce que vous me faites…

Et il la guida pour lui montrer l'intensité de son désir.

Aussitôt, une flamme s'alluma dans le corps de Millie, menaçant de la dévorer tout entière. Elle se sentit littéralement fondre. Envahie par cette exquise sensation, elle se laissa emporter, oubliant tout le reste. Tant pis si pour Gianferro les émotions et les sentiments ne comptaient pas. Elle lui convenait : n'était-ce pas suffisant pour son bonheur ? Sans compter l'alchimie physique qui les unissait…

— Oui, chuchota-t-il. Le désir est tout ce qui importe, entre un homme et une femme. Malgré votre innocence, votre manque d'expérience, ou peut-être justement à cause de cela, je vous désire comme je n'ai jamais désiré aucune autre femme avant vous. Et pour la première fois, il me faut attendre et m'armer de patience. Jusqu'à notre mariage. C'est mon corps qui vous enseignera la jouissance. Personne d'autre. Je vous apprendrai à me donner autant de plaisir que je saurai vous en prodiguer. Quand vous serez reine de Mardivino, le moindre de vos souhaits sera exaucé. Je vous couvrirai de cadeaux, de bijoux, de diamants. Je vous offrirai les plus beaux chevaux. Vous aurez tout ce dont peut rêver une femme.

Elle aurait voulu lui dire que rien de tout cela ne l'intéressait. Autre chose l'avait prise au piège et la retenait captive. Une certitude qui ne la quitterait plus et dont elle espérait ne jamais se défaire…

— Gianferro…, murmura-t-elle.

Mais il continua sans la laisser parler.

— Si jamais vous refusiez mon offre, vous le regretteriez jusqu'à la fin de vos jours. Car aucun homme n'est capable de vous donner autant.

Avec quelques années de plus, Millie aurait jugé son arrogance insupportable. Mais elle comprenait qu'il y avait beaucoup de vérité dans ces paroles.

L'impatience de son désir la poussait vers lui. La promesse qu'elle lisait au fond de ses yeux noirs lui commandait de rendre les armes, tout de suite. Elle se serra contre lui.

— Embrassez-moi, je vous en prie !

Gianferro eut un sourire de triomphe en comprenant qu'elle lui appartenait. Pour toujours.

# 4

En cachette, Millie avala son comprimé contraceptif. Dans le miroir de la salle de bains, elle constata qu'elle était aussi blanche que sa robe de mariée. Elle retourna dans sa chambre en essayant de surmonter le profond découragement qui l'envahissait.

— Loulou, je ne serai jamais à la hauteur.

Depuis que sa grande sœur lui avait pardonné de lui avoir « volé » Gianferro, elles étaient redevenues les meilleures amies du monde. Millie, désemparée et avide de conseils, se confiait volontiers à elle.

— Ne sois pas ridicule ! s'écria gentiment Loulou. Ton trousseau est brodé, tu ne peux plus reculer.

Bien sûr, Loulou avait raison. Il était trop tard pour faire machine arrière. On avait même frappé de nouvelles pièces de monnaie à l'effigie du couple royal.

Mais Millie se sentait parfois si éloignée de son futur époux… Celui-ci vivait vraiment dans un monde à part. Même si elle et sa sœur avaient bénéficié d'une éducation très privilégiée, aristocratique, elles savaient accomplir un certain nombre de tâches matérielles. Ainsi, leur mère avait tenu à leur inculquer quelques notions élémentaires de ménage et de cuisine.

Mais Gianferro évoluait sur une autre planète.

Une nuée de domestiques s'affairaient à son service. Certains jours, il était presque impossible de percer les barrières de protection mises en place autour de sa personne. Et parmi la garde rapprochée du prince, le duc Alesso Bastistella lui paraissait particulièrement redoutable. Loulou avait tout de suite été conquise par sa personnalité, mais Millie avait une dent contre lui. C'était un vrai cerbère qui, en dépit de ses manières patelines et diplomatiques, montait une garde féroce auprès de Gianferro.

— C'est mon bras droit, avait un jour expliqué le prince. Nous nous connaissons depuis l'école primaire. J'ai une entière confiance en lui.

En tout cas, elle avait vite compris que si elle voulait un jour approcher librement son mari, il valait mieux être dans les bonnes grâces d'Alesso…

En fait, même si elle essayait de ne pas trop s'en désoler, Millie était rarement seule avec Gianferro. Ces occasions demeuraient exceptionnelles et elle pouvait compter sur les doigts de la main les baisers sensuels et passionnés qu'ils avaient échangés. Pourtant, que de promesses ils recélaient…

Bien sûr, elle comprenait que le vieux roi était très malade et que se préparer à la succession nécessitait beaucoup de travail et d'attention de la part du prince. Mais parfois, la fougue et l'impétuosité de Millie reprenaient le dessus…

La voix de Loulou la rappela à la réalité.

— Il te reste moins d'une heure avant de partir pour la cathédrale. Assieds-toi devant ta coiffeuse, je vais m'occuper de ton maquillage.

Dieu merci, Loulou ne lui en voulait plus. En dépit d'un tempérament colérique et parfois capricieux, elle n'était pas rancunière. Le premier effet de surprise passé, elle s'était rendue à l'évidence : le mariage aurait lieu, que cela lui plaise ou non. Elle avait donc choisi de faire bonne figure, se réjouissant même d'être la seule demoiselle d'honneur, avec la jeune nièce de Gianferro. Et c'est de bon cœur qu'elle avait accepté d'accompagner Millie, ainsi que leur mère, à Mardivino.

— Je vais rencontrer du beau monde ! Et un tas de beaux partis !

— Et Ned ? avait objecté Millie.

— Je le garde en réserve ! avait répondu Loulou en riant.

Toutes trois s'étaient donc installées un mois plus tôt, juste après les fiançailles, dans une aile du palais.

Serait-elle une bonne épouse ? se demanda Millie. Son instinct et les conseils qu'elle avait glanés dans différents manuels suffiraient-ils à la guider ? Elle frissonna.

— Tu ne te sens pas bien ? demanda Loulou, qui appliquait du fond de teint sur ses joues.

— Tout va bien…

— C'est la nuit de noces qui t'inquiète ? reprit sa sœur, perspicace.

— Pas le moins du monde, mentit Millie.

Elle était incapable d'aborder le sujet avec quiconque, même avec Loulou. Elle avait bien trop peur de s'aventurer sur ce terrain-là. Chaque fois qu'elle y réfléchissait, elle en revenait à l'idée désagréable que Gianferro ne l'épousait que parce qu'elle était vierge.

— C'est dommage que tu aies fait autant d'équitation, dit Loulou avec un sourire.

— Que veux-tu dire ?

— Selon une très ancienne coutume, on étendait le drap taché de sang à la fenêtre de la chambre à coucher, après la nuit de noces.

— Oh, tais-toi !

Millie ferma les paupières avant de reprendre :

— Tu as lu les journaux ?

— Je croyais que tu ne voulais plus les regarder.

— Je sais, mais je ne peux pas m'en empêcher.

Les derniers articles brodaient sur les thèmes habituels. On la jugeait spontanée et sans affectation, sans doute en raison de la simplicité de sa garde-robe et de son visage naturel, dépourvu de tout maquillage.

Dieu merci, Loulou était à ses côtés. Ensemble, elles avaient fait le tour des grands couturiers parisiens, à la recherche de la parfaite robe de mariée. Millie avait trouvé les toilettes qu'on lui proposait beaucoup trop sophistiquées, et elle avait finalement acheté sa robe en Angleterre : une superposition aérienne de jupons de tulle.

— On dirait une meringue ! s'était écriée Loulou. Le fourreau de satin était bien plus sexy.

Mais ce qualificatif ne convenait pas à une jeune mariée. Millie préférait se conformer à son devoir et s'en tenir à la tradition. Tout le monde rêvait d'une princesse de conte de fées. Elle ne décevrait pas les journalistes.

— Tu as mis trop de mascara ! protesta-t-elle.

— C'est pour les photos, expliqua Loulou. Tes yeux ressortiront davantage.

Avec un soupir, Millie se leva pour enfiler sa robe, puis ses escarpins rebrodés de perles.

— Ouah ! s'exclama Loulou en ajustant le voile.

Millie contempla son reflet dans le miroir avec un mélange de fierté et d'incrédulité. Etait-ce bien elle ? La ligne du décolleté mettait en valeur son cou gracile et la ceinture de perles soulignait sa taille de guêpe. Les manches serrées retombaient en pointe sur ses mains, tandis que les jupons mousseux bruissaient comme de l'écume.

C'était surtout son visage, que Millie avait du mal à reconnaître. Le maquillage agrandissait ses yeux de biche et un chignon élaboré dégageait son front qui devait recevoir la tiare de diamants après les vœux solennels. Elle avait l'air…

— Tu ressembles à une vraie princesse ! commenta Loulou sans cacher son admiration.

« Pourvu que je sache m'en montrer digne ! » songea Millie. Quand on frappa à la porte, elle prit son bouquet et inspira profondément pour tenter de calmer son agitation. Il ne suffirait pas de se comporter en princesse… Il lui faudrait aussi se hisser à la hauteur des aspirations de Gianferro. Il attendait beaucoup de sa future épouse, de la femme qui partagerait sa vie et son intimité. Comme elle redoutait ce face-à-face ! Et comme elle le désirait en même temps… Oh, être seule avec lui !

Millie se surprit brusquement à regretter que Gianferro soit prince. Pourquoi n'était-il pas un homme comme les autres ? Ils se seraient unis dans la petite église du village où ses parents s'étaient mariés avant elle. Puis ils seraient revenus à Caius Hall pour festoyer dans la grande salle. Elle s'y serait sentie plus à l'aise que dans ce palais, si vaste qu'elle avait toujours peur de s'y perdre.

Ses deux belles-sœurs semblaient s'être parfaitement adaptées à leur vie de princesses. Pourtant, pas la moindre goutte de sang noble ne coulait dans leurs veines. Mais elles étaient plus âgées, et avaient davantage d'expérience. De plus, les princes qu'elles avaient épousés n'étaient pas appelés à monter sur le trône…

Pendant le trajet jusqu'à la cathédrale de Solajoya, Millie sentit les paumes de ses mains devenir moites de transpiration. Des milliers de gens se pressaient dans les rues, sur le passage du carrosse, et les flashes des appareils photo la bombardaient de leurs éclairs artificiels.

Gianferro s'était chargé de toute l'organisation de la cérémonie, ne lui déléguant que le choix de la robe et des fleurs. Millie lui en savait gré car, si elle comprenait toute l'importance que revêtaient les rituels et les coutumes, elle n'était pas du tout au fait des usages de Mardivino. Le monde entier avait les yeux rivés sur eux, et l'église était remplie de têtes couronnées, de dignitaires, de présidents et autres Premiers ministres.

Un petit groupe composé de sa famille proche et de quelques amis intimes était censé se trouver près de l'autel, mais elle ne parvint à distinguer aucun visage connu. Tout se brouillait devant ses yeux. Jamais, de toute sa vie, elle n'avait éprouvé une telle impression de solitude et d'isolement.

Comme son père était mort, il avait été question de faire appel à l'un de ses oncles pour la conduire à l'autel. Mais Gianferro avait finalement rejeté l'idée, préférant qu'elle s'avance seule à sa rencontre.

L'allée de la nef centrale semblait interminable à Millie, qui serrait son bouquet en dessous de la taille, comme on le lui avait indiqué. Les grandes orgues jouaient une musique poignante et majestueuse. Là-bas, tout au bout, se profilait la haute silhouette sombre de Gianferro. Elle le reconnaissait à peine dans son uniforme aux boutons dorés, bardé de médailles et de décorations, un schako de hussard sous le bras, terriblement impressionnant.

En se rapprochant, elle distingua ses traits, figés dans une expression rigide et sévère. Elle quêta en vain un signe d'approbation ou d'encouragement. Un instant, elle faillit céder à la panique et se sentit vaciller sur ses jambes.

Il avait l'air si raide ! Presque fâché... Ou mécontent.

Au début, Gianferro n'en crut pas ses yeux. Il était bien loin de ressentir l'allégresse et l'orgueil coutumiers aux jeunes mariés quand ils découvrent, émerveillés, la femme de leur rêve métamorphosée en ange.

Pourquoi ses beaux yeux bleus, si purs, disparaissaient-ils sous le fard ? On ne les voyait plus. Et les lèvres qu'il aimait tant embrasser étaient recouvertes d'une couche de rouge foncé qui ne lui allait pas du tout...

Il plissa le front. Il faudrait qu'ils parlent, tous les deux. Elle devrait se conformer à ses goûts. Il détestait les femmes qui abusaient du maquillage. Pourtant, lorsque Millie parvint à son niveau, il ne broncha pas et ne manifesta rien de son déplaisir.

Puis le cardinal commença la messe solennelle, reléguant à l'arrière-plan les détails accessoires.

*
* *

Lorsqu'ils émergèrent de la pénombre de la cathédrale pour apparaître dans la lumière de l'été, Gianferro se tourna vers Millie.

— Heureuse ? demanda-t-il sous l'œil des caméras, en sachant que le monde entier était à l'affût du moindre de ses gestes.

Quand il lui serra la main, Millie comprit le signal et réussit à afficher un sourire éclatant.

— Très, répondit-elle.

Elle éprouvait un curieux mélange de vertige et d'exaltation, comme sous l'effet d'un anesthésique avant une opération. Son voile de tulle se gonfla dans leur sillage tandis que Gianferro la guidait vers le carrosse royal. Sous le soleil, les diamants de la tiare étincelaient de mille feux.

Le palais croulait sous un amoncellement de gerbes et de bouquets. A chaque pas, ils devaient s'arrêter pour saluer et recevoir des félicitations. Millie avait conscience de l'ambition qui perçait sous les courbettes des hommes, et de la curiosité que les femmes manifestaient à son égard. Qui donc était cette femme que le prince de la Couronne avait élue entre toutes ? semblaient-elles dire.

Millie elle-même n'aurait pas su répondre…

Elle commençait à désespérer de jamais se retrouver seule avec l'homme qui était désormais son mari. Heureusement, quand ils se retrouvèrent assis côte à côte pour le banquet, ils purent enfin échanger quelques mots.

— Eh bien, Millie, murmura-t-il, vous avez franchi avec succès la première étape.

Elle se mit à rire.

— J'espère passer avec éclat la ligne d'arrivée !

Elle hésita un peu avant de poursuivre, très timidement.

— Vous… Vous ne m'avez rien dit sur ma robe.

— Elle est parfaite.

« C'est tout ? Dites-moi que je suis belle, même si vous ne le pensez pas ! » l'implora-t-elle intérieurement. N'était-ce pas quelque chose qu'il pouvait dire, le jour de leur mariage ?

Il se pencha vers elle, et elle sentit son souffle chaud sur sa joue.

— Pourquoi avoir choisi un maquillage aussi voyant ?

Millie cilla en se souvenant des conseils de Loulou.

— Mais pour les photos, bien sûr !

Gianferro pinça les lèvres. Il l'avait choisie pour sa simplicité et son naturel. Les starlettes de Hollywood, soucieuses de leur image, ne l'intéressaient pas.

— Cela ne vous plaît pas ? risqua-t-elle.

Il secoua la tête, en s'efforçant de dissiper la tension qui comprimait ses tempes. La fatigue nerveuse s'était accumulée, au cours des dernières semaines. Dieu merci, après le repas, ils seraient plus tranquilles. Dans l'intimité, il saurait lui expliquer.

— Vous avez la peau trop fine pour supporter une telle couche de fond de teint, *cara mia*, murmura-t-il.

En voyant les lèvres de Millie trembler sous le reproche, il se radoucit et posa la main sur la sienne pour l'effleurer d'une caresse.

— Vous ôterez tout cela plus tard, n'est-ce pas ? Vous viendrez à moi nue et sans artifice d'aucune sorte.

En prononçant ces mots, il éprouva un brusque désir, qu'il refoulait depuis si longtemps. Il retira prudemment sa main, car le simple fait de toucher la peau satinée de Millie menaçait d'ébranler la fermeté de ses résolutions.

— Je vous préfère naturelle, *cara*, et c'est ainsi que vous vous présenterez toujours à moi.

Avec un sourire tremblant, elle accepta une flûte de champagne et avala la première gorgée comme si c'était un médicament. Jamais elle n'avait tant eu besoin de réconfort…

Elle dut se faire violence pour ne pas s'enfuir précipitamment et se laver le visage. De toute manière, c'était impossible.

Avec tous les regards et les objectifs braqués sur elle, elle ne pouvait pas s'éclipser.

— Souriez-moi, Millie, ordonna le prince, anxieux de dissiper l'ombre qui voilait les yeux de sa bien-aimée. Songez plutôt à notre lune de miel.

Elle lui sut gré d'évoquer cette perspective, qui l'emplissait d'un curieux mélange d'excitation et d'inquiétude. Le cœur gonflé de joie, elle se jura de lui offrir des preuves d'amour qui l'empliraient de fierté.

— Où m'emmenez-vous ? demanda-t-elle à voix basse.

— Selon la tradition, je dois garder le secret jusqu'au bout. C'est mon cadeau de mariage.

Elle acquiesça. Pourtant, elle aurait aimé qu'il fasse une entorse aux sacro-saintes traditions et qu'il lui révèle la destination de leur voyage de noces. Il ne l'avait même pas consultée… Toutes les décisions importantes de sa vie lui échapperaient-elles, dorénavant ? Elle se sentit brusquement déconnectée de la réalité. Comme si on ne lui accordait plus qu'un rôle de figurante dans une pièce de théâtre où on lui avait promis la vedette.

Mais elle ne voulait pas commencer leur mariage par des récriminations. Ce n'est pas avec des caprices qu'elle parviendrait à modifier l'étiquette. D'ailleurs, comme sa mère se plaisait à le répéter, la vie de couple nécessitait de nombreux compromis. Puisque Gianferro, de par sa fonction, mais aussi par tempérament, n'était pas homme à négocier et à partager le pouvoir, elle devrait faire beaucoup d'efforts.

Elle était soucieuse de prononcer les mots que son époux attendait, comme si cela pouvait effacer la contrariété qu'elle avait déchiffrée sur ses traits à la cathédrale. Sur cette base-là, ils construiraient quelque chose de solide.

— Oui, bien sûr ! s'écria-t-elle avec une expression ravie. En plus, j'adore les surprises !

Satisfait de sa réaction, Gianferro lui sourit. Il eut subitement envie de la prendre dans ses bras pour l'embrasser. Mais pour cela, il fallait attendre encore un peu.

— J'espère que je serai à la hauteur de vos espérances, murmura-t-il.

Sa voix caressante, sensuelle, remplit Millie d'un trouble délicieux. Elle se sentait de plus en plus nerveuse et fébrile. Pourvu qu'elle aussi soit à la hauteur ! Qu'il ne soit pas déçu !

— Pourquoi froncez-vous les sourcils, *cara* ?

Elle se ressaisit. Ce n'était pas le moment de s'épancher et de lui confier ses appréhensions.

— J'aurais aimé que mon père soit là, dit-elle avec sincérité. Ainsi que le vôtre.

Il hocha tristement la tête. Le roi de Mardivino était malade depuis si longtemps maintenant qu'il se souvenait à peine de l'homme énergique et vigoureux qui avait dirigé le royaume d'une poigne de fer. A la mort de la reine, il avait dissimulé son chagrin. Mais une terrible douleur l'avait miné depuis ce temps-là. A présent, il était à bout de forces… Le cœur de Gianferro se serra, mais il décida de bannir sa tristesse.

— Ils sont là par la pensée, déclara-t-il en se remémorant avec quelle joie son père avait fait la connaissance de Millie. Mon père est ravi que je me sois enfin décidé à me marier. Et il approuve mon choix.

— Et… vous ? Vous êtes content, Gianferro ? le questionna-t-elle, un peu surprise par sa propre audace.

Il lui sourit. Elle s'adaptait merveilleusement à son rôle, et se coulerait dans le moule sans problème. Son instinct ne l'avait pas trompé.

— Mon destin est scellé, répondit-il.

Ce n'était pas la réponse que Millie espérait, mais elle s'en contenterait. Refoulant son anxiété, elle se leva, tandis que le frère de Gianferro proposait un toast en l'honneur de la nouvelle princesse.

# 5

— Eh bien, Millie, qu'en pensez-vous ?

Tout en réprimant un frisson, Millie esquissa un sourire. Il fallait absolument qu'elle se calme. Elle n'était pas un cas unique. D'autres jeunes filles avant elle étaient arrivées vierges au mariage !

— C'est… magnifique, murmura-t-elle.

La maison, toute blanche, se dressait au milieu d'un superbe jardin exotique, qui se terminait par une petite plage de sable de corail, avec le bleu turquoise du lagon en contrepoint.

L'endroit rêvé pour une lune de miel.

Sauf que…

Pour commencer, ils avaient été accueillis dès leur arrivée par un majordome, une gouvernante, deux bonnes et le chef cuisinier.

— Le personnel minimum, avait déclaré Gianferro avec nonchalance.

Même si Millie avait l'habitude d'être servie, tout ce mondc lui paraissait un peu envahissant et elle aurait souhaité davantage de solitude…

Dans la salle à manger, on avait dressé une petite table pour le thé, avec des plateaux de toasts et de pâtisseries. Millie but avec plaisir une tasse du breuvage chaud et réconfortant, mais ne toucha pas à la nourriture.

— Vous ne mangez pas ? demanda Gianferro sur un ton de reproche.

Soucieuse de ne pas lui déplaire, elle grignota un canapé de caviar.

— Je n'ai pas très faim… La fatigue de la journée, et toutes ces émotions, j'imagine…

Sans compter l'énervement des derniers jours, et toutes les nuits sans sommeil qui avaient précédé le grand événement…

Il plissa les yeux.

— Eh bien, retirons-nous dans notre chambre.

Le moment fatidique était venu.

Millie se sentait aussi anxieuse qu'un nageur débutant à qui on aurait demandé de sauter dans l'eau du haut d'un plongeoir de dix mètres.

Dans la chambre, un valet achevait de ranger le contenu de leurs valises. Elle lui adressa un sourire poli en se demandant quand on les laisserait enfin seuls.

Ils ne s'étaient retrouvés seuls que brièvement, après le banquet, au moment de se changer pour partir. Millie s'était senti si désemparée que Gianferro s'en était rendu compte. Quand il avait ôté son voile pour l'embrasser, elle s'était jetée à son cou pour lui offrir ses lèvres, mais il avait secoué la tête avec un sourire indulgent.

— *Cara*, pas maintenant. Pas ici.

Elle avait écarquillé les yeux sans comprendre.

— Mais pourquoi ? Nous sommes mariés.

Il avait soupiré en regardant sa montre.

— Tout est minuté, ma chérie, jusqu'au départ de la voiture, dans une demi-heure. Ensuite seulement, les invités repartiront chez eux. Mais jusque-là, ils sont obligés de rester. Et je ne peux pas faire attendre des présidents et des Premiers ministres parce que je fais l'amour à ma femme.

Millie avait rougi.

— Excusez-moi, je ne me rends pas toujours compte.

— Ne vous inquiétez pas, vous apprendrez vite.

Il lui avait soulevé le menton pour l'obliger à le regarder.

— Nous prendrons le temps de découvrir les plaisirs de l'amour, Millie. Je veux que ce soit une expérience réussie, pas une affaire expédiée à la va-vite.

Elle était devenue encore plus cramoisie. Apparemment, la passion et la spontanéité dont elle avait rêvé étaient incompatibles avec son nouveau statut… Elle faillit céder à la panique, mais parvint à se contrôler. Il fallait s'armer de patience et tout irait bien.

Elle s'était détournée en tremblant. Cela semblait si étrange d'être là, à côté de lui, en robe de mariée…

— Voudriez-vous m'aider… à défaire la fermeture Eclair de ma robe ?

Gianferro avait ouvert la bouche pour appeler la nouvelle femme de chambre affectée à son service, mais s'était ravisé, et s'était exécuté. Comme elle avait la taille fine ! En apercevant la fine culotte de dentelle, il avait connu un instant de tentation et d'hésitation. Mais il s'était promptement ressaisi.

— Voilà. Vous pouvez vous débrouiller seule, à présent.

Millie s'était glissée en sous-vêtements dans la salle de bains, consciente du regard qu'il posait sur elle. Elle s'était démaquillée avec soin, avait défait son chignon, s'était brossé les cheveux, puis avait enfilé une robe de mousseline rose, toute simple, avec une capeline et des chaussures couleur crème.

Lorsqu'elle était sortie, Gianferro l'avait contemplée avec un sourire d'approbation. Ses cheveux blonds retombaient souplement sur ses épaules, faisant ressortir l'éclat de sa peau de jeune fille. Elle ressemblait à une illustration de livres d'images un peu anciens.

— *Perfetto*, avait-il murmuré. Ma rose d'Angleterre, belle et innocente !

Soulagée, Millie avait laissé échapper un petit soupir.

Obéissant à la coutume, les frères de Gianferro avaient attaché des ballons et des casseroles aux pare-chocs de leur voiture décapotable, et la petite Lucy avait barbouillé le capot d'un *Just married* écrit au rouge à lèvres. Mais il y avait aussi une escorte dans une limousine noire, qui démarra en même temps qu'eux.

Millie avait pensé qu'ils disparaîtraient à la sortie de la ville, mais ils les suivaient toujours quand ils avaient commencé l'ascension d'une route de montagne.

— Ils vont nous suivre jusqu'où ? avait-elle demandé en riant à moitié.

Gianferro avait marqué une pause avant d'expliquer :

— Ce sont mes gardes du corps, Millie. Ils m'accompagnent partout où je vais.

Sans réfléchir, elle avait ajouté :

— Ils nous quitteront tout de même à l'entrée de la chambre ?

Gianferro avait pincé les lèvres. Que croyait-elle ? N'avait-elle aucun sens des réalités ?

— Evidemment, avait-il froidement répliqué.

Millie frémit en repensant à l'expression qu'il avait eue à ce moment-là, la même expression, contrariée et mécontente, que dans la cathédrale. Un autre que lui l'aurait dissimulée. Mais le prince de la Couronne n'avait pas l'habitude de cacher sa désapprobation. Pourquoi s'en serait-il soucié, quand tout le monde guettait ses humeurs pour ne pas le mécontenter et satisfaire le moindre de ses désirs ? Mais elle, saurait-elle se plier à ses volontés ? L'expérience lui manquait cruellement…

Pourtant, d'un autre côté, cela valait peut-être mieux ainsi. Ils entamaient ensemble une histoire toute neuve. Elle devrait lui faire comprendre ce dont elle avait envie, même s'il n'avait pas l'habitude que les femmes expriment leurs désirs. Cela ne se ferait pas en un jour, ni en une semaine, mais petit à petit.

Elle ne devait pas prendre ombrage de ses manières froides et distantes. Si des obstacles se dressaient sur le chemin de leur bonheur, elle les surmonterait !

Millie parcourut du regard la chambre luxueuse, parfumée

par les gerbes de roses et de lis disposées çà et là dans des vases de cristal.

Quand la porte se referma sans bruit derrière le valet, Gianferro demanda très doucement :

— De quoi avez-vous envie, maintenant ?

Millie s'empourpra, sans oser lui demander de la prendre dans ses bras pour la serrer contre lui. Qui sait si un autre domestique n'allait pas surgir ?

— Je ne sais pas, répondit-elle timidement.

Une lueur malicieuse s'alluma dans les yeux du prince.

— Vraiment ? Vous me décevez, ma chère Millie !

Quand il se pencha pour l'embrasser, un gémissement de plaisir s'échappa de ses lèvres.

— Oh, je sais, murmura-t-il. Nous avons tellement attendu…

Les jambes chancelantes, Millie s'appuya contre lui et s'abandonna tout entière à ses sensations.

— Trop longtemps ! soupira-t-elle.

— Je ferme les volets ?

— Que vont penser les gardes du corps ?

Il caressa ses longs cheveux blonds d'un geste affectueux.

— Nous avons bien le droit de faire l'amour sans attendre la nuit !

Le rouge aux joues, Millie garda le silence tandis qu'il poursuivait :

— Ma position exige une garde attentive et rapprochée, mais les hommes qui veillent sur moi savent se montrer discrets et rester à leur place. Millie, je ne peux pas vous promettre une lune de miel ordinaire… Par exemple, nous ne nous aimerons jamais sur la plage. Mais nous n'avons pas besoin de ça…

— Il faudra m'initier et me guider patiemment, observa-t-elle avec timidité.

A cause de son innocence même, c'était la chose la plus érotique que Gianferro ait jamais entendue.

— Oui, ne vous inquiétez pas, chuchota-t-il à son oreille,

le souffle court. A la fin de notre lune de miel, l'amour n'aura plus de secrets pour vous et vous en saurez autant qu'une courtisane.

Il utilisait parfois des mots qui effrayaient Millie. Certes, elle souhaitait profiter de ses leçons pour lui donner entière satisfaction, mais en même temps, elle n'avait pas envie d'abdiquer toute sa liberté. Elle n'était pas une marionnette dont il tirerait les ficelles à sa guise. Elle devait aussi montrer qu'elle avait du caractère. Sinon, ne finirait-il pas par s'ennuyer ?

— Arrêtez de parler, dit-elle. Embrassez-moi.

Le contraste entre sa candeur et son impétuosité enflamma Gianferro. Tous les désirs qu'il avait refrénés pendant si longtemps resurgirent. Il se pencha pour capturer les lèvres de Millie.

— Oh ! s'écria-t-elle simplement.

Il prit ses seins dans ses mains, caressa avec ses pouces les mamelons, qui se durcirent tandis qu'elle poussait des petits gémissements de plaisir. S'il n'avait tenu qu'à lui, il aurait arraché sa robe pour enfouir son visage contre sa poitrine.

Mais il ne devait pas se hâter. Une initiation requérait du temps et de la patience. De la réussite de cette première expérience dépendait toute leur vie sexuelle.

Il se mit à caresser ses courbes féminines, la taille, les hanches, le creux des reins... Quand elle commença à onduler, il glissa la main entre ses cuisses, lui arrachant un cri étouffé.

— Oh !

— Qu'y a-t-il ? chuchota-t-il, sans cesser de caresser son sexe.

Mais Millie ne pouvait plus parler. Son cœur résonnait si fort dans sa poitrine qu'elle ne put que hocher la tête. La force de ses sensations l'anéantissait et l'électrisait en même temps. Surtout, elle avait terriblement peur que tout s'arrête.

— Il est temps d'ôter cette robe, murmura-t-il.

D'une main experte, il la débarrassa du voile de mousseline

qui dissimulait son corps, et recula d'un pas pour l'admirer, comme un amateur d'art étudie une peinture.

Presque nue devant lui, Millie, pourtant, ne s'effaroucha pas. Au contraire, le feu de son regard lui insuffla une fierté nouvelle, et elle éprouva une étrange sensation de puissance.

Son instinct et son savoir-faire avaient fait d'elle une cavalière accomplie et émérite. En amour aussi, elle suivrait cette intuition qui ne l'avait jamais trompée. Passant les doigts dans ses cheveux, elle ramassa ses boucles d'or derrière sa nuque. Dans le mouvement qu'elle fit, ses hanches et sa poitrine se soulevèrent.

Gianferro s'écarta pour la contempler.

— Tu es si belle !

Il glissa un doigt sous le col de sa chemise.

— Aide-moi à me déboutonner.

Comme elle s'exécutait avec maladresse, il observa :

— Inutile de demander si c'est la première fois que tu déshabilles un homme.

— Ne te moque pas de moi.

— Pas du tout ! protesta-t-il. Au contraire, je trouve ça merveilleux. C'est le plus beau cadeau que tu puisses me faire.

Un instant, elle songea que peut-être il ne l'aimait qu'à cause de sa virginité. Mais bien vite elle chassa cette idée de son esprit pour se concentrer sur le plaisir et l'excitation de l'instant présent.

Elle ne l'avait encore jamais vu torse nu. Elle promena le bout des doigts sur la ligne des côtes, en étudiant son expression concentrée. Puis, soudain, il secoua la tête comme à regret.

— Viens, commanda-t-il d'une voix rauque. Je ne pourrai pas attendre plus.

Il la prit dans ses bras pour la porter jusque sur le grand lit, où il la déposa délicatement. Il acheva ensuite d'ôter sa chemise et ses chaussures, dégrafa la boucle de sa ceinture et enleva son pantalon. Elle ferma pudiquement les paupières.

— Ouvre les yeux, Millie, lui dit-il. Tu n'as rien à craindre.

Il ne faut pas avoir honte, les hommes et les femmes sont faits pour s'aimer.

Millie obtempéra, la gorge nouée. Elle lui était reconnaissante de chercher à la rassurer, mais elle ne pouvait pas s'empêcher de trembler de peur.

— Tout se passera bien, reprit-il en la taquinant gentiment. J'ai l'habitude de commander. Il te suffit d'obéir !

Elle se mit à rire, tandis qu'il la serrait contre lui.

— Oui, *cara mia*, détends-toi. Ne nous pressons pas. Nous avons tout le temps.

Gianferro n'avait jamais eu l'habitude de freiner ses élans, car toutes les femmes qu'il avait connues s'étaient jetées à son cou sans la moindre retenue, trop contentes de lui plaire et désireuses de le satisfaire. Mais avec Millie, tout était très différent. Elle était sa femme, et elle était vierge. Il fallait être très doux avec elle, pour lui donner le goût de l'amour physique.

Millie pensa que le moment était venu. Qu'il allait… Mais non. Quand il l'embrassa de nouveau, elle se laissa aller, s'abandonnant à la douceur de son baiser, oubliant ses doutes et ses interrogations.

Il caressait son corps du bout des doigts. Pourtant, il la touchait partout sauf aux endroits qui la brûlaient. Cela avait un effet curieusement apaisant, mais en même temps, sa tension grandissait jusqu'à devenir insupportable.

Avec une certaine gaucherie, elle se hasarda à explorer le corps de Gianferro. Mais il y avait une zone qu'elle évitait soigneusement… Elle manquait de hardiesse pour l'instant.

Il sourit.

— N'aie pas peur, Millie. Tout va bien. Je n'ai pas envie que tu me touches là.

Elle se sentit confuse et mortifiée qu'il ait deviné juste…

— Pourquoi ?

— Je risquerais de ne pas te faire honneur.

— Je ne suis pas un repas, ni une gourmandise !

— Oh, mais si !

Il enleva son soutien-gorge, puis sa culotte de dentelle, et glissa la main entre ses cuisses en lui arrachant un cri.

Alors, Millie s'enhardit jusqu'à oser le toucher, elle aussi. Comme si elle avait trouvé la formule magique, il se dénuda tout à fait et frotta son corps contre le sien. Enivrée par le contact de sa virilité, elle pressa les mains sur ses fesses, oubliant toute réserve. Un frisson ébranla Gianferro qui s'écarta légèrement.

— Millie ! murmura-t-il d'une voix rauque, méconnaissable, en la pénétrant.

Elle retint son souffle. La nouveauté de ces sensations la remplissait d'une joie inouïe. Son corps s'ajustait à celui de Gianferro. Sa peau s'embrasait et son cœur sembla sur le point d'éclater quand la bouche de son amant chercha la sienne.

Tout en commençant à bouger très doucement, Gianferro quitta un instant ses lèvres pour mieux observer son expression.

— Je te fais mal ?

Elle secoua la tête, en laissant échapper un petit rire de gorge. C'était si agréable… Si simple, aussi.

— Non ! Oh non, pas du tout ! C'est… parfait…

Il lui sourit.

— Pas encore, non. Mais sois patiente et nous connaîtrons la perfection.

Bientôt, les mots et les questions cessèrent, tandis que leurs corps fusionnaient dans une délicieuse harmonie. Parfois il l'effleurait à peine, et d'autres fois il s'enfonçait en elle profondément, provoquant un tourment indicible, une tension incroyable, de plus en plus forte. A plusieurs reprises, sentant l'orgasme sur le point d'éclater, elle s'arc-bouta de tout son être, avec une impatience et une avidité fébriles, mais Gianferro chuchota alors à son oreille :

— Laisse-toi aller. Ne te crispe pas. Abandonne-toi.

Lorsque la vague du plaisir la submergea enfin, Millie ne s'attendait pas à la violence de ce déferlement.

— Gianferro !

Ce fut comme si un tourbillon vertigineux la happait pour l'emporter.

Lorsque enfin elle retomba sur les oreillers, abasourdie, elle se mit à rire et à pleurer en même temps.

Gianferro s'immobilisa quelques secondes afin de contempler son expression de joie et d'émotion, qui le touchait et le bouleversait. Puis il recommença à bouger.

Eperdue, Millie lut alors au fond de son regard une urgence, un désir, qu'elle ne connaissait pas encore. Comprenant malgré tout, elle appuya les mains sur ses reins pour l'attirer au plus profond d'elle-même.

Et quand il parvint à son tour à l'extase, elle garda les yeux rivés sur ses traits, pour imprimer dans sa mémoire chacune de ses réactions. Il murmura ensuite quelque chose en italien, dont elle ne comprit pas le sens.

Elle se redressa et s'appuya sur un coude pour étudier son visage. Très vite, Gianferro reprit son expression habituelle, à la fois prudente et pleine d'assurance. Mais elle avait eu le temps d'apercevoir autre chose, une vulnérabilité qu'elle n'aurait jamais soupçonnée, et dont, jusque-là, elle l'aurait cru incapable. Elle se demanda si c'était la même chose avec tous les hommes. Est-ce que cela n'arrivait qu'en faisant l'amour ?

— Qu'est-ce que tu as dit ? lui demanda-t-elle.

Il fit non de la tête.

— Rien.

— Oh, ce n'est pas juste, Gianferro ! protesta-t-elle avec une grimace. Tu n'as pas le droit de t'exprimer dans une langue qui m'est étrangère.

— Vraiment ? la taquina-t-il. Ce que j'ai dit n'était peut-être pas très convenable pour tes chastes oreilles.

— J'étais peut-être innocente et ingénue, mais je ne le suis plus ! protesta-t-elle. Je veux apprendre, et mon mari est le mieux placé pour parfaire mon éducation.

Avec un sourire de coquetterie, elle ajouta :

— J'ai envie de te plaire.

— Sois sans crainte, tu me plais beaucoup.

— Dis-moi, je veux savoir, déclara-t-elle avec fermeté.

A contrecœur, il expliqua :

— J'exprimais simplement mon plaisir de faire l'amour sans avoir besoin de me protéger.

Millie resta perplexe un instant.

— Veux-tu dire que… tu as toujours mis des préservatifs avant ?

— Mais bien sûr, voyons !

— A cause… des maladies ?

— Bien sûr.

Saisissant sa main, il déposa un baiser tendre sur chacun de ses doigts.

— Avec toi, il n'y a pas de risques, *cara mia*, reprit-il avec un sourire satisfait. Mais il ne s'agit pas seulement de cela. En tant que prince héritier, je ne pouvais me permettre aucune imprudence. La descendance royale de Mardivino ne souffrirait pas d'être entachée de bâtardise.

En entendant cette formule vieillotte et démodée, Millie se mordit la lèvre.

— Je savais que mon explication te déplairait et te choquerait, continua-t-il.

En fait, il s'agissait moins de ses propos que du ton très sérieux avec lequel il s'exprimait. En fait, ils n'avaient pas discuté ensemble de contraception. Sans doute pensait-il qu'elle avait demandé conseil à un médecin, ce qu'elle avait effectivement fait avant de se marier.

Elle se pelotonna contre lui.

— Nous devrions parler de certaines choses…

— Avant de refaire l'amour ?

Sa voix grave promettait de nouveaux plaisirs, et Millie frissonna en sentant son sexe se durcir contre le sien. Puis elle ferma les paupières quand il commença à caresser ses seins.

— Je… Ça attendra, ce n'est pas urgent, répondit-elle.

Cette fois-ci, le désir de Gianferro semblait plus impérieux. Quant à Millie, elle se demandait anxieusement si la volupté se manifesterait avec autant d'éclat que la première fois. Certes, elle n'était toujours qu'une novice, mais déjà son corps reconnaissait et aimait celui de Gianferro. Elle n'avait plus peur de le toucher.

Cette fois, ils parvinrent au plaisir en même temps, tandis que leurs cris résonnaient à l'unisson.

« Oh oui », songea Millie avec bonheur. « Aussi bien que tout à l'heure. Presque mieux, même. »

Elle s'étira langoureusement.

Une lueur de satisfaction au fond de ses yeux noirs, Gianferro posa tout à coup à Millie une question qui lui fit l'effet d'une bombe :

— Eh bien, *cara*, penses-tu que nous ayons déjà mis un bébé en route ?

# 6

L'espace d'un instant, Millie se figea, comme paralysée, tandis que son esprit, au contraire, se mettait à réfléchir à toute allure. Elle essaya de gagner du temps.

— Que… Qu'est-ce que tu as dit ?

— Je réfléchissais tout haut, *cara*, reprit-il avec un enthousiasme teinté d'impatience. Je me demandais si mon enfant allait commencer à grandir dans ton ventre dès aujourd'hui.

Elle s'efforça de ne pas se laisser aller à l'émotion que lui causaient les paroles de Gianferro pour se concentrer sur leurs implications concrètes.

— Tu… Tu ne voudrais tout de même pas que je tombe enceinte si vite ?

— Ah, mais si, bien sûr ! s'écria-t-il en fronçant les sourcils. Le mariage est d'abord une institution établie en vue de la procréation. C'est sa fonction essentielle. Et cela s'applique tout particulièrement à moi, *cara*.

Le premier instant de frayeur passé, Millie s'exhorta au calme. Pourquoi n'envisageait-il les choses que de son point de vue personnel ? N'était-elle pas concernée tout autant que lui ? La façon de parler de Gianferro la choquait, mais elle n'allait pas le heurter de front dès le début… De toute manière, il était normal de ne pas être d'accord sur tout, dans un couple. Un mariage réussi reposait sur l'art du compromis et de la négociation.

— Je… J'espérais que nous aurions d'abord un peu de temps à nous… pour apprendre à nous connaître, risqua-t-elle. Et donc que nous n'aurions pas des enfants tout de suite.

Il la serra contre lui, en caressant ses longs cheveux soyeux qui retombaient comme une pluie d'or sur ses épaules.

— C'est peut-être ce qui arrivera. Mais cela ne dépend pas de nous.

Millie écarquilla les yeux.

— Ah bon ?

— Evidemment, continua-t-il. Il ne nous appartient pas de décider du moment de la conception de notre enfant.

C'était le moment de lui dire, se dit Millie. Le moment de lui annoncer que le médecin lui avait prescrit une pilule contraceptive pour une durée de six mois. Pourtant, sans savoir pourquoi, elle se tut.

Par peur qu'il ne lui impose un avenir tout tracé ? Ou par crainte d'avoir pris une initiative qui lui déplaise ?

Elle l'imaginait bien réagir en parfait macho, jetant ses pilules à la poubelle dans un geste de colère. Et alors… La pensée de tomber enceinte horrifiait Millie. Tout était si nouveau dans sa vie. Il fallait d'abord qu'elle s'habitue à sa vie de princesse. Et à sa condition de femme mariée. Il lui semblait vraiment impossible de devenir en plus mère de famille et de tout réussir à la fois !

Il comprendrait sûrement, si elle prenait la peine de lui expliquer. D'ailleurs, la plupart des couples attendaient un peu, avant de fonder une famille. Cela vaudrait beaucoup mieux ainsi.

Elle se mit à jouer distraitement avec la toison qui recouvrait son torse musclé.

— Ce serait agréable de profiter d'abord l'un de l'autre, fit-elle observer.

— C'est à ça que servent les lunes de miel, *cara*, répondit-il avec une pointe d'agacement.

Que croyait-elle donc ? maugréa Gianferro en lui-même.

Ils n'allaient tout de même pas ressembler à tous ces couples prétendument modernes qui partageaient tout et ne se quittaient pas d'une semelle tout au long de la journée ! Dieu merci, sa condition lui interdisait ce genre de relation fusionnelle, qu'il n'aurait jamais supportée.

— Mais elle ne durera que quinze jours, objecta Millie.

A l'évidence, elle ne se rendait pas compte du privilège dont elle bénéficiait en jouissant de sa compagnie durant deux semaines consécutives, songea Gianferro. Il avait pourtant dû annuler de nombreux rendez-vous et obligations pour se consacrer à elle…

— J'ai une existence très remplie, reprit-il.

— Que je souhaite de tout mon cœur partager avec toi !

De nouveau, il se retint pour ne pas lui faire de peine. Comme elle était naïve ! Il fallait trouver les mots pour lui expliquer que ce genre de rêve était hors de portée. Lui qui avait l'habitude de commander pour être obéi devrait pour une fois user de tact et de diplomatie. Il ne voulait surtout pas la froisser, pour ne pas compromettre la réussite de leur mariage.

— Nous aurons ensemble une vie de famille très satisfaisante, je n'en doute pas.

De nouveau, Millie eut peur. Il lui paraissait soudain si dominateur ! Allait-il lui imposer toutes ses volontés, comme cela se faisait au siècle dernier ?

— C'est tout ce que nous aurons en commun ? questionna-t-elle timidement.

— Mais non, bien sûr ! Tu auras beaucoup de temps libre. Avec tous les domestiques dont nous sommes entourés, tu ne seras pas esclave de tes devoirs maternels.

La perspective de se décharger de son rôle de mère n'enchantait pas Millie. Elle avait trop souffert de sa propre expérience.

Ainsi, elle se souvenait encore de l'horrible sentiment de vide qui l'étreignait à la sortie de l'école, quand elle découvrait le visage sévère de la nurse venue la chercher, alors que les autres élèves rentraient avec leurs mères. Et comme elle souffrait en écoutant les autres raconter les petites histoires de la vie quotidienne… Les mères de ses camarades avaient le temps de s'occuper de leurs enfants : elles leur faisaient prendre leur bain, confectionnaient de délicieux gâteaux au chocolat. Leurs pères jouaient avec elles, leur apprenaient à nager et à grimper aux arbres. Millie, elle, ne voyait ses parents qu'au moment du coucher, et encore pas toujours… Etait-ce vraiment ce qu'elle souhaitait pour ses propres enfants ? De plus, les temps avaient changé… Même pour les familles royales. Gianferro ne souhaiterait-il pas établir au sein de sa famille l'intimité dont il avait été frustré ?

— J'aimerais me charger moi-même de l'éducation de nos enfants, suggéra-t-elle sur un ton léger.

Gianferro déposa un baiser sur le bout de son nez.

— Ce ne sera pas possible, ni souhaitable d'ailleurs. Nos enfants seront élevés selon la tradition, comme dans les autres familles royales. De toute façon, même si tu le voulais, tu n'en aurais pas le temps. Tu devras consacrer beaucoup de tes journées aux bonnes œuvres et aux associations caritatives. Ne t'inquiète pas, ma chère Millie, tu seras très sollicitée et tu ne t'ennuieras pas.

Quelle expression horrible ! Comme s'il fallait remplir le temps, au lieu de se passionner et de s'enthousiasmer pour des activités librement choisies… Elle ne pouvait s'empêcher d'être inquiète en se représentant l'avenir qui se dessinait.

— Je vois, articula-t-elle.

Gianferro fronça les sourcils en percevant son ton légèrement désapprobateur. Dieu, que les femmes étaient exigeantes !

— Et puis, il ne faut pas oublier le cheval, ajouta-t-il.

Millie cligna des yeux.

— Le cheval ?

— J'avais promis de t'offrir un jour le plus beau des pur-sang. J'aurais préféré t'en faire la surprise, mais puisque tu exprimes ton insatisfaction…

— Mais pas du tout…

Il poursuivit comme si elle ne l'avait pas interrompu.

— Je ne vois pas pourquoi je garderais le secret. La semaine prochaine, je t'emmènerai visiter mon haras, sur la côte ouest de l'île. On vient du monde entier…

— Oui, je sais, j'en ai entendu parler.

— Eh bien, tu choisiras un cheval que tu ramèneras avec toi au palais.

Il s'arrêta pour l'observer, car elle ne réagissait pas du tout comme il s'y était attendu. Pourquoi ne se jetait-elle pas à son cou pour le remercier ? Etait-elle donc insensible à l'honneur qu'il lui faisait ? Il y avait des éleveurs réputés qui auraient donné n'importe quoi pour bénéficier d'une telle faveur !

— L'idée ne te plaît pas ?

Le ton froid de la question força Millie à se ressaisir. Il ne comprenait pas ses doutes et ses craintes, mais si elle commençait à s'expliquer maintenant, elle n'arriverait à rien. En fait, elle avait les idées un peu confuses, et le contexte ne se prêtait guère à la réflexion. Ils n'étaient sans doute pas très différents de tous les jeunes couples qui commençaient une vie commune et apprenaient à se connaître.

— Au contraire, je suis ravie, Gianferro ! s'écria-t-elle.

Il fallait aussi lui dire la vérité au sujet de la pilule. Après tout, c'était un homme moderne qui vivait avec son temps. Malgré son désir ardent de donner un héritier à la couronne de Mardivino, légitime d'ailleurs, il saurait se montrer patient et compréhensif, et ne refuserait pas d'attendre quelques mois.

— Gianferro…

— Je sais, la coupa-t-il sans la laisser parler. Tu te demandes si tu pourras t'adonner à l'équitation en étant enceinte, et je partage tes craintes. Je pense qu'il vaudra mieux t'abstenir dès le début de ta grossesse, même si les médecins ne se montrent pas aussi catégoriques que moi. Tu reprendras le sport par la suite avec d'autant plus de plaisir que tu en auras été privée.

Il esquissa un sourire en pensant aux sacrifices occasionnés par son abstinence durant l'année écoulée. Obéissant à sa conscience morale, il avait renoncé aux plaisirs des sens pendant tout le temps qu'il avait passé à chercher une épouse. Ensuite, au cours de leurs fiançailles, les mêmes scrupules l'avaient poussé à brider ses élans et à attendre le mariage. Comme il avait eu raison ! songea-t-il en caressant la peau lisse de Millie.

Cette dernière frissonna, tandis que les paroles de Gianferro suscitaient en elle un mélange de panique et d'incrédulité. Il avait tout prévu, tout planifié, sans laisser aucune place au compromis ou à la discussion ! Elle avait de la peine à l'admettre, pourtant il fallait se rendre à l'évidence… Gianferro était un homme autoritaire qui ne négocierait rien avec elle. Il savait ce qu'il voulait, le reste lui importait peu. Elle n'aurait qu'à subir, et se soumettre.

De toute manière, il n'aurait servi à rien de se rebeller en s'opposant à lui sur un sujet qui lui tenait tant à cœur. En fait, elle partageait son désir d'enfant. Sauf qu'elle préférait attendre un peu. Quel mal y avait-il à cela ? De nombreux couples se retrouvaient dans la même situation, à espérer la venue d'un bébé. Leurs ébats y gagneraient en ardeur et en intensité !

Comme Gianferro continuait à la caresser, Millie s'abandonna peu à peu à ses sensations qui ne tardèrent pas à éloigner ses craintes. Voilà ce qui les aiderait à se rapprocher, se dit-elle. D'une façon de plus en plus intime, jusqu'à ce que toutes les barrières tombent.

Lorsqu'elle ferma les paupières, Gianferro éprouva un fugace sentiment de triomphe. Ne l'avait-il pas choisie pour sa malléabilité autant que pour son innocence ? Elle apprendrait à se soumettre et à obéir quand il prendrait des décisions. De toute façon, elle y serait obligée. Etant donné la disparité de leur expérience, il ne pouvait pas en être autrement.

Millie retint son souffle quand la bouche de Gianferro se referma sur la pointe de son sein. Puis, traversée par une onde de pur plaisir, elle appuya ses mains sur sa nuque en s'arc-boutant.

— Tu aimes ça, Millie ? murmura-t-il en se redressant à demi.

— C'est…

Les mots manquèrent à la jeune femme pour exprimer la sensation qui la submergeait. Sans attendre sa réponse, Gianferro poursuivit son exploration, lentement, jusqu'à son ventre, puis plus bas encore.

— Gianferro ! souffla-t-elle, choquée et subjuguée à la fois.

Bientôt, toutes ses inhibitions s'évanouirent…

Gianferro lui arrachait des cris de volupté qui décuplaient l'intensité de son propre désir. Il jubilait à l'idée d'être le seul homme qu'elle connaîtrait jamais. Nul autre que lui ne savourerait son abandon…

Plus tard, quand ils eurent recouvré leurs esprits, Gianferro brisa le premier le silence.

— Il est temps de songer à s'habiller pour le dîner.

Elle se pelotonna contre lui.

— Je n'ai pas faim.

— Moi si !

— Oh ! protesta-t-elle sur un ton déçu, comme s'il lui fallait quitter pour toujours le paradis qu'elle venait juste de découvrir. On ne pourrait pas nous apporter un plateau dans la chambre ?

Avec douceur, mais avec fermeté, il dénoua les bras qu'elle avait refermés autour de lui.

— *Cara*, c'est impossible. Le chef s'est donné beaucoup de mal pour nous préparer un repas digne de notre première soirée ensemble, et nous sommes obligés d'y faire honneur.

*Obligés*. Le mot parut agressif à Millie, et elle prit subitement conscience de toutes les obligations auxquelles elle allait devoir se plier.

— Excuse-moi. J'aurais dû y penser, soupira-t-elle.

Il hocha la tête avec une expression satisfaite.

— Dépêchons-nous ! Dès que nous aurons mangé, nous pourrons congédier les domestiques et revenir au lit !

Un bref instant, elle oublia toutes ses appréhensions pour succomber à la joie de cette impatience partagée. Elle avait la bizarre impression que l'ancienne Millie avait cessé d'exister, mais qu'elle ne connaissait pas encore la personnalité de la nouvelle femme qui émergeait en elle.

— Mais nous avons déjà passé tout l'après-midi enfermés dans la chambre ! le taquina-t-elle.

Gianferro contempla d'un air ravi la lueur qui brillait au fond de ses yeux.

— Je sais bien, chuchota-t-il au creux de son oreille. Et j'ai l'intention de recommencer aussi souvent que possible !

Tout en se préparant, Millie chassa délibérément de son esprit la pensée qu'elle trompait la confiance de son époux. Au contraire, elle se persuada qu'elle agissait au mieux de leurs intérêts et pour l'avenir de leur union. Sa mère ne lui avait-elle pas toujours dit qu'une femme se devait de préserver une part de secret ?

Le dîner s'avéra presque une épreuve. Elle regardait son mari assis en face d'elle, superbe dans sa chemise de soie blanche qui mettait en valeur son teint mat, et elle eut soudain beaucoup de mal à imaginer qu'elle avait connu l'extase amoureuse entre les bras de cet homme sensuel et irrésistible.

Les domestiques parlaient peu, mais lorsqu'ils s'adressaient à elle, c'était en français ou en italien, et elle regretta de ne jamais avoir été très douée pour les langues étrangères. Si Loulou avait été à sa place, elle n'aurait eu aucun mal à se faire comprendre.

— *Merci beaucoup*, dit-elle en français quand on servit le café.

En surprenant le petit sourire de Gianferro, elle reprit :

— Je suis désolée d'avoir un accent aussi épouvantable !

— Tu t'amélioreras. Si tu veux, je recruterai un professeur pour te donner des leçons particulières.

Millie hésita.

— Je préférerais prendre des cours dans un institut ou une école.

Il fronça les sourcils.

— Ce ne serait pas une très bonne idée. Les gens de notre condition ne se mêlent pas aux autres.

Millie eut l'impression qu'il lui adressait une sorte d'avertissement.

— Je... Que veux-tu dire ? Je dois rester à l'écart ?

— Oui. Sans être inaccessible. Les gens doivent pouvoir rêver en s'identifiant à nous.

Elle hocha la tête. Que de choses à apprendre avant de bien tenir le rôle de reine qu'elle serait appelée à remplir... Elle brûlait d'envie de mieux connaître l'homme sombre et énigmatique qui était devenu son mari. Mais y réussirait-elle ? En tout cas, elle s'y efforcerait, résolut-elle en buvant une gorgée de café. Avec du temps et de l'obstination, elle abattrait peu à peu le rempart derrière lequel il se protégeait.

Elle contempla son visage à l'expression lointaine et sévère, et secoua la tête.

— A quoi penses-tu, Millie ? demanda-t-il avec un sourire.

— Je pensais...

— Oui... ?

Il la considérait avec un mélange d'indulgence et d'amusement, comme s'il s'adressait à une enfant. Oserait-elle répondre en toute naïveté, en lui expliquant que sa première expérience sexuelle l'avait bouleversée au point d'ébranler son assurance et sa confiance en soi ? Peut-être valait-il mieux s'en tenir à un échange plus conventionnel.

— Je me demande quelle sorte d'enfance tu as eue sur l'île, déclara-t-elle.

Il reposa sa tasse de café.

— Peux-tu préciser ta question ?

Il paraissait si distant, si évasif… Millie s'exhorta à vaincre sa retenue et sa timidité. Elle devait oublier son titre de prince et ne pas se laisser impressionner, pour le traiter comme n'importe quel autre homme. Mais justement, elle n'avait aucune expérience des relations amoureuses… En un sens, il lui était plus facile de faire l'amour que de parler. Il suffisait de se laisser porter.

L'art de la conversation, en revanche, exigeait plus de maîtrise. Millie n'avait pas eu beaucoup de contacts avec des garçons. Elle n'avait pas eu de frères et elle avait fréquenté une école de filles. Rares avaient été les occasions de fêtes ou de sorties en boîtes de nuit avec des jeunes gens de son âge. Elle avait toujours vécu à la campagne, avec les chevaux pour seule passion. D'ailleurs, n'était-ce pas précisément pour son manque d'expérience que Gianferro l'avait choisie ?

— Où es-tu allé à l'école, par exemple ? le questionna-t-elle.

— Mes frères et moi avons eu des précepteurs particuliers au palais.

— Tu as dû souffrir de te sentir enfermé.

Il haussa les sourcils.

— Pas vraiment. Pas plus que toi dans ton pensionnat.

— Au moins j'avais des camarades de mon âge.

Elle croisa le regard impénétrable de Gianferro. Il ne livrait rien de ses émotions ou de ses sentiments. Pourquoi était-il aussi secret et mystérieux ? Lui avait-on appris à cacher tout ce qu'il ressentait ? A ne jamais rien laisser transparaître ? Ou était-ce juste sa nature et son tempérament ?

— Cela ne te manquait pas de ne pas avoir d'amis ? reprit-elle.

Comme elle le comprenait mal ! pensa Gianferro. L'isolement et la solitude faisaient partie intégrante de sa condition de prince héritier. En cela, il était différent de tout le monde, même de ses frères. Dès sa plus tendre enfance, son père avait pris soin de lui révéler la grandeur *et* la servitude de sa situation.

— Oh, mais j'avais des compagnons de jeu, répondit-il.

Triés sur le volet… Les fils de l'aristocratie de Mardivino. Il avait rarement eu l'occasion de rencontrer des garçons ordinaires, sauf quand il accompagnait son père pour distribuer des prix ou des récompenses, ou quand ils inauguraient une école ou une bibliothèque.

Millie hésita. Il ne lui suffisait pas d'avoir des réponses à ses questions. Ce qu'elle souhaitait, c'était gagner la confiance de son mari, et elle ne savait comment y parvenir. Pendant la période de leurs fiançailles, elle avait cherché à se renseigner sur la famille royale : elle avait lu un livre ainsi que quelques articles publiés dans de vieux magazines. Mais ces mots couchés sur le papier n'avaient pas beaucoup de réalité. De plus, les faits qu'ils relataient paraissaient très anciens. Elle prit son courage à deux mains.

— Cela a dû être terrible… quand ta mère est morte.

Il plissa le front. Pourquoi cette question ? Quel but poursuivait-elle en sondant cette vieille blessure ? Depuis le temps, son chagrin d'enfant était bien enfoui en lui, et il ne tenait pas à le ressusciter.

— Le sort n'a pas eu d'égards pour moi, répondit-il. La douleur n'a pas épargné le prince que j'étais.

Mais un prince se devait de ne pas pleurer, de ne rien manifester. Millie comprit cela en un éclair, aussi clairement que s'il le lui avait expliqué. Dans un élan de compassion, elle posa sa main sur la sienne. Mais au même instant, on frappa à la porte et Gianferro ne put s'empêcher d'en éprouver un certain soulagement, même si cette intrusion l'irritait.

— J'ai pourtant demandé qu'on ne nous dérange pas, déclara-t-il sur un ton agacé.

Puis le pli de son front se creusa davantage encore.

— Entrez ! ordonna-t-il.

Quand Alesso parut devant eux, Millie se sentit aussitôt en proie à une brusque colère. Ne les laisserait-il pas en paix pendant leur lune de miel ? Malgré tout, les traits de leur visiteur inattendu portaient les marques d'une telle tension intérieure qu'elle réalisa que la situation devait être grave.

Gianferro bondit sur ses pieds, soudain très pâle.

— Que se passe-t-il ? interrogea-t-il avec anxiété.

— Le roi est mort.

Les paroles d'Alesso résonnèrent dans le silence avec un écho lugubre. Puis, au bout d'un silence qui parut une éternité, Alesso tomba à genoux devant le prince pour lui baiser la main en s'écriant :

— Vive le roi !

A ce moment, Millie sut que rien ne serait jamais plus pareil.

# 7

Ce fut comme si un tourbillon avait englouti Millie pour la précipiter dans un univers mystérieux et inconnu.

Alesso s'inclina devant elle.

— Majesté, recevez mes respectueux hommages.

Millie se tenait immobile, comme statufiée. Elle glissa un regard implorant en direction de Gianferro. Que devait-elle répondre ? Mais elle aurait bien pu ne pas exister. Il ne la voyait plus. Elle eut l'impression d'être devenue transparente.

Elle s'efforça malgré tout de surmonter sa confusion et sa consternation pour essayer de se mettre à sa place. Ce n'était pas le moment de le déranger pour lui demander un conseil. Son père venait de mourir. Il héritait du royaume. Le rôle pour lequel on l'avait préparé toute sa vie lui était enfin échu.

Elle contempla son visage dur et fermé. L'expression austère, presque sinistre, qui voilait son regard l'effraya. Qu'avait-elle fait en acceptant de se marier avec lui ?

La douleur du deuil ne lui était pas étrangère. Son père était mort cinq ans auparavant. Même s'ils n'avaient jamais été très proches, elle se souvenait de cette abominable sensation de perte irrémédiable. Pour Gianferro, qui était orphelin de mère depuis sa plus tendre enfance, cette disparition ne pouvait que raviver de terribles souffrances.

Mais maintenant, elle était à ses côtés. Il fallait qu'elle trouve le moyen de l'aider et de le soutenir.

Elle s'approcha de lui et posa la main sur le masque rigide de son visage.

— Gianferro, chuchota-t-elle, je suis désolée pour toi.

Il tressaillit, comme si ses paroles le tiraient d'une sombre et profonde rêverie. Revenant à la réalité, il pria le ciel pour qu'elle ne se mette pas à pleurer. Ce serait déplacé autant qu'inconvenant. D'ailleurs, elle connaissait à peine le défunt roi. De plus, elle se devait de montrer l'exemple au peuple. Un exemple de force et de courage.

— Merci, articula-t-il d'une voix glaciale. Mais le plus important est de poursuivre l'œuvre entamée par le roi au cours de son long règne. Certes, nous déplorons cette disparition, mais nous nous devons aussi de célébrer ses magnifiques réalisations.

Il marqua une pause, avant de conclure solennellement :

— Tu dois être un modèle de dignité et de noblesse pour tout le monde.

« Mais pas pour toi », songea Millie, le cœur déchiré. « Pas pour toi. »

— Nous devons retourner à Solajoya, poursuivit-il d'une voix neutre, dénuée d'expression.

Millie se contenta de hocher la tête, sans mot dire.

Ensuite, les événements se précipitèrent, tout en s'enchaînant avec beaucoup de précision. Naturellement, on avait tout prévu depuis très longtemps.

Ce fut Alesso, et non Gianferro, occupé au téléphone, qui recommanda à Millie de se vêtir de noir. La jeune femme comprenait mieux à présent les instructions qu'on lui avait données lors de la préparation de ses bagages. On n'avait rien laissé au hasard…

Ils rentrèrent en voiture. En si peu de temps, la capitale était devenue méconnaissable. Les fleurs, les drapeaux, toutes les décorations qui avaient accompagné les festivités du mariage avaient disparu pour céder la place à une atmosphère sombre, triste et lugubre, où dominait le noir. Dans les rues, beaucoup de gens pleuraient.

Une rangée de dignitaires attendait le couple royal dans la cour du palais. Pendant tout le trajet, Gianferro s'était retranché dans un silence soucieux. Millie avait en vain cherché des paroles de réconfort, mais quelque chose lui disait que de toute façon, même si elle avait trouvé les mots justes, il n'aurait pas souhaité les entendre. Il était probablement très content de pouvoir se cacher derrière l'autorité que lui conférait sa position. Et peut-être valait-il mieux pour lui réprimer ses émotions plutôt que les exprimer.

Elle tendit vers lui une main hésitante, mais pour la retirer presque aussitôt car il ne remarqua même pas son geste. Son statut de princesse l'avait remplie de craintes et d'appréhensions. A présent, l'avenir immédiat qui s'offrait à elle l'impressionnait encore plus : elle était devenue reine.

— Dès que nous serons rentrés, tu te retireras dans nos appartements, ordonna Gianferro quand la limousine s'immobilisa. Je te rejoindrai dès que possible.

— Quand ?

— Millie, je ne sais pas. Sois patiente.

Et ce fut tout. Dans une sorte de brouillard, Millie le suivit pour recevoir les salutations des hauts dignitaires qui se courbaient d'abord devant lui, puis devant elle.

Ensuite, obéissant aux instructions de son mari, elle se retrouva seule dans une demeure inconnue, aux prises avec un sentiment de panique irrépressible.

Qu'avait-elle fait ? Elle avait l'impression d'avoir échoué sur une île déserte, après un naufrage, sans personne à qui parler et se confier. Elle se sentait triste et coupable en même temps de s'apitoyer sur son propre sort alors que le père de Gianferro venait de mourir.

Ses deux belles-sœurs passèrent la voir et la saluèrent d'une respectueuse révérence.

— Je vous en prie, ne vous croyez pas obligées de me saluer ainsi, les implora Millie.

— L'étiquette et les convenances nous y obligent, Majesté, lui répondit la plus âgée, d'une voix altérée par l'émotion.

Le titre sonna curieusement aux oreilles de Millie.

Ella et Lucy, toutes deux anglaises, semblaient très affectées par la mort du roi.

— J'ai tant de peine pour Guido ! gémit Lucy. Il se reproche toutes les années qu'il a vécues loin de Mardivino.

— C'est la même chose pour Nico, déclara Ella sombrement. Il regrette de lui avoir causé beaucoup de soucis et d'inquiétudes dans sa jeunesse, quand il pratiquait tous ces sports violents et dangereux. Il se dit qu'il a contribué à ruiner sa santé.

— Mais le roi était très âgé, objecta Millie. Et il était malade depuis très longtemps.

— Mais il était tout pour eux, protestèrent les deux femmes. Depuis qu'ils avaient perdu leur mère…

Millie eut honte de sa maladresse. Elle qui cherchait à consoler ses belles-sœurs ne réussissait qu'à leur paraître froide et insensible. Pire : elles croiraient peut-être qu'elle se réjouissait d'avoir accédé si vite à la fonction suprême.

Elle prit conscience du gouffre qui s'était désormais creusé entre elles, avant même qu'elles aient appris à se connaître.

— Je suis sincèrement désolée, articula-t-elle à mi-voix, sans trop savoir ce qui la chagrinait tant.

En fait, sa tristesse était centrée sur elle-même. Parce qu'elle avait les yeux secs alors qu'elle aurait voulu pleurer. Et aussi parce que la mort du vieux roi l'éloignait des deux femmes qui auraient pu devenir ses amies. Maintenant qu'elle était reine, plus personne ne pourrait prétendre à son amitié.

*
* *

Les obsèques eurent lieu dans la même cathédrale où on avait célébré le mariage quelques jours plus tôt. Là où la joie avait éclaté régnaient maintenant l'affliction et la douleur.

Lorsque le dernier chef d'Etat eut enfin pris congé, Millie était au bord de l'épuisement. Gianferro, quant à lui, semblait avoir vieilli de dix ans. Millie l'avait très peu vu, sauf pendant la cérémonie, où elle était placée à côté de lui. Le reste du temps, il avait été accaparé ailleurs.

Quand elle se retrouva dans leurs appartements, seule comme d'habitude, elle se plongea dans un bain chaud, où elle resta pendant une éternité. En sortant, elle chercha une chemise de nuit, la plus ordinaire possible, et referma en soupirant les tiroirs de sa commode qui regorgeaient de déshabillés et sous-vêtements de soie et de dentelle. Les circonstances ne se prêtaient vraiment pas à ce genre de tenues.

Elle soupira en pensant que sa lune de miel avait été interrompue presque avant d'avoir commencé, et s'allongea sur le lit.

Elle avait dû s'endormir, car un bruit de pas la réveilla.

— Gianferro ?

— Evidemment. Je ne vois pas qui d'autre cela pourrait être.

Sa voix avait un son métallique et désagréable.

— Quelle heure est-il ?

— Il est très tard. Rendors-toi, Millie.

Mais maintenant que le protocole ne l'obligeait plus à surveiller ses moindres faits et gestes, elle avait envie d'échanger quelques paroles sincères et authentiques avec Gianferro. Mais elle ne savait pas comment s'y prendre.

Gianferro remua les épaules pour libérer la tension qui ankylosait sa nuque douloureuse. Toute la journée, il avait eu l'impression de se comporter comme un pantin dont on aurait tiré les ficelles car, comme tout le monde à la cour, il était tenu de se plier aux règles d'un cérémonial bien précis, et parfaitement planifié.

La journée s'était plutôt bien passée, sans heurts ni incidents. A la cathédrale, les fidèles assemblés en masse avaient trouvé le service funèbre et les chœurs émouvants. Et maintenant que son père reposait sous la terre, il éprouvait…

A vrai dire, il avait beaucoup de mal à décrire ce qu'il ressentait. A part un grand vide, bien sûr. Il avait pris un soin extrême à dissimuler ses émotions aux yeux des journalistes qui tournaient autour de lui comme des vautours, à l'affût d'un faux pas ou d'un signe de faiblesse.

— Gianferro ?

La voix douce de Millie le caressa comme une brise rafraîchissante, mais il avait besoin de solitude. Il voulait réfléchir sans être dérangé, comme il en avait l'habitude. Dans le calme, il pourrait affronter ses pensées les plus secrètes avant de les reléguer dans un coin obscur de son être où elles ne risqueraient plus de le troubler. Il n'avait pas du tout envie de parler avec qui que ce soit. Et l'idée même de se confier à sa femme lui faisait tout simplement horreur.

— Rendors-toi, répéta-t-il d'une voix crispée.

Mais Millie en avait assez d'être repoussée. Elle n'allait pas obtempérer sans rien dire une fois de plus ! Avec détermination, elle se redressa pour allumer la lumière, provoquant chez Gianferro un geste d'irritation. Pourquoi était-il mécontent ? Parce qu'elle était nue ? Considérait-il sa tenue comme un manque de respect envers le défunt monarque ? Aurait-elle dû porter le deuil jusque dans son lit ?

Il avait ôté sa veste d'uniforme et commençait à déboutonner le col de sa chemise amidonnée. On aurait dit un homme d'un autre âge, sortant tout droit d'un des nombreux tableaux qui décoraient les couloirs du palais.

— Gianferro ? chuchota-t-elle, plus timidement.

Le son cristallin de la voix de Millie opéra en lui un bouleversement incompréhensible. Jamais il n'aurait imaginé que le désir puisse surgir avec autant de force dans son être dévasté par la douleur.

— Millie, murmura-t-il.

Elle l'avait rarement senti aussi proche d'elle. De façon instinctive, elle lui ouvrit les bras.

— Viens.

Gianferro s'approcha. Elle avait l'air si pure et fraîche… Comment aurait-il résisté à cet appel lumineux ? Il se serra contre elle, et, lorsqu'elle se mit à caresser son front, la tension intolérable qui l'étreignait se dissipa un peu.

Millie se sentait sur le fil du rasoir. Un geste ou un mot de travers, et il se retrancherait de nouveau derrière ses défenses. Loin de chercher à susciter un désir sexuel, elle souhaitait le consoler et le réconforter, comme un homme qui a perdu un parent très cher mais a besoin de recouvrer ses forces afin d'endosser de lourdes responsabilités.

Le temps cessa d'exister tandis qu'elle massait patiemment les épaules et le dos douloureux.

— C'est… c'est bon, déclara-t-il d'une voix sourde.

Elle continua. Et quand elle acheva de déboutonner sa chemise, il ne protesta pas.

Quand il fut torse nu, Millie se contenta de déposer un baiser chaste sur sa joue et il laissa échapper un profond soupir.

Puis, au prix d'un immense effort, il s'écarta pour plonger son regard dans le sien. Quelque chose s'éveilla en lui, quelque chose de puissant et de mystérieux, qu'il ne reconnaissait pas. Il l'enlaça pour la presser contre lui, écrasant presque douloureusement ses seins. Puis il l'embrassa, d'un baiser sauvage et passionné.

Millie éprouva un brusque vertige, comme si elle se noyait. Elle avait envie de lui expliquer qu'ils ne devaient pas, qu'il ne fallait pas… Mais l'aurait-il écoutée ? Il semblait déjà au-delà des mots. Et elle se sentit secrètement soulagée de ne pas avoir à parler.

Il se débarrassa en hâte de son pantalon, avec une impatience et une fébrilité qui tout d'abord effrayèrent Millie. Mais, bientôt, son appréhension disparut et laissa la place au désir.

Il se plaça alors au-dessus d'elle. A contre-jour, elle ne voyait plus son visage, mais cela lui était égal. Plus rien ne comptait que le besoin primitif et impérieux de le sentir en elle, de vibrer et frissonner à l'unisson avec lui.

Dans un instant d'égarement, elle s'agrippa à ses épaules.

— *Si*, murmura-t-il, comme s'il répondait à une question muette.

Quand il la pénétra, elle poussa un cri et il s'immobilisa.

— Je te fais mal ? demanda-t-il, inquiet.

Comment Millie pouvait-elle lui expliquer le tumulte qui l'assaillait ? Elle en avait le cœur transpercé de part en part. Et que Gianferro lui fasse l'amour dans une circonstance si particulière de son existence l'emplissait d'une émotion poignante, à la limite de l'indicible.

Elle secoua la tête.

— Non… Non, tu ne me fais pas mal.

Malgré tout, Gianferro refréna un peu son ardeur. Jamais encore, de toute sa vie, il n'avait trouvé aussi difficile de maîtriser ses élans et de se contenir. Bien qu'il soit un amant accompli, il avait envie de l'aimer sans retenue, de s'oublier en elle. Mais il concentra toute son attention sur le plaisir de sa femme, mettant à profit l'expérience qu'il avait acquise au fil des ans avec ses maîtresses.

Millie se sentait déchirée. D'un côté son corps réagissait, d'un autre son esprit demeurait tendu et aux aguets. Elle ne reconnaissait pas les traits de son mari dans le visage de cet étranger qui ne lui manifestait ni amour ni tendresse. Elle avait l'impression de se retrouver avec un inconnu…

Pourtant, elle perdit bientôt le contrôle de ses réactions et s'abandonna au plaisir…

Gianferro cessa alors de se maîtriser. Il lui sembla qu'il avait attendu cet instant toute sa vie. Lui qui avait toujours été un amant silencieux se mit à crier, comme si on le libérait enfin des chaînes qui l'avaient emprisonné.

La violence de son orgasme l'emporta comme un raz-de-marée, le prenant au dépourvu. Il était médusé de découvrir en lui une faiblesse et une vulnérabilité qui le ravalaient au rang des autres hommes.

L'espace d'une seconde, il ferma les paupières. Comme la vie pouvait être simple et facile, parfois... Il poussa un long soupir. Si seulement...

Les joues rosies par le plaisir, Millie se redressa sur un coude. Ses cheveux retombaient en cascades désordonnées sur ses épaules. Elle commençait à prendre conscience de son charme et de son pouvoir sur Gianferro. En cette période douloureuse, elle avait réussi à lui apporter un peu de bonheur et de réconfort...

— Gianferro ?

La voix de Millie le ramena brusquement à la réalité. Jusque-là, personne n'était encore parvenu à fléchir sa volonté de fer. Comment y était-elle arrivée ? Etait-ce son innocence qui le troublait tant ? Ou les circonstances particulières du deuil qui venait de le frapper ? La mort avait de quoi dérouter n'importe qui. Elle vous forçait à vous raccrocher à la vie avec l'énergie du désespoir...

Pourtant, il était inconcevable de se laisser aller de la sorte. Il se devait de réagir. Millie apprendrait à se plier à sa volonté, et non l'inverse.

— Gianferro ? répéta-t-elle, sur un ton plus hésitant, presque inquiet.

— Il faut dormir maintenant, dit-il avant de fermer les yeux.

Millie avait espéré un baiser. Elle ne lui demandait pourtant pas grand-chose... Juste de s'endormir ensemble dans la confiance et la tranquillité. Ce qui venait de se passer entre eux l'avait profondément touchée. En dépit de son manque d'expérience, elle avait très bien perçu l'intensité des émotions de Gianferro. Comment pouvait-il rester là, immobile, comme une statue taillée dans le roc, alors qu'ils s'étaient unis dans une telle communion ?

Elle se retourna sur le dos et se mit à fixer le plafond, tandis qu'un horrible sentiment de solitude s'emparait d'elle. Supporterait-elle longtemps le mariage, si ce n'était que cela ?

Elle écouta le bruit régulier de la respiration de Gianferro, qui s'était endormi, et se mordit la lèvre.

Pour le moment, il valait mieux ne pas trop réfléchir. Sinon, elle deviendrait bientôt folle…

# 8

Millie inspira profondément.

— Gianferro ?

Assis à son bureau, le roi leva les yeux et son visage s'éclaira à la vue de sa jeune épouse, debout sur le seuil de la pièce. Comme elle était belle, aujourd'hui, avec ses longs cheveux relevés en un chignon élaboré qui mettait en valeur son cou gracile et délié ! Elle portait une robe chemisier bleue, très simple, qui s'arrêtait au genou. Il sourit de satisfaction au souvenir de ses jambes galbées nouées autour de sa taille tandis qu'il lui faisait l'amour.

— Qu'y a-t-il, *cara mia* ?

— As-tu un moment à me consacrer ?

Un pli soucieux se dessina sur le front de son mari, dont l'emploi du temps ne permettait pas beaucoup de fantaisie.

— Que se passe-t-il ?

Millie se demanda si elle devait lui révéler le fond de sa pensée. Elle s'ennuyait et se sentait seule, et les interludes passionnés de ses nuits ne compensaient pas le vide de ses journées. Mais Gianferro était bien trop surmené et préoccupé pour se soucier des états d'âme de sa jeune épouse.

Aux yeux d'un observateur extérieur, elle avait tout pour être heureuse. Un mari beau comme un dieu qui lui donnait beaucoup de plaisir. Une fortune prodigieuse qui lui permettait d'assouvir le moindre de ses désirs. Et elle vivait dans un palais somptueux, sur une île de rêve…

— Je te couvrirai de bijoux, avait murmuré Gianferro, une nuit.

— Ça ne m'intéresse pas, et je n'y connais rien, avait protesté Millie.

— Ça ne fait rien, c'est moi qui choisirai. Je t'offrirai un gros saphir, aussi bleu que tes yeux, et que tu porteras en pendentif entre tes seins, pour te souvenir constamment comme j'aime les embrasser et les caresser.

Quelle femme aurait résisté ? Millie avait fléchi devant son éloquence. Pourtant, à bien y réfléchir, ce n'était pas grand-chose pour Gianferro… Une babiole, un colifichet pour la récompenser de son dévouement, et pour se faire pardonner de ne pas lui offrir ce dont elle rêvait par-dessus tout : un amour fou, absolu, qui égalerait en intensité celui qu'elle lui portait.

Car c'était ainsi qu'elle l'aimait.

Comment en aurait-il été autrement, alors même qu'il avait su éveiller ses sens et sa féminité ? Avant lui, elle avait vécu dans un monde terne et plat, sans grande saveur. Et il l'avait métamorphosée en épouse, transformée en reine. Au moins en apparence. Car, intérieurement, Millie souffrait depuis qu'elle avait pris conscience que son amour ne serait jamais payé de retour.

Il lui arrivait parfois de le contempler, la nuit, pendant qu'il dormait. Elle ne parvenait pas à croire qu'il lui appartenait. Si tant est qu'un homme comme Gianferro pût appartenir à quiconque.

Il était beau, fort, intelligent, doté d'une sensualité raffinée. En fait, il incarnait tout ce dont rêvaient les femmes et Millie aurait dû se féliciter d'avoir été élue pour régner à ses côtés.

Le moment du couronnement l'avait particulièrement marquée. La couronne royale pesait si lourd sur sa tête qu'elle avait dû répéter et marcher avec quelques jours avant, sur les conseils d'Alesso. Sous ses directives, elle s'était aussi entraînée à monter et à s'asseoir sur le trône, la tête haute, sans courber la nuque. Elle avait réussi à acquérir ce que l'on appelle un port de reine.

En tout cas, sa prestation, le jour de la cérémonie, avait enchanté tout le monde. Les journalistes avaient loué sa spontanéité et son naturel. Elle-même avait eu beaucoup de mal à se reconnaître sur les photographies publiées dans la presse. Avec ses yeux immenses dans son visage grave, elle ressemblait presque à une biche aux abois qui vient d'entendre le premier coup de fusil des chasseurs. Evidemment, dans des circonstances aussi particulières, il n'était pas question de sourire…

Ensuite, au palais, on avait tout de même fêté l'événement.

— Je n'arrive pas à croire que je suis la sœur d'une reine ! s'était exclamée Loulou.

Devant le froncement de sourcils désapprobateur de Gianferro, Millie avait subitement pris conscience que Loulou aurait eu bien du mal à réprimer sa nature fantaisiste et extravagante pour se conformer à la discrétion requise par la fonction.

Mais elle-même ? En contemplant son reflet dans les glaces de la salle du trône, elle avait découvert une jeune femme frêle et délicate, vêtue de satin blanc et de mousseline vaporeuse, qui ressemblait davantage à une mariée que le jour de ses noces. En tout cas, la leçon de Gianferro avait porté ses fruits et elle ne s'était presque pas maquillée.

Son mari l'estimait et la respectait, cela ne faisait aucun doute. Mais il ne lui parlait pas beaucoup d'amour. En fait, il ne lui avait jamais dit « je t'aime », dans aucune langue. Millie en concluait qu'il n'y avait pas de place dans son cœur pour ce sentiment. Ce sentiment qui n'existait que dans les contes de fées.

Etant donné l'éducation rigide qu'on avait dispensée à Gianferro, sa froideur et sa réserve n'avaient rien d'étonnant. De plus, il avait sans doute beaucoup souffert de la mort de sa mère, survenue à un stade crucial de son développement affectif. Si cette femme avait pu s'occuper de lui, elle aurait adouci son caractère trempé dans l'acier et lui aurait enseigné que l'amour n'est pas un signe de faiblesse, mais une force.

A plusieurs reprises, Millie avait essayé d'engager la conversation sur des sujets personnels et intimes, mais les réactions de Gianferro l'avaient refroidie. Visiblement, il n'avait pas l'intention de s'aventurer sur ce genre de terrain.

Il ne baissait la garde qu'à de très rares moments, et encore de façon très fugitive. Par exemple après avoir fait l'amour, avant de sombrer dans le sommeil. Alors, il déposait de petits baisers tendres sur ses cheveux, et ce geste remplissait Millie d'une délicieuse attente… toujours déçue.

Elle aurait voulu qu'il lui raconte ses journées, qu'il lui confie ses pensées et ses réflexions, ses espoirs et ses craintes. Mais c'était un vœu pieux qui ne se réaliserait jamais. Ils ne formaient pas un couple comme les autres…

Gianferro la regardait pendant qu'elle hésitait sur le seuil de son bureau. Son expression empreinte d'affection n'était pas exempte d'impatience. Car son temps était précieux, Millie le savait.

— Oui, Millie ?

Elle croisa les mains devant elle.

— Tu te souviens que, pendant notre lune de miel, je t'avais dit que je voulais apprendre le français ?

— Oui, oui, répliqua-t-il d'un air un peu agacé.

— Eh bien, j'ai changé d'avis. Je crois que je préfère l'italien.

— Vraiment ? lança-t-il assez froidement.

— Oui. L'italien est ta langue maternelle.

— Je parle quatre langues, précisa-t-il avec un brin d'arrogance.

— C'est tout de même l'italien qui domine, rétorqua-t-elle en soutenant son regard. C'est ce qui te vient le plus naturellement. Au lit, en tout cas.

Il plissa les yeux, avant de révoquer cet argument d'un simple sourire. Même s'il appréciait la fougue et l'ardeur de Millie, ce n'était pas une raison pour qu'elle le dérange quand bon lui semblait, alors que des affaires importantes requéraient son attention. Avec une emphase délibérée, il posa son stylo, comme pour marquer que le débat était clos.

— Bien. Je demanderai à Alesso de recruter un professeur particulier.

Quelque chose, dans son ton abrupt et cassant, poussa Millie à se rebeller.

— Si tu te souviens bien, je t'avais dit que je préférais assister à des cours en groupe.

— Et si tu te souviens bien, je t'avais fait comprendre que ce scénario ne me convenait pas.

« Courage, Millie… », se dit la jeune femme. « Si je ne lui dis rien, il ne devinera jamais ce que j'éprouve. »

— Je me sens parfois… un peu seule, au palais.

Il fronça un sourcil sévère, et elle s'efforça de nuancer son propos, pour ne pas avoir l'air gâtée et capricieuse.

— Oh, je sais que tu es très occupé, bien sûr, mais…

— Tu n'es toujours pas enceinte ? la coupa-t-il.

L'horrible sentiment de culpabilité qu'elle tentait de refouler de son mieux refit surface. Gianferro avait peut-être raison. Avec un enfant, tout irait mieux.

— Non…

— Veux-tu consulter l'obstétricien du palais ?

Une nouvelle fois, Gianferro parut si froid et pragmatique que Millie réagit en prenant le contre-pied. Comme si un bébé était la solution à tous les problèmes ! Et puis, elle n'était pas une machine à procréer !

— Je pense qu'il est tout de même un peu trop tôt ! répliqua-t-elle en essayant de ne pas s'énerver. Nous ne sommes mariés que depuis six mois.

Il réprima une petite grimace de déception. Elle avait raison, et dans ce domaine il n'avait pas les moyens de décréter et d'ordonner. Il aurait un héritier quand la nature et le destin le jugeraient bon.

— En effet, convint-il en se radoucissant. Et ta nouvelle jument andalouse ? Ne t'offre-t-elle pas un peu de distraction ?

Millie se hérissa encore plus.

— Au cas où tu ne l'aurais pas remarqué, les chevaux ne parlent pas.

— Certes. Malgré tout, les lads me racontent que tu communiques très bien avec eux. Tu mets dans ce sport autant de passion et d'énergie que pour les bonnes œuvres dont tu t'occupes.

C'était un compliment subtil, à peine voilé, et Millie ne s'y trompa pas.

— Tes belles-sœurs me disent la même chose, poursuivit-il. Tu t'entends bien avec Ella et Lucy, n'est-ce pas ?

— Oui, je les aime beaucoup, acquiesça Millie.

Pourtant, elles n'étaient pas du tout sur le même plan. D'une part, Ella et Lucy avaient des enfants. D'autre part, elles avaient des relations privilégiées avec leurs maris, dont elles étaient très proches. En maintes occasions, Millie avait surpris entre les époux des regards et des sourires de connivence, qui respectaient néanmoins la discrétion de rigueur. Gianferro ne se comportait jamais ainsi avec elle.

Bien entendu, il ne fallait pas faire trop de comparaisons. Millie souhaitait se satisfaire de son sort et trouver le bonheur avec ce qu'elle avait, au lieu de convoiter celui des autres. Cependant, il lui était parfois difficile de s'en abstenir… Ses belles-sœurs avaient fait de vrais mariages d'amour, alors qu'elle-même… Gianferro n'avait été attiré que par son innocence et son manque d'expérience.

— A vrai dire, je ne les connais pas si bien que ça, reprit-elle.

— Eh bien, invite-les à prendre le thé l'après-midi ! suggéra Gianferro avec impatience. Vous ferez plus ample connaissance !

Suffoquée par tant de suffisance et de condescendance,

Millie ne se sentit que plus déterminée à se battre pour conquérir un peu de liberté.

— C'est une bonne idée, concéda-t-elle. Mais pour en revenir au sujet qui me préoccupe, je ne vois pas quel mal il y aurait à ce que je m'inscrive dans une école de langues.

Gianferro tambourina du bout des doigts sur son bureau d'acajou. Il n'avait guère l'habitude qu'on lui tienne tête et il s'étonnait de l'humeur vindicative de Millie.

— Cela… compliquerait les choses, murmura-t-il.

— Pourquoi ?

Le croirait-elle s'il lui expliquait le fond de sa pensée ? Ou fallait-il qu'elle fasse elle-même ses propres expériences ? En dépit de son envie de vivre une existence « normale », elle se rendrait vite compte que c'était devenu impossible, et de manière irrévocable. Un instant, il en éprouva du regret pour elle, mais très vite l'irritation reprit le dessus. Pourquoi ne se laissait-elle pas guider ? Elle devait lui faire confiance et lui obéir.

— Rien ne sera plus jamais pareil, dans tes relations avec les autres, répondit-il. La royauté fait de toi un être à part.

— Je préférerais m'en rendre compte par moi-même, insista-t-elle.

— Très bien. Je parlerai à Alesso.

Il fut vite évident que l'homme de confiance du roi désapprouvait lui aussi ce projet, mais Millie tint bon et, quinze jours plus tard, elle eut l'autorisation de se rendre à sa première leçon, accompagnée d'un garde du corps.

Les cours avaient lieu à l'ambassade du Royaume-Uni, où Millie fut accueillie par la femme de l'ambassadeur, qui s'inclina devant elle avec une révérence pleine de respect. « Pas de cérémonies, je vous en prie ! » faillit dire la jeune reine. Mais elle savait bien que les gens se sentaient obligés de la traiter avec déférence. Pour se faire remarquer le moins possible, elle avait prié Alesso de ne pas prévenir les autres élèves de sa participation.

— J'aimerais passer inaperçue, lui avait-elle expliqué en voyant son expression médusée.

Le professeur avait déjà commencé le cours et écrivait une phrase au tableau lorsqu'elle entra dans la salle. En entendant la porte se refermer, il se retourna en fronçant les sourcils.

— Vous êtes en retard ! observa-t-il.

— Veuillez m'excuser, répondit-elle avec modestie.

Pendant l'heure qui suivit, elle s'appliqua, comme tous les autres élèves, à répéter les mots nouveaux avec une prononciation correcte, puis à mémoriser des phrases de plus en plus longues. Cela faisait bien longtemps qu'elle ne s'était pas pliée à un exercice intellectuel, et elle y prit beaucoup de plaisir.

Au début, les autres s'amusèrent de ses erreurs, mais quand vint leur tour, elle leur rendit la pareille. Ils étaient tous à égalité, et c'était une sensation très agréable.

A la fin du cours, tout le monde se leva pour s'en aller. Millie rassemblait ses affaires quand le professeur, qui avait plutôt l'air d'un artiste avec son jean et ses cheveux longs, s'approcha.

— Cette prise de contact vous a plu ? demanda-t-il.

Millie hocha la tête.

— Oui, beaucoup. Avec vous, la grammaire semble un jeu d'enfant !

— Oh, vous ne devriez pas dire des choses pareilles, protesta-t-il en riant.

Puis, tout à coup, il fronça les sourcils en l'observant avec attention.

— Est-ce que nous nous connaissons, *signora* ? demanda-t-il.

— Je ne crois pas…

Un peu embarrassée, Millie tenta de détourner la conversation, mais sans y parvenir.

— Il me semble que votre visage m'est familier, insista-t-il.

De toute manière, Millie ne pouvait pas espérer passer inaperçue semaine après semaine, avec un garde du corps qui l'attendait dans le hall ! Ce jour-là, elle s'était assise au dernier rang, mais elle n'arriverait pas en retard chaque fois.

— Ah oui ? lança-t-elle avec un sourire.

— En fait, vous et notre reine vous vous ressemblez comme deux gouttes d'eau !

Elle soupira.

— C'est normal, puisque nous sommes une seule et unique personne.

Il poussa une exclamation de surprise.

— J'ai la reine de Mardivino comme élève ?

Millie se mit à rire.

— Cela vous pose un problème ?

— A moi non. Mais à vous, peut-être ?

— Je ne vois pas pourquoi cela m'en poserait un.

Il fronça les sourcils.

— Pourquoi ne prenez-vous pas des cours particuliers au palais ?

— Sans doute parce que j'ai envie de respirer l'air du dehors.

— Comme un oiseau en cage qui veut goûter à la liberté ?

— Vous devenez impertinent !

— Vous trouvez ? Pourtant, si vous souhaitez faire l'expérience de la vie réelle, il faut accepter que les gens vous parlent avec franchise.

Il hésita un peu, avant de reprendre :

— Comment dois-je vous appeler ?

Elle réfléchit à peine.

— Millie, annonça-t-elle.

— Moi, c'est Oliviero, répliqua-t-il avec un sourire chaleureux. Ne vous inquiétez pas... Millie. Je ne trahirai pas votre secret. Mais à mon avis, vous ne resterez pas longtemps dans l'anonymat. Malgré tout, j'imposerai à mes autres élèves de vous considérer comme l'une des leurs. Sinon, je les...

— Renverrai ? suggéra Millie en souriant.

— Absolument. Vous voyez, moi aussi, j'ai des progrès à faire en anglais !

Ils éclatèrent de rire tous les deux et se quittèrent là-dessus.

Millie se lança avec enthousiasme dans cette nouvelle activité qui lui donna en retour beaucoup de satisfactions. Elle n'était pas assez naïve pour croire que personne d'autre, à part le professeur, ne l'avait reconnue, mais elle sut gré à chacun de respecter son besoin de discrétion.

Elle était toujours la dernière à partir. D'abord pour éviter de se montrer avec son garde du corps, mais aussi parce qu'elle prenait goût à ses bavardages informels avec Oliviero. Il la considérait et la traitait comme la personne qu'elle était réellement, et pas du tout comme une altesse royale que l'on doit écouter avec déférence. Ces quelques instants de détente apportaient beaucoup à la jeune femme qui les appréciait d'autant plus qu'ils lui rappelaient l'existence qu'elle menait peu de temps auparavant. Cela compensait un peu la perte de liberté qu'elle avait subie en épousant le prince.

L'intermède dura exactement un mois, jusqu'à ce qu'un beau matin, Alesso frappe à la porte de son boudoir, où elle était en train de lire un journal italien. Oliviero l'avait avertie qu'elle ne comprendrait pas grand-chose à cette lecture, mais que c'était néanmoins le seul moyen d'effectuer des progrès rapides dans l'apprentissage d'une langue étrangère. Chaque fois qu'elle reconnaissait un mot ou qu'elle parvenait à déchiffrer le sens d'une phrase, elle éprouvait la sensation gratifiante de remporter une victoire !

— Entrez !

— Majesté.

A la vue d'Alesso, sombre et sévère, elle jeta un coup d'œil à sa montre.

— Je n'ai pas oublié un rendez-vous important, j'espère ?

— Le roi souhaite vous parler.

Il était inutile de répliquer : « Dans ce cas, pourquoi n'est-il pas venu me voir lui-même ? » Elle avait essayé plusieurs fois, cela ne servait à rien.

— Très bien. Il est dans son bureau ?

— Dans le petit salon, Majesté.

— A cette heure-ci ?

Naturellement, elle n'obtint aucune réponse. Alesso devait avant tout allégeance à son roi…

Comme il l'escortait le long de la galerie de portraits, elle commença à se sentir inexplicablement nerveuse.

— Je connais le chemin ! plaisanta-t-elle.

— J'ai donné l'assurance à Sa Majesté que je vous conduirais moi-même jusqu'à lui, déclara-t-il d'un air pincé.

Sans trop comprendre pourquoi, Millie sentit son estomac se nouer, et son cœur se mit à battre plus vite. Avait-elle commis quelque bêtise ?

Loin de la rassurer, la mine de Gianferro, furieuse, accentua ses craintes.

— *Grazie*, Alesso, lança-t-il d'une voix coupante.

Un lourd silence s'installa tandis qu'Alesso se retirait. Puis Gianferro s'adressa à elle d'une voix dure et cinglante, qu'elle ne lui connaissait pas.

— Je pense que tu me dois des explications, Millie.

# 9

Gianferro, d'ordinaire si maître de lui, avait le visage déformé par la colère. Interdite, Millie se mit à trembler d'appréhension.

— A quel sujet ? demanda-t-elle d'une voix mal assurée.

A la rage succéda une expression de mépris glacial, qui l'effraya encore plus.

— Allons, Millie, je ne suis pas stupide.

— Sans doute. Mais tu n'es pas très clair. Je ne sais pas de quoi tu veux parler.

Il plissa les yeux, en la surveillant comme un fauve prêt à bondir sur sa proie.

— Comment va Oliviero ? lança-t-il brusquement.

Elle mit quelques secondes avant d'enregistrer le sens de sa question.

— Mon professeur d'italien ? dit-elle enfin.

— Ou ton amant ?

Elle le fixa d'un air consterné.

— Tu es fou ! chuchota-t-elle.

— Auquel cas je ne serais pas le seul à avoir perdu la tête.

Avec un sourire sarcastique, il poursuivit :

— Cela flatte ta vanité d'aguicher un modeste petit professeur ?

— Qu'est-ce que tu racontes ? protesta-t-elle, confuse et

déconcertée. D'abord, ce n'est pas un petit professeur, mais un brillant linguiste.

— Bien sûr, tu le défends ! railla-t-il.

Millie avait l'impression qu'une bombe venait d'exploser au beau milieu de son univers, et elle ne comprenait rien à ce qui se passait. Avant toute autre chose, il fallait essayer de calmer Gianferro, qui semblait hors de lui.

— Dis-moi au moins ce que tu me reproches, plaida-t-elle.

Gianferro inspira profondément. Il ne se souvenait pas s'être jamais laissé emporter par un tel accès de fureur. Millie avait pourtant l'air sincère... Ou alors, elle jouait très bien la comédie.

— Le directeur du *Mardivino Times*, commença-t-il sur un ton accusateur, a téléphoné à Alesso ce matin pour demander un démenti officiel au sujet des rumeurs qui circulent sur ma femme.

— Des... rumeurs ? bredouilla Millie, horrifiée. De quel genre ?

Elle commençait à avoir peur et ressemblait davantage à une coupable, songea Gianferro avec fureur.

— Tu n'en sais rien ?

— Mais... non ! Je t'en prie, Gianferro ! Explique-toi !

Le goût âcre de la jalousie envahit sa bouche tandis qu'il baissait les yeux sur une feuille de papier couverte par l'écriture d'Alesso.

— Apparemment, tu as noué une relation avec, je cite, « le jeune don juan italien qui ravage les cœurs féminins de Solajoya ».

Comme elle demeurait immobile et muette, il reprit :

— Eh bien, qu'as-tu à répondre ?

L'accusation était si ridicule qu'elle faillit l'envoyer au diable et partir en claquant la porte. Mais, outre le fait qu'une reine ne se comporte pas de la sorte, il lui fallait éclaircir ce terrible malentendu.

— Il n'y a absolument rien d'ambigu entre nous. Il est très gentil avec moi. C'est tout.

La bouche de Gianferro se tordit en un rictus méprisant.

— Certes. Je n'en doute pas.

— Gianferro, arrête, je t'en prie.

Gianferro serra les poings. Il était incapable de maîtriser son courroux. Si elle lui avait obéi, au lieu de n'en faire qu'à sa tête, elle ne se serait pas mise dans une situation pareille !

— Donc, tu ne nies pas avoir passé des moments en tête à tête avec lui à la fin de chacun de ses cours ?

— C'est une façon de voir les choses, observa-t-elle avec calme. Mais ce n'est pas du tout…

— Tous les deux seuls ? la coupa-t-il, sans lui laisser une chance de s'exprimer. Sans témoin ?

Si elle protestait, il saurait qu'elle mentait. Avant de la convoquer, il avait dû interroger son garde du corps…

— Oui, mais il ne s'est absolument rien passé.

— Pas encore, peut-être.

— Comment oses-tu ?

— Non, Millie, n'inverse pas les rôles. Comment oses-tu, toi, te montrer aussi naïve et imprudente ?

— Mon ingénuité ne te séduit plus ! rétorqua-t-elle avec amertume.

Gianferro la regarda droit dans les yeux. Dieu merci, il avait encore confiance en elle. Mais il n'était pas question de tolérer pareils écarts de comportement.

— Assieds-toi, commanda-t-il d'une voix sourde.

— Non. Je refuse que tu me traites comme une enfant désobéissante.

— Tu n'as donc aucune conscience de la médisance des gens ? Les rumeurs circulent vite, sur une petite île.

— Tu n'as pas besoin d'y accorder crédit !

— Alors, prouve-moi que je me trompe !

Millie soupira. Elle devait impérativement dissiper ce ridicule quiproquo. Mais en prêtant le flanc aux ragots, n'avait-elle pas, malgré tout, une part de responsabilité dans ce malentendu ? Comment lui expliquer qu'elle étouffait, à la cour ? Que la raideur des conventions, le manque d'échanges naturels et spontanés finissaient par l'oppresser ?

— Pour une fois, j'avais l'impression d'être moi-même, de retrouver un peu de naturel, admit-elle.

— Exprime-toi de façon plus claire, Millie.

— Ce n'était pas à la reine qu'il parlait, mais à Millie. Au début, il ne savait même pas qui j'étais.

Il la scruta avec dureté, sans indulgence.

— Ne sois pas ridicule ! Bien sûr qu'il le savait ! Comme tous ses élèves, d'ailleurs. Crois-tu que tu puisses passer inaperçue avec une voiture frappée aux armes de la Couronne ? Et puis, ton visage n'est pas celui d'une inconnue. Des photos de toi ont été publiées dans tous les médias.

— En tout cas, dans le groupe, personne n'y attachait d'importance.

— Tu es trop naïve ! A ton avis, comment ces ragots sont-ils parvenus jusqu'à moi ?

— Par le garde du corps ?

— Non, par ce maudit Italien lui-même ! Il a vendu son histoire à la presse. Au journal le plus offrant, bien entendu !

— Mais il n'y a pas d'histoire à raconter !

Un voile de souffrance assombrit les yeux de Millie et Gianferro hésita. Pourtant, il fallait qu'il aille jusqu'au bout.

— Peut-être, opina-t-il. Mais il y avait assez d'éléments pour intéresser un rédacteur en chef. « Une relation privilégiée. » Tu ne contestes pas cela, n'est-ce pas ?

— Non… Je me sentais très proche de cet homme, en toute amitié, bien sûr…

Gianferro tressaillit malgré lui.

— Pourquoi ? demanda-t-il.

— Je me sentais…

Millie chercha ses mots. Elle ne voulait paraître ni ingrate, ni trop sentimentale.

— Banale. Une femme ordinaire, tout simplement, conclut-elle.

— Mais tu n'es pas ordinaire, Millie. Tu ne l'as jamais été et tu ne risques pas non plus de le devenir. Surtout maintenant.

Les paroles de Gianferro produisirent l'effet d'une douche froide sur Millie, qui vécut cet instant comme une révélation, en même temps qu'un désenchantement absolu. Il avait raison : elle avait dit adieu à l'anonymat une fois pour toutes le jour où elle avait prononcé ses vœux de mariage. Elle était devenue reine. Il lui fallait agir en conséquence.

Les larmes lui montèrent aux yeux.

— Je me suis montrée stupide, chuchota-t-elle.

La perte de ses illusions toucha Gianferro bien plus que ses pleurs. Gagné par l'attendrissement, il la serra dans ses bras. Elle était aussi raide qu'une marionnette de bois et il ne savait pas comment s'y prendre pour la réconforter. Il lui caressa les cheveux, si bien qu'elle se détendit un peu.

— C'est peut-être à moi de me faire pardonner, déclara-t-il doucement.

Pour la première fois de sa vie, il s'efforçait de considérer la situation d'un point de vue autre que le sien, en se mettant à la place de quelqu'un.

— Tu trouves que je ne m'intéresse pas assez à toi et que je te néglige, n'est-ce pas ? reprit-il en fronçant les sourcils.

Millie essaya d'adopter une attitude adulte.

— Tu es très occupé, répondit-elle.

Il s'écarta un peu pour la considérer avec gravité.

— Tu n'as pas répondu à ma question.

— Oui, dans un sens, Gianferro. Mais les journées n'ont que vingt-quatre heures et tu es écrasé de travail. Et je ne veux pas devenir pour toi un fardeau supplémentaire.

— Je pourrais tout de même faire un effort, suggéra-t-il. Par exemple, réserver une soirée par semaine pour dîner seul avec toi, quoi qu'il advienne.

De toute manière, ils ne seraient jamais véritablement

seuls… Il y aurait toujours des domestiques pour s'affairer autour d'eux. Mais il fallait bien admettre que Gianferro manifestait de la bonne volonté.

— Cela me ferait très plaisir, répondit-elle d'une voix neutre.

Gianferro se félicita d'avoir adouci le coup qu'il venait de porter à sa jeune épouse. Mais à présent, il fallait porter l'estocade…

— Bien entendu, tu te rends compte que tu devras arrêter ces cours ? Et ne plus voir cet homme avec lequel il ne peut être question d'amitié ?

— Oui, acquiesça-t-elle, déterminée à ne rien montrer de son dépit.

Elle lui prouverait qu'elle avait assez de force de caractère pour surmonter cette déception. Pourquoi les faits donnaient-ils une fois de plus raison à Gianferro ? Ne se trompait-il donc jamais ?

— Il me faudra tout de même un peu de temps pour digérer cette histoire, ajouta-t-elle.

— C'est bien naturel.

Il l'attira plus près.

— Peut-être souffres-tu du mal du pays ? lui demanda-t-il. Aimerais-tu retourner quelque temps chez toi ?

Et s'éloigner davantage de lui ?

Non. Ce n'était pas du mal du pays qu'elle souffrait, mais du mal d'amour. Elle avait envie de lui donner tellement plus que ce qu'il demandait… Envie de se blottir au creux de ses bras, et de caresser avec tendresse le contour de son beau visage. Envie de se prélasser au lit avec lui… Mais il était tellement écrasé de travail qu'il s'endormait dès qu'il fermait les yeux, sitôt après avoir fait l'amour.

Incapable de résister à ses impulsions, elle jeta les bras autour de son cou en plongeant ses yeux dans les siens.

— Oh, Gianferro, soupira-t-elle. Embrasse-moi, je t'en prie.

L'invitation était si tentante que Gianferro se pencha pour

déposer un baiser furtif sur sa bouche. Mais les lèvres de Millie s'entrouvrirent et il sentit bientôt la force de la passion qui l'habitait. C'était une élève très douée, qui dépassait toutes ses espérances.

Malgré lui, le mot « élève » lui rappela aussitôt le fâcheux épisode des cours d'italien et une colère irrépressible l'envahit de nouveau. La pression de son étreinte se raffermit, jusqu'à devenir presque brutale.

Millie s'y soumit, s'agrippant à ses épaules, tandis que ses seins dressés se gonflaient de désir. En même temps, elle n'osait trop bouger, de peur que Gianferro ne s'arrête.

Mais il n'arrêta pas. Ses mains se posèrent sur sa poitrine, pour la caresser avec fièvre, avant de descendre vers ses hanches. Puis, tout à coup, elles caressèrent ses cuisses sous la jupe.

— Gianferro ! s'écria Millie, stupéfaite.

— Qu'y a-t-il ? répondit-il dans un souffle.

Sous la violence du désir qui l'embrasait, elle oublia toute logique et toute pensée cohérente. Quelques minutes plus tôt, il l'avait insultée en l'accusant injustement, mais cela lui était maintenant égal. Seule comptait l'ardeur de sa passion.

— Fais-moi l'amour, l'implora-t-elle à mi-voix.

Gianferro savait qu'il disposait d'une demi-heure avant son prochain rendez-vous. Sa raison lui interdisait de succomber à la folie de ce moment d'égarement, mais ses sens enfiévrés l'emportaient, et déjà il ne pouvait plus lutter.

Il contempla le visage très pâle levé vers lui, et les lèvres entrouvertes.

— C'est bien moi que tu désires, et pas un autre ? interrogea-t-il d'une voix rauque.

— Oui ! souffla-t-elle. Tu le sais bien !

Il l'entraîna alors vers un coin de la pièce où se trouvait un grand fauteuil. Elle le suivit en silence, redoutant de rompre le charme. Elle n'avait jamais vu Gianferro aussi impétueux et exalté, sous l'emprise d'une force qu'il ne maîtrisait plus. Pour une fois, il cédait à une pulsion qui le dépassait.

Le visage tendu, les yeux égarés, il la poussa dans le fauteuil et lui enleva sa culotte pour enfouir la main dans la tiédeur humide de son sexe. Un sourire sans joie se dessina sur ses lèvres quand elle se mit à frissonner en gémissant. Puis il ôta son pantalon.

Pendant quelques secondes, Millie douta de la réalité de ce qui était en train de se produire. Gianferro et elle faisaient l'amour. En plein jour.

Tout se passa très vite. Le temps, bien sûr, leur manquait pour un prélude amoureux. De toute façon, ils n'en avaient besoin ni l'un ni l'autre, tant était ardent le feu qui les consumait. Un cri jaillit de la gorge de Millie, mais Gianferro l'étouffa avec sa bouche pendant que, au même instant, il la pénétrait.

Etait-ce l'incongruité du moment ou du lieu ? En tout cas, Millie atteignit rapidement un plaisir incandescent, et l'orgasme de Gianferro suivit le sien presque immédiatement.

Ils demeurèrent enlacés durant quelques minutes, sans bouger. Millie sentait le souffle chaud de Gianferro au creux de son cou. Et lorsqu'il releva le visage, elle n'osa pas interpréter la lueur qui brillait au fond de ses yeux. Elle avait bien trop peur de se tromper…

— Tu te sens mieux, à présent, Millie ? questionna-t-il en s'écartant.

L'euphorie de la jeune femme s'évanouit. Il lui parlait comme si elle était malade et qu'il lui avait administré un médicament ! Cependant, il n'était pas question de manifester ce qu'elle ressentait. D'ailleurs, n'était-elle pas un peu trop sensible et délicate ? Gianferro avait osé défier les règles de la bienséance pour se laisser emporter par la passion. N'était-ce pas un grand progrès ? Elle aurait dû s'en réjouir au licu d'y voir un nouveau motif de contrariété.

Elle glissa les bras autour de son cou.

— Oh oui, murmura-t-elle. C'était merveilleux.

Gianferro se dégagea de son étreinte en fronçant les sourcils.

— Tu devrais remettre de l'ordre dans ta tenue.

Millie rougit en attrapant sa culotte.

Peu à peu, Gianferro recouvrait sa lucidité. Ce qui venait de se produire était si inattendu. Et à la limite de l'inconvenance.

Millie outrepassait son rôle et ses attributions. Avait-elle flirté délibérément avec son professeur d'italien pour tester ses réactions et exciter sa jalousie ? Si tel était le cas, son stratagème avait réussi. Il s'était conduit avec stupidité, comme un adolescent impatient et inexpérimenté !

Il rajusta sa tenue avant de lui faire face de nouveau. Elle avait encore les joues rosies par l'émotion, et les jambes légèrement écartées, à demi repliées.

— Dépêche-toi ! lança-t-il en jetant un coup d'œil à sa montre.

Son regard n'échappa pas à Millie, qui se hâta d'obtempérer. Quand elle se sentit de nouveau présentable, elle retrouva assez d'audace pour parler de ce qui venait de leur arriver. Manifestement, c'était la jalousie qui avait excité Gianferro. Ils ne pouvaient tout de même pas faire semblant de rien !

— Si j'en juge d'après ton expression, tu regrettes ce qui s'est passé, commença-t-elle.

Gianferro comprenait qu'elle avait besoin d'être rassurée, mais il ne voulait pas discuter de ce qu'il préférait considérer comme un incident. D'ailleurs, il souhaitait l'oublier le plus vite possible, le bannir de son esprit. Les affaires de l'Etat, autrement plus importantes, requéraient son attention.

— Inutile de s'appesantir là-dessus, répliqua-t-il. De toute façon, nous ne pouvons rien y changer.

Forçant un sourire sur ses lèvres, il ajouta :

— Ne devais-tu pas te préparer pour une réception ?

Millie serra les poings. Il refusait le dialogue et se fermait à la discussion. Malgré tout, elle devait tant bien que mal dissimuler sa déception.

Cela lui rappelait l'époque où son père rentrait de ses interminables voyages à l'étranger et que Caius Hall bruissait d'impatience à l'annonce de son retour. Aux prises avec une agitation qui l'empêchait de dormir, Millie insistait pour l'attendre. Mais lorsqu'il finissait par arriver, il l'envoyait se coucher en lui expliquant qu'ils auraient tout le temps de se voir le lendemain matin. Elle revivait avec Gianferro le même sentiment de frustration qu'elle avait connu alors.

S'agissait-il d'une simple coïncidence ? Ou était-elle tombée amoureuse de Gianferro parce qu'il ressemblait à son père et qu'elle ne connaissait pas d'autre mode de relation avec les hommes ?

Elle lissa les plis de sa jupe avec un sourire convenu.

— Tu as raison, déclara-t-elle. Je n'ai pas beaucoup de temps devant moi.

Comme elle se dirigeait vers la porte avec raideur, Gianferro la rappela :

— Millie !

Elle se retourna.

— Oui ?

— J'étais sincère, lorsque je parlais de passer une soirée par semaine seul avec toi. Je demanderai à mon secrétaire d'organiser mon emploi du temps en conséquence.

Eh bien, elle venait de remporter une petite victoire…

— Merci, dit-elle avec un sourire ravi. Je… Bonne journée, chéri.

Mais il l'entendit à peine. Une fois cette faveur consentie, il était déjà retourné à ses préoccupations. La tête penchée sur ses dossiers, il ne leva pas les yeux pour lui répondre. Il ne l'entendit peut-être même pas partir.

# 10

L'aménagement que Gianferro apporta à son emploi du temps améliora les relations du jeune couple. Toutefois, au début en tout cas, Millie manquait tellement de confiance en elle qu'elle crut qu'elle prenait ses désirs pour des réalités et qu'elle se leurrait.

Mais avec le temps, elle révisa ses impressions. Elle chérissait comme un cadeau précieux la soirée hebdomadaire que lui consacrait Gianferro, et elle le soupçonnait de s'y préparer lui-même avec une certaine impatience. Elle l'avait convaincu de congédier les domestiques ce jour-là, et la vue du roi, pénétrant dans leurs appartements en déboutonnant son col de chemise avec un sourire malicieux la comblait de joie. Ses rêves les plus fous se concrétisaient !

D'autres couples se faisaient une fête de dîner dans de la vaisselle d'or, en buvant des vins millésimés, mais c'était précisément le contraire qui leur plaisait. Ils grignotaient n'importe quoi du bout des doigts, et sortaient des coussins dehors, sur la terrasse, pour s'asseoir par terre sous la voûte étoilée.

— Quel moment exquis ! s'écria Millie avec une expression rêveuse en s'étirant langoureusement sur le tapis.

Nus tous les deux, ils étaient étendus par terre dans la lumière du clair de lune qui ruisselait par les fenêtres ouvertes. Les cheveux blonds de Millie retombaient en cascade sur le torse de Gianferro. Au loin, on apercevait les reflets argentés de la mer.

— J'adore ! ajouta-t-elle comme la main de son mari se posait sur son sein.

Gianferro caressa lentement, du bout du doigt, la pointe du mamelon dressé.

— Je sais, *cara*. Ça se voit.

— Et toi, que ressens-tu ? Tu es bien, avec moi ?

— Bien sûr. Tu en doutes ?

— Alors, dis-le !

Il fronça les sourcils d'un air faussement sévère.

— Nous n'avons déjà pas beaucoup de temps à passer ensemble. Ce n'est pas la peine de gâcher des moments précieux en paroles inutiles, qui ne t'apprendraient rien que tu ne saches déjà.

— Mais… Oh, Gianferro ! Que… Qu'est-ce que tu fais ?

Pendant qu'il parlait, sa bouche descendait le long de ses courbes féminines en traçant une ligne de feu sur sa peau nue. Vaincue par la volupté, elle laissa sa tête retomber sur un coussin.

La lune était montée très haut dans le ciel lorsque, à son tour, il roula sur le côté pour s'écrouler avec un soupir. Les étoiles scintillaient de mille feux. Si Millie avait eu le pouvoir de capturer un moment pour le conserver comme un joyau dans un écrin, c'est celui-ci qu'elle aurait choisi. Ils étaient seuls tous les deux, l'âme en paix.

Pour quelques heures, la réalité du monde extérieur cessa d'exister. Ils n'étaient plus roi et reine, mais des gens ordinaires, heureux, presque normaux.

En plus, Millie venait de prendre conscience d'autre chose… Peut-être s'était-elle trompée, en croyant ne pas vouloir d'un enfant tout de suite.

En était-il ainsi pour toutes les femmes ? Plus le sentiment d'amour grandissait, s'affermissait, plus le désir de bébé se faisait sentir. Elle ne considérait plus la maternité comme un piège à éviter. Et elle en venait même à penser que cette aventure à partager avec Gianferro les rapprocherait encore davantage.

Bien sûr, selon Gianferro, les enfants d'une famille royale bénéficiaient d'une éducation très particulière. Il avait là-dessus des conceptions très rigides, mais qui se transformeraient peut-être, avec le temps. Il avait déjà beaucoup évolué, sous son influence.

Elle effleura du bout du doigt la ligne de sa mâchoire carrée, volontaire, avant de lui caresser la joue. La perspective d'un bébé lui ouvrait des horizons insoupçonnés. La tendresse qu'elle entrevoyait parfois chez son mari se libérerait peut-être à la venue d'un enfant. Qui savait ce que l'avenir leur réservait ?

Enfouissant son visage dans ses cheveux, il se mit à chuchoter à son oreille, d'une voix étrangement émue :

— Est-ce cette nuit que le germe d'une nouvelle vie va pousser en toi ?

Ses propos n'étaient pas très différents de ceux qu'il avait prononcés au cours de leur lune de miel, mais maintenant, elle n'avait plus peur. De plus, sa manière de lui parler avait changé. L'arrogance avait cédé la place à une sincérité qui la bouleversait.

Elle ne pouvait plus lui mentir. Mais comment lui avouer qu'avant de tomber d'accord avec lui, il lui avait fallu un peu de temps et de réflexion ?

— Alors ? insista-t-il, comme elle demeurait silencieuse.

Gianferro se souleva sur un coude. Pourquoi ne répondait-elle pas ? Avait-il eu tort de baisser la garde, de se montrer tel qu'il était ? Cela le rendait-il vulnérable aux yeux de Millie ?

— Qu'en penses-tu, *cara mia* ?

— J'aimerais beaucoup être enceinte, répliqua-t-elle enfin.

Millie soupira. C'était la vérité. Malgré tout, le remords la tenaillait.

Quand Gianferro se fut endormi, Millie se leva pour se

diriger vers la somptueuse salle de bains, sans prendre la peine d'allumer la lumière. Il y avait des glaces partout, et dans la clarté laiteuse de la lune, l'expression de son visage lui parut sombre et troublée.

Millie n'était plus la jeune fiancée innocente et timide du début. A présent, elle se rendait compte qu'elle avait commis une erreur en ne discutant pas de contraception avec son mari. Mais à l'époque, cela lui paraissait inconcevable. Gianferro était si catégorique et autoritaire qu'elle n'aurait jamais eu le courage d'exprimer un point de vue différent du sien.

Maintenant, les choses étaient différentes. Elle s'était un peu affirmée, et continuerait certainement à gagner en assurance.

Elle ouvrit sa trousse à maquillage pour chercher la plaquette aux trois quarts entamée sous les tubes de rouge à lèvres et de fard à paupières. Elle aurait dû tout lui dire… Mais quelque chose l'en empêchait. Et pas seulement la honte. L'impression que Gianferro souffrirait et serait mortifié d'être mis ainsi devant le fait accompli. Ce n'était pas le moment de commettre pareille imprudence, alors que leurs relations s'amélioraient.

Si elle avait eu le courage, cette première fois, de l'affronter en défendant ses positions…

Elle observa son reflet dans le miroir. Elle avait mûri. Et comme elle avait l'air grave ! En fait, l'alternative était simple : soit elle lui révélait tout, soit elle arrêtait de prendre la pilule. Gianferro n'en saurait jamais rien et ne risquait donc pas d'en prendre ombrage. De plus, elle pouvait tomber très vite enceinte.

Mais elle était trop honnête pour se satisfaire d'une solution aussi bancale. Dans une relation basée sur l'estime et le respect, il valait beaucoup mieux confesser la vérité. Et s'il était furieux, tant pis. Il s'en remettrait.

Avec la conviction d'avoir pris la bonne décision, elle referma résolument la main sur la plaquette. Au même instant, elle sursauta en entendant un bruit, et son cœur bondit dans sa poitrine lorsqu'elle aperçut le reflet de Gianferro dans la glace. Debout sur le seuil, il l'observait, avec l'immobilité d'une statue.

— Gianferro ! Tu m'as fait peur !

— C'est ce que je vois.

Il appuya sur l'interrupteur et une lumière violente inonda la pièce.

— Que fais-tu, Millie ?

Sa voix était méconnaissable.

— Je… je cherchais quelque chose dans ma trousse.

— Quoi donc ?

Terrorisée, Millie se rendit subitement compte qu'il savait déjà tout. La bouche sèche, elle chancela sur ses jambes.

— Mes… ma pilule, bredouilla-t-elle. Tu m'as vue, n'est-ce pas ?

— Oui, répondit-il d'une voix cinglante.

— Les apparences sont contre moi, déclara-t-elle vivement. Mais je t'assure que j'avais l'intention d'arrêter. Je voulais t'en parler ce soir même. Je venais juste de prendre la décision quand tu m'as surprise.

— Quelle curieuse coïncidence ! commenta-t-il sur un ton sarcastique.

— C'est pourtant la stricte vérité.

— Je ne te crois pas, objecta-t-il, glacial.

Quand l'expression de Gianferro se ferma, Millie se sentit envahie par une peur panique.

— Je t'assure. Honnêtement…

— Honnêtement ? répéta-t-il d'un air dégoûté. Comment oses-tu utiliser ce mot ?

— S'il te plaît, ne me juge pas trop vite…

— Cela suffit, Millie, coupa-t-il. J'avais des doutes depuis quelque temps. N'aggrave pas ton cas en invoquant de fausses excuses.

Elle le fixa sans comprendre.

— Des… doutes ? Tu me soupçonnais ?

Gianferro la fusilla du regard.

— Bien sûr. Pour qui me prends-tu ?

Et dire qu'il s'en était voulu, de la suspecter ! Quel idiot ! Il n'osait même pas formuler ses craintes… A présent, il avait envie de se venger, de lui faire du mal, pour qu'elle souffre autant que lui. Il voulait aussi sauver ce qui restait de son amour-propre, et montrer à cette femme qu'il n'était pas aussi stupide qu'elle le pensait, et qu'elle l'avait sous-estimé.

Pour la première fois qu'il décidait de faire confiance à une femme, il n'avait pas de chance. Il venait d'apprendre que la virginité n'était pas une garantie contre le mensonge et la dissimulation. Quand il lui avait pardonné son faux pas avec le professeur d'italien, il était bien loin de soupçonner l'abominable tromperie dont il était victime.

— Je me doutais bien de quelque chose, tonna-t-il.

En fait, une partie de sa colère était dirigée contre lui-même. Jamais il n'aurait dû abandonner sa méfiance et sa vigilance. « C'est bien fait, tant pis pour toi ! » se dit-il avec amertume.

Sous la violence de son mépris, le cœur de Millie se brisa. Comment avait-elle pu se tromper à ce point en s'imaginant que leurs relations s'amélioraient et s'approfondissaient de jour en jour ? Que bientôt le lien qui les unissait serait assez fort pour qu'elle puisse envisager d'avoir un bébé ? Elle s'était vraiment bercée d'illusions… Quelle erreur !

Elle leva les yeux sur lui.

— Mais… Comment t'es-tu douté… ?

— Allons, Millie ! Une femme qui désire un bébé exprime sa déception de temps en temps, sinon tous les mois. Toi, tu ne l'as jamais fait. Tu répondais à mes questions d'un air ingénu, mais sans étonnement… Et pour cause ! Tu connaissais déjà la réponse ! Tu ne pouvais pas être enceinte, puisque tu prenais la pilule.

Les lèvres de Millie se mirent à trembler.

— Accorde-moi au moins une chance de m'expliquer !

— Expliquer quoi ? Que tu as trompé ma confiance ? Ta conduite est inqualifiable. Tu n'arriveras jamais à te justifier.

Gianferro vit qu'elle chancelait, mais il se moquait de la souffrance qu'il lui infligeait. Pour la première fois de son existence, il avait commis une erreur de jugement, et cela le blessait dans son orgueil.

Les mots jaillirent malgré tout de la bouche de Millie. Elle voulait absolument qu'il comprenne. Même si, tout au fond d'elle-même, elle craignait qu'il ne soit trop tard. Oh, pourquoi avait-elle fait cela ? Et surtout, pourquoi avait-elle attendu si longtemps avant de revenir sur sa décision ? A présent, elle payait le prix de son inconséquence.

Son mariage survivrait-il à cette crise ?

— Je trouvais qu'il ne fallait pas précipiter les choses, expliqua-t-elle. Qu'il valait mieux attendre de nous connaître mieux. Tu allais trop vite, Gianferro ! Tu as commencé à me parler de bébé pendant notre lune de miel !

— Tu as dû bien rire et te moquer de moi, observa-t-il. J'imagine que tu prenais déjà la pilule.

— Oui, mais tes propos m'ont beaucoup perturbée, au contraire. Mon médecin m'avait prescrit ce moyen contraceptif comme si cela allait de soi. Je ne savais plus quoi faire.

— Pourquoi ne m'as-tu rien dit ?

— Je n'osais pas. Tu avais des idées si arrêtées sur le sujet ! J'avais peur. Nous aurions dû aborder cette question pendant nos fiançailles. Mais même si j'avais eu le courage de te parler, je n'en aurais guère eu l'occasion, car nous n'étions presque jamais seuls.

— Mais après, Millie ? Hein ? Une fois que nous avons été mariés ?

Pouvait-elle lui avouer combien le sentiment d'une véritable intimité avait été long à venir ?

— Ton assurance et ton autorité m'effrayaient, admit-elle. Si nous avions eu un enfant tout de suite, je serais à jamais restée dans l'ombre, timide et effacée.

— Oh, et puis à quoi bon ? lança-t-il avec impatience. Je perds mon temps à discuter avec toi, alors que je pourrais l'utiliser de façon beaucoup plus intelligente et plus utile.

— Utile ? répéta-t-elle en écho.

Gianferro serra les poings. Il voulait la blesser d'une manière indélébile. Une indifférence glaciale aurait beaucoup plus d'effet que des insultes grossières, de toute façon indignes de lui.

— A présent, Millie, excuse-moi. Des affaires plus importantes me réclament.

— Tu ne comprends toujours pas ? demanda-t-elle.

Il lui lança un regard méprisant.

— Mais si ! Et plus que tu ne crois. Ce n'était peut-être pas d'être enceinte, que tu avais le plus peur. Mais de ne pas être sûre de l'identité du père.

— Comment ?

Il haussa les épaules.

— Ce que j'ai pris pour des vantardises de la part de ton professeur d'italien n'était peut-être que la vérité.

— Ne sois pas ridicule !

Il secoua la tête en haussant un sourcil narquois.

— Tout prend un sens différent, lorsqu'on se rend compte de la duplicité de sa compagne. Dis-moi, Millie, me jugeais-tu tyrannique au point de t'imposer la décision d'avoir un enfant même si tu n'étais pas d'accord ?

— Je pensais que tu ne comprendrais pas mes craintes.

— Mais tu pensais que je serais plus indulgent pour la dissimulation dont tu as fait preuve ? Eh bien, tu t'es trompée, ma chère.

Un vertige saisit Millie. Même si elle s'évertuait à trouver de bons arguments, il refuserait de la croire. Il n'en avait plus envie.

— Où vas-tu ? questionna-t-elle d'une petite voix quand il ouvrit la porte.

— Peu importe.

— Tu vas revenir ?

— Je n'en ai aucune idée, lança-t-il d'un ton cinglant. De toute manière, je n'ai pas à t'en informer.

— Gianferro, je t'en supplie, n'agis pas ainsi avec moi !

— Comment as-tu le toupet de me dire une chose pareille ?

Millie perdit pied. Par sa faute, elle avait déclenché quelque chose qu'elle ne maîtrisait plus, qui la dépassait. Ne lui accorderait-il donc pas un droit à l'erreur ? Si elle continuait à le supplier, il ne l'en mépriserait que davantage. De toute manière, elle ne pouvait pas forcer son pardon. Il valait mieux s'effacer, mettre de la distance et le laisser réfléchir. De son côté, elle réussirait peut-être à s'habituer à l'idée de vivre sans lui.

— Un jour, tu m'as suggéré un voyage en Angleterre, articula-t-elle.

— Tu as le mal du pays, Millie ? railla-t-il avec dédain.

L'attitude de Gianferro la conforta dans sa décision. Jusque-là, elle s'était sentie isolée. Si son mari la privait de son soutien, il ne lui restait rien à quoi se raccrocher.

Absolument rien.

— Un peu, acquiesça-t-elle en espérant surtout sauver la face.

Elle soutint son regard. Dans son for intérieur, elle espérait qu'il allait réviser son opinion, qu'il la dissuaderait de partir…

Gianferro la contempla longuement. Avec ses longs cheveux blonds, ses yeux bleus et sa peau diaphane, elle avait l'air aussi belle que le premier jour où il l'avait rencontrée. Pourtant, elle avait changé. Il s'en rendait compte aujourd'hui pour la première fois.

La découverte de la sexualité lui avait insufflé beaucoup d'assurance. En bon amant qu'il était, il l'avait libérée des entraves de la pudeur et elle était devenue une parfaite épouse et maîtresse. C'est du moins ce qu'il avait cru… En réalité, la jeune ingénue s'était servie de lui pour arriver à ses fins et n'en faire qu'à sa tête.

Gianferro n'avait pas imaginé qu'il puisse souffrir autant à cause d'une femme. Il fut soulagé lorsque la douleur fit place à un sentiment de vide qu'il connaissait mieux. Il l'avait éprouvé toute sa vie.

— Je demanderai à Alesso de te prendre un billet d'avion, déclara-t-il enfin.

Avant de refermer la porte, il eut l'impression de regarder Millie pour la dernière fois.

La vue brouillée par les larmes, le cœur brisé, la jeune femme resta seule à se morfondre et à se reprocher d'avoir tout gâché.

# 11

Par la fenêtre, Millie contemplait le paysage familier brouillé par ses larmes.

— Rien n'a changé, déclara-t-elle d'une voix brisée.

— Toi, en tout cas, tu es méconnaissable, lança Loulou derrière elle.

— Vraiment ?

Un instant, l'étonnement éclipsa la douleur qui la ravageait depuis qu'elle était revenue à Caius Hall.

— Je n'ai pourtant pas changé de coiffure, reprit-elle. Mes vêtements sont sans doute beaucoup plus élégants, et j'ai un peu maigri. Mais c'est tout.

— Le mariage et la vie de reine t'ont beaucoup plus transformée que tu n'imagines. Oh, Millie… Non ! Ne recommence pas à pleurer !

Mais Millie ne pouvait pas s'en empêcher. Elle s'était retenue pendant tout le temps qui avait précédé son départ du palais, afin de garder sa dignité devant les domestiques. C'était une des leçons de Gianferro qu'elle avait retenue. Mais après avoir quitté Mardivino, elle s'était effondrée.

— Je ne comprends toujours pas le problème, lui dit Loulou d'un air perplexe. Est-ce donc un si grand crime de ne pas lui avoir dit que tu prenais la pilule ?

Millie se mordit la lèvre. Non seulement s'être éloignée ne l'aidait pas, mais la gravité de ce qu'elle avait fait l'accablait de plus en plus. Elle avait trahi un homme extrêmement circonspect, qui n'accordait sa confiance que de façon très exceptionnelle, et à des êtres qu'il choisissait avec soin.

« Pourtant il te soupçonnait », se rappela-t-elle. « Il te l'a dit lui-même. C'est donc qu'il ne t'aimait pas vraiment. »

— Oh, je ne sais pas quoi faire ! chuchota-t-elle.

— Eh bien, commence par arrêter de pleurer ! rétorqua Loulou, à bout de patience. Calme-toi et inspire profondément. Ce n'est tout de même pas la fin du monde.

— Mais c'est peut-être la fin de mon mariage, observa Millie d'une voix tremblante.

Loulou plissa les yeux.

— Cela t'ennuierait ?

Millie se frotta les yeux.

— Bien sûr, quelle question !

— Parce que tu ne serais plus reine ?

— Mais non, idiote ! Parce que je l'aime ! Comment peux-tu penser à autre chose ?

Loulou réfléchit un instant.

— Bon, je suis rassurée. Tu sais au moins pourquoi il faut te battre.

— Gianferro est trop fort pour moi. Je ne ferai pas le poids, s'il a décidé que tout était fini.

— Tu abandonnerais comme ça ? Qu'est devenue la Millie d'autrefois, qui ne baissait les bras devant aucune difficulté ? Qui, à peine tombée, remontait à cheval pour franchir l'obstacle ?

Sa sœur avait raison, songea Millie. Ça ne lui ressemblait pas de capituler ainsi. Même si Gianferro voulait rompre, elle lutterait pour le reconquérir, avec acharnement.

— Si je veux éclaircir la situation, il va falloir que je retourne à Mardivino, car il n'a pas l'air de vouloir venir me chercher ici, en Angleterre.

Loulou haussa un sourcil ironique.

— Voyons, Millie ! Même s'il le voulait, cela lui serait impossible. Un roi n'est pas libre de ses mouvements !

Pourtant, s'il l'avait voulu, il aurait sauté dans un avion, pensa Millie.

De nouveau, une souffrance intolérable lui lacéra le cœur. Mais pouvait-elle rester ainsi dans l'ignorance et l'indécision ? Elle ne guérirait jamais, dans ces conditions-là. Non, mieux valait se confronter à la vérité, même si cela signifiait la fin du rêve. Il fallait suivre le conseil de Loulou. Ne pas abandonner, se battre jusqu'au bout.

Depuis une semaine qu'elle était en Angleterre, Gianferro n'avait toujours pas donné signe de vie et Millie commençait à se sentir fatiguée, de plus en plus vulnérable. Elle n'avait pas la force de reprendre un billet d'avion en sens inverse et d'affronter les innombrables photographes et paparazzi qui la guettaient.

Elle téléphona au palais à plusieurs reprises, mais chaque fois, Gianferro était absent.

Finalement, elle réussit à joindre Alesso sur son portable.

— Gianferro n'est pas avec vous ? s'enquit-elle.

— Il visite le nouvel hôpital.

— Ah… Je voudrais rentrer…

Elle faillit ajouter « à la maison », mais s'interrompit avec une sensation de défaite et d'amertume. Pouvait-elle encore se considérer chez elle à Mardivino ? Rien n'était moins sûr…

— Pourriez-vous demander au pilote du roi de venir me chercher en Angleterre ?

— Certainement, Majesté.

— Et… Merci de dire au roi que j'ai appelé.

— Je transmettrai le message, Majesté.

Pendant que sa femme de chambre finissait de préparer les bagages, Millie, accompagnée de Loulou, voulut visiter les écuries pour voir un poulain qui venait de naître. Une vague de nostalgie s'empara d'elle. Comme elle regrettait le temps de son innocence ! La vie, alors, semblait si simple…

— L'Angleterre te manque, là-bas ? demanda soudain Loulou sur le chemin du retour.

Elles pataugeaient joyeusement dans les flaques avec leurs bottes en caoutchouc, comme lorsqu'elles étaient petites filles. Le soleil émergea derrière un nuage, séchant les dernières gouttes de pluie sur les feuilles et les branches. Millie ferma les paupières en humant l'air frais et vif de la campagne anglaise. Une foule de souvenirs se bousculait dans sa mémoire.

— Quelquefois, répondit-elle.

— Mais pas le climat, j'imagine ? plaisanta Loulou.

— Non, en effet.

— Quoi alors ?

— Oh, surtout l'indépendance et la liberté. La possibilité de sortir sans consulter un agenda ou sans être accompagnée par un garde du corps. Mais je ne me plains pas. La vie à la cour est ainsi. J'étais prévenue avant d'épouser Gianferro.

Malgré tout, elle n'avait pas imaginé combien il était frustrant de ne pas pouvoir disposer librement de soi-même. Depuis qu'elle était mariée, elle s'était débattue et démenée tant bien que mal. Mais au lieu de s'appuyer sur l'aide et l'expérience de son mari, elle l'avait repoussé, trahissant sa confiance en dissimulant un secret qu'elle aurait dû partager avec lui.

Etait-il trop tard, maintenant, pour essayer de se rapprocher de lui ?

Le lendemain, quand le jet privé atterrit sur la piste de l'aéroport de Solajoya, Millie colla son nez au hublot pour tenter d'apercevoir la silhouette de son mari. Mais il n'y avait aucun signe de lui.

Alesso non plus n'était pas là. On avait dépêché un secrétaire quelconque pour venir la chercher, quelqu'un qu'elle connaissait à peine. Comment fallait-il interpréter la tiédeur de cet accueil ?

Ses appréhensions grandirent pendant tout le trajet jusqu'au palais. Et ce fut pire en arrivant. Le roi n'était pas là. Il n'y avait pas un mot. Pas un message. Rien.

Millie ôta ses chaussures et parcourut pieds nus toutes les pièces. Les volets étaient clos, comme si les appartements avaient été fermés pour une longue absence. Millie les ouvrit pour laisser entrer la chaleur du soleil. Perplexe, elle appela sa femme de chambre.

— Flavia, savez-vous quand le roi sera de retour ?

— Non, Majesté.

Elle décrocha son téléphone. Comme à son habitude, Gianferro avait éteint son portable. Elle eut plus de chance avec Alesso.

— Vous avez fait bon voyage, Majesté ? s'enquit-il.

— Oui, oui, répondit Millie avec impatience. Où êtes-vous ?

— A Soloroca. Pour l'inauguration du musée Juan Lopez.

— Gianferro est avec vous ?

— Non. Il est en mer avec la délégation espagnole.

— A quelle heure sera-t-il de retour au palais ?

Alesso marqua une pause presque imperceptible.

— Il vous demande de ne pas l'attendre, Majesté. Il doit assister à une réception qui risque de finir fort tard.

Que répondre à cela ? Et surtout, que fallait-il penser de ce message ? A l'évidence, Gianferro n'avait pas très envie de la revoir.

Le cœur de Millie se serra douloureusement. Elle comprenait déjà, à demi-mot. Gianferro préparait le terrain pour s'épargner l'embarras de longues explications.

Déposerait-elle les armes sans se révolter ?

Elle observa son reflet dans le miroir, et bientôt sa perplexité se mua en une détermination farouche. Elle releva le menton tandis qu'une lueur combative s'allumait dans ses yeux. Pourquoi une erreur de jeunesse aurait-elle des effets définitifs ?

Heureusement, elle connaissait le point faible de son mari. Quels que soient ses sentiments personnels, son sens du devoir l'obligerait à essayer de sauver son mariage. Il ne voudrait pas perdre la face aux yeux de son peuple.

Des motifs très différents animaient Millie, mais elle était résolue à lui montrer combien elle l'aimait. D'un amour profond et éternel.

Elle ôta ses vêtements de voyage et prit un bain parfumé, puis se coiffa et se maquilla avec soin. Elle choisit ensuite de la lingerie en dentelle avant d'enfiler une robe de soie jaune qui mettait en valeur le bleu de ses yeux.

Le plus dur restait à faire : persuader son garde du corps de la laisser partir seule au volant de sa voiture. Comme il plissait le front d'un air soucieux, elle s'efforça de le rassurer :

— Vous pouvez me suivre, mais avec discrétion. Je veux juste faire une surprise à mon mari.

L'homme finit par accepter. De toute manière, il n'avait guère le choix. Il n'était pas facile de s'opposer aux ordres de la reine…

Si l'enjeu n'avait pas été aussi important, Millie aurait explosé de joie. Quel bonheur, de partir seule sur les routes de montagne, comme une femme normale !

Mais elle avait trop peur pour savourer ce moment. Et s'il était trop tard ? Elle avait peut-être tout gâché.

Soloroca, le village natal de Juan Lopez, était haut perché et à moitié abandonné. Mais maintenant qu'avait été construit un musée pour abriter les œuvres de ce grand artiste, on venait du monde entier pour le visiter.

En arrivant aux abords du village, Millie téléphona à Alesso.

— Je suis là, dit-elle simplement.

— Là, Majesté ?

— Oui, tout près. Je veux qu'on me laisse passer discrètement, sans prévenir Gianferro. Voyez-vous, je tiens à lui faire la surprise.

— Mais, Majesté…

— S'il vous plaît, Alesso.

Il y eut un silence.

— Très bien, Majesté.

Dieu merci, il ne lui mettait pas de bâtons dans les roues. Pour la réussite de son plan, il était vital qu'elle fasse une entrée discrète.

Son objectif était de guetter la réaction instinctive que Gianferro aurait en l'apercevant. Certes, il était passé maître dans l'art de masquer ses émotions, mais elle était sûre que ses yeux le trahiraient. Et si elle découvrait dans son regard la plus infime lueur de plaisir, alors elle saurait que tout n'était pas perdu. Peut-être réussiraient-ils à reconstruire quelque chose.

En revanche, si son regard ne brillait d'aucune joie…

Millie lissa son chignon et redressa les épaules. Ce n'était pas la peine d'envisager un dénouement défavorable pour l'instant.

Les soldats de la garde s'inclinèrent sur son passage, tandis que des regards curieux, dans la grande salle de réception, la dévisageaient avec intérêt. Apparemment, Alesso avait bien fait son travail : une escorte discrète se forma pour l'accompagner et la protéger des importuns.

Le cœur de Millie se mit à battre la chamade tandis qu'elle cherchait la haute silhouette de Gianferro dans la foule.

Et, tout à coup, elle le vit.

Vêtu d'un costume sombre, il était en train de parler avec une expression morose et solennelle à un groupe de courtisans obséquieux. Uniquement parce qu'il était le roi, les gens étaient toujours prêts à l'écouter, à l'applaudir, ou à rire de ses plaisanteries.

Millie se sentait sur la corde raide. Elle ne devait ni capituler trop vite, ni marquer trop d'insistance. Ils devaient faire chacun la moitié du chemin…

Gianferro écoutait un commentaire de l'ambassadeur d'Espagne quand il prit soudain conscience d'un léger murmure au fond de la salle. Il fronça les sourcils en suivant le mouvement des têtes qui se tournaient vers l'entrée.

Qui d'autre que lui pouvait ainsi capter l'attention ?

Millie.

Ses yeux avaient la couleur merveilleuse d'un ciel d'été, et ses cheveux d'un blond presque blanc avaient des reflets d'argent. Le jaune de sa robe la rendait plus lumineuse encore. Elle paraissait calme. Pourtant, le pli de sa bouche trahissait une certaine nervosité. Malgré tout, elle réussit à esquisser un sourire en avançant dans sa direction.

A présent, des centaines de paires d'yeux le dévisageaient, à l'affût de sa réaction, comme toujours. Le protocole n'avait pas prévu la présence de la reine… Que se passait-il ?

Une vague de colère le submergea. A quoi songeait-elle, pour débarquer ainsi à l'improviste ?

Pendant qu'elle s'approchait, le désir purement physique que sa présence ne manquait jamais de provoquer se déclencha en lui avec une force troublante. Mais il se reprit presque aussitôt, en se souvenant de la scène de ménage qui avait précipité son départ.

Elle continuait à avancer, les paupières baissées, les joues rosies par l'émotion.

— Votre Majesté, murmura-t-elle en s'inclinant devant lui.

Pour la première fois de sa vie, Gianferro brisa les règles de l'étiquette et se pencha pour chuchoter à l'oreille de Millie :

— Peux-tu me dire ce que tu fais ici ?

# 12

Millie se sentit prise d'un léger vertige. Les battements de son cœur résonnaient dans sa poitrine avec un bruit assourdissant. Devant le regard froid et désapprobateur de Gianferro, elle parvint néanmoins à garder un sourire figé sur ses lèvres. Tout le monde les observait. Il ne fallait surtout pas se montrer fragile ou émue.

— Tu n'es pas content de me voir ?

Sans se départir de sa réserve, Gianferro passa une main sous son coude.

— Je suis surtout surpris, murmura-t-il.

Ce qui était un euphémisme. Il avait été stupéfait de voir son épouse traverser la pièce à sa rencontre de sa démarche ondoyante. L'espace d'une fraction de seconde, il s'était demandé comment un homme normal aurait réagi dans sa situation.

Ils étaient le point de mire de toute l'assemblée. Millie avait-elle délibérément imaginé ce stratagème pour le prendre au dépourvu ? Etait-ce une ruse pour briser ses défenses ? C'est vrai qu'il s'était parfois retrouvé sans force face à elle, surtout au lit. Et toute la semaine, il s'était dit et répété que, désormais, il vaudrait mieux la tenir à distance.

— J'ai à te parler en privé, ma chère, continua-t-il. Mais je dois d'abord prendre congé.

La menace sourde qui perçait dans sa voix remplit Millie d'appréhension.

— Je ne voulais pas t'obliger à partir, chuchota-t-elle.

— Vraiment ? Que cherchais-tu alors, en débarquant ici à l'improviste ? Pensais-tu que la réception se poursuivrait comme si de rien n'était ?

Millie baissa les yeux. Elle savait qu'elle méritait cette remontrance.

— Que dois-je faire ?

Alesso apparut à ce moment précis, et Gianferro lui glissa quelques mots rapides en italien avant de se pencher de nouveau à l'oreille de Millie.

— Va avec Alesso, lui dit-il. Et attends-moi. Cela compliquerait les choses si je devais te présenter à toutes les personnalités officielles. Au moins, l'ambassadeur d'Espagne saura maintenant que nous traversons une crise conjugale.

La jeune femme obtempéra sans mot dire. Intérieurement, elle se sentait fautive, mais son orgueil la poussa à arborer un large sourire tandis que les gens se courbaient pour la saluer sur son passage. « Une crise conjugale »... Gianferro avait-il déjà convoqué ses avocats pour préparer une séparation ?

Dans le couloir, en voyant l'expression dépitée et résignée d'Alesso, elle déclara :

— Je vous ai mis dans une situation délicate, n'est-ce pas ?

— Il n'est pas content du tout.

— Je suis désolée, Alesso.

Il secoua la tête.

— Ne vous inquiétez pas. De toute façon, je n'aime pas voir le roi malheureux. Et il ne peut pas bien gouverner dans cet état, avec tous ces soucis.

— Il n'a pas passé une bonne semaine ?

— Je l'ai trouvé très anxieux, admit-il.

Parce qu'elle lui avait manqué ? se demanda Millie. Ou parce qu'il avait passé en revue tous les scénarios qui lui permettraient de mettre un terme à leur mariage ?

— Pourrions-nous nous réfugier tous les deux dans un endroit tranquille ? s'enquit-elle.

Il hocha la tête.

— C'est déjà arrangé. Les Cacciatore possèdent une propriété sur la côte. Il va vous y emmener. La maison est vide et…

Gianferro surgit à ce moment-là. En dépit du regard mécontent qu'il lança en direction de Millie, il ne put s'empêcher d'éprouver une brusque poussée de désir, irrépressible. Décidément, la vie était beaucoup moins compliquée lorsqu'on n'était pas encombré d'une femme…

— Viens, commanda-t-il avec froideur.

Leurs retrouvailles ne s'annonçaient pas sous des auspices très romantiques, se dit Millie en montant à l'arrière d'une grosse voiture noire. Elle avait une conscience aiguë du corps puissant de Gianferro près d'elle, et cette proximité la troublait physiquement. Elle aurait tant voulu qu'il fasse au moins un geste dans sa direction…

Gianferro serra les mâchoires. Il éprouvait un mélange d'impuissance et de frustration. Il avait envie de serrer la frêle silhouette de Millie contre lui, mais la présence de son chauffeur le gênait. Par ailleurs, il s'interrogeait sur les raisons qui avaient poussé la jeune femme à venir jusqu'ici. Son impatience et sa détermination signifiaient peut-être qu'elle avait décidé de commencer une nouvelle vie loin de lui.

Si tel était le cas, il ne pourrait pas l'en blâmer.

Les grilles d'un portail électrique s'ouvrirent bientôt devant la voiture et de gros projecteurs s'allumèrent sur leur passage. Quand ils se garèrent devant le perron, Gianferro tint des palabres interminables avec le chef de la sécurité. Il obtint apparemment gain de cause puisque, quelques minutes plus tard, il se retrouva seul avec Millie dans le salon immense de la magnifique demeure.

Il la regarda longuement, comme s'il voyait sa femme pour la première fois.

— Eh bien, commença-t-il. Vas-tu m'expliquer les raisons de ta conduite extravagante ?

Blessée par sa remarque, Millie ne répondit pas tout de suite.

— Je voulais te voir, dit-elle enfin.

— Voilà qui est fait.

— Tu ne me facilites vraiment pas les choses, Gianferro.

— Quelles choses ?

Elle l'aurait giflé avec plaisir, pour l'obliger à sortir de sa réserve glaciale. Mais ce n'était pas la bonne méthode.

— Je regrette sincèrement ce que j'ai fait, chuchota-t-elle. Je suis désolée. Je…

La gorge nouée, les larmes aux yeux, elle se força à inspirer pour trouver le courage de continuer.

— Je n'ai peut-être pas le droit de te demander cela… Mais pourras-tu jamais me pardonner ?

Gianferro plissa les yeux. Les mots simples et l'expression bouleversée de sa femme le touchèrent plus qu'il ne l'aurait voulu. Mais il se raidit davantage.

— Je ne sais pas, répondit-il sur un ton neutre.

Millie n'aurait pas souffert davantage s'il l'avait frappée. Mais elle ne faiblit pas. Un mot d'excuse ne suffisait sans doute pas pour dissiper leur mésentente. Surtout si Gianferro ne voulait pas se réconcilier…

Elle se mordit la lèvre.

— As-tu envie de sauver notre mariage ?

Gianferro se retrancha derrière le sourire froid et sardonique qui lui était coutumier quand il était célibataire. Comme cette époque lui paraissait lointaine ! Et comme il avait changé, au fond de lui, depuis qu'il avait découvert les affres de l'affection.

— Est-ce que cela en vaut la peine, Millie ?

Millie baissa les yeux. Il cherchait à la blesser, mais il ne fallait surtout pas qu'elle réponde à ses provocations. Elle méritait cette punition, car elle savait qu'il avait beaucoup souffert à cause d'elle. Si seulement elle pouvait effacer la douleur et les regrets et tout recommencer de zéro ! Mais cela ne marcherait que si lui aussi le désirait.

— Oui, répondit-elle avec fermeté. J'en suis tout à fait convaincue.

Mais cela ne suffisait pas. Il fallait aller plus loin. Et c'était à elle de prendre l'initiative, car il était vain d'espérer des mots d'amour de la part de Gianferro. Même s'il éprouvait réellement ce sentiment, ce dont elle doutait, il serait incapable de l'exprimer. Après tout, peu importait qui faisait sa déclaration le premier. On n'était plus au XIXe siècle ! Au diable les conventions et l'amour-propre !

Le plus important, c'était de ne pas le perdre, lui. Elle lui devait cet aveu.

— Cela en vaut la peine parce que j'étais sincère, le jour où j'ai prononcé mes vœux solennels d'amour et de fidélité. Cela en vaut la peine parce qu'il y va de mon devoir envers toi et envers Mardivino. Le roi a besoin de stabilité affective pour gouverner.

Elle avait réussi à surmonter sa peur. Plongeant son regard dans celui de Gianferro, elle poursuivit.

— Mais surtout cela en vaut la peine parce que je t'aime, Gianferro. Même si tu penses que je n'ai pas su le prouver par mes actes ou mon comportement. Je t'aime depuis très longtemps, mais je n'ai jamais osé te le dire. Et maintenant, je suis terrifiée à l'idée que ma stupidité m'ait à jamais barré le chemin de ton cœur.

Gianferro se figea. Les paroles de sa femme l'atteignaient, semblant le réchauffer et le désaltérer tout à la fois. Mais il avait tellement l'habitude d'être seul qu'il pouvait résister à la tentation. Même si la présence de Millie à ses côtés signifiait un mode de vie plus agréable et plus doux, il pouvait se passer d'elle. Avant de la rencontrer, il y parvenait très bien. En toute logique, il devait la repousser.

Les battements de son cœur se précipitèrent dans sa poitrine. Il continua à la fixer, en se souvenant de la première fois où il avait aperçu sa silhouette frêle mais téméraire. C'était un vrai garçon manqué, à l'époque, mais elle était depuis devenue très belle et féminine.

— Je pense que tu te remettrais très bien de notre séparation, observa-t-il avec cruauté.

Elle secoua la tête.

— Non. Même si j'arrivais à sauver les apparences.

— Tu trouverais quelqu'un d'autre.

— Ce ne serait pas pareil. Tu le sais très bien. Tu me l'as dit toi-même le jour où tu m'as demandée en mariage.

Gianferro se souvint de ce moment. Prêt à tout pour la convaincre, il avait usé avec arrogance de son pouvoir de persuasion. Face à lui, elle n'avait eu aucune chance. Il était si sûr de son bon droit… C'était d'ailleurs la même chose pour cette histoire de bébé. Il avait décidé d'en avoir un tout de suite, sans demander l'avis de Millie, pourtant si jeune et inexpérimentée.

Quel tyran il était devenu ! Il avait tellement l'habitude d'imposer sa volonté qu'il ne se souciait même plus de l'opinion des autres. Même pas de celle de sa propre femme.

Une grimace douloureuse déforma ses traits. Pour la première fois, il prenait conscience que son orgueil risquait de l'entraîner trop loin. S'il n'y prenait garde, sa vie deviendrait vide, triste et solitaire. Alors que la présence de Millie l'éclairait et le réchauffait. Et il devait bien admettre que son absence, ces derniers jours, lui avait causé beaucoup de douleur.

Gianferro réalisa qu'il se trouvait à un tournant de son existence. Deux chemins s'offraient à lui, qui le conduiraient dans des directions diamétralement opposées. D'un côté, l'amour de Millie. De l'autre, une solitude terrifiante.

— Oh, Millie, gémit-il d'une voix brisée par l'émotion. Millie !

Elle leva vers lui un visage plein d'angoisse.

— Gianferro ? souffla-t-elle en ravalant ses larmes.

Quelque chose, dans l'expression de son mari, lui redonnait espoir, mais elle craignait de se tromper.

— Gianferro, reprit-elle, dis-moi juste ce que tu as décidé et je l'accepterai. Si tout est fini entre nous, je serai très malheureuse et je ne cesserai pas de t'aimer, mais je me plierai à tes désirs.

Dans le cœur de Gianferro, les digues cédèrent soudain sous le flot des émotions. Lui qui s'était toujours barricadé contre les sentiments, qui n'avait jamais connu le doute, succomba brusquement à la violence de son amour.

Il prit Millie dans ses bras et la contempla longuement, sans savoir par où commencer. Il n'avait jamais demandé pardon à personne, mais ce manque d'humilité ne lui avait pas rendu service. Pourtant, au fond de lui-même, il possédait aussi un cœur, comme tous les autres hommes. Pourquoi s'était-il interdit d'éprouver des sentiments, comme si c'était un signe de faiblesse ? Il s'était amputé d'une part de lui-même, au risque de devenir insensible.

— C'est moi qui devrais te demander pardon, déclara-t-il. Je me suis comporté comme si nous étions encore au Moyen Age. Tu n'es pas un simple sujet à qui je pourrais imposer ma volonté. Tu es ma femme, ma compagne. Ma Millie chérie.

— Oh, Gianferro !

— Je me suis conduit comme un tyran, chuchota-t-il.

— Pas tout le temps.

Il lui sourit.

— Mais quelquefois, oui ?

— Eh bien… oui. Mais moi aussi j'ai des défauts et des travers qu'il me faudra corriger.

Elle posa sur lui un regard clair et interrogateur.

— Qu'allons-nous faire ?

— Repartir de zéro. Et nous tourner vers l'avenir.

Le cœur de Millie se gonfla d'une joie indicible, tandis que ses craintes les plus sombres se dissolvaient comme par enchantement. Elle bannirait à tout jamais la lâcheté et s'appliquerait désormais à formuler ses doutes et ses peurs au lieu de les dissimuler. A partir de ce jour, elle s'efforcerait d'être transparente aux yeux de Gianferro. Et elle ne réclamerait rien. Elle ne le forcerait pas à des aveux qu'il n'avait pas envie de faire.

Il y avait tout de même une chose qu'elle avait besoin de savoir.

— Nous resterons mariés, alors ? demanda-t-elle en tremblant.

Dans un éclat de rire, Gianferro prit son visage entre ses mains et déposa un baiser tendre sur le bout de son nez.

— Oh oui, mon amour, répondit-il doucement. Bien sûr.

Elle l'enlaça.

— Embrasse-moi.

Les lèvres de Gianferro effleurèrent les siennes.

— Comme ça ?

— Encore. Plus fort.

— Comme ça, peut-être ?

Millie retint son souffle.

— Oh oui…

Il la souleva dans ses bras pour la porter jusqu'à l'étage, et ils firent l'amour sur le couvre-lit de soie d'une chambre inconnue. Enfin libre de lui montrer toute la force et la violence de ses sentiments, Millie, au plus fort du plaisir, cria des mots d'amour qu'elle n'avait encore jamais prononcés. Ils demeurèrent ensuite tendrement enlacés, jusqu'à ce que leurs corps se soient apaisés.

Alors, Millie se mit à caresser le visage de Gianferro. Ce qu'elle avait l'intention de lui dire raviverait des souvenirs douloureux, mais cela ne l'empêcherait pas d'évoquer la question qui la tracassait. Car elle s'était juré de ne plus jamais reculer devant la difficulté.

— Je vais jeter mes boîtes de pilules…

— Non. Tu ne feras rien de tel, *cara*.

Dans la clarté de la lune, elle le regarda avec une expression confuse.

— Mais, Gianferro, si tu veux un héritier…

— Certes, acquiesça-t-il. Mais tu n'as que vingt ans, Millie. Et je veux que nous apprenions d'abord à nous connaître et nous aimer.

Apprendre à s'aimer… Quelques heures plus tôt, cette formule aurait blessé Millie. Mais elle avait acquis beaucoup de maturité, en l'espace de quelques jours. Elle avait appris que la vie n'était pas toujours aussi simple que dans les contes de fées qu'elle aimait tant. Le désir qui les avait poussés l'un vers l'autre ne s'expliquait pas, et défiait peut-être les lois de la logique et du bon sens. Mais leur union ne serait durable que s'ils manifestaient de la bonne volonté, du respect et de la compréhension.

— Nous ferons un bébé quand tu seras prête, reprit Gianferro en déposant un baiser sur sa tempe. En attendant… nous nous entraînerons et nous répéterons la scène, pour que tout soit parfait.

« Oh oui », pensa Millie tandis qu'il la pressait contre lui. « Encore et encore… »

# Épilogue

Millie apprit à ses dépens qu'on ne commande pas à la nature et que les bébés n'arrivent pas forcément parce qu'on les désire.

Au bout d'une année centrée sur eux-mêmes et le plaisir d'être ensemble, ils décidèrent d'abandonner la contraception. Ils avaient appris à se connaître et à vivre en harmonie, faisant toute la place à l'amour qu'ils éprouvaient l'un pour l'autre.

Millie avait beaucoup progressé dans la maîtrise des langues étrangères et Gianferro lui parlait de plus en plus souvent en italien. Ses neveux et ses nièces l'aidaient aussi, ainsi que ses belles-sœurs qui, une fois les premières réactions de méfiance passées, étaient devenues de véritables amies.

Quant à Gianferro, il s'était rapproché de ses frères et découvrait l'affection et la chaleur des relations familiales.

En fait, tout était parfait, sauf qu'aucun bébé ne s'annonçait...

Au bout de plusieurs mois de vaines tentatives, Millie n'était toujours pas enceinte et commençait à s'inquiéter. Elle était d'autant plus ennuyée qu'elle n'osait pas trop parler de ces problèmes intimes à son entourage. Devait-elle consulter un médecin ?

— Quelle mine tu fais ! lança Gianferro un soir qu'ils se préparaient pour le dîner.

Même si Millie s'était juré de ne jamais éluder ses

responsabilités, elle redoutait d'exprimer les angoisses qui la tenaillaient.

— Je ne suis pas enceinte, dit-elle.

— Je m'en doutais.

Elle tressaillit.

— Comment...

Puis, en apercevant une lueur amusée au fond des yeux de Gianferro, elle poursuivit.

— Gianferro, ce n'est pas drôle. Et si... Imagine que...

— Quoi ? Que nous ne puissions pas avoir d'enfants ?

— Oui.

Elle reposa sa brosse à cheveux d'une main tremblante.

— Tu devras demander le divorce !

— Oh, Millie, arrête, répliqua-t-il doucement sur un ton de reproche.

— Tu seras bien obligé !

— Cela fait combien de temps, maintenant ?

— Presque quatre mois, gémit-elle.

Pour la plus grande fureur de Millie, il éclata de rire. Puis, devant son expression boudeuse, il la prit dans ses bras avec tendresse.

— Allons, que dit le livre que tu as acheté à ce sujet ?

— Qu'il ne faut pas s'inquiéter avant au moins un an.

— Alors, tout est normal, la rassura-t-il.

— Tu n'as aucune crainte ?

— Aucune, affirma-t-il. Et je suis heureux de vivre ainsi avec toi.

— C'est vrai ?

— Oui, *cara*. A présent, parlons d'autre chose. Viens voir les projets du sculpteur pour la statue.

Millie s'approcha et se pencha par-dessus l'épaule de Gianferro.

— Oh, c'est magnifique !

— N'est-ce pas ? acquiesça-t-il avec un sourire de satisfaction.

Les trois frères ayant décidé d'ériger un monument en l'honneur de leur mère, ils avaient engagé à cette fin un artiste de renommée internationale. L'œuvre serait installée dans un immense parc des environs de la capitale, un endroit paisible où les familles venaient pique-niquer le dimanche, et où les amoureux flânaient en admirant le paysage.

Le monument fut inauguré six mois plus tard, par une belle journée de printemps. Un peu à l'écart, Millie et ses deux belles-sœurs contemplaient avec orgueil et tendresse leurs trois maris agenouillés respectueusement devant la statue de leur mère.

Nico, le casse-cou. Guido, le play-boy. Et le roi Gianferro, le tout-puissant.

Tandis que les trois hommes rejoignaient leurs épouses, Ella posa la main sur le bras de Millie.

— Tout va bien ? lui demanda-t-elle d'un air anxieux. Tu es toute pâle.

Malgré la nausée qui la saisissait, Millie secoua la tête.

— Ce n'est rien, articula-t-elle d'une voix faible en s'appuyant avec soulagement sur le bras que son mari lui offrait.

— Tu n'es pas malade, j'espère ? reprit sa belle-sœur.

En croisant le regard très amoureux de Gianferro, Millie découvrait une émotion nouvelle : la fierté.

— Non, Ella, dit-il en répondant à la place de sa femme. La reine n'est pas malade.

Puis, très tendrement, il caressa les cheveux blonds de Millie avant d'ajouter :

— Qui va leur annoncer la nouvelle, *cara* ? Toi ou moi ?

## Retrouvez en décembre, dans votre collection ♦ SAGAS ♦

### Trilogie intégrale : LES HÉRITIÈRES DE BLACKROSE de Dani Sinclair - N°70

**Une héritière en danger**

Helen s'apprête à en découdre avec Marcus, son père, un homme qui ne l'a jamais aimée : c'est à elle que sa défunte mère a légué le domaine de Blackrose, et il devra le quitter. Cependant, une fois sur place, Helen ne le trouve pas. La maison est vide. Mais peut-être pas inhabitée — Helen entend des bruits de pas, surprend des murmures… Qui l'épie dans l'ombre ? Paniquée, elle décide alors de se réfugier chez Bram Myers, son séduisant voisin.

**Séduction sous tension**

Le testament de Marcus lèvera-t-il enfin le voile sur la disparition de leur mère ? En est-il responsable, comme Helen et Leigh l'en ont toujours soupçonné ? Déterminée, Leigh espère faire la lumière sur son histoire familiale. Mais sa première surprise, elle la découvre dans le cabinet notarial en se retrouvant face à Gavin Jarrett… Gavin, son amour de jeunesse, qui est désormais dépositaire des secrets de Marcus…

**Secret de famille**

On l'a trompée, trahie… Alexis, qui vient d'apprendre qu'elle a été adoptée, est sous le choc. Pourquoi l'a-t-on arrachée à sa véritable famille ? Et pourquoi son père adoptif, avant de mourir, lui a-t-il ordonné de fuir ? Résolue à faire toute la lumière sur le secret de ses origines, Alexis part pour Blackrose, un somptueux domaine mentionné à plusieurs reprises par son père. Sans se douter que, ce faisant, elle vient de mettre sa vie en danger…

### Tétralogie intégrale : UN HIVER À CEDAR BLUFF de Laura Iding - N°71

**Idylle pour un urgentiste**

Lorsque Kylie Germaine arrive à Cedar Bluff, le Dr Seth Taylor tente aussitôt de la séduire. Mais, à sa grande surprise, il essuie une rebuffade. Certain que l'attirance qui le pousse vers la jeune femme est réciproque, il tente de comprendre la raison de ses réticences. En vain. Jusqu'au jour où il découvre que Kylie a un fils, Ben, dont elle lui a soigneusement caché l'existence…

**Naissance sous le gui**

Conduite en urgence à la maternité de Cedar Bluff, après avoir accidentellement chuté dans un lac, Alyssa croit être au bout de ses surprises. Et pourtant… quel choc de découvrir que l'obstétricien de service n'est autre que le très séduisant Dr Jadon Reichert, le père de ses jumeaux à naître, qui l'a quittée quelques mois plus tôt sans explication…

**Les mariés du Nouvel An**

Si l'arrogance du Dr Quinn Torres l'exaspère, Leila ne peut toutefois s'empêcher de ressentir en sa présence un trouble étrange. Un trouble qu'elle s'efforce d'ignorer jusqu'à ce que Quinn, un soir de fête, lui fasse une proposition déconcertante, mais aussi terriblement tentante : passer une nuit entre ses bras…

**Séduction aux urgences**

Si Haley a accepté un poste d'infirmière à l'hôpital Cedar Bluff, c'est pour échapper à son passé. Et certainement pas pour voir sa vie envahie par la présence troublante du Dr Simon Carter… Aussi est-elle résolue à garder ses distances avec lui. Pourtant, quand à la suite d'un accident Haley se retrouve avec la jambe cassée, elle n'ose refuser l'aide que lui propose Simon…

# Retrouvez en décembre, dans votre collection

# ♦ SAGAS ♦

**Trilogie intégrale : L'AMOUR EN HÉRITAGE de Emma Darcy, Michelle Reid et Sandra Marton - N°72**

**Défi pour un séducteur**

En découvrant le contenu du testament de son père, Enrique Ramirez, Nick est bouleversé. S'il ne se marie pas dans l'année, il ne pourra jamais rencontrer ses deux demi-frères dont il ignorait tout de l'existence. Mais Nick a bon espoir : peut-être que Tess – la femme avec qui il a partagé une nuit d'amour un an plus tôt – acceptera de relever le défi avec lui…

**Brûlante confrontation**

Autour d'Anton, le monde semble s'effondrer. Non seulement il apprend qu'un certain Enrique Ramirez est son véritable géniteur, mais il découvre qu'il a deux demi-frères ! La condition pour les rencontrer : épouser Cristina Marques, la femme qu'il a aimée avec passion six ans plus tôt et qui l'a brutalement quitté pour épouser un autre homme…

**Un désir enivrant**

Découvrir la véritable identité de son père biologique… Apprendre l'existence de deux demi-frères… Pour Jake, la surprise est totale. D'autant plus que dans le même temps, il se voit contraint d'accepter une mission : prendre en charge la filleule de son père et lui trouver un mari dans les deux mois. Alors seulement il pourra rencontrer ses frères. Mais les choses ne se déroulent pas comme prévu. Car face à la jeune femme, Jake ressent un trouble croissant…

**Trilogie intégrale : RENCONTRES À SOUTH VILLAGE de Jill Shalvis - N°73**

**Un serment risqué**

Suzanne ne prend ni l'amour ni ses fiancés au sérieux. Alors, plutôt que de continuer à rendre les hommes malheureux, elle promet de s'en tenir aux escapades coquines et de ne plus jamais songer à se marier. Jamais ? Quel serment risqué !

**Quelqu'un à aimer**

Nicole travaille soixante-dix heures par semaine à l'hôpital. Comment concilierait-elle son métier de médecin avec une vie sentimentale digne de ce nom ? Impossible ! Alors, elle se l'est juré : le célibat restera son mode de vie… Décision osée !

**Il suffirait d'y croire**

Taylor a fait du célibat un art de vivre… agrémenté par des aventures torrides. De son côté, Mac fuit les jeunes femmes nanties et superficielles comme Taylor. Mais comme l'attraction réciproque est violente, l'un et l'autre décident de succomber. En maîtrisant la situation, bien sûr…

Composé et édité par HarperCollins France.

Achevé d'imprimer en septembre 2017.

CPI
BLACK PRINT

Barcelone

Dépôt légal : octobre 2017.

Pour limiter l'empreinte environnementale de ses livres, HarperCollins France s'engage à n'utiliser que du papier fabriqué à partir de bois provenant de forêts gérées durablement et de manière responsable.

*Imprimé en Espagne.*